MIRA®

Der Preis dieses Bandes versteht sich einschließlich der gesetzlichen Mehrwertsteuer.

Umwelthinweis:
Dieses Buch wurde auf chlor- und säurefreiem Papier gedruckt.

Kayla Perrin

Enthemmt!

Erotischer Roman

Aus dem Amerikanischen von
Gina Marr

MIRA®

MIRA® TASCHENBUCH
Band 35056
1. Auflage: November 2012

MIRA® TASCHENBÜCHER
erscheinen in der Harlequin Enterprises GmbH,
Valentinskamp 24, 20354 Hamburg
Geschäftsführer: Thomas Beckmann

Titel der nordamerikanischen Originalausgabe:
Getting Even

erschienen bei: SPICE Books

Published by arrangement with
HARLEQUIN ENTERPRISES II B.V., Amsterdam

Konzeption/Reihengestaltung: fredebold&partner gmbh, Köln
Umschlaggestaltung: pecher und soiron, Köln
Redaktion: Bettina Lahrs
Titelabbildung: Getty Images, München
Satz: Buch-Werkstatt GmbH, Bad Aibling; GGP Media GmbH, Pößneck
Druck und Bindearbeiten: CPI – Ebner & Spiegel, Ulm
Printed in Germany
Dieses Buch wurde auf FSC®-zertifiziertem Papier gedruckt.
ISBN 978-3-86278-809-5

www.mira-taschenbuch.de

1. KAPITEL

Claudia

Es heißt zwar, die Liebe eines Mannes geht durch den Magen, aber wenn Sie mich fragen, ist das völliger Bockmist. Mal ehrlich, die Liebe hängt ausschließlich von seiner Libido ab. Ich muss es wissen. Denn genau in diesem Moment – ich sitze in einem Restaurant in Atlanta mit Adam Hart, dem Mann meiner Träume – sterbe ich fast vor Scham. Ich versuche, völlig entspannt zu wirken, wie ich da am Tisch sitze, meine Margarita durch einen Strohhalm trinke und Adam seine Hand zwischen meinen Beinen hat. Seine Finger kitzeln auf meiner Haut, als er noch etwas höher rutscht.

„Adam", ermahne ich ihn spielerisch, während seine Finger über mein Höschen streifen. „Ich versuche, mich ernsthaft mit dir zu unterhalten."

„Wirke ich etwa nicht ernsthaft auf dich?"

Nun, in der Tat, und genau das ist ja das Problem. Er ist viel zu ernsthaft, was dieses Vorspiel betrifft.

„Liebling, du weißt doch, wie sehr ich das mag, aber …"

„Was, das?"

Meine Lider flattern, als er meine Perle streichelt.

„Hmm", seufze ich leise, blicke dann aber bestürzt auf, weil der Ober an unseren Tisch getreten ist. Meine Wangen brennen, ich frage mich, ob meine dunkle Haut auch Schamesröte hervorbringen kann. Schnell presse ich die Beine zusammen, was Adam allerdings nicht davon abhält weiterzumachen.

„Haben Sie gewählt?“, fragt der Ober. Womöglich liegt ein wissendes Flackern in seinem Blick, ich bin nicht sicher. Falls nicht, muss er den Eindruck haben, dass Adam und ich zu verliebt sind, um auch nur einen Zentimeter Distanz zwischen uns zu ertragen. Warum sonst sollten wir nebeneinandersitzen, als ob wir an der Hüfte zusammengewachsen wären?

„Nun“, beginne ich. Dabei habe ich noch nicht mal einen Blick auf die Speisekarte geworfen. „Ich glaube, wir brauchen noch ein paar Minuten.“

„Ich weiß, was ich will“, sagt Adam. Dabei sieht er allerdings mich und nicht den Ober an. Am liebsten würde ich ihm eine Ohrfeige verpassen. Nein, das ist eine Lüge. Am liebsten würde ich sofort verschwinden und mich mit ihm auf dem Rücksitz seines Mercedes SUV vergnügen. Ich genieße es wirklich, wie sehr Adam mich begehrt, nur gefällt mir seine Neigung, es so gerne in aller Öffentlichkeit zu demonstrieren, nicht ganz so gut.

„Das New York Steak“, fährt Adam fort. „Blutig. Ich mag es schön blutig.“

„Das nehme ich auch“, verkünde ich in der Hoffnung, dass ich immer noch nicht erröte. „Aber medium.“

„Reis oder Bratkartoffeln?“

„Reis“, antworten wir gleichzeitig.

Der Ober kritzelt etwas auf seinen Block. „Möchten Sie vorher Suppe oder Salat …?“

„Zweimal den Salat des Hauses“, unterbreche ich ihn. „Und etwas Knoblauchbrot. Ach so, und einen halben Liter Chardonnay."

„Lieber eine ganze Flasche", sagt Adam.

Ich sehe ihn überrascht an. Sein Blick ist glasig, und als er sich auf die Unterlippe beißt, fährt mir ein Schauer über den Rücken. Ich weiß, was er will. Er will mich betrunken machen, um mir die Hemmungen zu nehmen.

Ich frage mich, was er *diesmal* mit mir ausprobieren möchte.

„Ist das alles?", fragt der Ober.

Ihn habe ich ja völlig vergessen. Schnell schaue ich auf und grinse. „Das ist doch eine ganze Menge."

Gott sei Dank wendet er sich ab und lässt uns allein. Zwar kennt er mich nicht, trotzdem atme ich erleichtert auf. Ich komme gerne in dieses Restaurant, weil es ziemlich weit von Buckhead entfernt ist, dem Viertel, in dem Adam und ich leben. Wenn ich hier bei etwas Anstößigem ertappt werde, weiß zumindest niemand, wer ich bin. Und da heute Montag ist, ist das Restaurant auch nicht so gut besucht wie an den Wochenenden.

„Nun." Adam lächelt mich an, während er meinen Schoß weiter mit dem Finger erforscht. „Wo waren wir stehen geblieben?"

Ich schiebe seine Hand weg, ein wenig irritiert, dass er nur an das Eine denken kann, obwohl wir eigentlich eine ganze Menge zu besprechen haben. „Adam, im Ernst. Wir müssen reden."

Er schmollt ein wenig, gibt dann aber nach. „Na gut". Er lehnt sich zurück. „Dann lass uns reden."

Jetzt grinse ich von einem Ohr zum anderen. Ich bin

total verrückt nach Adam, aber möglicherweise sogar noch ein ganz kleines bisschen mehr wegen unserer bevorstehenden Hochzeit.

Sehen Sie, ich bin fast dreißig, und eine Zeit lang war ich nicht sicher, ob ich überhaupt jemals heiraten oder nicht doch als alte Jungfer sterben würde. Welche Frau mit Selbstachtung nimmt noch den Ausdruck ‚alte Jungfer' in den Mund, fragen Sie? Nun, Sie haben eben meine afroamerikanischen High-Society-Freundinnen noch nicht kennengelernt. Und schon gar nicht meine Mutter, die schon von meiner Hochzeit träumte, als ich noch in ihrem Bauch war. In vielerlei Hinsicht habe ich ein wirklich angenehmes Leben, aber über den Makel, unverheiratet zu bleiben, würde ich niemals hinwegkommen.

Egal, weil ich ja heirate. In sechs Wochen werde ich Mrs. Adam Hart sein. Seit einem Jahr schon plane ich jedes einzelne Detail unserer aufwändigen Hochzeit. Wenn es nach mir geht, wird es die spektakulärste Hochzeit, die Atlanta jemals erlebt hat.

Ist Ihnen aufgefallen, dass ich nicht sagte, Adam und ich hätten die Hochzeit geplant? Leider kann man nicht gerade behaupten, dass er sich auch nur im Geringsten für die komplexen Einzelheiten interessiert, die bei einer solch pompösen Hochzeit zu bedenken sind. Seiner Ansicht nach handelt es sich bei diesem großen Tag um nichts anderes als einen Traum, der für die Braut wahr wird, und da hat er ja auch nicht Unrecht.

Doch glauben Sie mir, es macht überhaupt keinen Spaß, so eine Traumhochzeit zu planen. Das ist harte Arbeit und bereitet einem eine Menge Kopfschmerzen. Deswegen muss ich auch auf der Stelle einige Dinge in Erfahrung bringen, schließlich rückt der große Tag in Riesenschritten näher.

Ich ziehe einen Kalender aus meiner Guccitasche und klappe ihn auf. „Diana will sich dieses Wochenende mit uns zusammensetzen. Ich habe für Samstag zehn Uhr einen Termin mit ihr ausgemacht. Hast du Zeit?“

„Klar.“

„Ich weiß, dass wir uns über die Farben im Grunde schon geeinigt haben, aber ich denke trotzdem immer wieder über die Kleider der Brautjungfern nach. Wie ich gehört habe, werden die Brautjungfern von Rebecca Morrison butterblumengelbe Kleider tragen, und da unsere Hochzeiten nur zwei Wochen auseinanderliegen …“ Ich breche ab, als Adam die Innenseite meiner Handgelenke zu streicheln beginnt. „Hörst du mir zu?“

„Du willst andere Farben?“

„Ich denke darüber nach, ja.“

„Und weiter?“

„Nun, ich weiß ja, dass du und dein Trauzeuge eure Smokings schon ausgewählt habt.“ Davon abgesehen, dass die Kleider bereits genäht worden sind und es Unmengen kosten würde, neue machen zu lassen.

„Dann ändern wir eben die Farbe der Blume, die wir im Knopfloch tragen.“ Er zuckt lässig mit den Schultern, als wollte er sagen, dass ich aus einer Mücke einen Elefanten machte.

Vielleicht stimmt das ja auch, aber dieses ganze Hochzeitstheater ist wirklich anstrengend. Ich beschließe, das Thema Farbwahl fallen zu lassen, bis wir unsere Hochzeitsplanerin treffen. Es gibt nämlich noch ein anderes, dringenderes Problem. „Wir haben auf der Antwortkarte den Gästen doch die Möglichkeit gegeben, sich für Red Snapper oder Ente zu entscheiden."

„Mhm."

„Nun, jetzt bekomme ich lauter Anrufe von Leuten, die fragen, warum wir nicht Fleisch anbieten. Als ob es sich um irgendein Grillfest handeln würde und nicht um eine Fünfsternehochzeit. Die machen mich und meine Mutter verrückt, aber so langsam frage ich mich schon, ob wir nicht doch auch Rindfleisch zur Wahl stellen sollten." Ich verdrehe die Augen und stöhne laut.

„Wie schwierig wäre das denn?"

„Das weiß ich nicht, vermutlich nicht sehr. Solange wir ein paar Wochen vor der Hochzeit wissen, wer was will." Diana hat die besten Küchenchefs aus New Orleans für unseren großen Tag engagiert. „Aber vielleicht sollten wir auch einfach ein Machtwort sprechen. Wir bieten acht Gänge an. Da wird schon niemand verhungern."

„Aber wenn es keine große Sache ist", sagt Adam und legt seine Hand auf meine, „dann können wir uns doch für ein weiteres Hauptgericht entscheiden."

„Bist du sicher, Schatz? Und wenn es doch etwas komplizierter ist?"

„Wir wollen, dass alle zufrieden sind. Also. Das kostet zwar mehr, aber das ist doch nicht so wichtig."

„Nein. Du hast recht." Ich entspanne mich langsam.

Wenn mein Vater sich keine Sorgen um die Kosten macht, warum sollte ich es dann tun? „Und ich will ja auch, dass alle zufrieden sind." Und zwar so, dass sie noch Monate später von diesem fantastischen Ereignis schwärmen ...

„Ich verstehe nicht, warum du so angespannt bist. Es scheint doch alles in bester Ordnung zu sein."

„Du hast leicht reden. Du hast ja nichts mit den Vorbereitungen zu tun."

Ich werfe Adam einen tadelnden Blick zu, als Antwort drückt er mir einen zarten Kuss auf den Mund. „Du weißt, dass ich dich dafür liebe."

„Das solltest du auch."

„Ich verspreche dir, dass unsere Flitterwochen dich für alles entschädigen."

Im Augenblick erscheinen mir unsere Flitterwochen wie ein Fantasiegespinst, das niemals Realität werden wird. „Wann verrätst du mir endlich, wohin es geht?"

„Sobald wir dort sind."

Ich sollte begeistert sein, bin es aber nicht. Ich vermute, ich kann mich erst dann richtig auf die Flitterwochen freuen, wenn all die offenen Fragen in unserem Hochzeitsplan geklärt sind.

Adam lässt meine Hand los, greift nach meiner Margarita, von der er einen Schluck probiert, und ich beobachte ihn dabei und kann wieder mal nicht anders als zu denken, wie unglaublich sexy dieser Mann ist mit seinen ein Meter fünfundachtzig, dem kurz geschnittenen Haar und der perfekten goldbraunen Haut. Adam gehört zu den Männern, die alle Aufmerksamkeit auf sich ziehen, wenn sie einen

Raum betreten. Selbst hier, in diesem Restaurant, fallen mir die verstohlenen genauso wie die direkten Blicke der Frauen auf.

Aber ich mache mir keine Sorgen. Die können so viel gucken, wie sie wollen. Adam ist nicht zu haben. Warum sollte er auch? Ich stelle meinen Mann im Bett mehr als zufrieden.

Als eine gut aussehende Frau Adam einen langen Blick zuwirft, lege ich unter der Tischplatte eine Hand auf seinen Oberschenkel.

„Hmm", murmelt er leise.

„Ich liebe dich, Adam Hart", flüstere ich.

„Ich liebe dich, Claudia Fisher."

„Ich weiß." Ich atme tief durch. „Deswegen bringt es mich auch fast um, dir etwas vorzuenthalten." Adam schaut mich alarmiert an, und mir wird klar, dass meine Worte zweideutig waren. „Es sind keine schlechten Neuigkeiten", versichere ich schnell. „Um genau zu sein, sind es wunderbare Neuigkeiten."

„Ich bin gespannt."

Überschäumend vor Aufregung nehme ich seine Hand. Was ich ihm jetzt sagen werde, ist das Beste, was man überhaupt sagen kann. Die Krönung für unsere unvergessliche Hochzeit – und der Grund, warum ganz Atlanta darüber sprechen wird.

„Erinnerst du dich, dass ich sagte, ich hätte eine Überraschung für dich?"

„Ja", entgegnet Adam.

„Ich wollte es dir erst kurz vorher verraten, aber ich bin

so aufgeregt, ich kann nicht länger warten."

„Worum geht es denn, Baby?"

„Du wirst nie glauben, wer bei unserer Hochzeit singen wird. Ich könnte vor Glück geradewegs tot umfallen!"

Adams Augen funkeln nun auch. „Verrat es mir."

„Babyface! Ist das zu fassen?"

Adam gibt mir einen ziemlich ernstzunehmenden Kuss, mit Zunge und allem, aber das stört mich jetzt nicht mehr. Als wir schließlich nach Luft schnappen, fragt er: „Wie ist dir das gelungen?"

„Meine Cousine hat das eingefädelt." Morgan Fisher, eine meiner vielen Cousinen, ist leitende Angestellte bei Palm Records in Los Angeles. Sie kennt Babyface sogar persönlich.

„Oh, Mann!" Adam grinst breit. „*Der* Babyface?"

„Höchstpersönlich. Ist das nicht fantastisch?"

„Du bist fantastisch." Adams Stimme verändert sich, wird tiefer. Ich kann in seinen Augen lesen, was er denkt. Er will mich endlich nackt sehen.

Der Ober kommt mit dem Wein, öffnet die Flasche, schenkt etwas ein und lässt Adam kosten. „Sehr gut", verkündet Adam.

Als wir wieder allein sind, erhebt Adam sein Weinglas. „Auf uns", sagt er. „Und auf eine strahlende Zukunft."

„Darauf trinke ich gerne." Ich stoße mit meinem Verlobten an und weiß, dass ich das glücklichste Mädchen auf der ganzen Welt bin.

Dann schiebt er seine Hand wieder zwischen meine Beine und sagt: „Bitte, Baby, ich will, dass du kommst."

„Adam …“, protestiere ich schwach.

Aber er streichelt mich bereits, diesmal viel entschiedener, und gegen meinen Willen werde ich sehr feucht.

„Weißt du eigentlich, wie ich es liebe, wenn du so nass bist?“, flüstert er mir heißblütig ins Ohr, schiebt einen Finger in mich und bewegt ihn schnell. „Ich will dich schmecken. Bitte, Baby …“

Ich stöhne leise. „Hier?“

„Mein Gott, ja.“

Er zieht seine Hand hervor, hebt sie an die Nase, atmet tief ein, stöhnt entzückt und nimmt dann langsam einen Finger in den Mund. Das reicht beinahe, um mich zum Höhepunkt zu bringen.

„Verdammt, ich liebe dich“, stößt er hervor und lässt seine Hand wieder unter meinen Rock wandern. Nun geht er aufs Ganze, schiebt zwei Finger in mich und streichelt mit dem Daumen über meine Lustperle.

„Wie stellst du das nur an?“, frage ich. „Warum machst du mich so unglaublich heiß?“

Seine Bewegungen werden schneller, die anderen Gäste müssen doch bemerken, was hier vor sich geht. Wie könnte es anders sein?

Oh, verdammt. Es ist beinahe so weit …

Ich drücke meine Beine zusammen und vergrabe mein Gesicht an seiner Schulter. „So ist es gut, Baby. Du weißt, dass du mir gehörst.“

Und dann komme ich. Und komme. Und komme.

Ich beiße in Adams Schulter, um mein Stöhnen zu dämpfen. Ich kann nur beten, dass die Gäste in Hörweite glauben, ich hätte einen Lachkrampf.

„Sie beide scheinen etwas zu feiern zu haben."

Ich starre den Ober an, der vor unserem Tisch steht. Adam hält mich mit einem Arm fest umschlungen, so dass ich mich nicht von ihm lösen kann. Seine andere Hand ist noch immer in meiner Unterhose.

„Nun, das stimmt", entgegne ich mit zitternder Stimme. Mir ist noch immer ganz schwindlig. „Wir werden bald heiraten."

„Ah", säuselt der Ober und stellt das Knoblauchbrot vor uns. „Ich gratuliere."

Erst als er wieder verschwunden ist, mache ich mich von Adam los. Er grinst mich triumphierend an, weil er weiß, dass er mich einmal mehr überwältigt hat.

Und ich kann nicht anders. Ich grinse zurück.

Ich liebe diesen Mann.

Etwa eine Stunde später – vermute ich zumindest (sicher bin ich mir nicht, weil ich den Löwenanteil am Wein hatte) – klammere ich mich an Adams Arm fest. Wir fahren auf der Umgehungsstraße um Atlanta herum, wie mir scheint, seit Ewigkeiten, aber vermutlich täusche ich mich in Anbetracht meines umnebelten Hirns. Ich kann kaum noch die Augen offen halten, aber als Adam plötzlich rechts abfährt, werde ich wieder munter. Er hat eine Ausfahrt zu früh genommen.

„Warte mal", sage ich.

Er drückt meine Hand. „Keine Sorge, Babe."

„Wohin fahren wir?"

Er wirft mir ein schelmisches Lächeln zu. „Du hast eine Überraschung für mich gehabt. Nun habe ich auch eine für dich."

Ich betrachte Adam erschöpft. Er ist nicht gerade talentiert, was romantische Überraschungen betrifft. Und davon einmal abgesehen – womit will er mich eigentlich hier am Ende der Welt überraschen? Es sei denn, er möchte ...

Plötzlich glaube ich die Antwort zu kennen und werde mit einem Schlag nüchtern.

„Adam", kreische ich. „Das hast du nicht!" Natürlich will ich, dass er hat. Ich blicke mich erwartungsvoll um, in der Hoffnung, ein großes Haus mit einem riesigen Garten voller uralter Eichen zu entdecken. Zwar bin ich bis jetzt davon ausgegangen, dass wir nach der Hochzeit in Buckhead bleiben, aber vielleicht hat er ja beschlossen, nach Duluth zu ziehen.

Allerdings befinden wir uns in einem Industriegebiet, was mich ein wenig verwirrt. Nicht nur in einem Industriegebiet, sondern auch noch in einem ziemlich heruntergekommenen. Nicht gerade die Gegend, in der Adam ein Haus kaufen würde.

Langsam werde ich nervös und greife nach Adams Hand.

„Entspann dich, Sweetheart", sagt er. „Du wirst sehen, was es ist, wenn wir da sind."

Ich bin tatsächlich mehr als überrascht, als Adam die Auffahrt zu einem großen grauen einstöckigen Gebäude hinauffährt, das aussieht wie eine Lagerhalle. Ich kann mir nicht vorstellen, was wir hier wollen, es sei denn, er ist einfach auf der Suche nach einem abgelegenen Ort. Was mich wundern würde, nachdem ich ihm bereits auf dem Parkplatz des Restaurants einen geblasen habe. Zumindest glaube ich das. Die Erinnerung daran ist eher verschwommen. Wie auch immer, ich bin nicht in der Stimmung für weitere sexuelle Spielchen.

„Adam, ich glaube, wir sollten besser gleich nach Hause fahren."

„Keine Bange."

Er fährt an dem Gebäude entlang und dann links um die Ecke, wo ich plötzlich eine ganze Reihe Autos entdecke. Lexus, Jaguar, BMW. Was ist das hier? Eine Art Club?

Diese Frage stelle ich auch Adam.

„Ja, es ist ein Club."

„Aber ich dachte ..." Ich schmiege mich an meinen Verlobten. „Ich dachte, wir gehen noch schnell zu dir, bevor du mich nach Hause fährst."

Adam hält neben einem Ford Explorer. „Ich bin sicher, es wird dir gefallen."

Ich runzle die Stirn, als Adam sich von mir losmacht und aussteigt. Sekunden später öffnet er meine Tür und reicht mir die Hand. Was auch immer sich in diesem Gebäude befindet – ich bin nicht davon überzeugt, dass es mir gefallen wird, aber Adam lächelt mich so freudig an.

Kopfschüttelnd lasse ich mir aus dem Wagen helfen. Wir laufen Hand in Hand auf eine Hintertür zu. Das ist nicht die Art von Clubs, die ich normalerweise besuche. Elegante Läden in Buckhead, in denen es Live-Jazz gibt oder eine Piano-Bar. Das hier wirkt – nun –, ‚verboten' ist das einzige

Wort, das mir in dem Moment einfällt.

Ich hänge mich an Adams Arm. Wirklich ein merkwürdiger Ort. Der kaum beleuchtete Eingangsbereich ist komplett von den anderen Räumen abgetrennt. Ich höre leise, romantische Musik – der einzige Hinweis darauf, dass hier tatsächlich irgendetwas stattfindet. So wie ich müssen sich die Leute in der Zeit der Prohibition gefühlt haben, wenn sie sich bei Anbruch der Dunkelheit in die so genannten *Speakeasies* schlichen – es ist, als ob ich etwas Illegales täte.

In einem sehr kleinen Kassenhäuschen sitzt eine vollbusige Frau, der Adam zwei Hundertdollarscheine reicht. Sie gibt ihm kein Geld zurück. So viel habe ich noch nie gezahlt, um in einen Club zu kommen. Ich frage mich einmal mehr, um was für eine Art Überraschung es sich handelt.

Der Türsteher öffnet eine schwere Eisentür, das plötzlich einfallende Licht blendet mich. Adam tritt ein, ich folge ihm – und bleibe dann wie angewurzelt stehen.

Ich bin so fassungslos, dass ich nicht weiß, was ich denken soll, und schließe kurz die Augen für den Fall, mich womöglich zu irren. Doch als ich sie wieder öffne, zeigt sich mir derselbe schockierende Anblick, und mir wird klar, dass dies hier wirklich geschieht.

Überall – und ich meine überall – sind die Leute mit nur einem beschäftigt: mit Sex. Direkt vor mir auf einer Bodenmatte vergnügt sich eine Frau mit zwei Männern. Rechts daneben ist eine Frau gerade dabei, einem Mann einen zu blasen. Und hinter ihnen hat ein Mann eine Frau an die Wand gedrückt und nimmt sie hart von hinten.

Mein Gott. Das ist krank. Als wäre man in einem Raum voller wilder Tiere.

Panik steigt in mir hoch. Ich bin vom Alkohol benommen, ja, aber nicht so betrunken, dass ich mich nicht sofort frage, wozu Adam mich hierher gebracht hat. Am absurdesten finde ich die halb bekleideten Leute auf der Tanzfläche, die so tun, als würden sie von dem Treiben um sie herum nichts bemerken.

„Adam ..."

„Wir können auch einfach nur zusehen, falls dir das lieber ist."

Mir klappt der Mund auf, ich kann ihn nur anstarren. Ich hatte alle möglichen Antworten erwartet, aber nicht diese. Er müsste doch genauso entsetzt sein wie ich, genauso angewidert, dass wir aus Versehen in einem Sexclub gelandet sind.

Doch stattdessen sieht er mich mit einem hoffnungsvollen Blick an, und seine Handflächen werden feucht.

Himmel hilf, er ist erregt!

Im Gegensatz zu mir. „Du wusstest, was hier vor sich geht?", frage ich ihn wütend.

„Mir hat jemand davon erzählt, und ich wollte mir das mal ansehen."

In meinem Kopf dreht sich alles. „Schön", sage ich. „Nun hast du's gesehen. Können wir jetzt gehen?"

Adam zieht mich an sich und streichelt meinen Hintern. „Komm schon, Claudia. Macht dich das gar nicht an?"

„Ob mich das anmacht?"

„Ja." Er schweigt einen Moment. „All diese Leute, die

wilden, hemmungslosen Sex haben."

„Du machst wohl Witze."

„Sex ist etwas ganz Natürliches, Babe. Etwas Wunderschönes. Warum soll man nicht offen zeigen, was man füreinander empfindet?"

Wenn meine Mutter das wüsste, sie würde auf der Stelle tot umfallen. Ach, was rede ich von meiner Mutter, ich bin selbst kurz davor, tot umzufallen. Und wenn mich irgendeiner meiner Bekannten jemals an einem solchen Ort erwischen würde, würde ich es nicht überleben.

„Ich möchte gehen", sage ich.

Mit einem Finger dreht er meinen Kopf nach rechts. „Schau dir diese Frau an", flüstert er. „Sieh dir ihr Gesicht an, während der Mann sie mit dem Mund befriedigt." Die Frau beißt sich auf einen Finger und verdreht die Augen. „Sie gibt sich der Erfahrung völlig hin."

Ich beobachte die Frau, lausche – und schlucke schwer. Dass ich auch nur hinschaue, finde ich schon widerlich, deswegen reiße ich mich schnell von dem Anblick los.

„Und vermutlich kennt sie den Typen nicht einmal."

Bisher habe ich von Swingerclubs immer nur gehört, nie habe ich so etwas aus der Nähe und in der Realität gesehen. „Adam, wirklich, ich fühle mich hier nicht wohl."

Adam ignoriert meine Worte vollständig, schnappt sich meine Hand und führt sie an seine Hose. Mein Gott, er ist steinhart. Ich bin nicht sicher, ob ich entsetzt sein oder einfach die Tatsache akzeptieren sollte, dass eine Erektion in einer solchen Umgebung wohl normal ist.

Ein Mann und eine Frau, gut gekleidet wie Adam und

ich, schlendern auf uns zu. Ich erstarre, als die Frau, eine ältere weiße Dame, mich von Kopf bis Fuß mustert. Ich lehne mich an Adam, in der Hoffnung, dass er mich beschützt. Vor was genau weiß ich auch nicht.

„Hallo“, sagt die Frau.

„Kein Interesse“, entgegne ich schnell und schlinge die Arme um Adam. Dann trete ich zur Seite und ziehe ihn mit mir. Er zuckt mit den Schultern, als das Pärchen an uns vorbeigeht.

„Ich weiß, dass du Bedenken hast“, beginnt Adam.

„Das beschreibt nicht mal im Ansatz, was ich fühle.“

„Komm, suchen wir uns eine ruhige Ecke.“

„Wie bitte?“ Ich schüttle den Kopf. „Adam, nein!“

„Nur für einen kurzen Moment.“

Ich habe das Gefühl, mein Herz müsste brechen. Ich habe so viel getan, um Adam sexuell zufrieden zu stellen, es ist wie ein Schlag ins Gesicht, dass er jetzt anderen zusehen will.

Er küsst mich sanft auf die Lippen. „Ich weiß, das ist verrückt. Aber bald sind wir verheiratet. Und ich möchte nur … mal etwas anderes ausprobieren … nur ein einziges Mal. Bevor wir ‚ich will‘ sagen und uns für immer aneinander binden.“

Ich weiß nicht genau, was er damit sagen will. Schlimmer noch, ich traue mich nicht, zu fragen. Will er, dass wir uns mit einem anderen Pärchen vergnügen und dann am nächsten Morgen so tun, als wäre es nie geschehen?

Wegen Adams unersättlichen Hungers nach Sex habe ich eine Menge getan, was ich sonst nie getan hätte. Dinge, die ich nur ungern zugebe. Von Sex in der Öffentlichkeit bis zu derart abnormen Praktiken, dass meine Großmutter sich im Grab umdrehen würde. Ich habe wirklich alles versucht, um ihn glücklich zu machen. Ich bin eine Frau des einundzwanzigsten Jahrhunderts und wohl kaum prüde zu nennen. Aber Partnertausch – das ist eine ganz andere Geschichte.

„Wir trinken was und schauen einfach ein wenig zu."

„Ich vögle nicht mit irgendeinem Typen. Und ganz sicher werde ich nicht zusehen, wie du es mit einer anderen Frau treibst."

Adam drückt meine Hand. „Nein, nein. Darum geht es doch gar nicht, Sweetheart. Hier geht es nur um uns. Um dich und mich. Darum, dass wir beide möglichst viel ausprobiert haben, bevor wir heiraten."

„Bist du unglücklich mit mir?" Ich wage mir gar nicht vorzustellen, dass ich trotz aller Bemühungen versagt haben könnte.

„Nein, natürlich nicht. Mein Herz gehört nur dir, und das wird immer so sein. Aber wir sind nicht ewig jung. Ich möchte nicht, dass wir später etwas bereuen."

„Bereuen, dass wir nie Partnertausch ausprobiert haben?", frage ich ungläubig.

„Ich will nur nicht, dass wir uns eines Tages wünschen, wir hätten mehr gewagt. Es geht darum, sich neuen Erfahrungen zu öffnen."

Ich weiß wirklich nicht, was ich darauf antworten soll. Aber mich überkommt mal wieder dieses schreckliche Gefühl, dass ich ihn verlieren könnte.

„Ich möchte mit keiner anderen Frau zusammen sein", versichert er mir. „Ich will nur zusehen … und dann möchte ich dich verwöhnen …"

Ganz plötzlich – oder in Anbetracht dieser Umgebung doch nicht so plötzlich – greift Adam unter meinen Rock, streichelt mich mit dem Daumen, und trotz meiner Bedenken durchfährt mich ein Schauer der Lust.

„Ich will dich lecken, während alle anderen zusehen", flüstert er heiser. „Und dann möchte ich mit dir schlafen."

Ich weiß nicht, wie ich das finden soll, wirklich nicht. Nein, das ist eine Lüge. Ich weiß es doch. Weiß, dass ich das nicht tun will. Aber dann denke ich an meine Schwester, die von ihrem Mann verlassen wurde, weil sie angeblich zu verklemmt ist, und sofort frage ich mich, ob Adam sich auch aus einem solchen Grund von mir trennen würde. Aber falls er mich wegen meiner Abneigung gegen Swingerclubs verlässt, ist er wohl nicht der Mann, für den ich ihn gehalten habe. Andererseits – wir sind verlobt. Ich habe bereits eine Menge in meine Hochzeit investiert, und ich will verdammt sein, wenn nicht alles so läuft wie geplant.

„Nur ein einziges Mal?", frage ich.

Sein Lächeln strahlt hell wie eine Neonreklame. „Nur ein Mal, Babe."

Leise seufzend lasse ich mich von Adam in eine dunkle Ecke ziehen. Es handelt sich doch nur um eine seiner verrückten Fantasien. Sobald sie Wirklichkeit geworden ist, wird sie ihn nicht mehr interessieren, und wir können all das vergessen.

2. *KAPITEL*

Alisha

Ich bin kurz davor.

„Ja! Oh Gott, ja!" Erregung schießt durch meinen Körper, ich atme schneller. Ich liebe diesen Moment, wenn wir vollkommen in Einklang sind. Wir haben diese gewisse Schwelle überschritten, und keiner von uns hält sich noch zurück. Die Bewegung, der Rhythmus ist gleichmäßig, ich stehe kurz vor der totalen Erfüllung.

Schnell drücke ich auf den Auslöser und mache eine Reihe von Fotos. „Wundervoll. Und jetzt, kommen Sie etwas näher. So ist es gut. Sie lieben diese Frau aus tiefstem Herzen. Und jetzt neigen Sie den Kopf, Mark." Ich gleite auf ihn zu und drehe seinen Kopf in die Richtung, die mir vorschwebt. „Genau das ist es." Ich stöhne tatsächlich vor Vergnügen. „Jetzt bleiben Sie so. Und lächeln."

Ich halte die Kamera in der Hand, was mir besser gefällt, als sie auf einem Stativ zu befestigen. So bin ich viel freier, kann die verschiedenen Blickwinkel besser ausprobieren. Ich mache einen Schritt zurück und bewege mich so weit nach rechts, bis ich zufrieden bin. Dann schaue ich durch den Sucher, stelle scharf und voilà: Perfektion. Die Kamera liebt dieses Paar.

Ich schieße noch ein paar Bilder von Mark und Robin in einer weiteren tadellosen Pose. Nun habe ich schon eine Menge Material von den beiden, aber noch bin ich nicht fertig. Erst das nächste Bild wird genau den richtigen Moment einfangen.

„Drehen Sie sich ein kleines bisschen. Sehen Sie sich an. Weniger Lächeln, mehr Romantik." Gott, zwischen den beiden ist so viel Ehrlichkeit. „Ja, so ist es absolut perfekt."

Ich drücke auf den Auslöser und lasse erst wieder los, als der Film voll ist. Dafür bin ich wirklich geboren. Das Fotografieren liegt mir im Blut.

Ich lasse die Kamera sinken. „Das war großartig", verkünde ich und spüre dieses High, das sich nach einer gelungenen Fotosession einstellt. „Die Fotos werden fantastisch werden."

Robin grinst von einem Ohr zum anderen. „Glauben Sie wirklich?"

„Ganz bestimmt. Die Kamera liebt Sie."

„Ich kann es kaum erwarten, die Bilder zu sehen." Robin dreht sich zu Mark und reibt ihre Nase an seiner. Es geht nichts über Liebespaare, die man auf Fotos bannt. Ich liebe es, wie ihre Blicke alles über ihre Seelen verraten.

Die beiden haben sich vor Kurzem verlobt. Deswegen sind sie in meinem Fotostudio – sie brauchen Fotos für die Verlobungsanzeige.

Und das ist auch der Grund dafür, warum sie so zärtlich miteinander umgehen. Sie können kaum die Finger voneinander lassen. Selbst als sie vom Sofa aufstehen, halten sie sich an der Hand. So gerne ich glückliche Pärchen sehe, so sehr wühlt zugleich die Sehnsucht in meinem Bauch.

„Können wir jetzt die Probeabzüge sehen?"

Ich schüttle den Kopf. „Sie können mich altmodisch nennen, aber ich bin kein Freund der digitalen Fotografie. Wenn ich Ihnen richtige Abzüge zeige, bekommen Sie eine viel bessere Vorstellung davon, wie die Fotos aussehen werden."

Robin nickt zwar, wirkt aber ein wenig enttäuscht. „Und wie schnell sind die fertig?"

In dieser Woche ist ziemlich viel los gewesen. „Nun, wahrscheinlich in neun oder zehn Tagen."

„So lange?" Sie schaut Mark besorgt an. Offenbar kann sie es kaum erwarten, die Verlobung zu verkünden.

„Ich kann Ihnen auch einen schnelleren Termin anbieten. Zwischen drei und fünf Tagen."

„Drei", entscheidet Robin, ohne zu zögern. „Wir wollen die Anzeige so schnell wie möglich verschicken."

Ah, junge Liebe. Ich versuche mich an die Zeit zu erinnern, als mein Mann und ich so verliebt waren. Als jede Sekunde, die wir voneinander getrennt waren, sich wie eine qualvolle Ewigkeit anfühlte.

Die Erinnerung daran ist zwar vage, existiert aber noch. Das war vor zehn Jahren, als wir noch aufs College gingen, bevor Charles mit dem Jurastudium anfing. Damals war so eine Leichtigkeit zwischen uns. Wir lachten viel, alberten herum.

Und hatten eine Menge Sex.

Vergiss Charles, sage ich mir. Ich will jetzt nicht an ihn denken, nicht jetzt, wo ich dieses Hochgefühl habe.

Also stürze ich mich wieder in die Arbeit, gebe Robin und Mark einen Termin, an dem sie die Abzüge sehen können. Nachdem sie einen Betrag angezahlt haben, begleite ich sie zur Tür. Arm in Arm laufen sie die Treppe hinunter, steigen in einen BMW und winken mir zu.

Nachdem sie weggefahren sind, seufze ich leise und gehe in mein Studio zurück. So gerne ich dieses Hochgefühl auch festhalten möchte – kaum bin ich allein, sinkt meine Laune in den Keller.

Wenn ich mich mit meiner Arbeit beschäftige, ist es leicht, meine Probleme zu vergessen. Doch jetzt muss ich wieder daran denken. Liebe in ihrer reinsten Form zu sehen, lässt mich über mein eigenes Liebesleben immer ins Grübeln geraten. Dieser Kontrast: Mark und Robin, die so glücklich sind, so liebevoll miteinander umgehen. Charles und ich, so unglücklich, so distanziert.

Wir sind nun seit fünf Jahren verheiratet, und bis vor Kurzem waren wir auch glücklich. Doch vor etwa vierzehn Monaten hat sich unsere Beziehung drastisch verändert. Der liebevolle und zärtliche Charles wurde auf einmal kalt und abweisend. Seit über einem Jahr hat er mich nicht mehr angefasst.

Klar, wir küssen uns, wir umarmen uns. Mit ungefähr so viel Leidenschaft wie Bruder und Schwester. Wenn ich versuche, über das Platonische hinauszugehen, zieht Charles sich zurück.

Er sagt, er sei gestresst, was ich ja durchaus verstehen kann. Mein Mann ist Zivilverteidiger und hat viel um die Ohren. Das ist mir durchaus klar. Aber vierzehn Monate? Ich dachte immer, mit Sex könnte man wunderbar Stress abbauen.

Manchmal bin ich so frustriert, dass ich am liebsten alles hinschmeißen würde. Aber dann frage ich mich wieder, wie das gehen soll. Ich liebe diesen Mann mehr als alles auf der Welt. Ich werde mit ihm bis an mein Lebensende verheiratet bleiben. Und bis ans Lebensende ist eine lange Zeit, um keinen Sex zu haben.

Wenn ich ihn unter Druck setze, macht er sofort dicht, deswegen habe ich mir angewöhnt, auf subtile Art sein Interesse zu wecken. Indem ich ihm beispielsweise eine Nackenmassage gebe oder nach seiner Hand greife, wenn wir zusammen auf dem Sofa sitzen. Aber selbst das funktioniert nicht. Denn gerade wenn ich glaube, dass er ausreichend entspannt ist und ich vielleicht endlich zum Zug kommen könnte, drückt er mir einen Kuss auf die Wange und sagt, dass er schon mal ins Bett geht.

So war es auch gestern Abend.

Und am Abend davor kam Charles erst nach mir ins Bett. Er schmiegte sich nicht an mich. Das macht er nicht mehr. Als ob eine Grenze mitten durch unser Bett führt, die er nicht übertreten will.

Heute Morgen fragte ich ihn unter Tränen, ob er eigentlich noch mit mir verheiratet sein wolle. Er versicherte mir, dass es so sei – dann gab er mir einen Kuss auf die Stirn und ging zur Tür.

Ehrlich, ich bin mit meiner Weisheit am Ende. Ich weiß nicht, was ich tun soll. Aber ich kann jetzt nicht das Handtuch werfen. Ich muss einen Weg finden, unsere Beziehung zu retten.

Auf der Fahrt ins Fotostudio habe ich mir die verschiedensten Möglichkeiten überlegt und bin zu dem Schluss gekommen, dass ich mal etwas Neues probieren muss. Etwas vollkommen anderes.

Ich denke dabei an Duftkerzen, Wein und eine entspannende Atmosphäre. Sie denken jetzt vielleicht, das ist doch nichts Besonderes. Und Sie haben recht. Aber ich setze noch einen drauf, indem ich etwas wirklich Skandalöses anziehen werde. Etwas, dem mein Mann einfach nicht wird widerstehen können.

Ganz am Anfang unserer Ehe haben wir so was öfter gemacht, aber irgendwann haben wir die Lust daran verloren. Es wurde langweilig.

Ich habe also herrlichen Sex im Kopf, als ich die Tür hinter mir abschließe. Das Studio ist klein, ein Raum in einem Einkaufszentrum. Mehr kann ich mir nicht leisten, wenn ich mit der Arbeit, die mir so viel Spaß macht, zumindest ein wenig Geld verdienen möchte.

Dieser Monat ist ganz gut gelaufen, es gab mehr Hochzeiten, als ich erwartet hatte. Somit habe ich zum Glück etwas Geld übrig, das ich dafür ausgeben will, meine Ehe aufzupeppen.

Bei diesem Vorhaben kann mir eigentlich nur ein Mensch helfen. Meine Schwester. Ich klettere hinter das Steuer meines Jettas und rufe sie auf dem Handy an. Meine Schwester und ich sprechen nicht sehr oft miteinander. Wir verstehen uns nicht besonders gut. Aber das hier ist ein Notfall. Ich brauche ihr Fachwissen.

Ich war immer das brave Mädchen. Samera war immer die Hure.

Ich liebe sie trotzdem, und ich kann ihr ihren Lebenswandel auch kaum vorwerfen. Unsere Mutter ist eine religiöse Fanatikerin – für den Fall, dass ich das noch nicht erwähnt habe. Damit hat sie meine Schwester ins Sexgewerbe getrieben, während ich lange glaubte, auch nur den Hauch von Lust zu empfinden würde mich direkt in die Hölle schicken.

Seit sechs Jahren arbeitet Samera als Stripperin. Sie bevorzugt den Ausdruck „exotische Tänzerin“, aber ich nenne die Dinge gern beim Namen.

Es klingelt, ich warte. „Hallo“, meldet sie sich fröhlich nach dem dritten Klingeln.

„Hey, Sam. Ich bin’s.“

Sie schweigt einen Moment. „Ally“, sagt sie dann. „Nun, das ist eine Überraschung.“

„Ich weiß. Tut mir leid, dass ich mich so lange nicht gemeldet habe. Ich hatte eine Menge Arbeit.“

„Verstehe. Ich hatte auch viel zu tun. Und verdienst du jetzt endlich anständig Geld?“

Was sie eigentlich wissen will, ist, ob ich genug verdiene, um unabhängig zu sein. Samera findet die Vorstellung schrecklich, dass ich, sollten Charles und ich uns trennen, noch nicht in der Lage wäre, allein über die Runden zu kommen.

„Es läuft schon besser“, verkünde ich, ohne hinzuzufügen: „Aber nicht viel.“

„Du weißt ja, wenn es nicht gut läuft, kann ich dir jederzeit einen Job in dem Club besorgen.“

Ich kichere sarkastisch, wie immer. Das ist ein alter Witz zwischen uns – den ich allerdings nicht sonderlich lustig finde. Im Grunde ist es einfach nur Sameras Art, mir zu sagen, wie prüde sie mich findet.

„Wie wäre es, wenn wir stattdessen zusammen zu Mittag essen?“, schlage ich vor. „Möglichst bald. Wir haben uns viel zu lange nicht gesehen.“

„Kein Problem, Schwesterlein.“

Das wird sich erst noch herausstellen. „Hör mal“, sage ich. „Ich habe eine Bitte.“

„Schieß los.“

„Das klingt jetzt vielleicht komisch. Aber wo finde ich ein, sagen wir, Kaufhaus für Erwachsene?“

„Für Erwachsene? Du meinst so was wie ‚JCPenny‘?“

Sie weiß genau, was ich meine. „Nein, ein Laden, in dem man … so Zeug kaufen kann. Du weißt schon.“

„Du meinst einen Sexshop?“

„Ja, was auch immer.“

Samera lacht. „Ich schwör’s dir, Ally, ich kann direkt sehen, wie du rot wirst. Ich weiß nicht, warum dir das so peinlich ist. Wir leben im dritten Jahrtausend. Frauen dürfen das Wort Sex aussprechen, ohne Angst haben zu müssen, deswegen verfolgt zu werden.“

„Ich brauche keine Belehrungen. Nur einen Rat.“

„Was willst du denn genau? Filme? Spielzeug?“

„Ich dachte da mehr Richtung sexy Unterwäsche. Ich möchte die Beziehung zu Charles etwas aufpeppen.“ Kaum habe ich das gesagt, sehe ich einen lachenden Teufel mit einer Mistgabel in der Hand vor meinem inneren Auge. Glauben Sie mir, es ist nicht so einfach, achtzehn Jahre Erziehung ungeschehen zu machen.

„Warum kommst du nicht im Club vorbei? Das bringt

euch beide garantiert in die richtige Stimmung."

„Nein danke." Auf gar keinen Fall will ich von jemandem mit Charles in einem Striplokal ertappt werden. Das ist nicht gerade die Veränderung, die ich mir vorgestellt hatte. „Ich will einfach nur in einen Laden und unanständige Dessous kaufen. Mit Spitze und Federn. Vielleicht sogar ein im Schritt offener Tanga."

„Ach du je. Du meinst es also ernst."

„Du kannst jetzt aufhören, zu kichern. Ich lebe schließlich nicht hinter dem Mond."

„Okay, okay." Samera beruhigt sich. „Im Schritt offen ist gut übrigens. Das bringt Typen immer in Stimmung. Genauso wie essbare Unterwäsche. Ich habe das mal getragen bei einem Mann, und ich kann dir sagen …"

„Zu viel Information", verkünde ich. Samera lässt sich gerne mitreißen und erzählt Details, die man gar nicht wissen will. „Sag mir einfach, wo ich so was kaufen kann."

„Wo bist du? Verlässt du gerade das Studio?"

„Ja."

„Es gibt einen Laden in Sugarloaf, den ich wärmstens empfehlen kann. Er liegt auf deinem Heimweg. Er heißt „A Little Naughty". An der Ecke John und Hibiscus."

Jetzt, wo Samera es erwähnt, glaube ich mich an das Geschäft erinnern zu können. Ich bin schon daran vorbeigefahren, habe es aber nicht bewusst wahrgenommen. „Ich glaube, ich kenne den Laden."

„Da gibt es alles, wovon du nur träumen kannst. Frag nach Suzie. Sag ihr, dass ich dich schicke, dann bekommst du Rabatt."

Ich frage mich, wie oft meine Schwester da wohl einkauft. Aber eigentlich will ich es gar nicht wissen. „Tausend Dank, Schwesterlein. Hör mal, ich melde mich später wieder, ja?“

„Weißt du, du musst nicht mit Charles zusammenbleiben, wenn er dich nicht zu schätzen weiß. Und wenn ihn das nicht anmacht, dann solltest du dich ernsthaft fragen, ob er dich betrügt.“

„Tschüss.“ Ich verdrehe die Augen und weiß wieder genau, warum wir nicht sonderlich oft miteinander sprechen. Ich liebe Samera, aber unsere Leben sind so unterschiedlich wie Tag und Nacht. Sie lebt allein und glaubt nicht an die Ehe, noch weniger an Monogamie. Sie interessiert sich nur dafür, was Männer ihr geben können, sie behauptet, sie hätte sich schon zu oft die Finger verbrannt. Ich auf der anderen Seite wäre niemals wegen seines Geldes mit einem Mann zusammen.

Eine halbe Stunde später parke ich vor dem Geschäft an der Ecke John Street und Hibiscus Street und entdecke sofort die neonpinkfarbenen Lichter und die knapp bekleideten Puppen im Schaufenster. Die Sonne geht gerade unter, aber ich setze trotzdem die Sonnenbrille auf, als ich aus dem Wagen steige. Ich will nicht Gefahr laufen, erkannt zu werden.

Ich betrete den Laden und stehe erst einmal nur so herum. Meine Sinnesorgane sind allesamt überfordert. Links von mir jede Menge knappe Dessous, aber nichts, was ich nicht schon gesehen hätte. Aber die Dinge rechts von mir sind es, die mich erröten lassen.

Dort befindet sich ein Regal mit ausgestellten Dildos – von denen manche so groß sind, dass ich mir nicht vorstellen kann, warum eine Frau sie kaufen sollte. Und offenbar bekommt man sie in allen erdenklichen Farben, was die Frage aufwirft, ob sie womöglich auch noch mit Geschmack sind.

„Hi!" Eine winzige brünette Frau hüpft auf mich zu. Sie trägt ein Piercing in der Augenbraue und ist dunkel geschminkt. „Kann ich Ihnen helfen?"

„Ich ... schaue mich nur um."

Sie kneift die Augen zusammen und scheint zu überlegen, ob sie mich kennt. „Sie kommen mir bekannt vor. Waren Sie schon einmal hier?"

„Ich, um Gottes willen nein." Dann kapiere ich. „Wahrscheinlich verwechseln Sie mich mit meiner Schwester. Samera Peyton."

„Ja, natürlich. Sie haben die gleichen schönen Augen."

„Sind Sie Suzie?"

„Mhm. Kann ich Ihnen wirklich nicht helfen?"

Ich weiß, dass ich mich in einem Sexshop befinde, aber ich will trotzdem nicht, dass dieses süße kleine Ding eine Vorstellung davon bekommt, was ich später noch zu tun gedenke. Ich schüttle den Kopf. „Nicht jetzt jedenfalls. Ich sag dann Bescheid."

Ich wandere nach rechts auf die ungefährlich aussehende Unterwäsche zu, die ich nicht vorhabe, zu kaufen. Selbstverständlich ist das völlig sinnlos, denn Suzie wird ja auf jeden Fall sehen, was ich aussuche.

„Entspann dich", flüstere ich mir zu und befingere einen schwarzen Spitzenbody. „Du bist eine erwachsene Frau. Und du darfst guten Sex haben.“

Zum Teufel, im Augenblick wäre ich mit durchschnittlichem Sex zufrieden. Diese traurige Tatsache lässt mich meine Zurückhaltung vergessen, und ich mache mich auf die Suche nach dem obszönsten Stück Unterwäsche, das ich finden kann. Ich ergattere ein im Schritt offenes Höschen und einen BH mit Federn. An diese beiden Teile klammere ich mich, als wären sie die Lösung für all meine Probleme.

Als ich die Uniform eines Dienstmädchens an einer Puppe entdecke, muss ich lachen. Doch nachdem ich damit wieder aufhöre, erlaube ich mir einen genaueren Blick. Die Uniform ist äußerst knapp, man könnte darin ein schönes Rollenspiel veranstalten. Ich würde zum Beispiel nicht anständig kochen oder nicht sorgfältig genug Staub wischen. Und Charles könnte mir den Hintern versohlen und mich mit seinem pochenden Schwanz bestrafen …

Ich beiße mir auf die Lippen, um nicht laut aufzulachen. Offenbar habe ich wohl viel zu viele historische Romane gelesen.

Ich stöbere weiter und entdecke eine Puppe ganz in Leder mit einem Hundehalsband und einer Peitsche. Das ist eine Idee. Ich könnte Charles dafür auspeitschen, dass er ein böser Junge war. Allerdings kann ich mir nicht vorstellen, wie er auf allen vieren seinen Hintern in die Luft streckt. Also schnappe ich mir das Päckchen mit der Dienstmädchenuniform und klemme es unter den Arm. Und ich suche mir sogar eine schwarze Perücke aus. Wenn schon Rollenspiel, dann richtig.

Nach kaum fünfzehn Minuten in diesem Laden fühle ich mich wie eine andere Frau. Und zwar so sehr, dass ich auf meinem Weg zur Kasse an einem Regal voller Vibratoren Halt mache und einen Blick darauf werfe. Mehr als einen, um ehrlich zu sein, aber ich bin eben neugierig. Meine Aufmerksamkeit richtet sich auf einen langen, dicken und blauen Vibrator (eine merkwürdige Farbe für dieses lebensecht aussehende Stück), aber ich werde nicht fragen, wieso. Ich nehme ihn aus dem Regal und untersuche ihn genauer.

„Oh, diesen da liebe ich geradezu."

Ich zucke erschrocken zusammen, und der blaue Penis und meine Dessous fallen zu Boden. Die niedliche kleine Suzie hebt alles ohne zu zögern wieder auf.

Mit brennenden Wangen nehme ich die Sachen in Empfang, ohne ihr dabei allerdings in die Augen zu sehen.

„Oder wie wäre es damit?" Sie wählt einen riesigen Penis aus. „Der fühlt sich sehr echt an. Fassen Sie ihn doch mal an."

Gott vergib mir, denke ich, dann berühre ich den dargebotenen Penis und bin überrascht, wie weich er ist. „Nett", murmle ich, weil mir nichts Passenderes einfällt.

„Bei dem hier bewegen sich die Hoden sogar, was noch mehr stimuliert. Und es gibt drei Geschwindigkeitsstufen, je nachdem, wie Sie es bevorzugen."

Inzwischen bin ich rot wie eine Tomate. „Also … ich glaube, ich bleibe bei dem hier." Auf keinen Fall kann ich einen weiteren Penis in meine Wohnung bringen, selbst wenn ich ihn brauchen könnte. Was würde mein Mann denn dazu sagen?

Suzie geht zur Kasse, ich folge ihr. Mir ist klar, dass wir uns im dritten Jahrtausend befinden, aber dieser Laden ist so … sündig. Ich kann kaum glauben, dass ich wirklich hier bin. Schuldgefühle steigen in mir auf, ich überlege, zur Beichte zu gehen.

„Vielleicht wollen Sie das mal ausprobieren." Suzie deutet auf einen Behälter voller kleiner Tuben. „Gleitmittel mit Geschmack", verkündet sie stolz. „Ich persönlich finde Himbeere am besten."

Guter Gott, sie sieht viel zu jung aus, um den ganzen Kram schon ausprobiert zu haben. Gerade will ich ihr sagen, dass ich kein Interesse daran habe, als ich meine Meinung ändere. Wie viel habe ich bisher verpasst? Viel zu viel, das steht fest. Ich habe einiges nachzuholen, und genau das werde ich tun.

Ich schnappe mir eine Handvoll Tuben. „Davon kann ich nicht genug kriegen."

„Ich weiß genau, was Sie meinen."

Ich kichere leise und genieße den Moment, als ich jemanden neben mir bemerke, mich umdrehe und vor Entsetzen beinahe tot umfalle, als ich nur wenige Schritte von mir entfernt einen total heißen Typ entdecke. Wie lange ist er schon da, und wieso ist er mir nicht vorher aufgefallen?

Und noch schlimmer, wie viel von dem Gespräch hat er mitbekommen?

Als unsere Blicke sich treffen, grinst er mich an.

Gott helfe mir, er denkt, ich bin eine Sexbesessene. Ich bezahle hastig und eile aus dem Laden.

Neun Uhr abends und noch immer keine Spur von Charles. Was mir vor drei Stunden noch als eine gute Idee erschien, kommt mir jetzt völlig albern vor. Ich liege in dieser lächerlichen Hausmädchenuniform mit der noch lächerlicheren Perücke auf dem Sofa und schaue mir halbherzig eine Datingshow im Fernsehen an. Der Hackbraten wartet lauwarm im Backofen.

Er hat nicht mal angerufen, um zu sagen, dass er später kommt.

Ich hätte mich umziehen können – war auch kurz davor, es zu tun –, aber Charles soll sehen, womit ich versuchen wollte, ihn zu verführen. Und wenn ich ganz ehrlich bin, hoffe ich irgendwie noch immer, dass er zur Tür hereinkommt, mich halbnackt daliegen sieht und über mich herfällt, bis ich nicht mehr weiß, wer ich bin.

Als ob das jemals geschehen würde. Warum zum Teufel bemühe ich mich überhaupt? Vielleicht hat meine Schwester ja recht. Vielleicht hat Charles tatsächlich eine Affäre.

Das schnurlose Telefon liegt neben mir auf dem Sofa, weil ich auf Charles' Anruf hoffte. Jetzt nehme ich es hoch und wähle die Nummer einer meiner Freundinnen. Ich muss einfach eine freundliche Stimme hören.

„Hallo?"

Gott sei Dank ist Lishelle zu Hause. Sie ist Nachrichtensprecherin und arbeitet abends manchmal. Ich habe sie im Spelman-College kennengelernt, genauso wie meine andere beste Freundin Claudia Fisher. Ich schätze, ich tat ihnen leid – als eines der wenigen weißen Mädchen, das sich traute, auf eine überwiegend von Schwarzen besuchte

Schule zu gehen. Was mir egal war. Ich wollte einfach auf eine reine Mädchenschule gehen, vermutlich wegen meiner Mutter, die sich Sorgen wegen der Versuchungen machte, denen ich auf einem normalen College ausgesetzt gewesen wäre.

„Hey, Lishelle“, sage ich und ziehe die Perücke ab. „Hier ist Alisha.“

„Was gibt's, Mädchen?“

Ich seufze leise. „Eigentlich nichts. Ich sitze hier herum und sehe fern und dachte, ich ruf mal an.“ Ich will nicht über Charles sprechen. Ich bin schon deprimiert genug. „Hast du heute von Claudia gehört?“

„Mhm.“

„Also gibt es eine weitere Anprobe am Samstag?“

„Sie übertreibt wirklich. So wie sie ständig neue Kleider und Designer ausprobiert, kann ich mir nicht vorstellen, dass irgendetwas jemals gut genug für sie sein wird.“

„Sie muss sich bald entscheiden. Schließlich ist die Hochzeit am siebenundzwanzigsten Mai.“ Ich hebe den Kopf, als ich höre, wie der Türknauf sich bewegt. Charles. Mein Herz beginnt zu hämmern. „Lishelle, ich muss auflegen.“

„Wie bitte?“

„Ich melde mich morgen.“

Meine ganze Verführungsszene ist ruiniert, und ich weiß nicht, was ich tun soll. Einfach aufstehen und meinen Mann begrüßen oder provokativ auf dem Sofa liegen bleiben?

Die Entscheidung wird mir abgenommen, denn ich habe nicht mehr genug Zeit, aufzustehen. Ich schleudere die Perücke durchs Zimmer, fahre mir durch das blonde Haar, atme tief durch und stütze mich auf einem Ellbogen ab. Als Charles erscheint, flüstere ich: „Hallo."

Er bleibt wie angewurzelt stehen, als wäre er erstaunt, mich zu sehen. Das ist er wohl auch, denn er hat einen Stapel Post in der Hand, den er gerade durchsehen wollte.

„Hallo", sage ich noch mal und füge ein Lächeln hinzu.

„Hey."

Charles betrachtet die Kerzen auf dem Tisch. Ich warte auf seine Reaktion – doch er macht einfach mit der Post weiter.

Mit der Post! Ich bin gekleidet wie eine französische Nutte, und er interessiert sich nur für die Post!

Ich setze mich auf und weiß nicht, ob ich schreien oder weinen soll. Am liebsten würde ich ihn schlagen.

„Charles." Ich bemerke die Verbitterung in meiner Stimme.

Er läuft um das Sofa herum und setzt sich neben mich. Vielleicht gibt es ja doch noch Hoffnung.

Ich küsse ihn auf die Wange. „Ich habe dich vermisst, Liebling."

„Es war ein langer Tag." Sein Blick wandert über mich. „Was trägst du denn da?"

„Ja!", denke ich. Er hat es bemerkt. Und es macht ihn an. Wir werden wilden, leidenschaftlichen Sex direkt hier auf dem Sofa haben.

„Nur etwas, das ich heute so nebenbei mitgenommen habe." Ich presse meine Lippen gegen seine, öffne sie und werde sofort erregt – bis mir auffällt, dass ich genauso gut einen toten Fisch küssen könnte.

Niedergeschlagen lasse ich nun die Schultern sinken. „Charles …“

„Gott, es tut mir leid. Aber ehrlich, Alisha, ich hatte, wie gesagt, einen langen Tag. Mein Kopf schmerzt höllisch.“

Den Rest seines Geredes blende ich aus. Wenn ich müsste, könnte ich es sowieso auswendig herbeten.

Ich will nicht aufgeben, aber was soll ich tun? Wahrscheinlich hat er schon, bevor er zur Tür hereinkam, überlegt, wie er mich am besten zurückweisen kann. Was ist aus dem Mann geworden, der mir Gedichte schrieb und völlig falsch Liebeslieder vorgesungen hat? Diesen Mann vermisse ich.

„Im Ofen ist Hackbraten.“

Charles macht ein spöttisches Gesicht. „Hackbraten? Du weißt doch, dass ich rotes Fleisch nicht sonderlich mag.“

Der Mann hat vielleicht Nerven. Erst mache ich mich in einem Sexshop lächerlich, dann komme ich nach Hause und rackere mich mit einem Abendessen für ihn ab, und ihm ist das völlig egal? Am liebsten würde ich ihn mit einem Sofakissen ersticken.

„Tut mir leid“, sage ich. „Es war …“ Ich halte inne, will ihm nicht sagen, dass ich ein schnelles Essen zubereiten wollte, in der Hoffnung, er würde früher heimkommen und stattdessen mich vernaschen.

„Ich hab sowieso schon gegessen“, verkündet er.

Und dann, um der Beleidigung noch eine Verletzung hinzuzufügen, schnappt er sich die Fernbedienung und zappt durch die Kanäle. Der arme, überarbeitete Charles, der so verdammt müde ist, dass er mir nicht mal einen anständigen Kuss geben kann, ist wach genug, um fernzusehen. Warum schluckt er nicht zwei Aspirin und geht direkt ins Bett?

Er bleibt bei einem Fußballspiel hängen – seit wann mag er Fußball?

Und bin ich es, die er nicht mehr mag?

Zurückgewiesen zu werden tut weh. Als ob man einem anderen seine Seele anbietet und er daraufspuckt. So fühle ich mich. Und das kotzt mich an.

Tränen steigen in mir hoch, was meinem lieben Ehemann aber nicht auffällt. Ich habe Diskussionen über so etwas bei *Oprah* gehört, habe darüber in Zeitschriften gelesen, über Frauen, die sich fragen, wo die Leidenschaft geblieben ist. Aber nicht in meinen wildesten Fantasien hätte ich jemals gedacht, dass ich einmal zu diesen Frauen gehören würde.

„Nein, du Depp!“, ruft Charles, als ob er wüsste, was in diesem Spiel überhaupt los ist. Nun, wenigstens weckt Fußball seine Leidenschaft.

Während ich an der Seitenlinie stehe.

Schweigend erhebe ich mich und verlasse das Zimmer.

3. KAPITEL

Lishelle

Ich bin nicht in der richtigen Stimmung.

Ich öffne den Deckel des Motrinfläschchens und schiebe zwei Kapseln in den Mund. Dann schlucke ich sie mit Wasser herunter und seufze auf.

Also wirklich, mein Tag im Fernsehsender war anstrengend genug. Einen Anruf von ihm habe ich nicht auch noch gebraucht.

Ich meine meinen Exmann. Gerade eben habe ich das Telefongespräch mit diesem Idioten beendet, seine Mission scheint zu sein, mir das Leben schwer zu machen. Es gibt schließlich einen Grund, warum ich mich von ihm habe scheiden lassen, auch wenn er es nicht kapieren will. Und das, obwohl seine Freundin vor zweieinhalb Jahren in unserer Wohnung auftauchte und verkündete, von ihm schwanger zu sein.

Ist es zu fassen, dass mein Exmann trotzdem um eine zweite Chance bittet?

Andererseits ist es so überraschend auch nicht. David ist überzeugt, ein Gottesgeschenk für die Frauenwelt zu sein. Und dass ich ohne ihn unglücklich bin. Was weit von der Wahrheit entfernt ist, um das mal klarzustellen. Natürlich war ich traurig, als wir uns trennten, aber vor allem fühlte ich mich befreit.

Irgendwie wusste ich immer, dass mit unserer Beziehung etwas nicht stimmte, auch wenn ich nicht genau sagen konnte, was. Doch als ich herausfand, dass er mich betrog, ergab alles auf einmal einen Sinn. Sollte er nach unserer Hochzeit überhaupt mal treu gewesen sein, dann höchstens für etwa drei Minuten. Es ist erstaunlich, was die Leute einem erzählen, wenn die Scheidungspapiere erst mal unterschrieben sind. Besser wäre gewesen, diese Freunde und Familienangehörigen hätten mich netterweise informiert, bevor ich ihn heiratete.

Aber zumindest habe ich nun so etwas wie Gerechtigkeit erfahren. Mir war immer klar, dass David irgendwann zur Vernunft kommen und feststellen würde, dass ich das Beste bin, was ihm jemals passiert ist. Obwohl wir seit einem Jahr geschieden sind, will er mich unbedingt zurückhaben.

Ich kann gar nicht sagen, wie viel Vergnügen es mir bereitet, ihn abblitzen zu lassen. Bei diesem Gedanken muss ich lächeln, beäuge allerdings weiterhin das Telefon in der Hoffnung, dass es nicht wieder klingelt. Denn so langsam habe ich Davids Anrufe satt. Meine Nummer zu Hause und die Handynummer habe ich bereits ändern lassen, aber leider weiß er, wo ich arbeite. Hier kann ich ihm nicht entkommen. Ich bin eine bekannte Nachrichtenmoderatorin bei Channel Four.

Ich habe mich von einer kleinen Reporterin bis zur Moderatorin hochgearbeitet. Und frage mich, ob David mich deshalb zurückhaben will. Weil ich nun einen viel repräsentativeren und deutlich besser bezahlten Job als vorher habe. Interessant, dass David sich dafür nun interessiert, nachdem er mich früher beruflich nie unterstützt hat. Er sagte sogar einmal, er hätte die Nase voll davon, ständig von seinen Kollegen bei der Polizei zu hören, sie hätten mich in den Nachrichten gesehen.

Karen – die Frau, mit der er mich betrogen hat – ist Lehrerin. Wie angenehm und ungefährlich für David, kein Konkurrenzkampf, was den Job betrifft.

Doch ich muss Karen auch meine Anerkennung aussprechen. Selbst sie scheint nicht alles hinzunehmen. Schätze, sie hat endlich kapiert, dass mein Ex ein nichtsnutziger Schürzenjäger ist, und nichtsnutzige Schürzenjäger sind ja nicht mal ihrer Geliebten treu. Bestimmt wünscht sie sich inzwischen, sie hätte sich einen unverheirateten Mann gesucht. Ich verspüre eine gewisse Genugtuung. Und warum auch nicht? Ich habe nie kapiert, dass manche Frauen darauf stehen, eine Ehe zu zerstören.

David würde es niemals zugeben, aber wie ich hörte, ist Karen mit ihrem Kind abgehauen, während er bei der Arbeit war. Wie gerne hätte ich Mäuschen gespielt, als David an diesem Abend nach Hause kam.

Egal, genug von meinem Ex. Trotz dieser langen Ausführungen denke ich eigentlich kaum noch an ihn. Er rief an, um mir zu sagen, dass er sich geändert habe, dass er es mir beweisen würde, wenn ich ihm noch eine Chance gäbe, was ich nicht tun werde. Er glaubt, es läge daran, dass es einen Anderen in meinem Leben gibt. Diesmal ließ ich ihn in dem Glauben.

Die Wahrheit ist, dass es niemanden in meinem Leben gibt. Ich sage das nicht gern, aber alle Männer, die ich kennenlerne, sind Versager. Entweder sind sie von meiner Prominenz beeindruckt oder einfach nur komische Spinner. Im Großen und Ganzen ist es so, dass gerade die Männer, mit denen sich eine selbstbewusste Frau niemals einlassen würde, auf mich abfahren. Ehrlich, so ist es immer.

Wenn man beim Fernsehen arbeitet, glauben die Leute aus irgendeinem Grund, einen zu kennen. Und wenn Typen glauben, einen zu kennen, dann sind sie noch dreister. Vor ein paar Wochen beispielsweise steckte mir ein gut gekleideter Mann auf einer Spendengala einen Zettel zu. Darauf stand: „Wir treffen uns draußen im Pavillon in fünf Minuten."

Muss wohl kaum erwähnen, dass ich mir dieses Treffen ersparte.

Ich habe derart Pech mit Männern, dass ich aufgegeben habe, mich zu verabreden. Wirklich wahr. Wozu denn auch? Da draußen gibt es nicht einen einzigen anständigen ungebundenen Typen.

Rhonda, eine Kamerafrau des Senders, behauptet ständig, den perfekten Mann für mich zu kennen – ihren Cousin.

Ich bin nicht besonders scharf darauf, den Typ zu treffen, aber Rhonda liegt mir damit seit Monaten in den Ohren. Also habe beschlossen, es mir noch einmal richtig zu geben und einer Verabredung heute Abend zuzustimmen.

Es klopft an meiner Garderobentür. „Ja bitte", rufe ich.

Rhonda streckt den Kopf herein. „Hallo, Lishelle."

„Hallo."

„Mir gefällt deine Frisur."

Ich streiche ein paar Locken hinter meine Ohren. Noch

immer bin ich etwas unsicher, denn meine Haare betreffend bin ich eher konservativ. Bisher trug ich sie immer schulterlang und einfach nur schwarz. Doch dann drängte mich meine Stylistin Jenny am Wochenende dazu, mal etwas anderes auszuprobieren. Da sie nicht lockerließ, knickte ich ein und gestattete ihr, mir ein paar rotbraune Strähnchen zu färben. Während der Prozedur bekam ich eine Panikattacke nach der anderen, doch Jenny versicherte mir, dass die Strähnchen meinen Teint unterstreichen würden. Und sie hatte recht.

„Danke", sage ich.

„Trevor wird beeindruckt sein." Sie zwinkert.

Aber werde ich von Trevor beeindruckt sein? Rhonda zuliebe hoffe ich es. Sie versucht schon so lange, uns zu verkuppeln.

„Wann trefft ihr euch?", fragt sie.

„Um acht." So habe ich noch Zeit, mich nach den Nachrichten frisch zu machen. Wir haben uns in einem Restaurant downtown verabredet. Er bot mir an, mich abzuholen, was ich höflich ablehnte. Wenn ich selbst fahre, kann ich für den Fall, dass es nicht so gut läuft, schnell wieder verschwinden.

Viel Lust habe ich nicht, wie Sie wohl bemerkt haben.

„Ihr werdet bestimmt Spaß haben", beteuert Rhonda. „Trevor ist wirklich ein Schatz."

„Das hoffe ich."

Rhonda zieht sich lächelnd zurück, und ich quäle mich aus dem Stuhl hoch. Noch muss ich geschminkt und frisiert werden, und danach ist Showtime.

Zwei Stunden später habe ich noch immer rasende Kopfschmerzen. Ich sitze jetzt vor dem Restaurant in meinem Wagen, und es graust mir davor hineinzugehen. Ich weiß einfach nicht, ob das eine gute Idee war. Bei meinem Glück wird dieses Treffen meinem furchtbaren Tag nur noch die Krone aufsetzen. Wahrscheinlich wäre es besser, einfach nach Hause und ins Bett zu gehen.

Weil ich aber nun schon mal da bin, ergebe ich mich meinem Schicksal. Ich kann genauso gut versuchen, mich zu amüsieren. Es gibt Schlimmeres, als seinen Donnerstagabend mit einem Mann zu verbringen.

Nachdem ich meine Lippen nachgezogen habe, steige ich aus und gehe mit flatternden Nerven auf die Eingangstür zu. Wirklich, es ist ja nicht gerade so, dass ich einen Mann nötig hätte, obwohl ich schon zugeben muss, dass es schön wäre, einen zu haben.

„Hallo", begrüße ich den Ober. „Ich habe eine Verabredung. Mit Crenshaw. Trevor."

Der Mann klappt sein Reservierungsbuch auf. „Ah ja. Hier entlang."

Mit feuchten Händen umklammere ich mein Louis-Vuitton-Täschchen und folge ihm durch das Restaurant, das Trevor ausgesucht hat. Gute Wahl. Es ist zwanglos, aber gehoben und hat eine wunderbare Küche.

„Bitte sehr."

„Besten …" Die Worte ersterben auf meinem Lippen, als ich den sich erhebenden Mann erblicke. Ich bin überrascht. Angenehm überrascht. *Das* also ist Trevor. Wow. Er ist groß und sehr gepflegt, ein wirklich prächtiger schwarzer Bruder, muss man schon sagen. Ich bin beeindruckt.

„Lishelle, hallo."

Gott, mit diesem Lächeln hat er bestimmt schon unzählige Herzen gebrochen.

„Haben Sie gut hierher gefunden?"

„Ja, ja, habe ich." Ich lächle unbeholfen. „Hi." Dann strecke ich die Hand aus, doch Trevor geht einfach auf mich zu und umarmt mich. „Es ist so schön, Sie kennenzulernen. Ich bin ein riesiger Fan."

Verlegen grinsend wische ich sein Kompliment mit einer Handbewegung weg. (Ich grinse wirklich verlegen. Tststs, was ist nur in mich gefahren?)

Trevor rückt mir einen Stuhl zurecht, und ich denke, während ich mich setze, dass seine Mama ihn ziemlich gut erzogen hat.

„Ich habe mir erlaubt, schon mal Wein zu bestellen", verkündet er und deutet auf eine gekühlte Karaffe. „Weißwein, ein Riesling."

„Hervorragend." Ich flöte praktisch. Hervorragend? Guter Gott, wann habe ich dieses Wort zum letzten Mal benutzt? Also wirklich, ich sollte meine übermäßige Begeisterung ein wenig drosseln. Sonst glaubt Trevor noch, dass ich vor ihm nur Marsmänner kennengelernt habe.

Was so falsch ja nicht ist.

Trevor schenkt mir ein Glas ein und erhebt dann seines zu einem Toast. „Auf neue Freundschaften."

„Auf neue Freundschaften", wiederhole ich und frage mich dabei, ob ich wohl schließlich doch einen Treffer gelandet habe.

Zwei Gläser Wein später fühle ich mich sehr entspannt. Die Kopfschmerzen sind verschwunden. Diesem Treffen mit Trevor zuzustimmen war das Beste, was ich seit langer, langer Zeit getan habe. Ich überlege bereits, ihn mit nach Hause zu nehmen, je nachdem, wie die Dinge sich entwickeln. So bin ich eigentlich nicht, aber Sie müssen wissen, dass ich seit Ewigkeiten keinen Sex mehr hatte, und allein die Tatsache, einem fantastischen Mann gegenüberzusitzen, lässt meine Libido überkochen.

Trevor hat mir von seiner Arbeit als Anwalt erzählt. (Habe ich erwähnt, dass juristische Berufe mich ansprechen? Besonders wenn sie von gut aussehenden schwarzen Brüdern ausgeübt werden, die alles dafür tun, widerliche Typen von der Straße zu holen?) Ich nippe wie eine Idiotin vor mich hin strahlend am Wein und hänge an seinen Lippen.

„Ich konnte diesen Typ einfach drankriegen. Im Grunde hat jeder Einzelne seiner Nachbarn bezeugt, dass er einen anderen Kerl mit einem Messer verfolgt und Morddrohungen ausgestoßen hat, und trotzdem bestritt er alles. Und als er seinen Anwalt feuerte und begann, sich selbst zu verteidigen … Selbst die Richter hatten Mühe, das Lachen zu unterdrücken."

Daraufhin lacht Trevor und ich auch. Es wäre bestimmt interessant, ihn einmal vor Gericht zu erleben. Und auf jeden Fall interessant, ihn im Bett zu erleben.

„Na ja, gut." Trevors Lachen erstirbt. „Genug von mir. Jetzt will ich alles über Sie erfahren."

„Über mich?" Ich deute auf mich, als ob in Frage stünde,

wen er meinte. „Ach, da gibt es nicht viel zu erzählen. Und schon gar nichts so Spannendes wie Ihre Geschichten."

Trevor neigt den Kopf ein wenig. „Das bezweifle ich ernsthaft."

Ich atme durch, um mein hämmerndes Herz zu beruhigen. „Ich … also vielleicht kenne ich doch auch ein paar interessante Geschichten. Überwiegend aus der Zeit, als ich noch als Außenreporterin unterwegs war." Um genau zu sein, habe ich sogar eine ganze Menge interessante Geschichten zu erzählen, aber lieber würde ich über Trevor und mich sprechen und darüber, wie es mit uns weitergeht. Allerdings ist jetzt nicht gerade der richtige Zeitpunkt, so eine Frage zu stellen. „Welche wollen Sie gerne? Die über einen Nacktflitzer oder die über eine Morddrohung?"

„Morddrohung?"

„Allerdings. Ich berichtete über den Streit zweier Geschäftsmänner. Der eine hatte seit zwanzig Jahren eine Reinigungsfirma. Der andere eröffnete genau gegenüber seinen Laden und nahm ihm seine Kundschaft weg. Als ich den über seine Geschäftspraktiken ausfragte, warf er meinen Kameramann zu Boden und schwor, mir die Kehle durchzuschneiden."

„Oha."

„Wurde nichts draus. Aber ich habe mir mehr als nur einmal echte Sorgen gemacht. Da draußen gibt es einige wahnsinnige Leute."

„Was noch?"

„Mehr Geschichten?"

Trevor schüttelt den Kopf. „Nein, erzählen Sie mir von

sich. Von Ihrem Leben."

Mein Herz klopft. Er mag mich also. Das ist gut zu wissen, weil ich ihn nämlich sehr mag. „Nun", beginne ich. „Ich bin aus Idaho."

„Idaho?" Trevor betrachtet mich, als wäre ich verrückt.

„Genau."

„Wow. Ich wusste gar nicht, dass es Schwarze in Idaho gibt." Lachfalten bilden sich um seine Augen.

„Das sagen die Leute immer, aber ja, es gibt tatsächlich einige."

„ Warum sind Sie nach Atlanta gekommen?"

„Weil mir immer klar war, dass es noch etwas Schöneres und Besseres geben müsste. Nichts gegen Boise, aber ich sehnte mich nach echtem Stadtleben. Und außerdem wollte ich auf ein schwarzes College gehen, was es dort nicht gibt. Ich bewarb mich bei Spelman, wurde angenommen, und das ist schon die ganze Geschichte."

„Haben Sie es jemals bereut?"

„Nein, niemals."

„Gut", sagt Trevor.

Vielleicht liegt es am Wein, auf jeden Fall scheint meine Zunge gelöst. Ich beuge mich über den Tisch. „Wissen Sie, ich bin wirklich froh, dass Rhonda uns zusammengebracht hat. Vor diesem Treffen hatte ich überhaupt keine Lust mehr, mich mit einem Mann zu treffen. Wie es schien, habe ich immer nur dieselbe Sorte Mann kennengelernt – die falsche."

„Geht mir genauso. Ich meine, die falsche Sorte Frau."

Wir kichern beide. Und ich frage mich jetzt ernsthaft, ob

ich ihn noch zu mir einladen soll. Nein, noch nicht. Es gibt keinen Grund zur Eile. Also frage ich stattdessen: „Wann hatten Sie Ihre letzte Beziehung?“

Je nachdem, was er nun antwortet, werde ich wissen, was er im Sinn hat. Ob er mit jemand zusammen ist. Sosehr ich auch gerne Sex haben würde, auf einen One-Night-Stand habe ich keine Lust.

„Es ist schon eine Weile her“, antwortet er. „Vier Monate.“

„Das ist nicht besonders lang“, bemerke ich. Ich hoffe, er ist über die Frau hinweg. „Haben Sie sie geliebt?“

Trevor zuckt die Schultern. „Das glaubte ich, aber zum Schluss wurde mir klar, dass es nicht stimmte.“

Das klingt ein wenig ausweichend. Ich frage mich, ob ich mir Sorgen machen sollte. Andererseits will er vielleicht einfach nicht darüber sprechen, weil es eine unschöne Trennung war.

„Jemals verheiratet gewesen?“, frage ich.

„Nein. Und Sie?“

„Oh ja. Aber zum Glück bin ich wieder zur Vernunft gekommen.“ Ich zwinge mich zu einem Grinsen. Er soll nicht glauben, dass ich verbittert bin. „Er war der falsche Mann, aber mein Gott, so was passiert eben.“

Ich bemerke, wie sein Blick über meine Schulter schweift. Er scheint mich vergessen zu haben. So ein Mist. Ich muss wie ein Trottel geklungen haben. Doch dann fällt mir auf, dass er nicht meinen Blick meidet, sondern etwas entdeckt hat. Oder jemanden.

Schnell schaue ich über meine Schulter, sehe eine vierköpfige Familie, zwei junge Pärchen und zwei Männer an einem Tisch.

Verdammt, ich bin ja schon paranoid; andererseits ist es normal, paranoid zu sein bei den Männern, mit denen ich mich in letzter Zeit abgegeben habe.

Als ich mich wieder zu Trevor umdrehe, lacht er mich an und schenkt mir wieder seine ungeteilte Aufmerksamkeit. Er gießt mir den restlichen Wein ein. „Ich kenne Sie zwar nicht besonders gut, aber ich glaube sagen zu können, dass Ihr Mann dabei den Kürzeren gezogen hat."

„Da liegen Sie richtig", stimme ich zu.

Die Bedienung kommt auf uns zu, ich trinke schnell aus. Der Abend verläuft besser als gedacht, und ich will nicht, dass er schon zu Ende geht. Vielleicht sollte ich alle Bedenken in den Wind schlagen und noch einen Spezialkaffee bestellen. Ich könnte schließlich bei Trevor bleiben, oder er bei mir, und morgens mein Auto hier abholen.

„Möchten Sie noch ein Dessert?", fragt die Bedienung.

„Ich nehme einen Kaffee mit Baileys", sagte ich.

„Für mich nichts." Trevor schaut die Bedienung nicht an, sondern an ihr vorbei.

Jetzt bin ich sicher, dass ich etwas verpasst habe. Trevor ist mit den Gedanken ganz woanders. Entweder steht er plötzlich nicht mehr auf mich, oder da ist jemand, den er kennt.

„Trevor", beginne ich zögernd. „Ist alles in Ordnung?"

„Klar", entgegnet er schnell, aber seine Körpersprache bestätigt mir, dass er lügt. Sein Kiefer ist angespannt, er wirkt verärgert.

Ich bin verwirrt. „Trevor, habe ich was Falsches gesagt?"

„Wieso fragen Sie?"

„Sie scheinen … sauer zu sein."

Trevor schüttelt den Kopf, doch sein Blick irrt umher. Er beobachtet einen gut gekleideten weißen Mann, der mit einem Asiaten an einem Tisch sitzt. Der weiße Mann starrt Trevor an.

„Kennen Sie den Kerl? Oh Gott. Sagen Sie jetzt nicht, dass Sie ihn aus einem Ihrer Gerichtsprozesse kennen."

„Ich glaube, wir sollten gehen." Trevor hat sich bereits erhoben und greift in seine Jackentasche. „Wo ist die Bedienung?"

Mein Magen krampft sich zusammen. Gott bewahre, ich bin mit einem Verrückten in einem Restaurant, der charmant genug ist, ein Gericht von einem Freispruch zu überzeugen. Und ich kann mir auch vorstellen, wie er das gemacht hat – der Typ sieht aus, als könnte er keiner Fliege was zuleide tun.

Aber ich weiß es besser. Kriminelle erkennt man nicht einfach so. Wäre besser, wenn sie Giftzähne und überquellende Augen hätten.

Trevor fährt sich mit einer Hand übers Gesicht, und so langsam bekomme ich es wirklich mit der Angst zu tun. Was wird dieser Verrückte wohl als Nächstes tun? Ich stelle mir die Dreiundzwanziguhr-Nachrichten vor. Staatsanwalt aus Rache niedergeschossen.

Erleichtert entdeckt Trevor die Bedienung und eilt zu ihr, während ich mich zögernd erhebe. Ich weiß nicht, ob das einen Mörder von irgendetwas abhält, aber ich schätze, ich sollte mich nicht jäh bewegen.

Die nächsten Sekunden kommen mir wie Stunden vor. Am liebsten würde ich ja abhauen, aber ich kann Trevor nicht einfach allein lassen. Im umgekehrten Fall würde ich auch nicht wollen, dass er geht.

Als Trevor zurückkommt, bin ich bereit, loszurennen. Wir steuern auf die Tür zu. Aber es ist zu spät. Der Wahnsinnige springt hoch. Ich erstarre vor Angst.

Ich tue das, was mir als Erstes einfällt, nämlich Schutz hinter Trevors Rücken zu suchen. Was soll ich sagen? Er ist nicht mein Mann. Ich bin nicht bereit, mein Leben für ihn aufs Spiel zu setzen.

„Trevor", sagt der weiße Mann.

„Nicht jetzt", entgegnet Trevor und drückt sich an ihm vorbei.

Der Kerl packt ihn am Arm. „Hör mal, ich weiß, was ich gesagt habe. Aber ich hatte Zeit, nachzudenken …"

„Ich sagte, nicht jetzt", zischt Trevor.

Trevor läuft wieder los, und ich bleibe dicht neben ihm.

„Bitte, lauf nicht vor mir weg."

Diese Worte lassen mich stehen bleiben. Der Typ kling ja geradezu wie … Ich schüttle den Kopf. Jedenfalls handelt es sich bei ihm bestimmt nicht um einen gestörten Verbrecher. Offenbar kennt er Trevor, aber ich habe keine Ahnung, woher.

Trevor stürmt in die Lobby. Der weiße Mann folgt ihm. Ich falle ein wenig zurück und beobachte verwirrt die Szene.

Der Mann nimmt Trevors Hand. Trevor zögert einen Moment, dann reißt er sich los.

Halt, warte mal 'ne Sekunde. Ist das wirklich passiert?

Ach du Scheiße. *Scheiße!*

„Wir sprechen später, Brian", sagt Trevor.

„Wann?", will Brian wissen. „Du gehst mir doch ständig aus dem Weg."

Unsere Blicke treffen sich, Trevor scheint entsetzt zu sein, dass ich Zeugin dieser Auseinandersetzung bin. Brian sieht mich ebenfalls an, aber eher so wie eine Frau einen anstarrt, die ihren Mann für sich behalten will.

Ich schnaube empört und laufe um sie herum.

„Lishelle, warten Sie", ruft Trevor.

„Wohl kaum", antworte ich.

Und dann flitze ich aus dem Restaurant.

Als ich bei Claudia ankomme, bin ich völlig erschöpft. Außer Puste wie nach einem verflixten Marathon. Noch bevor ich an die Tür klopfen kann, wird sie schon geöffnet. Obwohl Claudia mit Adam eine Wohnung in Buckhead hat, wohnt sie bis zu ihrer Hochzeit bei ihren Eltern. (Fragen Sie nicht, warum. Hat irgendwas mit Schein wahren zu tun.) In diesem riesigen Haus hat sie ihr eigenes Apartment, in dem sie gelebt hat, bis es mit Adam so richtig ernst wurde. Und zum Glück hat dieses Apartment einen separaten Eingang. Niemand sonst soll mich in dieser Verfassung sehen.

Claudia reißt also die Tür auf und mustert mich besorgt. „Süße, was ist denn los?"

Es ist mir ein wenig peinlich, dass ich sie derart aufgewühlt angerufen habe, aber verdammt, ich muss einfach mit jemandem sprechen.

Ich gehe an ihr vorbei. „Tu mir einen Gefallen. Sollte ich jemals wieder sagen, dass ich mich mit einem Mann verabreden will, erschieß mich."

„So schlimm?"

Ich knalle meine Tasche auf den Tisch im Flur. „Oh mein Gott."

Wieder trifft mich die Realität des Abends mit voller Wucht, ich würde am liebsten laut schreien. Stattdessen knurre ich nur und gehe ins Wohnzimmer, wo ich stehen bleibe, als ich Alisha auf der Couch sitzen sehe. „Oh. Hallo."

„Alisha war hier, als du angerufen hast", erklärt Claudia. „Sie beschloss, zu bleiben, für den Fall, dass du uns beide brauchst."

Trotz meiner zittrigen Nerven hebt sich meine Stimmung etwas. Diese beiden Frauen sind mir so wichtig. Ich liebe sie bedingungslos, und sie lieben mich auch. Sie lassen sofort alles stehen und liegen, wenn ich sie brauche.

„Das ist gut", sage ich.

Alisha kommt auf mich zu und schlingt einen Arm um meine Taille. „Was ist passiert?"

„Lass es mich so ausdrücken. Ich hatte das Gefühl, meine Verabredung könnte ein Topthema der Elf-Uhr-Nachrichten werden."

„Ach je. Wieso?"

Die nächsten Minuten verbringe ich damit, ihnen alles zu erzählen, und als ich fertig bin, fängt Alisha an zu kichern, und Claudia bricht vor Lachen fast zusammen.

„Das ist nicht witzig", erkläre ich ihnen. „Ihr habt keine Ahnung, was für eine Angst ich hatte."

„Ach du Scheiße." Claudia hat Tränen in den Augen. „Das ist zu viel Drama für meinen Geschmack."

„Für deinen Geschmack? Ich war es schließlich, die mitten in dieses Liebesdrama der beiden Typen schlitterte. Himmel, der Junge ist ja nicht mal sicher, ob er schwul ist oder nicht. Ich hätte es gleich wissen müssen. Er sah viel zu gut aus. Und trug Kenneth-Cole-Schuhe. Das ist doch schon ein sicheres Anzeichen."

„Mein Gott, wie schrecklich", bemerkt Alisha. „Mit einem Typ auszugehen, der an beiden Ufern fischt." Ihr schaudert es.

„Zum Glück habe ich nicht mit ihm geschlafen." Jetzt schaudert es mir. „Das muss ein Zeichen sein. Offenbar soll ich aufhören, mich mit Männern zu treffen."

„Sag das nicht", meint Alisha. „Irgendwo da draußen gibt es einen tollen Mann für dich. Ich weiß, dass du ihn finden wirst."

„Ha!" Beide werfen mir einen besorgten Blick zu. „Seht mich nicht so an. Ihr wisst doch gar nicht, wie das ist. Ihr habt eure Männer. Den Richtigen zu finden – mein Gott, das ist so schwer."

„Ich weiß", sagt Alisha. „Aber du darfst nicht einfach aufgeben."

„Wieso nicht? Verabredungen sind heutzutage wie russisches Roulette. Da kann ich mir gleich eine Pistole an die Schläfe setzen und hab's hinter mir."

„Ich glaube, du brauchst ein Glas Wein." Alisha prescht in die Küche.

„Ein Scotch wäre mir lieber, Schätzchen." Ich wende mich an Claudia. Inzwischen geht es mir schon viel besser, ich will mich mit etwas Schönem beschäftigen. „Also. Hast du jetzt eine Entscheidung wegen der Kleider getroffen?"

„Nein, aber ich kann's nicht mehr lange hinauszögern. Die Hochzeit ist schon in fünf Wochen."

„Falls es dich interessiert, ich fand den hellvioletten Stoff toll, den du mir gezeigt hast. Gefällt mir viel besser als der gelbe."

„Wirklich?" Claudias Augen leuchten auf.

„Auf jeden Fall. Ich sehe in Violett besser aus."

Nun lächelt sie kläglich. Sie hat fürchterliche Angst, sich womöglich auf die falsche Farbe festzulegen. Ich greife nach ihrer Hand und drücke sie. „Entspann dich. Violett ist die richtige Farbe. Wir werden darin alle toll aussehen."

„Bist du sicher?"

Gott, sie ist ein typischer Zwilling. Unfähig, eine Entscheidung zu treffen. Ich kann immer noch nicht fassen, dass sie die Hochzeit zwei Tage nach ihrem dreißigsten Geburtstag geplant hat. Aber ihrer Meinung nach gibt es keinen besseren Zeitpunkt, um diesen Meilenstein zu feiern.

„Ja, ich bin mir sicher." Natürlich erwähne ich nicht, dass ich die andere Farbe genauso gut finde, denn das würde sie sofort in helle Aufregung stürzen. „Was mich viel mehr interessiert, ist, ob du wirklich bereit für diese Hochzeit bist. Du hast eine Nachricht hinterlassen, dass du über Adam sprechen möchtest."

Claudia macht mir ein Zeichen, das Thema fallen zu lassen, weil Alisha zurückkommt. Ich betrachte sie argwöhnisch, aber ihr Gesichtsausdruck ist unbewegt.

„Bitte schön." Alisha reicht mir einen Scotch. Sich selbst hat sie ein Glas Wein eingeschenkt.

„Wie wäre es, wenn wir heute Abend die Männer mal vergessen und uns nur auf uns konzentrieren?", schlägt Alisha vor.

„Klingt nach einem guten Plan", stimmt Claudia zu.

„Darauf trinke ich", sage ich. Und stürze den Scotch hinunter.

4. KAPITEL

Claudia

Fast eine Woche ist vergangen, seit ich mit Adam in diesem Swingerclub war, und ich muss gestehen, er war wirklich unglaublich süß. Direkt am nächsten Tag hat er mich mit einem Diamantarmband überrascht. Am Mittwoch schenkte er mir die Dior-Handtasche, von der er wusste, dass ich sie unbedingt wollte – die Blümchentasche im Vintagestil. Gestern Abend hat er mich im Park mit einem total romantischen Picknick überrascht. Wirklich wahr, als er mich mit in Schokolade getauchten Erdbeeren fütterte, habe ich mich noch mal ganz neu in ihn verliebt. Er dankte mir ausdrücklich dafür, dass ich so hart an den Hochzeitsvorbereitungen arbeite, und versprach, dass es die Anstrengung wert sei, denn wir würden ein wunderschönes Leben zusammen verbringen.

Eine schönere Woche kann man sich gar nicht vorstellen. Deswegen bin ich wirklich überrascht, dass er mich – ich liege gerade nackt auf ihm – vorsichtig von sich schiebt, unters Bett langt und ein ziemlich großes, in Geschenkpapier verpacktes Paket hervorzieht.

Noch ein Geschenk. Daran könnte ich mich gewöhnen.

Ein Lächeln macht sich auf meinem Gesicht breit. „Adam, was ist das?“

„Mach auf.“

Ich setze mich hin und kichere leise, während ich an der Schleife ziehe und das Goldpapier aufreiße. Doch als ich den Deckel öffne, erstirbt mein Lächeln. Um genau zu sein, zieht sich mein Magen aus Enttäuschung zusammen.

„Das ist ein Geschenk für dich." Er streichelt zärtlich meinen Arm.

Es ist ein riesiger Dildo. Und ich meine riesig. Und er hat Riemen, ist also dafür gedacht, ihn umzuschnallen.

Aber Adam besitzt doch bereits einen Penis. Und zwar einen, mit dem ich ziemlich zufrieden bin.

„Das kapiere ich nicht", gestehe ich.

„Erinnerst du dich daran, was wir letzte Woche in diesem … Club gesehen haben?"

Wie könnte ich das vergessen? Meine Augen brennen noch immer. „Ich habe eine Menge gesehen."

„Weißt du noch, die Frau in dem Käfig und der Typ, der bei ihr war?"

Die Erinnerung trifft mich wie ein Schlag. Ja, ich weiß. Die Frau hatte einen Dildo umgeschnallt und vögelte den Typen von hinten.

„Adam …" Ich lache nervös. „Also komm, du willst doch nicht, dass ich das tue … oder doch?"

Er saugt an meinem Finger. „Wenn du es probieren willst, ich bin dabei."

Ich starre ihn ungläubig an. „Bist du schwul?" Eine andere Frage fällt mir nicht ein.

Er wirft den Kopf zurück und brüllt vor Lachen. „Schwul? Ich? Also bitte, du müsstest das eigentlich besser wissen."

„Aber warum …" Meine Stimme versagt, ich schüttle den Kopf.

„Es gibt eine ganze, große sexuelle Welt da draußen, die wir zusammen entdecken können. Du und ich."

„Bist du unglücklich mit mir?", platze ich heraus.

Adam lächelt mich voller Liebe an und nimmt mein Gesicht in seine Hände. „Natürlich nicht. Aber ich liebe dich so sehr, und ich begehre dich so sehr, dass ich einfach alles mit dir ausprobieren will. Nur darum geht es."

„Bist du sicher?"

„Klar bin ich sicher. Ich möchte mit dir eine Beziehung führen, in der wir alles ausleben können und wissen, dass uns das einander nur noch näherbringt. Und ich möchte, dass du niemals Bedenken hast, mir gegenüber deine Wünsche zu äußern, denn egal, was du ausprobieren willst, ich bin dabei."

„Egal was?"

„Egal was."

Ich schlucke. „Ich weiß nicht, ob ich mich damit …", ich nehme den Dildo heraus, „… wohl fühle."

„Nun, das ist etwas, was wir noch nicht versucht haben. Wer weiß? Die Rollen zu tauschen könnte … Spaß machen."

Ich weiß wirklich nicht, was in Adam gefahren ist. Als ob er plötzlich irre geworden wäre.

Oder bin ich einfach nur komplett prüde? Aber das kann nicht sein. Adam und ich haben jede vorstellbare Position ausprobiert. Wir haben an öffentlichen Plätzen miteinander geschlafen, unzählige Sexspielzeuge ausprobiert und zusammen Pornos angeschaut. Er hat mich sogar zu Analsex überredet – etwas, das ich bisher keiner Seele erzählt habe. Ich dachte, ich würde jede einzelne Sekunde hassen, aber es hat mir gefallen. Es war ein Tabu, es war schmutzig, und es hat mich mehr erregt, als ich erwartet hätte.

Aber das?

Ich lege den Dildo zurück in die Kiste und stelle sie hinter uns. Dann strecke ich meinen Körper auf seinem aus. „Liebster“, schnurre ich in sein Ohr. „Ich bin gerne die Frau.“

„Und ich bin gerne der Mann. Daran wird sich nichts ändern. Aber ich habe gesehen, wie sehr die Frau in dem Käfig es genossen hat … und ich dachte … ich möchte das für dich auch. Eine andere Form der sexuellen Erfüllung.“

Ich gebe ein spöttisches Geräusch von mir.

„Behalte ihn einfach, bis du dich damit wohl fühlst“, sagt Adam. „Man weiß ja nie.“

Das kann ich mir kaum vorstellen. Die Wahrheit ist, dass ich alles, was ich mit Adam ausprobiert habe, von mir aus niemals vorgeschlagen hätte. Und ganz ehrlich, meinetwegen brauchen wir uns nie mehr einen Porno anzusehen. Und ganz bestimmt werde ich nicht noch mal in einen Swingerclub gehen. Adam macht mich an. Nur er. Alles an ihm.

„Eines kann ich dir jetzt schon sagen, dieses Ding werde ich nicht ins Haus meiner Eltern bringen. Behalte es lieber hier. Ich will mir gar nicht vorstellen, was passiert, wenn die Putzfrau darüber stolpert. Oder noch schlimmer, meine Mutter.“

Ich lache, und zu meiner Erleichterung fällt Adam in mein Lachen ein. Aber guter Gott, ich hoffe, dass er diesen Umschnalldildo vergisst. Ob er sich in einer Art sexuellen

Krise befindet? Wenn ja, dann kann ich nur beten, dass diese Phase bald vorübergeht, damit wir unser Eheglück genießen können, so, wie ich es mir von Kindesbeinen an erträumt habe.

Schaut Diana mich komisch an? Das frage ich mich, als wir ihr am nächsten Morgen im Garten meiner Eltern gegenübersitzen. Wir wollen mit ihr, der Hochzeitsplanerin, die letzten Details besprechen. Heute ist der Tag der Entscheidung. Eine Woche vor der Hochzeit werden die Köche aus New Orleans eingeflogen, um uns ein Probemenü zu kochen. Falls uns irgendetwas nicht schmeckt, können wir noch immer unsere Meinung ändern, aber jetzt zumindest müssen wir die Speisefolge festlegen.

Diana zieht ihre Brille auf und öffnet ihren Planer. „Als Vorspeise gibt es also Tomaten mit Mozzarella, Gumbo und Petite Couchon Baton. Und die Hauptspeise? Möchten Sie noch immer Rindfleisch?"

Ich schaue Adam an. Er trägt eine Sonnenbrille, seine Augen sind nicht zu erkennen. Aber ich weiß trotzdem, wie sie aussehen. Rot. Er hat vor dem Treffen einen Joint geraucht.

Das ist noch etwas, was mich an Adam stört. Im letzten Jahr wurde seine Raucherei geradezu exzessiv. Er sagt, er müsse sich entspannen wegen dem ganzen Hochzeitsstress und weil er als Bürgermeister kandidieren will.

Ich verstehe das ja, aber für alles gibt es Grenzen.

„Was meinst du, Adam?", frage ich.

„Das habe ich doch bereits gesagt. Ich bin für Fleisch."

Ich sehe Diana an. „Sowohl meine Mutter wie auch ich wurden mehrfach angerufen. Die Leute fragen sich, warum kein Fleisch zur Auswahl steht."

„Diese Leute planen auch keine Hochzeit für sechshundert Leute."

„Ich weiß, aber ..."

„Dürfte ich einen Vorschlag machen?", fragt sie.

„Natürlich."

„Wir haben Red Snapper in Zwiebelkruste und geräucherte Moschus-Entenbrust. Das ist ein vorzügliches Menü, und mit Sicherheit wird auch der heikelste Gast damit zufrieden sein. Wenn Sie noch etwas hinzufügen wollen, dann schlage ich eine weitere Vorspeise vor. Getrüffelte Weichschalenkrebsröllchen. Dann hat wirklich jeder genug Auswahl."

„Wahrscheinlich haben Sie recht."

„Habe ich", versichert Diana. „Wenn sich jemand beschwert, schicken Sie ihn zu mir." Sie lächelt süßlich, ein Lächeln, das darauf hinweist, dass sie seit dreißig Jahren Hochzeiten plant und weiß, wovon sie spricht.

„Können wir nun eine Entscheidung treffen, Adam?"

„Was immer du meinst."

Ich verdrehe die Augen. Wirklich, ich wünschte, er würde sich etwas mehr einbringen.

„Und wie steht es mit dem Dessert?", fragt Diana.

„Ah, das ist das Beste daran", sage ich. „Ich fürchte, ich werde noch vor den Flitterwochen fünf Kilo zunehmen."

Diana zieht ein Blatt mit den vorgeschlagenen Desserts und ihren Beschreibungen hervor. Adam und ich haben davon jeweils auch eine Kopie bekommen. „Limonenflan“, liest Diana vor. „Schoko-Karamell-Creme, Crème Brulée, Pekannusstörtchen à la mode, Pralinenparfait, kreolisches Brotpudding-Soufflé und kreolische Käsesahnetorte.“ Sie lässt das Blatt sinken. „Wählen Sie zwei davon aus.“

Ich werfe Adam einen Blick zu, doch der schaut nicht einmal in unsere Richtung, sondern irgendwo in den Wald hinterm Haus.

Unter dem Tisch drücke ich sein Knie. „Honey?“

„Ja, klar. Klingt toll.“

Wunderbar, er hat nicht mal zugehört. Meine Verlegenheit verbergend sage ich schnell: „Wir nehmen kreolisches Brotpudding-Soufflé und Crème Brulée.“ Ich nicke. „Ja, das ist gut.“

Diana kritzelt in ihr Notizbuch.

Und ich frage mich, ob die Entscheidung richtig ist. „Warten Sie – wissen Sie was? Wenn die Köche uns ein Probemenü zubereiten, dann können Sie doch Limonenflan und Pralinenparfait hinzufügen. Dann wissen wir genau, was für die Hochzeit am besten ist.“

„Kein Problem.“ Diana macht weitere Notizen. „Sie bezahlen eine Menge Geld, damit es perfekt wird – und ich verspreche Ihnen, es wird perfekt.“

Das sollte bei ihrem Stundenlohn auch wirklich besser der Fall sein.

„So, und nun zum angenehmen Teil.“

„Aha?“

„Ich habe eine Überraschung für Sie.“

Ich drücke Adams Hand. „Eine Überraschung. Ist das

nicht aufregend, Adam?“

„Oh ja. Das ist toll.“

Diana zieht ihre Brille ab, schiebt den Stuhl zurück und steht auf. „Lassen Sie uns zur Poolbar gehen, dort können Sie zwei Turteltäubchen Ihren ganz persönlichen Cocktail kreieren.“

„Unseren persönlichen Cocktail?“

„Ich habe einen Barkeeper mitgebracht, er wird mit Ihnen einen speziellen Cocktail mixen, den Ihre Gäste dann zum Empfang bekommen.“

„Das klingt wundervoll.“ Ich betrachte Adams aufgesetztes Lächeln. „Ich hatte ja keine Ahnung.“

„Ich gebe dem Ganzen immer gerne noch eine persönliche Note“, erklärt Diana.

Wir stehen auf und folgen ihr zum Pool im Garten meiner Eltern. Dort gibt es eine komplett eingerichtete Bar in einer karibischen Hütte. Hinter der Theke entdecke ich einen Mann mit schulterlangem blondem Haar. Er ist braun gebrannt und sieht aus, als käme er gerade vom Strand. So stelle ich mir Surfer mit sorgenfreiem Lebensstil vor.

„Das gefällt mir“, ruft Adam aus.

Wenigstens ist sein Interesse wieder geweckt. Was mich nicht überrascht. Bei all den Getränken werden wir bis Mittag einen hübschen Schwips haben.

„Ich überlasse Sie jetzt Jason“, verkündet Diana, „und gehe zurück ins Haus, wo ich noch ein paar Dinge mit Ihren Eltern besprechen muss.“

Adam und ich gleiten auf die Barhocker. Jason streckt eine Hand aus, die wir abwechselnd schütteln, während wir uns vorstellen.

„Jason, Sie sehen aus, als wären Sie direkt aus Hawaii eingeflogen“, bemerke ich.

Jason lacht. „Nein, aus Atlanta. Ich arbeite in einer Bar in Buckhead.“

„Adam und ich leben in Buckhead.“

„Waren Sie schon mal im ‚Apple‘?“

„Nein. Das ist eine Pianobar, oder? Da wollten wir immer schon mal hin. Nicht wahr, Adam?“

„Ja, stimmt“, antwortet er. Jason merkt bestimmt, dass er high ist.

„Dann kommen Sie doch mal vorbei. Ich arbeite fast jeden Tag dort.“

Jason sieht mich so lange an, dass ich mich frage, ob er mich gerade anmachen will.

Adam merkt davon jedoch nichts. Er nimmt meine Hand, und ich blicke ihn liebevoll an. Ich mag es, wenn er zärtlich zu mir ist. Doch er will nicht einfach nur Händchen halten, er zieht meine Hand tiefer, bis sie auf seinem Schritt liegt.

Du meine Güte. Er ist ganz hart.

Mit rotem Gesicht blicke ich schnell zur Seite. „Jason, was haben Sie für uns?“

„Ja, was denn?“, fragt Adam.

Jason zuckt mit den Schultern. „Auf was haben Sie denn Lust?“

„Oh, wir riskieren gern was, probieren alles Mögliche aus. Ich bin sicher, dass uns alles gefällt, was Sie vorschlagen.“

„Oh mein Gott, er macht doch nicht etwa gerade dem

Barkeeper ein Angebot?", denke ich.

„Ich dachte an etwas Fruchtiges", werfe ich hastig ein. „Vielleicht mit Wodka oder Rum. Etwas, das an einen schönen Strandtag erinnert."

„Verstehe."

Jason wirbelt herum und schnappt sich verschiedene Flaschen. Falls er Adams Worte merkwürdig fand, scheint er beschlossen zu haben, sie zu ignorieren.

Gott sei Dank.

Ich schiebe meine Sonnenbrille hoch und starre Adam an, der mir ein teuflisches Grinsen zuwirft, was meine schlimmsten Befürchtungen bestätigt.

Was ist nur mit dir geschehen, Adam?

Was ist aus dem Mann geworden, den ich liebe?

Am Montag habe ich noch immer ein komisches Gefühl, was den Barkeeper betrifft. Ich könnte zu Hause bleiben und allein grübeln, doch stattdessen rufe ich Alisha an und frage sie, ob sie zu mir zum Abendessen kommen will. Lishelle arbeitet, sonst hätte ich sie auch eingeladen.

Aber vielleicht ist es ganz gut, mit Alisha allein zu sein. Nicht nur, um über die Hochzeitsfotos zu sprechen, nein, ich will ihr auch von meinen Befürchtungen wegen Adam erzählen. Eigentlich hatte ich vorgehabt, Adams bizarre sexuelle Gelüste mit Lishelle zu besprechen, aber ich kann nicht länger warten, sonst drehe ich noch durch.

Ich probiere ein wenig von dem Caesar-Salat, dann lege ich die Gabel weg. „Alisha", beginne ich vorsichtig.

Sie blickt auf. „Ja?"

Ich überlege, wie ich meine Frage formulieren soll, aber es ist wohl am besten, direkt zu sein. „Will Charles manchmal wirklich … perversen Sex?"

Alishas Augen werden groß vor Überraschung. „Warum fragst du?"

„Ach, es ist nur …" Ich beuge mich vor und flüstere, als ob uns irgendjemand belauschen könnte. „Adam steht in letzter Zeit auf ganz komische Sachen. Ich hoffe, dass es nur eine Phase ist. Aber ich frage mich auch … ob mit mir etwas nicht stimmt. Fühle ich mich nur deshalb nicht wohl dabei, weil ich total verklemmt bin? Ich weiß, dass die Zeiten sich drastisch geändert haben, vielleicht liegt es also wirklich an mir. Und wenn, kann ich es überwinden? Wahrscheinlich will ich nur hören, dass das nun nicht für immer so bleibt."

Alisha räuspert sich. „Nun. Das war …"

„Ziemlich viel auf einmal, ich weiß. Und wahrscheinlich mehr, als du eigentlich hören wolltest. Aber ich muss einfach wissen, ob ich übertreibe und sexuell offener sein sollte."

Alishas Gabel fällt klirrend auf ihren Teller. „Ich fürchte, ich kann dir nicht helfen. In dieser Richtung habe ich überhaupt keine Erfahrung."

„Verdammt", murre ich. „Also ist Adam ein Freak – das meinst du damit, oder?"

„Dazu hast du noch nicht genug erzählt. Von was für Perversionen sprechen wir denn?"

Unsere Blicke treffen sich. „Analsex", gestehe ich verschämt. „Sex an öffentlichen Plätzen. Natürlich hat uns niemand gesehen", füge ich schnell hinzu, „aber es geht um den Reiz, erwischt zu werden. Das macht ihn richtig heiß. Und dann, Freitagnacht …" Ich seufze schwer. „Er hat mir einen Umschnall-Dildo gekauft. Ein Geschenk für *mich.*"

Alisha fallen fast die Augen aus dem Kopf. „Wie bitte?"

„Ich weiß. Es ist furchtbar, oder?"

„Aber ich kapiere nicht …"

„Er will, dass *ich* es mit *ihm* mache. Kannst du dir das vorstellen?"

Alisha schüttelt den Kopf. „Tut mir leid. Eigentlich nicht."

Ich stöhne gequält. „Ich weiß. Ich weiß, das ist einfach zu viel." Ich schiebe meinen Teller weg. „Und bitte, erzähl Lishelle nicht davon. Das ist mir so schon peinlich genug."

„Honey, ich wünschte nur, ich hätte dein Problem."

Jetzt reiße ich die Augen auf. „Was?"

„Dieser Dildo ist vielleicht ein wenig abgefahren, aber wenigstens will Adam Sex mit dir haben. Das alles mit dir ausprobieren. Ich würde jederzeit mit dir tauschen."

„Also, das verstehe ich nicht ganz. Besser gesagt, überhaupt nicht."

Alisha seufzt leise. „Bisher habe ich nichts gesagt, weil … nun, weil es zu schmerzhaft ist. Aber Charles hat seit über vierzehn Monaten nicht mehr mit mir geschlafen."

Ich bin so verblüfft, dass ich nichts sagen kann.

„Ja, es ist wahr, mein Mann will mich nicht mal mehr anfassen. Das stärkt mein Selbstbewusstsein ungemein, glaub mir."

„Oh mein Gott." Ich lege meine Hand über ihre. „Liebes, das tut mir leid."

„Es macht mich wahnsinnig. Und ich bin mit meiner Weisheit am Ende. Alles Mögliche habe ich versucht, aber er ist immer so müde und gestresst. Wenn ich ihn berühre, wird er starr wie ein Stock."

„Ich hatte ja keine Ahnung."

„Ich wollte nichts sagen, aber da wir schon mal über Sex sprechen, wüsste ich jeden Rat zu schätzen."

„Du kannst dir jederzeit den Umschnall-Dildo ausleihen."

Das bringt mir ein Lächeln ein. Und dann lachen wir beide.

„Was hast du alles versucht?", frage ich.

„Kerzen, gutes Essen, Wein. Das alles. Um ihn zu entspannen und in Stimmung zu bringen. Aber das hat nicht funktioniert. Also bin ich letzte Woche in einen ... einen Sexshop gegangen. Dort habe ich so ein nuttiges Dienstmädchenkostüm gekauft. Ziemlich obszön, das kannst du mir glauben."

„Und das hat nicht funktioniert?", frage ich überrascht. Ich kenne keinen Mann, den die Dienstmädchenfantasie nicht antörnt.

Alisha schüttelt enttäuscht den Kopf. „Er hat mich komplett ignoriert. Sich ein Fußballspiel angeschaut, und ich glaube, er mag Fußball nicht mal."

„Gott. Da müssen wohl schwerere Geschütze aufgefahren werden."

„Ich weiß. Aber welche?"

In einen Swingerclub gehen ... Das traue ich mich dann doch nicht vorzuschlagen, weil ich nicht zugeben will, dass ich – wenn auch unfreiwillig – einen mit Adam besucht habe.

„Ich weiß nicht", sage ich nach einem Moment. „Darüber muss ich erst nachdenken. In der Zwischenzeit hoffe ich einfach, dass er bald weniger Stress hat. Er arbeitet doch gerade an einem wichtigen Fall."

„Ich weiß, ich weiß. Glaub mir, ich weiß es. Und mir tun all die Leute auch leid, die nach dem Verzehr von Kittlers Keksen krank geworden sind, ich hoffe, die Sammelklage geht durch. Ich unterstütze ihn in seiner Arbeit. Aber ist Sex nicht ein wunderbarer Stresskiller?"

„Das dachte ich auch immer. Für Adam auf jeden Fall."

Alisha sieht so entmutigt aus, dass mein Herz aus Mitgefühl fast überläuft. „Nun", beginne ich, „wenn es mit seiner Arbeit zusammenhängt, wird es nicht ewig andauern. Ich weiß, dass das jetzt kein großer Trost ist, aber morgen ist ein neuer Tag. Gib die Hoffnung nicht auf."

„Nein, mache ich nicht." Aber sie klingt, als würde sie am liebsten in Tränen ausbrechen.

Und ich dachte, ich hätte ein Problem, weil Adams Lust auf Sex nicht zu stillen ist. Vielleicht habe ich überhaupt kein Problem.

Gut, er will alles Mögliche ausprobieren, aber wie Alisha sagte, zumindest probiert er es mit mir aus. Offenbar vertraut er mir vollständig, und das sagt doch eine Menge über ihn aus.

Ja, ich schätze, ich war wohl ein wenig verklemmt. Zwischen Partnern darf es keine Scham geben – zwischen zwei Menschen, die einander von ganzem Herzen lieben.

5. KAPITEL

Dieses ganze Gespräch mit Claudia hat mich zugleich gequält, erregt und frustriert. Und deswegen schließe ich mich, als ich nach Hause komme und Charles mal wieder nicht da ist, im Schlafzimmer ein und masturbiere.

Ich stelle mir Charles von früher vor. Den Charles, der so leidenschaftlich war, selbst wenn ich morgens mit schlechtem Atem neben ihm lag. Den Charles, der während einer Karussellfahrt im Vergnügungspark die Hand in mein Höschen gleiten ließ oder im Kino meine Bluse aufknöpfte und meine Brüste liebkoste. Den Charles, der mit einem einzigen Blick wusste, wann ich bereit für die Liebe war.

„Charles, Charles, Charles“, murmle ich, während ich mich berühre und mir vorstelle, es wären seine Finger. Seine Zunge, die meine Brustwarzen umkreist.

Ich schreie auf, als ich den Höhepunkt erreiche und mich fortreißen lasse – aber nicht lange. Sofort danach fühle ich mich kalt und leer. So kalt und leer, dass ich heulen könnte.

Ich habe einen Mann, verdammt noch mal. Warum muss ich mich selbst streicheln, wenn ich doch einen Mann habe, der jung genug ist und eigentlich wild nach mir sein müsste?

„Vergiss Charles“, befehle ich mir, klettere aus dem Bett und gehe unter die Dusche. Vielleicht kann kaltes Wasser die Hitze in mir kühlen.

Zehn Minuten später, als ich mich abtrockne, versuche

ich, nicht länger an Sex zu denken. Aber als ich meine Beine eincreme, erinnere ich mich daran, dass Charles das früher gerne übernommen hat und dabei seine Hände qualvoll langsam über meinen Körper wandern ließ.

Nun, bestimmt kann Oprah mich ablenken. Da kann ich mich eine Stunde lang besser fühlen, weil ich sehe, wie schlecht es anderen geht. Also streife ich schnell T-Shirt und Shorts über, gehe ins Wohnzimmer und stelle den Videorekorder an. Ich nehme Oprah jeden Tag auf.

Nachdem ich ein paar Sekunden zurückgespult habe, drücke ich auf Play. Oprah betrachtet gerade nachdenklich eine in Tränen aufgelöste Frau.

„Was also ist Ihrer Ansicht nach passiert?", fragt Oprah. „Warum ist die Leidenschaft in Ihrer Ehe erloschen?"

Die Frau sieht völlig verwirrt aus. „Ich weiß es nicht."

„Sie müssen es wissen", drängt Oprah. „Wenn Sie über Ihre Ehe nachdenken, Ihr Leben – und das haben Sie bestimmt getan –, dann müssen Sie doch zumindest eine Ahnung haben, was falsch gelaufen sein könnte."

Das ist nicht fair, Oprah, denke ich. Ich bin doch der lebende Beweis dafür, dass einfach so etwas danebengehen kann, und keiner weiß, warum.

„Die Kinder", antwortet die Frau schließlich. „Ich glaube, nachdem die Kinder da waren, hat die Leidenschaft nachgelassen."

„Ich habe das schon einmal gesagt", beginnt Oprah. „Und ich sage es wieder: Frauen stellen sich oft zurück, wenn sie Kinder haben. Sie sind so mit ihrer Mutterschaft beschäftigt, dass sie ihre Bedürfnisse als Frau vergessen."

„Nicht immer“, sage ich zum Fernseher. Ich bin mir absolut sicher, dass ich mich um ein aktives Sexleben bemühen würde, wenn Charles und ich Kinder hätten. Aber wir haben nun mal keine Kinder, welche Entschuldigung kann Charles also vorbringen?

Auf dem Sofa ausgestreckt schaue ich mir die ganze Sendung an, warum auch immer. Sie ist ja nicht gerade dazu angetan, mich meine trübselige Situation vergessen zu lassen. Andererseits sehe ich jetzt zumindest, dass ich nicht allein bin.

Als Oprah eine Überraschung für ihre Gäste ankündet, setze ich mich auf. Sie hat schließlich immer die besten Überraschungen.

„Ich weiß, Sie alle sind heute hier, weil Sie sich Hilfe wünschen“, sagt Oprah. „Und ich möchte Ihnen tatsächlich helfen, wieder Leidenschaft in Ihre Beziehungen zu bringen. Und deswegen werden Sie und Ihre Ehemänner vier Tage in dem romantischen Hotel „Canyon Ranch Spa“ in Tucson in Arizona verbringen!“

Die Paare lächeln strahlend, das Publikum spendet tosenden Applaus.

„In diesem Hotel wird alles angeboten, wovon Paare nur träumen können. Unterricht im Küssen. Und darin, wie man absolut fantastischen Sex haben kann.“ Das Publikum kreischt und brüllt. „Wenn Sie es nach diesen vier Tagen mit Ihrem Partner nicht wieder glücklich im Bett sind, dann werden Sie es wohl nie schaffen.“

Mein Gott. Das ist es. Das ist die Antwort, nach der ich die ganze Zeit gesucht habe.

Natürlich! Wie konnte ich nur so blind sein? Wann sind Charles und ich das letzte Mal verreist? Vor etwa eineinhalb Jahren, und damals hatten wir wirklich fantastischen Sex. Ich muss Charles von seiner Arbeit loseisen, mit ihm in dieses romantische Hotel fahren, das ganz auf die Bedürfnisse von Liebenden eingerichtet ist, und dort werden wir das wiederfinden, was wir verloren haben.

Ich springe vom Sofa und eile zum Schreibtisch. Ich muss alles über dieses „Canyon Ranch Spa" herausfinden. Ist mir egal, was es kostet. Ich würde mein letztes Hemd dafür geben, mit Charles irgendwo allein zu sein, wo es nur darum geht, wunderschönen Sex zu haben.

Zumindest könnte ich so ein für alle Mal herausfinden, ob mein Ehemann mich noch anziehend findet. Wenn wir allein in einem Sexparadies sind und er sich immer noch nicht aufraffen kann, dann muss ich wohl …

Ehrlich gesagt will ich nicht darüber nachdenken, was ich dann wohl muss. Ich kann es kaum noch erwarten, endlich unser Eheleben aufzumöbeln. Klar höre ich ihn jetzt schon protestieren, dass er vor lauter Arbeit nicht wegfahren könne. Er arbeitet wirklich mehr, als ein Mensch sich überhaupt vorstellen kann.

Also ist mir klar, wie schwer es sein wird, ihn zu überreden, aber ich werde es versuchen. Wir brauchen nur ein einziges Wochenende.

Ich tippe die Worte „Canyon Ranch Spa" ein. Als die Seite sich lädt, bin ich tief beeindruckt. Dieses Hotel ist einfach atemberaubend. Jacuzzis im Freien, Palmen … romantischer geht es gar nicht.

Ich blicke zu Himmel und stoße ein „Danke dir, Gott“ hervor.

Stunden später kann ich nicht schlafen. Charles neben mir schnarcht leise. Er hat mich natürlich nicht berührt, trotz des roten Negligés. Ich kenne Priester, die mir in so einem Aufzug nicht hätten widerstehen können, aber Charles war mal wieder gleichgültig.

Ich streichle seinen Arm. „Charles.“

Er rührt sich nicht, deshalb rüttle ich an seiner Schulter. Es ist mir egal, dass es zwei Uhr morgens ist. Ich will mit ihm schlafen oder wenigstens reden.

„Charles.“

„Hm?“, murrt er schließlich.

„Tut mir leid, dass ich dich wecke.“ Aber das stimmt nicht. Ich muss mit ihm sprechen, und zwar jetzt.

„Was ist denn los?“, fragt er mit verschlafener Stimme.

„Ich frage mich ... ich frage mich, ob du demnächst ein paar Tage Urlaub nehmen könntest.“

„Was?“

„Da gibt es ein Hotel, von dem ich gehört habe, und da möchte ich mit dir hin. Es ist in Arizona.“

Charles stöhnt. „Können wir darüber nicht morgen früh sprechen?“

„Ich schätze schon ... aber ich bin so aufgeregt. Weißt du, wann du wieder etwas mehr Zeit hast?“

„Keine Ahnung.“

„Kannst du morgen mal nachschauen?“

„Was soll das eigentlich?“

Ich zögere. „Es geht darum, dass wir wieder zueinander finden. Zusammen verreisen und die Routine hinter uns lassen."

„Oh." Er macht eine Pause. „Darf ich jetzt bitte weiterschlafen?"

Mein Herz schlägt nervös, als ich mich an ihn dränge. Das sollte nicht sein, verdammt noch mal, schließlich ist er mein Mann. Ich sollte mich hundertprozentig wohl dabei fühlen, meinen Körper an seinen zu schmiegen, seinen Penis in die Hand zu nehmen … Aber es ist nicht so. Schließlich muss ich ständig befürchten, dass er mich zurückweist.

Langsam lege ich einen Arm um ihn und lasse meine Hand auf seinen Bauch wandern. Meine Finger spielen mit den Härchen um seinen Bauchnabel.

Erst als Charles etwas tut, was er schon lange nicht mehr getan hat, fällt mir auf, dass ich den Atem angehalten hatte.

Er legt eine Hand auf meine.

Ein warmer Schauer jagt durch meinen Körper, Schmerz wühlt in meinem Bauch, als ich meine Finger langsam weiter nach unten bewege. Als ich sein Schamhaar berühre, bin ich schon ganz nass.

Endlich werden Charles und ich uns lieben.

Ich bedecke ihn mit meiner Hand, presse meine Lippen gegen seine Schultern. „Oh, Charles …"

Er schiebt meine Hand weg.

„Ally, es ist zwei Uhr morgens. Ich bin müde."

Zwar unterdrücke ich ein enttäuschtes Stöhnen, als ich

mich auf die Seite rolle, doch dass Tränen meine Augen füllen, kann ich nicht verhindern.

Ich bin völlig verzweifelt.

Das erklärt auch, was ich an einem Nachmittag hier zu suchen habe – am Arbeitsplatz meiner Schwester –, statt in meinem Studio Filme zu entwickeln. Ich finde es auch fürchterlich, hier zu sein, obwohl ich ja mit dem Lebensstil meiner Schwester überhaupt nicht einverstanden bin, aber ich muss der Wahrheit nun mal ins Gesicht sehen – sie wird flachgelegt und ich nicht, also kann ich bestimmt das eine oder andere von ihr lernen.

Trotz siebenundzwanzig Grad habe ich mir einen Schal um den Kopf geschlungen und trage die größte und dunkelste Sonnenbrille, die ich besitze. Ich habe sie weder zu Hause noch auf dem Handy erreicht, deswegen gehe ich davon aus, dass sie arbeitet.

Der Club ist dunkel und verraucht, genauso, wie ich es mir vorgestellt habe. In der Mitte des Raumes befindet sich eine große, mit Blaulicht beleuchtete Bühne. Es überrascht mich, dass an einem Mittwochnachmittag so viele Männer hier sind, ich muss mich umsehen, bis ich einen freien Tisch entdecke. Er befindet sich rechts von der Bühne.

Erst als ich mich gesetzt habe, betrachte ich die Stripperin. Die Frau mit dem langen schwarzen Haar trägt Strapse ohne Höschen. In ihrem Hüfthalter stecken Dollarnoten. Ich vermute, dass es sich bei dem Haar, das ihr bis zum Po reicht, um eine Perücke handelt. Mit lasziven Schritten bewegt die Frau sich auf die Stange in der Mitte zu, schlingt ein Bein darum und beginnt mit den Hüften zu kreisen, als ob es sich um einen riesigen Schwanz handelte. Ich beobachte sie gleichermaßen entsetzt und fasziniert. Nachdem sie sich einmal um die Stange geschwungen hat, beugt sie sich vor und drückt ihre ziemlich großen und mit Sicherheit unechten Brüste dagegen.

Nun setze ich doch die Sonnenbrille ab, weil meine Augen in dem dämmrigen Licht zu schmerzen beginnen. Verstohlen betrachte ich die Männer, die sie betrachten. Keiner von ihnen kann den Blick losreißen. Und ich muss zugeben, es ist schon unglaublich erotisch, wie sie sich an dieser Stange bewegt. Sie umfasst sie nun mit beiden Händen, beugt sich mit der Geschmeidigkeit eines Schlangenmenschen weit nach hinten und bietet den Männern einen herrlichen Blick auf ihre schweren Brüste. Ja, die Männer sind hypnotisiert. Manche von ihnen lecken sich sogar über die Lippen.

Vielleicht sollte ich eine solche Stange in unserem Schlafzimmer einbauen lassen. Die Idee ist zwar absurd, aber gar nicht so schlecht. Ich könnte Samera bitten, mir die Grundkenntnisse beizubringen …

Nun lässt sie sich an der Stange nach unten gleiten und schleicht auf allen vieren wie eine Katze zum Bühnenrand. Dort streckt sie noch ein paarmal die Beine aus oder wölbt sich nach hinten, streichelt ein paar Männern die Gesichter, bis sie schließlich aufspringt und die Bühne verlässt.

Ich blicke mich hastig im Club um. Ein paar Oben-Ohne-Bedienungen servieren Getränke, doch meine Schwester ist nicht unter ihnen.

Die ruhige Musik klingt aus und wird durch den pulsierenden Rhythmus von Christina Aguileras „Dirrty“ ersetzt. Die nächste Stripperin mit wilder blonder Haarmähne und rotem Lederminikleid, dessen Reißverschluss bis zum Bauchnabel aufgezogen ist, stürzt auf die Bühne und schwingt eine Peitsche. Ich brauche einen kleinen Moment, bis ich begreife, dass es sich um meine Schwester handelt.

Der Rock ist so kurz, dass ich, als sie an mir vorbeikommt, mehr von ihrem Hintern als von dem roten Leder sehe. Sie trägt glänzende Lackstiefel mit mindestens fünfzehn Zentimeter hohen Absätzen, und es ist mir ein Rätsel, wie sie darauf überhaupt laufen kann.

Die Männer grölen und brüllen begeistert, als Samera die Peitsche auf den Bühnenboden knallen lässt. Ich schaue weg. Oh, Sammie. Warum tust du das? Warum machst du dich selbst zu einem Objekt?

Als ich wieder in ihre Richtung sehe, fliegen gerade Geldscheine auf die Bühne. Eine Menge Geld. Was meine Frage wohl beantwortet.

Ich weiß aber auch, dass Samera diesen Job wirklich gerne macht. Lange bevor sie dafür bezahlt wurde, sich auszuziehen, war sie schon ganz wild darauf, enge Klamotten zu tragen und die Reaktion der Männer zu beobachten. Besonders viel Spaß hatte sie mit dem zweiten Mann meiner Mutter, sie quälte den armen Kerl, bis er sich nicht mehr in der Gewalt hatte und mit ihr vögelte. Meine Mutter warf beide raus und schrie, dass sie dafür in der Hölle schmoren würden. Ich schätze, das hat Samera so oft zu hören bekommen, dass sie dachte, dann könne sie bis dahin ihr Leben ja wenigstens genießen.

Mit einer langsamen Umdrehung zieht sie den Reißverschluss ganz auf. Sie schenkt den Männern einen aufreizenden Blick auf ihre herrlichen, ebenfalls mit Silikon aufgemöbelten Brüste. Zu der Operation habe ich sie begleitet, nur um sie auf der ganzen Fahrt dahin davon abzuhalten.

Ich drehe den Kopf zur Seite, weil ich Samera nicht so sehen will. Als ob der innere Dialog meiner Mutter in meinem Hirn feststecken würde, denke ich ununterbrochen über die Sünde nach, die Samera begeht. Sie tut mir leid, so sehr, dass ich am liebsten für die Rettung ihrer Seele beten würde.

Klatsch!

Ich zucke bei dem Peitschenhieb zusammen, mein Blick schießt wieder auf die Bühne. Samera hat ihre Brüste entblößt, das Kleid ist verschwunden, nur noch ein Streifen schwarzes Leder verhüllt ihre Scham.

Ihre Augen leuchten auf, als sie mich erkennt. Ich winke ihr unauffällig zu.

Sie bewegt sich mit heftig wippenden Hüften auf die Stange zu, umfasst sie und windet sich darum, beugt sich weit nach hinten und gewährt den Männern einen Blick auf den Kontrast zwischen ihrem weißen Hintern und dem schwarzen Leder. Als sie sich auf alle viere niederlässt, wende ich mich wieder ab und tue so, als ob ich etwas in meiner Handtasche suche.

Dass es vorbei ist, erkenne ich am Applaus. Ich schaue wieder nach oben. Von den Stiefeln abgesehen ist Samera komplett nackt. Sie zwinkert mir zu und geht von der Bühne.

Wie macht sie das? Wie kann sie sich vor all den Fremden ausziehen? Ich kapiere das nicht.

Ein paar Minuten später stürzt Samera direkt auf mich zu. Ich stehe auf, sie wirft sich in meine Arme und drückt mich fest.

„Ally, was machst du denn hier?"

Ich weiß nicht, was ich sagen soll. „Wir wollten doch mal zusammen Mittag essen, schon vergessen?"

„Und das willst du hier tun?"

Als wir uns voneinander lösen, betrachte ich, was sie anhat. Ein weißes, weit ausgeschnittenes T-Shirt, das den Ansatz ihrer Brüste zeigt. Anstelle eines Rocks trägt sie ein hautenges Lederhöschen und diese hohen wie aus Plastik wirkenden Schuhe, die ich für mich Nuttensandalen nenne.

„Nun ja", entgegne ich. „Wieso nicht?"

Samera beäugt mich argwöhnisch. „Entweder hast du den Verstand verloren oder endlich eine wilde Seite in dir entdeckt. Und wieso wickelst du dir einen Schal um den Kopf?"

„Ach, das … ich …" Mir fällt keine passende Antwort ein, und sie zieht mir den Schal herunter.

Dann schnappt sie sich meine Hand. „Komm, setzen wir uns."

„Bist du fertig?"

„Ach Gott, nein. Ich muss noch viermal raus. Aber jetzt habe ich etwa eine halbe Stunde Zeit. Also, erzähl, was ist los? Denn irgendwas muss los sein, wenn du hierherkommst."

Ich atme tief durch. „Du hast recht."

„Charles?", rät sie mit gerunzelter Stirn.

Ich will nicht lügen. „Ja."

„Was hat der Idiot diesmal angestellt?"

„Es geht eher darum, was er nicht angestellt hat. Wir schlafen noch immer nicht miteinander." Merkwürdig, dass ich so ein intimes Detail mit Samera bespreche, obwohl wir uns nicht besonders nahestehen. Aber wie ich bereits sagte, ich bin verzweifelt.

„Was soll das heißen?" Samera schaut mich ungläubig an. „Hast du nicht letzte Woche alle möglichen Sexspielzeuge gekauft?"

„Nicht *alle möglichen,* aber ich habe mir was zum Anziehen gekauft. Ich dachte, das würde ihn anmachen, war aber nicht so. So eine echt gewagte Dienstmädchenuni..."

„Er treibt's mit einer anderen. Das weißt du jetzt also, nicht wahr?"

„Nein", beharre ich. „Das weiß ich nicht. Ich weiß nur, dass mein Mann sehr viel arbeitet und wir uns irgendwo auf dem Weg auseinandergelebt haben. Er ist so beschäftigt, dass er gar nicht an Sex denkt. Aber das ist noch kein Grund, meine Ehe aufzugeben. Ich brauche einfach ... Hilfe."

„Was soll ich tun?"

Tja, was? „Ich weiß nicht."

„Du hast doch bestimmt eine Idee, sonst wärst du nicht hier. Du hättest mich anrufen und nach weiteren Sexshops fragen können."

„Gut, ich bin verzweifelt. Da dachte ich wohl, ich komme hierher und schaue zu … und schnappe vielleicht ein paar Ideen auf." Dieses Geständnis überrascht mich genauso wie Samera. „Und falls du irgendwelche Tipps hast, wie ich meine Ehe retten kann, bin ich auch ganz Ohr."

„Ich habe keine Ahnung, was ich dir raten soll. Soweit ich weiß, will ein Mann, sobald er einen nackt sieht, unbedingt Sex haben."

„Das funktioniert vielleicht in einer frischen Beziehung. Aber Charles und ich sind seit Jahren verheiratet. Ich schätze …" Es tut weh, es auch nur auszusprechen, weil ich nie gedacht hätte, dass es uns auch einmal so gehen würde. „Ich schätze, es ist einfach langweilig geworden."

„Und genau aus diesem Grund glaube ich nicht an die Ehe. Oder an langfristige Beziehungen."

„Sammie." Gott, ich klinge so weinerlich, erbärmlich, ich hasse es, kann es aber nicht ändern. Ich bin mindestens so verzweifelt wie die Ehefrauen in ‚Desperate Housewives', ich stehe kurz davor, den Verstand zu verlieren.

„Na gut. Lass mich nachdenken. Das mit dem Sexspielzeug hat nicht funktioniert."

„Es war eine Dienstmädchenuniform, und vielleicht war sie sogar zu konservativ. Vielleicht sollte ich mal richtig ernst machen."

Ich breche ab, als eine barbusige Bedienung an unserem Tisch erscheint. Ich schäme mich derart für diese Frau, dass ich mit meinem Schal am liebsten ihre Brüste bedeckt hätte. Aber zumindest sehen sie echt aus, das ist schon mal was. Warum gefallen Männern die Frauen nicht so, wie die Natur sie nun mal geschaffen hat? Wir nehmen sie doch auch so, wie sie sind.

„Molly“, gurrt Samera. „Das ist meine Schwester Alisha.“

„Hi.“ Molly lächelt mich breit an, als wäre ich eine lang vermisste Freundin oder so was.

„Was möchtest du trinken?“, fragt Samera.

„Oh, ich glaube nicht …“

„Bring ihr einen ‚Sex on the beach‘.“ Samera lacht. „Ich wette, das würde dir jetzt gefallen, nicht wahr?“

Ich grinse – gequält –, bis Molly davontanzt, dann sage ich: „Du musst nicht der ganzen Welt verkünden, dass ich nicht flachgelegt werde.“

„Ganz ruhig. Molly weiß nichts, und selbst wenn, wäre es ihr völlig egal.“

Ich schätze, Samera hat recht. „Kannst du mir ein paar von diesen nuttigen Bewegungen beibringen, die ihr an der Stange da vollführt?“

„Die sind nicht nuttig. Sie sind artistisch.“

„Wollte ich ja sagen.“ Ich werfe Samera ein zuckersüßes Lächeln zu, dann beginnen wir beide zu kichern.

„Ach Ally, ich weiß, dass wir uns nicht besonders gut verstehen, aber ich finde es trotzdem furchtbar, was Charles dir antut. Dass du an deiner Attraktivität zweifelst. Du wärst ohne ihn besser dran.“

„Sammie, bitte.“ Ich weiß, dass meine Schwester so denkt. Schon an unserem Hochzeitstag hat sie ziemlich deutlich gezeigt, wie wenig sie Charles leiden kann. Damals drängte sie mich auf der Toilette in eine Ecke und erklärte, dass es noch nicht zu spät sei, die Ehe annullieren zu lassen. Und das war zu einer Zeit, als Charles und ich es noch trieben wie die Karnickel. „Bringst du mir das mit der Stange nun bei oder nicht?“

„Ich kann es dir beibringen, aber vielleicht wäre eine richtige Veränderung wichtiger, nicht nur im Schlafzimmer.“

„Hm?“

„Du weißt schon – du könntest dich komplett verändern. Wie wäre es zum Beispiel mit tief ausgeschnittenen Blusen und engen Jeans und Riemchensandalen?“ Samera lässt ihren Blick langsam über mich wandern. „Jetzt mal ehrlich, übergroße T-Shirts und ausgebeulte Jeans bringen die wenigsten Typen in Stimmung. Ziehst du dich denn immer so an?“

„Nein.“ Ja. „Nun, manchmal.“ Als Samera zweifelnd die Brauen zusammenzieht, gestehe ich: „Okay, meistens. Aber ich habe es gerne bequem. Wenn ich fotografiere, muss ich mich auf den Boden knien oder ins Gras, muss auf einen Baum klettern – was auch immer für das beste Foto nötig ist. Ich muss mich bewegen können.“

„Willst du Sex haben oder nicht?“

„Ja, will ich“, antworte ich, ohne zu zögern.

„Dann vertrau mir. Ändere deinen Typ, und zwar ganz und gar. Besorg dir ein paar abgefahrene schwarze Lederhosen. Und jede Menge kurze, enge Röcke. Die Typen lieben das. Leichter Zugriff, egal, wo man ist, du brauchst dich nur mal eben für einen Quickie nach vorn zu beugen.“

„Sammie!“, rufe ich empört aus. Doch dann denke ich

umgehend wieder an meine trostlose Situation. Wenn Charles so scharf auf mich wäre, dass er mich in einem Restaurant aufs Klo zerren und es mir dort besorgen würde, fühlte ich mich endlich mal wieder geliebt.

Molly erscheint mit hüpfenden Brüsten, stellt mein Getränk vor mir ab und eilt auf ein paar Typen zu, die ihr vom Nebentisch aus zurufen. Gott sei Dank.

„Du solltest mal Sex an einem öffentlichen Ort probieren, bevor du ganz damit aufhörst."

„Im Moment würde ich meinetwegen im Fernsehen Sex haben, wenn es Charles scharf machen würde."

„Gott, das zu hören würde Mama direkt ins Grab befördern!" Samera bricht in lautes Gelächter aus, doch ich entdecke etwas in ihren Augen – etwas, das zeigt, dass sie unsere Mutter vermisst. „Hast du mal wieder mit ihr gesprochen?"

„Mit Mama?"

Sie nickt.

„Vor ungefähr einer Woche. Sie wollte gerade zu irgend so einer Bibelveranstaltung in Kalifornien."

„Soll das heißen, sie durfte dieses Gelände in Alabama endlich mal verlassen?"

„Klang nach einer Art Gruppenreise."

„Warum kapiert sie nicht, dass es sich nur um eine beschissene Sekte handelt?" Samera schüttelt den Kopf. „Religiöse Wahnsinnige. So was kann ich nicht ausstehen."

„Sie scheint glücklich zu sein." Und mehr kann man sich doch wirklich nicht wünschen. Ich weiß, dass sie ein schweres Leben hatte. Vermutlich hat sie in ihrer Kindheit ein Trauma erlebt und sucht seitdem nach ihrem inneren Frieden. Ich spreche nicht oft mit meiner Mutter, meist nur, wenn sie zwischendurch mal eine Minute Zeit hat, um mich anzurufen. Sie hat sich hundertprozentig dieser Kirche verschrieben, ihrer neuen Familie, und für nichts anderes mehr Zeit. Was auch in Ordnung ist. Ich kann ihre Art, Gift und Galle zu spucken, schließlich nicht allzu oft ertragen.

Samera schaut finster vor sich hin. „Vergiss Mama. Du bist hier, um über Charles zu sprechen."

Tja, Samera ist eine gute Schauspielerin, aber ich weiß, wie sehr es sie verletzt hat, als unsere Mutter sie einfach aus ihrem Leben verbannte. Noch jemand, der sie wegstieß wie unser Vater, als wir noch klein waren.

Aber darüber will ich jetzt nicht sprechen, auch wenn ich glaube, dass es Samera guttun würde. Stattdessen sage ich: „Sexy Kleidung, ja? Das, meinst du, macht den Unterschied?"

„Nicht nur sexy. Zieh dich wie eine echte Schlampe an. Und nicht nur zu Hause, sondern auch, wenn du mit deinen Freundinnen ausgehst. Dann wird Charles sich fragen, wen du wirklich triffst. Im Ernst, kaum macht man die Männer eifersüchtig, setzen sie alles daran, einen wieder ins Bett zu bekommen."

„Vielleicht hast du recht." Früher hat mich Charles immer noch ein wenig fester in den Arm genommen, wenn ein anderer Mann mich anschaute.

„Ich habe recht. Und das weißt du, sonst wärst du nicht hier."

„Das streite ich ja nicht ab."

„Sieh mal, Süße. Lana hat gerade ihren Auftritt beendet, das heißt, ich muss in die Garderobe und mich fertig machen. Aber bleib noch, trink aus. Geht auf mich.“

Wir stehen auf und umarmen uns. „Ich hab dich lieb, Sammie.“ Und das stimmt. Von ganzem Herzen. Egal, wie selten wir uns sehen, sie ist immer in meinem Herzen. Weil ich vier Jahre älter bin, habe ich das Gefühl, sie beschützen zu müssen, obwohl sie vermutlich die Stärkere von uns ist.

„Ich dich auch. Noch einen letzten Rat?“

„Klar.“

„Durchsuche Charles’ Kleider. Seine Geldbörse, sein Auto. Alles.“

„Sam…“

„Ich meine es ernst. Schau nach, ob der Scheißkerl irgendwelche Telefonnummern versteckt oder Kondome. Ein Mann ist nämlich immer ein Mann. Wenn er nicht mit seiner Frau fickt, dann mit einer anderen.“

6. *KAPITEL*

Lishelle

Als Rhonda den Kopf in die Garderobe steckt, schaue ich weg. Ich bin ihr die ganze Woche aus dem Weg gegangen. Sie mir auch, da bin ich sicher. Und das war auch besser so.

Aber offenbar hat sie beschlossen, heute den ersten Schritt zu tun. Das Timing ist perfekt – Joanie, die Friseurin, ist gerade einen Kaffee trinken gegangen.

Zufall?

Rhonda betritt mit gesenktem Blick den Raum und schließt die Tür hinter sich. „Hallo“, sagt sie sanft.

„Selber hallo.“

„Ich wollte nur sagen …“

„Hast du es gewusst?“, frage ich. „Hast du gewusst, dass dein Cousin schwul ist oder bisexuell oder was zum Teufel auch immer?“

Sie weicht meinem Blick aus.

„Du wusstest es?“ Ich starre sie entgeistert an. „Rhonda, wieso?“

Endlich sieht sie mir in die Augen. „Trevor sagte, dass es ihm leidtut. Dass er viel Spaß mit dir hatte, bevor …“

„Bevor sein Freund beschloss, dass er ihn zurückhaben will?“

„Trevor mag dich wirklich.“

Ich betrachte sie mit großen Augen. „Du machst Witze, oder?“

„Ich denke, du könntest vielleicht die Richtige für ihn

sein. Wirklich."

„Er ist schwul, Rhonda. Oder zumindest sexuell verwirrt."

„Bisexuell. So sagt er zumindest. Aber diese Beziehung – das war nur eine Phase."

„Ah, jetzt geht es mir schon viel besser."

„Ich meine es ernst. Er hat mir sein Herz ausgeschüttet. Er sagt, dass er sich jetzt entschieden hätte, dass er eine nette Frau finden und eine Familie gründen will."

„Und dann hast du ihn mit *mir* verkuppelt?"

„Er ist ein wirklich netter Kerl. Er war nur eine Zeit lang durcheinander. Weißt du."

Ach du liebe Zeit. Ich kann es nicht fassen. Ich kann nicht fassen, dass sie mich mit einem Typen verkuppelt hat, von dem sie wusste, dass er auf Männer steht.

„Tut mir leid. Ich dachte, es würde klappen."

„Sag ihm, dass ich ihm viel Glück für die Versöhnung mit seinem Ex wünsche."

„Nein, das ist vorbei. Wirklich. Sein Ex ist verrückt, so eine Art Stalker …"

Mit einer Handbewegung unterbreche ich sie. „Rhonda, es ist mir egal, ob es vorbei ist oder nicht. Ich stehe nicht auf bisexuelle Männer. Egal, ob es sich um deinen Cousin handelt oder nicht."

„Entschuldige."

„Ich kapiere bloß nicht, warum du mich mit ihm zusammenbringen wolltest." Es ist ja nicht gerade so, dass ich im Sender verkünde, ich wäre auf der Suche nach einem Mann. „Ein bisexueller Mann ist einfach ein Schwuler, der es nicht wahrhaben will. Warum hast du mich in so eine Situation gebracht?"

„Tut mir leid."

„Nein, wirklich." Ich lasse nicht locker. „Was hast du dir dabei gedacht? Dass ich dringend einen Mann nötig habe, oder was? Ist es das, was die Leute hinter meinem Rücken reden? Wirke ich irgendwie verzweifelt?"

„Nein, nein, natürlich nicht. Das war nicht deinetwegen. Sondern seinetwegen." Sie atmet zitternd aus. „Ich hatte irgendwie gehofft …"

„Ja?", hake ich nach, als sie verstummt.

„Nun, ich dachte, er würde endlich kapieren, dass er nicht schwul ist, wenn er eine so tolle Frau wie dich trifft."

Meine Herren. So eine Erklärung hatte ich nicht gerade erwartet.

Rhonda scheint wegen der ganzen Sache ziemlich zerknirscht, also lege ich ihr einen Arm um die Schulter. „Ist schon gut. Bin nicht sauer auf dich. Aber bitte, keine weiteren Versuche, mich zu verkuppeln."

Sie lächelt mich an, dann kommt Joanie zurück, und Rhonda nutzt die Gelegenheit zu verschwinden. „Wir sehen uns später, ja?"

„Sicher." Sobald sie durch die Tür ist, schüttle ich den Kopf.

„Worum ging's denn?", fragt Joanie.

„Glaub mir, das willst du gar nicht wissen."

Später, wieder in der Garderobe, wische ich mir gerade das Make-up ab, als das Telefon klingelt. Es ist spät, schon weit nach Mitternacht, also gehe ich davon, dass es jemand vom Sender ist.

„Hallo?"

„Du warst toll heute Nacht."

Ich stutze. Schweige einen Moment. „Kennen wir uns?"

„Das könnte man sagen. Ja, das könnte man tatsächlich sagen."

Toll, noch ein Stalker. „Danke für den Anruf ..."

„Halt. Halt. Lishelle."

Plötzlich habe ich das Gefühl, als hätte ich einen Schlag in den Magen bekommen. Was ist das? Freude? Nein, nein, keine Freude. Nun, vielleicht ein bisschen. Aber sie ist mit Argwohn gemischt.

„Glenn?", frage ich.

„Wer denn sonst, Baby?"

Lieber Gott, hilf mir, doch nicht Glenn. Glenn, mit dem ich vor zehn Jahren Tage andauernde Orgasmen erlebte. Glenn, der das Beste aus mir herausholte – und das Schlechteste. Glenn, der mein Herz brach, als ich entdeckte, dass er mit einer seiner Assistentinnen an der University of Atlanta schlief.

Ich hätte ihn daraufhin hassen und aus meinem Leben und meinen Gedanken verbannen sollen. Aber wie kann man einen Mann vergessen, mit dem man so tief verbunden war? Egal, wie furchtbar er einen verletzt hat?

Deswegen haben wir im Sommer nach unserer Trennung noch gelegentlich miteinander geschlafen. Dann, vor sechs Jahren, kurz bevor ich David kennen lernte, rief Glenn mich aus heiterem Himmel an, als er einen Freund in der Stadt besuchte. Und wieder landeten wir im Bett. Am nächsten Tag verschwand er aus meinem Leben, ich traf David und lebte weiter. Vergessen aber habe ich Glenn nie.

„Wie geht es dir?“, frage ich. Ich weiß, das ist eine furchtbar lahme Frage, aber mir fällt nichts Besseres ein. Ich bin von der Tatsache, seine Stimme zu hören, einfach überwältigt.

„Mir geht es gut. Und noch besser, weil ich jetzt mit dir spreche.“

„Warum rufst du an? Nach – wie vielen Jahren? Sechs?“

„Sechs Jahre? Ist es wirklich schon so lange her?“

„Allerdings.“

„Meine Schuld. Aber Mensch, ich freue mich zu sehen, was aus dir geworden ist. Eine bekannte Nachrichtenmoderatorin. Du hast immer gesagt, dass du mal berühmt wirst. Jetzt sehe ich dich auf Plakatwänden in der ganzen Stadt. Gratuliere.“

„Warte, warte, warte. Lebst du wieder hier? Als wir uns das letzte Mal sahen, hast du in Los Angeles gewohnt und versucht, der nächste Denzel Washington zu werden.“

„Und du weißt, was daraus geworden ist.“

„Weiß ich das?“

„Du hast mich nicht im Kino gesehen, oder?“

„Ich habe niemanden gesehen. War viel zu beschäftigt.“

„Nun, es muss zumindest einen Mann geben, der mit dir ausgeht und dich anständig behandelt.“

„Es geht dich zwar nichts an, aber nein.“

„Das ist nicht richtig. Dagegen müssen wir dringend was unternehmen.“

Ich hole tief Luft. „Glenn, was soll das – was willst du?" Natürlich weiß ich es ziemlich genau.

„Ich habe dich vermisst."

Bei diesen drei schlichten Worten schießt Hitze durch meine Glieder. Aber ich sage nichts. Ich wage es nicht.

„Hast du mich gehört?"

„Äh, ja."

„Also, wann können wir uns sehen?", fragt Glenn mit dieser sanften, verführerischen Stimme, mit der er mich immer rumgekriegt hat. Mistkerl.

„Wer sagt, dass ich dich sehen will?" Aber ich höre einen verschämten Klang aus meiner Stimme heraus, und der Gedanke, Glenn wiederzusehen, erregt mich bereits. Wenn wir miteinander geschlafen haben, war es immer gewaltig. Auf eine Art, die eine Frau nie vergisst.

Und in Anbetracht der Tatsache, dass ich schon so lange keinen Sex mehr hatte …

Nun, dieser Gedanke ist nun wirklich unpassend.

„Du willst mich nicht sehen?"

„Warum sollte ich dich sehen wollen?" Damit wir einen One-Night-Stand haben wie vor sechs Jahren?

„Ich jedenfalls möchte es. Du weißt schon."

„Nein, ich weiß nicht. Ich habe schon so lange nichts mehr von dir gehört."

„Deswegen rufe ich ja an. Um es wiedergutzumachen. Weil es viel zu lang her ist."

„Wie lange bist du in der Stadt?"

„Bis morgen Nachmittag."

Okay, ein weiterer One-Night-Stand. „Ich rufe dich

morgen früh an, dann können wir zusammen einen Kaffee trinken. Unter welcher Nummer kann ich dich denn erreichen?"

„Morgen?", fragt er mit seiner erotisch-heiseren Stimme. „Wieso morgen? Was machst du denn jetzt noch?"

„Ich gehe nach Hause ins Bett."

„Allein?"

Mir stockt der Atem. Ich muss an das Gespräch mit Rhonda denken, als ich ihr sagte, ich wäre nicht verzweifelt. Dass allerdings allein die Stimme von Glenn mich derart erregt, straft mich Lügen.

„Das geht dich nichts an."

„Komm schon, ich will dich sehen. Ich habe dich vermisst." Seine Stimme klingt jetzt noch eine Oktave tiefer. „Wirklich vermisst."

Ich sage nichts. Habe Angst vor dem, was aus meinem Mund kommen könnte. Ein Teil von mir würde am liebsten sofort ja sagen – der Teil, der nach so einer langen Durststrecke Sex haben will. Aber dann ist da noch der andere Teil – der Teil, der weiß, dass Sex mit dem Ex immer gefährlich ist.

„Ich muss dich heute Nacht noch sehen."

Mein Herz beginnt zu rasen, mein ganzer Körper kribbelt. Soll ich es tun?

„Komm doch einfach bei mir vorbei. Dann können wir … reden."

„Wo genau bist du?"

„Im Marriott am Flughafen." Er macht eine Pause. „Wie schnell kannst du hier sein?"

„In einer halben Stunde."
„Ich bin in Zimmer 623."
„Gut, dann bis gleich."
Ich hänge auf und atme tief durch. Dann packe ich meine Sachen zusammen und eile aus der Garderobe.

Ich habe Schmetterlinge im Bauch, als ich fünfunddreißig Minuten später an die Tür von Glenns Hotelzimmer klopfe. Auf der ganzen Fahrt hierher habe ich mit mir gerungen, denn um ein Uhr morgens in ein Hotelzimmer zu marschieren kann nur eines bedeuten: Sex.

Und da es um Glenn geht – fantastischen Sex. Dieser Verlockung kann man nur verdammt schwer widerstehen.

Wie er wohl aussieht? Noch immer genauso, oder anders? Bestimmt noch genauso. Vermutlich sieht er kein Jahr älter aus …

Die Tür wird aufgerissen und ich taumle überrascht zurück. Ein Blick auf Glenn reicht, um mein Herz zum Stillstand zu bringen. Da steht er, ein Meter neunzig herrlich sündiges Fleisch. Schlank und muskulös. Er trägt ein geripptes Unterhemd und schwarze Jeans.

Mist, ich hatte recht. Er sieht wie damals aus. Was bedeutet, dass er noch immer zum Anbeißen ist. Während er seinen Blick über mich wandern lässt, verzieht er den Mund zu einem Grinsen. Diese Augen. Diese magischen nussbraunen Augen. Augen, die einen mit einem einzigen Blick ausziehen. Diese Blicke haben mir jedes Mal das Genick gebrochen.

Und er riecht so ausgesprochen gut. Ein sanfter Hauch seines Aftershaves dringt in meine Nase, woraufhin meine

Körpertemperatur sofort ansteigt. Jede einzelne fantastische Erinnerung fällt mir auf einen Schlag wieder ein. Er war der einzige Mann, der mich im Bett ganz und gar befriedigen konnte.

Oh ja, ich sehne mich verzweifelt nach einem Mann.

Verdammt, ich habe ein Problem.

Ich räuspere mich. „Glenn."

„Mmm, mmm, mmm, Lishelle."

Ich trage ein knielanges schwarzes Kleid mit V-Ausschnitt – ich weiß, dass es heiß aussieht. Glenn weiß es jetzt auch.

„Also, worüber wolltest du sprechen?", frage ich streng.

Er öffnet die Tür weit. „Komm rein. Mach's dir gemütlich."

Langsam trete ich ins Zimmer. Hinter mir höre ich, wie die Tür geschlossen und der Schlüssel umgedreht wird. Ich schließe die Augen, zähle auf drei, dann wende ich mich zu Glenn um.

Er läuft auf mich zu, und ich kann einfach nicht verhindern, dass ich auf seine unfassbar erotische Ausstrahlung reagiere. Er scheint mich in eine feste, sehnsuchtsvolle Umarmung nehmen zu wollen, doch kurz davor hält er zwei Gläser Wein in die Höhe, die auf der Kommode bereitstanden.

Er bietet mir ein Glas an. Ich nehme es nicht.

„Bitte", drängt er.

„Glenn, ich bin hier, um zu sprechen."

Er lächelt schief. „Willst du wirklich behaupten, dass du nicht genauso dringend mit mir vögeln willst wie ich mit dir?"

Mein Unterleib will explodieren. Verdammter Mistkerl. Wieso kennt er mich so gut?

Der knackige Chardonnay kommt da genau richtig, also nehme ich ihm das Glas doch aus der Hand und trinke einen großen Schluck.

Dem selbstgefälligen Grinsen nach zu urteilen, kann Glenn an meinen Augen ablesen, was ich denke. „Ich weiß noch genau, was du magst“, verkündet er. „Ich erinnere mich an *alles.*“

„Tatsächlich?“ Meine Stimme ist heiser, verführerisch.

„Oh ja.“

Er nimmt mir das Weinglas aus der Hand und stellt es wieder auf die Kommode. Dann packt er meine Hände, hält sie einfach nur fest und blickt mir tief in die Augen.

„Du siehst fantastisch aus“, sagt er.

„Du siehst aus wie immer.“

„Ist das gut oder schlecht?“

„Du weißt, dass das gut ist.“

„Lishelle. Hier sind wir beide nach all diesen Jahren in demselben Zimmer. Es ist nicht zu glauben.“

Meine Nervosität bringt mich fast um. Beinahe wäre es mir lieber, er würde mir einfach die Kleider vom Leib reißen und mich vögeln statt hier Smalltalk zu machen.

Er drückt die Lippen auf meine Stirn, und ich fühle mich wie von einem Stromschlag getroffen. „Ich meinte es ernst, als ich sagte, dass ich dich vermisst habe.“

„Glenn …“ Meine Stimme zittert so sehr.

„Ich sehne mich danach, dich zu berühren.“ Seine Lippen liebkosen meine Wange.

„Ich habe keine Ahnung, wo du warst", sage ich. „Es ist fast sechs Jahre her."

„Ich weiß, ich weiß. Du brauchst dir keine Gedanken zu machen, aber für alle Fälle habe ich auch Kondome."

Er hält noch immer meine Hände und zieht mich näher an sich, während er meinen Hals küsst. „Ooh, Lishelle."

Scheiße, Scheiße, Scheiße.

Und dann nimmt er mich in die Arme. Ich wehre mich nicht. Kein Stück. Ich weiß, wieso ich hierhergekommen bin und was er will. Was ich will.

Unsere Lippen berühren sich. Ich öffne den Mund, wir küssen uns leidenschaftlich. Unsere Zungen umkreisen sich, während unsere Hände verzweifelt die Haut des anderen berühren, als ob wir beide seit sechs Jahren nur auf diesen Moment gewartet hätten.

Vielleicht habe ich das.

„Oh, Baby." Seine Hände umfassen meinen Hintern und drücken ihn zart. „Verdammt, du fühlst dich noch immer so gut an."

Ich zerre sein Hemd aus der Hose, lasse meine Hände darunterwandern und stöhne, als ich seine warme Haut fühle.

„Spür mich", murmelt Glenn heiser. „Spüre, wie sehr ich dich will."

Meine Finger wandern tiefer, ich streichle seine Erektion durch den Stoff der Jeans. Steinhart und so lang und dick, wie ich es in Erinnerung habe.

„Verdammt, Glenn. Du weißt, dass ich *dem* nicht widerstehen kann."

„Ich weiß noch etwas, dem du sicher nicht widerstehen

kannst." Er legt einen Finger zwischen meine Brüste und bewegt ihn langsam nach unten, bis er durch das Kleid meinen Schoß streift. Dabei lässt er mich nicht aus den Augen, nicht einmal, als er auf die Knie sinkt und mein Kleid hochschiebt.

„Oh, ja", stöhnt er und spielt mit der Spitze meiner halterlosen Strümpfe. „Das sieht so heiß aus."

Er presst die Lippen auf die Innenseite meines Schenkels, und ich erschauere, klammere mich an seinen Schultern fest, als er den anderen Schenkel küsst und diesmal leicht mit der Zunge über die empfindliche Stelle fährt.

„Oh Scheiße", murmle ich und schließe die Augen.

Seine Lippen wandern höher, genauso wie seine Finger. Beinahe geben meine Beine unter mir nach, als er mich durch das Höschen zu küssen beginnt.

Ich habe mich so lange danach gesehnt. Danach, die Hände eines Mannes auf mir zu spüren. Seine Finger. Seine Zunge. Ich möchte einfach hier stehen und meine Schenkel spreizen und mich gehen lassen. Möchte ihn meinen Nektar schmecken lassen, bis ich zwei- oder dreimal gekommen bin.

Glenn schiebt den seidigen Stoff zur Seite und streichelt mich so sanft, dass es fast wehtut. Er streichelt, schaut. Streichelt, schaut wieder. Doch er berührt mich nicht so, wie ich berührt werden will. Er weiß es genau.

„Ich habe es vermisst, dich so zu sehen. So nah und so intim."

„Ich habe vergessen, wie gerne du einen quälst."

„Quäle ich dich?"

Ich sehe ihn direkt an. „Himmel, ja. Wenn du wüsstest, wie gern ich deinen Schwanz jetzt in mir spüren würde."

Nun schiebt er einen Finger in mich. „Das kommt noch."

Ich schnappe nach Luft. Lustwellen schlagen über mir zusammen.

„Du bist so eng", sagt er.

„Es ist lange her."

Er stöhnt, entzückt über meine Worte, lässt seinen Finger tiefer gleiten und streicht mit der Zunge über meine Lustperle. Hitze auf Hitze. Ächzend vergrabe ich die Finger in seinen Schultern.

„Gefällt … dir … das?", fragt er und leckt mich sanft zwischen den Worten.

„Verflucht, ja."

Noch immer bewegt er den Finger in mir, nimmt meine Perle ganz in den Mund und saugt daran. Meine Beine zittern – ich kann kaum noch stehen.

Glenn lässt von mir ab. „Leg dich aufs Bett", sagt er.

Ein leises Wimmern entfährt mir, weil ich seine Zunge auf mir spüren will und zugleich nicht weiß, wie viel ich davon ertragen kann. Glenn führt mich rückwärts zum Bett. Als ich mich hinlege, vergräbt er sein Gesicht in meinem Schoß und atmet tief ein. „Du bist unglaublich, Lishelle. Verdammt unglaublich."

Er teilt meine Schamlippen, und dann beginnt er mich wieder zu lecken und zu saugen, und ich habe das Gefühl, ich müsste sterben vor Glück. Es ist, als ob er sein Leben lang darauf gewartet hätte, mich so zu verwöhnen.

Mein Körper ist gespannt wie eine Gitarrensaite, die immer fester und fester angezogen wird und jede Sekunde reißen kann.

Ich hebe den Kopf, um ihm zuzusehen. Seine Zunge zu beobachten, die sich so magisch bewegt. Sein Stöhnen macht mich genauso heiß wie sein leises Schmatzen.

„Gleich. Oh mein Gott." Ich atme schneller, fieberhaft. „Schau mich an."

Unsere Blicke umklammern sich. Und dann fange ich am ganzen Körper an zu zittern. Der Höhepunkt beginnt in meiner Mitte und breitet sich wie heiße Lava überall aus. Ich wölbe mich nach hinten und schreie: „Oh Glenn! Oh mein Gott. Oh mein Gott …."

Ich wimmere noch immer, als ich höre, wie das Päckchen eines Kondoms aufgerissen wird, und als ich aufsehe, erhasche ich einen kurzen Blick auf Glenns beeindruckenden Schwanz, bevor er sich zwischen meine Beine legt und die Arme unter meine Knie schiebt.

Er dringt mit einem harten, tiefen Stoß in mich, ich stöhne gleichermaßen lustvoll wie erschrocken auf. Es ist so lange her. Ich hatte ganz vergessen, wie aufregend dieser erste Moment ist – der Moment des Eindringens.

Glenn verharrt tief in mir, ohne sich zu bewegen. „Verdammt, Lishelle, du fühlst dich so gut an."

„*Du* fühlst dich fantastisch an."

Endlich beginnt er sich zu bewegen, qualvoll langsam und tief. Jeder einzelne Stoß lässt mich erzittern. Unser Tempo wird schneller und schneller, bis Glenn so hart und tief und schnell in mich stößt, dass mir ganz schwindlig wird.

„Ich halte es nicht aus, Baby. Glenn … ich komme …“

Ich schreie auf, als Glenn mich zum zweiten Mal zum Höhepunkt bringt, kralle meine Finger mit aller Kraft ins Bettlaken. Und dann gibt er diese wohlbekannte Mischung aus Lachen und Grunzen von sich, wie immer, wenn er kommt. Ich spanne meine Muskeln an.

Dann bricht er auf mir zusammen. Wir reiben unsere schweißnassen Körper aneinander, unser Atem vermischt sich. Es ist unglaublich, wie gut ich mich fühle, wie schnell Glenn und ich nach all den Jahren wieder diese Verbindung herstellen konnten.

Ich fahre mit der Zunge über sein Kinn bis zum Ohr. „Wie machst du das nur immer? Wie kannst du mich so verdammt heiß machen? Ich schwöre, dein Name steht auf meiner Muschi.“

Er küsst mich. Ein glühender Kuss, der beweist, wie sehr ich ihm gehöre.

„Ich könnte die ganze Nacht so liegen, vergraben in dir. Das könnte ich wirklich.“

Und es geht mir mit Glenn nicht nur um Sex.

Egal, wie viel Zeit vergangen ist, egal, mit wie vielen Männern ich zusammen war, kaum sehe ich Glenn wieder, weiß ich, wem mein Herz gehört.

Ich stecke in Schwierigkeiten.

Glenn und ich haben noch dreimal in dieser Nacht gevögelt, jedes Mal war es genauso leidenschaftlich und befriedigend wie beim ersten Mal. Es ist keine Übertreibung, wenn ich sage, dass mich noch nie ein Mann so geliebt hat wie

Glenn. Sein Körper spricht mit meinem auf eine ursprüngliche, primitive Weise, die ich nicht verstehe, aber ich habe nicht die Kraft, ihm zu widerstehen.

Das weiß er natürlich. Er weiß, dass er mich in einem Jahr wieder anrufen kann und ich für ihn da sein werde. Er weiß, dass ich mich vor ihm hinknie und ihn in den Mund nehme, ganz tief, so wie er es mag. Dass ich mich von hinten nehmen lasse. Dass ich alles stehen und liegen lassen würde für zwei Tage Sex mit ihm.

Die letzte Nacht war also unglaublich, aber schon morgens bereue ich es. Und um ganz ehrlich zu sein, ich bin ziemlich sauer auf mich. Ich habe es gebraucht. Ich habe es so sehr gebraucht, warum also lasse ich mir den Spaß jetzt wieder von meinen Emotionen verderben? Warum kann ich Glenn nicht einfach als das nehmen, was er ist – ein fantastischer Liebhaber, der mich immer wieder auf erstaunlichste Weise verrückt macht – und mehr nicht?

Aber wem will ich etwas vormachen? So einfach ist es nicht. Letzte Nacht war ich gefangen in der Hitze des Begehrens und vergaß, wie unangenehm der Morgen danach mit Glenn sein kann. So war es auch vor sechs Jahren. Und es war ein paarmal so, als wir nach Beendigung unserer Beziehung noch ab und zu miteinander das Bett teilten. Weil mir Glenn immer wichtig war, ob er nun gerade tatsächlich eine Rolle in meinem Leben spielte oder nicht. Jedes Mal habe ich ihn nur für einen kurzen Augenblick und bin am Boden zerstört, wenn er geht.

Egal, wie sehr ich mir einrede, dass es mir auch ohne ihn gut gehen wird, es ist einfach nicht wahr.

Er liegt bewegungslos neben mir, ich schmiege mich seufzend an ihn. Vielleicht bin ich eine hoffnungslose Romantikerin, aber ich wünschte, dieser Augenblick würde nie vergehen. Dass wir für immer einfach so nebeneinander liegen könnten. Dass es keinen Abschied gäbe.

Es überrascht mich, als Glenn seine Finger mit meinen verschränkt, denn ich dachte, er schläft. Kurz darauf fragt er: „Woran denkst du?"

„Ich dachte, du schläfst."

„Nein. Sag mir, was du auf dem Herzen hast."

„Ich bin nicht sicher, ob du es wissen willst."

„Finde es heraus."

„Du gehst bald wieder. Lass uns einfach … die letzten Minuten miteinander genießen."

Er küsst meine Schulter. „Man weiß nie. Vielleicht denke ich ja dasselbe wie du."

Ich drehe mich um, drücke mich an seine harte Brust.

„Willst du es wirklich wissen?", frage ich.

„Mhm."

„Und du willst, dass ich ganz ehrlich bin?"

„Natürlich."

„Gut. Ich weiß einfach nicht, warum ich wieder hier mit dir bin. Nicht dass es mir nicht Spaß macht, mit dir zu schlafen, aber was tue ich da eigentlich? Wir hatten unsere Chance, aber es hat nie funktioniert. Jetzt sehe ich dich alle Jubeljahre mal und mein Körper sehnt sich nach dir wie nach niemandem sonst. Aber was soll das? Was soll daraus werden?"

„Daraus kann eine Menge werden."

„Ja, klar. Noch mehr fantastischer Sex." Ich verdrehe die

Augen. „Wo warst du überhaupt die letzten sechs Jahre? Ich dachte, ich würde dich nie mehr wiedersehen. Dass du inzwischen geheiratet hättest oder so was."

Glenn lacht herzlich, offenbar amüsiert bei der Vorstellung. „Nein, nicht verheiratet. Und was glaubst du, warum ich jetzt hier mit dir zusammen bin? Weil ich dich einfach nie ganz aus dem Kopf bekomme. Du machst mich so verrückt. Und wir beide zusammen sind einfach großartig."

„Du rufst mich an, wenn du nur für ein, zwei Nächte in der Stadt bist. Es geht offensichtlich nur um Sex. Ich beschwere mich ja nicht, aber es wird für mich immer schwieriger, dir am nächsten Morgen ins Gesicht zu sehen."

„Autsch."

„Nein, hör zu. Du wolltest, dass ich ehrlich bin, und das bin ich jetzt." Ich will, dass Glenn mich versteht. „Wir können das nicht mehr tun, egal wie sehr ich es vielleicht will."

Weil du noch immer ein Teil meines Herzens hast ... Vielleicht ist der Sex deswegen so gut, und vielleicht bin ich deswegen noch nicht wirklich über dich hinweg. Ich vergleiche jeden anderen Mann mit dir. Selbst den Mann, den ich geheiratet habe.

„Lishelle ..."

„Ich kann es nicht fassen, dass ich dir das einfach gestehe, aber es tut weh, wenn du mich wieder verlässt. So. Jetzt habe ich es gesagt. Deswegen will ich dich so nicht mehr treffen." Jetzt kann ich nicht mehr aufhören. „Im August werde ich einunddreißig. Ich will endlich den Richtigen finden und sesshaft werden."

„Himmel", sagt Glenn langsam. „Du sprichst dir ja wirklich einiges von der Seele.“

„Du wolltest es wissen. Und sieh mal, wir sind doch Freunde, oder? Wir können ehrlich zueinander sein.“ Ohne darüber nachzudenken, streichle ich über seine Brust. „Ich möchte einfach nicht länger, dass wir Freunde sind, die miteinander vögeln.“

„Nein?“

„Nun … nicht nach heute, meine ich.“ Verdammt, ich werde schon wieder ganz feucht.

Glenn legt sich auf mich und gibt mir einen zarten Kuss auf die Stirn. Das überrascht mich, ich war sicher, er würde mich leidenschaftlich küssen, bis ich ihn anflehe, mich noch einmal kommen zu lassen.

„Und wenn ich sagen würde, dass ich weiterhin mit dir schlafen will?“

„Dann würde ich sagen, dass du egoistisch und unfair bist. Ich weiß noch nicht mal, was du derzeit tust. Ich weiß überhaupt nichts über dich.“

„Ich bin Pilot.“

Überrascht sehe ich ihn an. „Wirklich?“

„Mhm. All-American Air.“

„Wie … wann …“

„In Los Angeles habe ich Flugstunden genommen. Damit habe ich vor, nun, sieben Jahren angefangen. Und hier bin ich.“

Ich bin beeindruckt. Wirklich beeindruckt. Aber ich sage nur: „Pilot. Siehst du – du könntest in jeder Stadt dieses Landes eine Freundin haben. Und genau deshalb müssen wir damit aufhören.“

„Ich habe nicht in jeder Stadt eine Freundin, und dafür gibt es einen Grund."

„Ich kann ihn mir vorstellen."

„Vermutlich nicht." Er schweigt kurz. „Ich liebe dich, Lady."

Er sieht mir direkt in die Augen, sein Blick ist ruhig, flackert nicht.

„Was hast du gesagt?" Kann er das ernst meinen?

„Egal wohin ich gehe oder wo ich war. Immer wieder komme ich zu dir zurück. Was meinst du, warum das so ist?"

„Weil ich leicht rumzukriegen bin?"

Er lacht, und die Wärme seines Lachens füllt meinen ganzen Körper aus. „Das bin ich auch. Aber nur von dir."

„Hör auf zu lügen."

„Ich schwöre." Er gibt mir einen sanften, ernsten Kuss. „Ehrlich, Lishelle, warum komme ich denn immer wieder zu dir zurück? Inzwischen sind sechs Jahre vergangen, ich habe andere Frauen getroffen, klar, aber keine konnte es mit dir aufnehmen. Ich weiß jetzt, dass ich dich niemals vergessen werde."

Obwohl ich es nicht will, beginnt mein Herz hoffnungsvoll zu klopfen. „Meinst du das ernst?"

„Zum Teufel, ja. Warum hören wir nicht einfach mit den Spielchen auf und kommen wieder zusammen?"

„Kommen wieder …"

„Fangen eine Beziehung an. Aber diesmal mit dem Wissen, dass es so lange hält, bis dass der Tod uns scheidet."

Ich beäuge ihn misstrauisch. „Ich verstehe nicht."

„Hörst du mir nicht zu? Ich sage, dass ich dich liebe, dass ich dich die ganze Zeit geliebt habe. Und dass ich bereit bin, Babe. Bereit, es wirklich zu versuchen."

„Glenn." Ich nehme sein Gesicht zwischen beide Hände und presse meine Hüften an ihn. „Oh, Glenn." Dann gebe ich ihm einen leidenschaftlichen Kuss.

Als er sich von mir losmacht, fragt er: „Ist das ein Ja?"

„Du hast lang genug dafür gebraucht, du Idiot."

Ich kann nicht glauben, was ich da sage. Kann nicht glauben, was gerade geschieht. Und es ist so einfach. Glenns liebevolles Lächeln gibt mir das Gefühl, dass es so richtig ist. Dass unsere Zeit endlich gekommen ist.

„Ich weiß", antwortet er. „Tut mir leid."

„Du wirst es wiedergutmachen müssen", sage ich. „Und zwar sofort."

„Ach?"

„Ja."

Ich schlinge meine Beine um seine Taille. „Und es gibt nur eine passende Strafe", fahre ich fort, als sein Schwanz sich an meinem Bauch aufrichtet. „Besorg's mir, Baby", flüstere ich in sein Ohr. „Besorg's mir richtig."

7. KAPITEL

Ich gehe durch die Hölle wegen dieser Hochzeitsvorbereitungen, und ganz ehrlich, Adam ist überhaupt keine Hilfe. Anfangs war dieses Ich-bin-ein-Mann-und-habe-keine-Ahnung ja vielleicht noch ganz goldig, aber inzwischen finde ich es nur noch ärgerlich. Noch immer ist so viel zu tun, ich brauche dringend eine Pause.

Und deswegen verspüre ich auch eine Art Glücksgefühl, als ich Sonntagmorgen auf die Tür vom „Liaisons" zuspaziere und weiß, dass ich gleich meine besten Freundinnen treffen werde.

Als ich kurz vor eins das Restaurant betrete, ist nur Alisha zu sehen. Hier gibt es meiner Meinung nach den besten Brunch der Stadt. Wir kommen jeden Sonntag, die Bedienung hält uns immer einen Tisch frei.

Hier können wir uns einfach zurücklehnen, entspannen, uns gegenseitig unsere Woche schildern und dabei wunderbar essen. Obwohl wir auch unter der Woche immer mal wieder miteinander sprechen, haben wir nur sonntags wirklich Zeit, alles zu klären.

„Hallo", rufe ich aufgedreht, als ich an den Tisch komme. Alisha springt strahlend auf und umarmt mich lange.

„Wie geht es dir, Süße?", fragt sie.

„Ach, gestresst. Diese Hochzeit bringt mich noch um."

„Ich weiß, was du meinst. Ich bin auch gestresst."

„Ah ja?" Ich lasse mich auf die Lederbank sinken. „Auch Probleme mit deinen Hochzeitsplänen?"

„Nein." Sie wirft mir ein zuckersüßes Lächeln zu. „Aber

ich hatte eine furchtbare Woche. Zwei Kunden haben mich hängen lassen, und ich habe mit dem Geld fest gerechnet."

„Oh nein."

„Ich habe viel zu erzählen, aber erst, nachdem du deine erste Tasse Kaffee getrunken hast."

„Ich hätte eigentlich mehr Lust auf einen Mimosa."

Alishas Augen leuchten auf. „Gott sei Dank. Ich wollte nicht die Einzige sein."

Sie winkt nach Sierra, der winzigen asiatischen Bedienung.

„Hallo, Claudia", begrüßt sie mich. „Wie geht es dir?"

„Wunderbar. Und dir?"

„Viel zu tun. Besuche gerade ein Physikseminar." Sie verdreht die Augen. „Was soll ich sagen?"

Sierra arbeitet hier und macht nebenbei ihren Doktor. Was mich total beeindruckt. Und etwas neidisch macht. Ich wollte immer Medizin studieren. Mein Vater ist ein bekannter Neurochirurg, und dieser Beruf hat mich schon immer fasziniert. Doch trotz meiner Schulbildung durfte ich diesen Weg nicht wählen. So ergeht es heutzutage gesellschaftlich hochgestellten Frauen mit Selbstachtung eben. Das wissen die meisten gar nicht: Eine Frau wie ich arbeitet einfach nicht außerhalb ihres Hauses. Stattdessen unterstützt sie die Karriere ihres Mannes, arbeitet für wohltätige Zwecke, zieht ihre Kinder auf. Eines Tages wird Adam in die Politik gehen, und ich muss ihm dann zur Seite stehen. Er braucht eine Vollzeit-Ehefrau, die ihn unterstützt.

„Zwei Mimosa", bestellt Alisha.

„Kommt Lishelle denn nicht?", fragt Sierra.

„Du hast recht, bring gleich drei. Wenn sie nicht bald kommt, kann ich ihren immer noch trinken“, entscheidet Alisha fröhlich, aber ich merke, dass es ihr nicht gut geht. Offenbar hat sie wirklich eine schreckliche Woche hinter sich.

„Bedient euch selbst am Büfett, wann immer ihr wollt“, meint Sierra. Und dann verschwindet sie, um sich um die anderen Gäste zu kümmern.

Ich schaue auf die Uhr. Es ist zehn nach eins. „Hast du von Lishelle gehört?“

Alisha schüttelt den Kopf. „Ich glaube aber, dass sie kommt – ich meine, sonst hätte sie doch angerufen, oder?“

„Stimmt. Es passt nur so gar nicht zu ihr. Normalerweise ist sie immer die Erste.“

„Wahrscheinlich steht sie im Stau.“

„Ja, wahrscheinlich.“ Sierra taucht mit den Getränken auf. „Mann, das ging ja schnell“, sage ich. Wir nehmen einen Schluck, dann blickt Alisha hoch.

„Wenn man vom Teufel spricht ...“

Ich drehe mich um. Lishelle schwebt auf uns zu.

„Hallo, Ladies“, flötet sie.

Sie leuchtet geradezu. Was zum Teufel ist nur passiert, dass sie so glücklich aussieht?

„Der muss für mich sein.“ Lishelle schnappt sich den Mimosa und rutscht neben mich auf die Bank. „Perfekt.“ Sie nippt daran. Dann wirft sie Alisha einen Blick zu. „Oh, Ally, das ist ein wirklich hübsches Kleid. Schönes Dekolleté. Kenne ich von dir gar nicht.“

„Tja, nun, ich muss doch was tun.“

„Versteh ich nicht", sagt Lishelle.

„Ich habe ein paar Probleme mit Charles. Im Bett. Er ... nun, er fasst mich nicht mal mit der Kneifzange an, wenn du es genau wissen willst."

„Überhaupt nicht?", fragt Lishelle.

„Überhaupt nicht."

„Ach je, es tut mir so leid, dass ihr wieder Probleme habt."

„Wieder?" Alisha lacht bitter. „Das geht konstant seit fünfzehn Monaten so."

„Seit fünfzehn *Monaten?*"

„Scheint so", mische ich mich ein, und Lishelle sieht mich überrascht an. „Sie hat es mir erst vor ein paar Tagen erzählt", erkläre ich.

„Ich wusste ja, dass ihr schon mal Schwierigkeiten hattet. Aber ich dachte, das sei vorbei. Du hast bestimmt ein Jahr lang nicht mehr davon gesprochen."

„Es war mir zu peinlich." Und dann erzählt Alisha all das, was sie mir schon Anfang der Woche gesagt hat.

„Und Charles", beginnt Lishelle. „Reagiert er denn irgendwie?"

„Ich habe fünfhundert Dollar für neue Kleider ausgegeben, neue BHs, sexy Schuhe – und nichts."

„Oje." Lishelle legt ihre Hand auf Alishas. „Ich weiß nicht, was ich sagen soll."

„Was könntest du schon sagen? Jedenfalls frage ich mich langsam, ob meine Ehe ernsthaft gefährdet ist."

„Nein", versichere ich ihr. „Charles liebt dich."

„Jedes Mal, wenn er mich zurückweist, bröckelt mein

Selbstvertrauen etwas mehr."

„Wie können wir dir helfen?", fragt Lishelle.

„Seid einfach für mich da. Hört euch mein Gejammer an." Sie lächelt, aber ihre Augen bleiben ernst.

„Hast du mit Charles darüber gesprochen?", frage ich.

„Sobald ich auch nur davon anfange, ist er beleidigt. Defensiv. Ich habe ihn schon ein paarmal gefragt, ob er ein Problem mit mir hat, aber er meint nur, er hätte viel Stress bei der Arbeit. Und dass meine Ungeduld ihn nur noch mehr unter Druck setzen würde."

„Also, entschuldige", ruft Lishelle, „aber wenn er nicht mit dir schläft, könnte es dann nicht sein, dass er es mit einer anderen treibt? Mal ehrlich – welcher Typ will nicht mit seiner Frau schlafen? Wenn du mich fragst, ist das ein deutliches Zeichen, dass er seinen Schwanz in eine andere Muschi steckt."

Alisha zuckt zusammen, am Boden zerstört. Ich werfe Lishelle einen bösen Blick zu. Wenn ich ehrlich bin, ist mir derselbe Gedanke gekommen, aber Alisha ist noch nicht so weit, so was zu hören.

Ich versuche es ein wenig taktvoller. „Und wenn Charles ein medizinisches Problem hat? Das könnte erklären, warum er sich so verhält. Defensiv. Reserviert. Nicht bereit, darüber zu sprechen. Vielleicht will er einfach nichts mit dir beginnen, was er nicht zu Ende bringen kann."

„Oh mein Gott." Alishas Augen leuchten auf. „Meint ihr, das könnte es sein?"

„Ist zumindest eine Möglichkeit."

„Das würde eine Menge erklären", bestätigt Lishelle.

„Ich meine, ihr beiden konntet doch früher nicht die Finger voneinander lassen.“

„Was alles nur noch viel schlimmer macht.“ Alisha seufzt traurig.

„Vielleicht solltest du ihn mal danach fragen“, schlage ich vor. „Ganz direkt. Sag ihm, dass du ihn mehr als alles andere auf der Welt liebst, dass du für ihn da bist und immer für ihn da sein wirst, auch wenn er ein Problem hat. Du weißt doch, wie Männer sind – sie können nicht zugeben, dass sie sexuelle Schwierigkeiten haben. Jedenfalls, wenn du ihn danach fragst, gib ihm gleichzeitig zu verstehen, dass du ihn unterstützen wirst, egal was …“

„Gott, ich glaube, ihr habt recht“, murmelt Alisha. „Darauf bin ich gar nicht gekommen. Ich dachte, dass ich etwas falsch mache und er kein Interesse mehr an mir hat. Meine Schwester hat mir geraten, Sexspielzeug und erotische Dessous zu kaufen – aber das hat nicht geholfen. Wie sollte es auch, wenn er ein medizinisches Problem hat?“

„Du wirst es erst wissen, wenn du mit ihm sprichst“, betone ich.

„Das werde ich tun. Ich muss es einfach wissen. Das wäre eine solche Erleichterung. Ihr könnt euch nicht vorstellen, wie schrecklich es ist, von dem Mann, den man mehr als alles auf der Welt liebt, zurückgestoßen zu werden.“ Tränen schimmern in ihren Augen.

„Kann ich mir vorstellen“, sagt Lishelle. Ich fange ihren Blick auf, und mir ist klar, dass sie längst nicht überzeugt von einem medizinischen Problem ist.

„Genug von mir und meinen Schlafzimmerproblemen.“

Alisha wirkt jetzt viel gefasster. „Erzähl uns das Neueste von deinen Hochzeitsvorbereitungen, Claudia. Nur noch vier Wochen!“

Ich stöhne. „Ich bin so gestresst.“

„Honey, warum denn? Du hast doch diese fantastische Hochzeitsplanerin.“

„Aber trotzdem muss ich noch eine Million Dinge tun. Und Adam scheint von Mal zu Mal weniger daran interessiert zu sein.“

„Als ich geheiratet habe, war David genauso. Den interessierten die Vorbereitungen überhaupt nicht. Und je näher der Tag rückte, desto schlimmer wurde es. Ich glaube, Männer können nicht allzu detailliert über Torten und Kleider und die Menüfolge sprechen. Die wollen am liebsten gleich in die Flitterwochen.“

„Charles war eigentlich eine große Hilfe, er wollte überall mitreden, und doch flippte sogar er eines Tages aus und sagte, er wolle nichts mehr von Farben oder Essen oder sonst was hören. Ihr erinnert euch bestimmt, dass er dann einfach ein Wochenende mit seinem Bruder zum Angeln gefahren ist.“

Ich grinse. Klar erinnere ich mich. Und ich erinnere mich daran, wie unglücklich Alisha damals war, sie stand kurz vor einem Nervenzusammenbruch.

Gehöre ich nun auch zu dieser Art von Bräuten? Uncool, unruhig, unkontrolliert?

„In anderen Worten“, setze ich an, „ihr beide glaubt, ich mache aus einer Mücke einen Elefanten.“

Alisha und Lishelle nicken beide.

„So sind Männer eben“, meint Lishelle.

„Okay. Ich werde versuchen, nicht den Kopf zu verlieren. Am Dienstag muss ich nach New York zu einer weiteren Anprobe, und dann sollte mein Brautkleid endlich fertig sein.“ Mein Magen krampft sich zusammen. „Gott, ich kann nicht glauben, dass der siebenundzwanzigste Mai schon so bald ist.“

„*Und* dein dreißigster Geburtstag.“

„Das habe ich so gut wie vergessen.“

„Wir haben uns überlegt, an dem Abend mit dir auszugehen“, sagt Alisha. „Um eine Art Junggesellinnenabschieds-Geburtstags-Party zu feiern.“

„Ehe du dich versiehst bist du eine verheiratete Frau und vögelst dir an irgendeinem Strand das Hirn weg.“

Ich kann nicht anders, als über diesen groben Kommentar von Lishelle zu grinsen. „Das ist eine hübsche Vorstellung.“

„Vielleicht sollte ich mich einfach anschließen“, witzelt Alisha.

Sie hat ja keine Ahnung, dass Adam, so wie er sich derzeit aufführt, vermutlich seinen Spaß daran haben würde.

Lishelle seufzt verträumt, es wird höchste Zeit, dass sie uns endlich ihr Geheimnis verrät. Denn ich weiß, dass sie eines hat. Immer wenn sie etwas zu verheimlichen hat, wird sie zugleich albern und ruhig.

„Also gut, Lishelle“, rufe ich. „Was ist los? Seit du durch diese Tür gekommen bist, versuchst du, ein dickes Grinsen zu unterdrücken.“

„Ich hätte tatsächlich was zu erzählen, aber ich weiß

nicht, ob jetzt gerade der beste Zeitpunkt dafür ist", murmelt sie verhalten.

„Natürlich ist das der richtige Zeitpunkt!", verkünde ich. Inzwischen sterbe ich fast vor Neugier.

„Nicht, dass ich es euch nicht erzählen will, aber da es euch beiden nicht so wahnsinnig gut geht, will ich nicht mit meinem Glück prahlen."

„Genug!", sage ich. „Raus mit der Sprache."

„Du hast jemanden kennengelernt, nicht wahr?" Alishas Augen leuchten auf. „Oh mein Gott, du bist gerade erst aus seinem Bett gekrochen!"

„Tja ..."

„Du liebe Zeit", stoße ich hervor. „Es stimmt!"

Ein schuldbewusstes Lächeln breitet sich auf Lishelles Gesicht aus. „Ja, stimmt."

Ich könnte nicht überraschter sein – oder neugieriger. „Letzte Woche erst hast du gesagt, dass du keine Männer mehr treffen willst."

„Ich weiß. Und ihr könnt mir schon glauben, dass ich selbst völlig überrascht bin, so plötzlich eine Beziehung zu haben."

„Eine *Beziehung?*", hake ich schnell nach. „Was soll das heißen?"

„Wollt ihr das jetzt wirklich hören?"

„Ja!", rufen Alisha und ich gleichzeitig.

„Na gut." Lishelle strahlt übers ganze Gesicht. So glücklich habe ich sie nicht mehr gesehen, seit ...

„Ich bin wieder mit Glenn zusammen."

Mein Herz rutscht in die Hose. „Glenn? Glenn Baxter?“ Der Mann, der dir immer wieder wehgetan hat?

„Ja“, schwärmt Lishelle. „Und ich weiß genau, was ihr jetzt denkt. Aber diesmal ist es anders, Ladies, diesmal ist es ernst.“

Alisha quietscht vor Begeisterung, während ich mir meinen Mimosa schnappe und einen großen Schluck nehme.

„Wie ist das denn passiert?“, fragt Alisha.

„Er hat mich Freitagabend im Sender angerufen. Erst wollte ich nicht, aber dann bin ich doch zu ihm gegangen. Und es hat wieder gefunkt, wie immer. Am nächsten Morgen war ich auf mich selbst wütend, dass ich schon wieder mit ihm im Bett gelandet bin. Wir haben darüber gesprochen, und er sagte, dass er mich immer geliebt hat und mit mir zusammen sein will.“

„Und das glaubst du ihm?“ Ich muss das fragen.

„Ja.“

Ich schütte den Rest Mimosa hinunter. Ich würde mich ja gern für Lishelle freuen, aber ich kann nicht vergessen, wie sehr Glenn ihr in der Vergangenheit wehgetan hat.

„Ich freue mich so für dich“, sagt Alisha hingegen. „Ich weiß doch, wie viel er dir immer bedeutet hat.“

„Das ist ja das Verrückte. Ich liebe ihn noch immer. Und deswegen kann ich ihm auch einfach nie widerstehen. Es ist nicht nur der Sex.“

„Bist du dir da sicher?“, frage ich.

Sie blickt mich an und nickt. „Freitagnacht ging es erst mal nur um Sex. Aber dann, am nächsten Morgen wurde mir klar, was ich noch immer für ihn empfinde, und ich sagte ihm, dass ich ihn nicht länger treffen kann, wann immer ihm der Sinn danach steht. Und da gestand er mir, dass er mich liebt und mit mir zusammen sein will. Er sollte eigentlich gestern Nachmittag wieder abreisen, aber dann hat sich in letzter Sekunde sein Dienstplan geändert. Wir waren den ganzen Tag zusammen, wie ein richtiges Paar, es ging überhaupt nicht um Sex. Nun, bis zum Abend natürlich", endet sie mit einem verlegenen Lächeln.

„Alles hat seine Zeit", kommentiert Alisha.

„Das denke ich auch."

„Ich meine, manche Typen brauchen einfach länger. Denk doch nur mal an Big in ‚Sex and the City'."

„Ganz genau", flötet Lishelle. „Ich wollte immer, dass Carrie mit Big zusammenkommt."

„Oh, ich auch."

Vermutlich ist Lishelle aufgefallen, dass ich nichts dazu sage, denn auf einmal wendet sie sich zu mir um. „Ich weiß, was du denkst."

„Ich? Ich ... ich denke gar nichts. Genieße nur meinen ..." Ich blicke auf das leere Glas. „Ich brauche noch einen Mimosa. Schmeckt der nicht fantastisch?"

„Nicht ablenken. Du findest, dass ich einen Fehler mache. Und ich weiß auch, warum du das denkst. Aber dieses Mal ist es anders. Dieses Mal ist es echt!"

Ich winde mich auf dem Stuhl, schlürfe einen Schluck Wasser und versuche, den Mund zu halten. Es gelingt mir nicht. „Du weißt, wie sehr ich dich mag, Lishelle, und ich will wirklich nur das Beste für dich. Aber wie kannst du vergessen, wie oft Glenn dir wehgetan hat? Ich meine, du warst mit dem Typ im College zwei Jahre zusammen, und dann hast du herausgefunden, dass er dich betrogen hat. Nicht nur einmal. Immer wieder. Wie kannst du ihm da noch vertrauen?"

„Erstens ist die Collegezeit zehn Jahre her. Wir waren beide jung. Viel zu jung, um so eine ernsthafte Beziehung zu haben. Das musst du zugeben."

„Aber ...", werfe ich ein.

„Aber jetzt ist genug Zeit vergangen, wir sind beide reifer geworden und wissen, was wir wirklich wollen. Wir sind jetzt über dreißig, um Himmels willen!"

„Ein Weiberheld bleibt immer ein Weiberheld", murmle ich spontan.

„Claudia", weist Alisha mich scharf zurecht. „Kannst du nicht einfach versuchen, dich für Lishelle zu freuen?"

„Ja, bitte." Zu meiner Überraschung ist Lishelle nicht sauer auf mich. Sie strahlt noch immer, wie ein Mädchen, das sich zum allerersten Mal verliebt hat. „Vertrau mir einfach. Ich weiß, dass es richtig ist."

Mir entwischt ein tiefer Seufzer. „Gut." Ich kann ihr schließlich nicht vorschreiben, wie sie sich zu verhalten hat. „Hauptsache, du bist glücklich. Nur das ist mir wichtig."

„Ich weiß." Lishelle lächelt mir dankbar zu.

„Ich schätze, wir werden ihn auch bald treffen", fahre ich fort, „wenn es wirklich ernst ist."

„Nächstes Wochenende. Ich habe ihn zu dem Wohltätigkeitsball eingeladen."

„Aha." Ich drohe Lishelle mit dem Finger. „Jetzt hab ich's kapiert. Du bist nur wieder mit ihm zusammen, weil du einen Begleiter brauchst. Wie clever."

„Darauf läuft es also hinaus“, stimmt Alisha mir lachend zu.

„Wie auch immer!“ Lishelle schüttelt den Kopf. „Bin ich hier eigentlich die Einzige, die am Verhungern ist? Wir waren noch nicht mal am Büfett.“

„Klar, red dich nur raus“, sage ich.

Kichernd stehen wir auf und stürzen zum Büfett.

8. KAPITEL

Alisha

Ich sitze in meinem Büro am Schreibtisch und starre den Sekundenzeiger der Uhr an der Wand an. Es ist fünf nach vier, so langsam überkommt mich das Gefühl, dass mein nächster Kunde wohl nicht mehr kommen wird. Würde mich nicht überraschen. Heute ist so ein Tag. Bereits zwei Termine sind geplatzt. Zwei eventuelle Hochzeiten – die lukrativsten Aufträge.

„So werde ich meinen Lebensunterhalt nie verdienen", murre ich.

Vielleicht sollte ich mehr Werbung machen. Dieses Jahr ist mein Einkommen schön stetig nach unten gegangen. Meine einzige Rettung ist Claudias Hochzeit, ihr Vater zahlt eine Pauschale von zehntausend Dollar.

Ticktack, ticktack, ticktack …

Die Türglocke schreckt mich aus meiner Langeweile hoch. Schnell schiebe ich den Stuhl zurück, springe auf und zwinge mich zu einem Lächeln.

Herein kommen ein junger Mann und eine junge Frau, beide dunkelhaarig, sie halten Händchen und grinsen von einem Ohr zum anderen. Sie können nicht älter als ein- oder zweiundzwanzig sein.

„Sie sind wahrscheinlich …" Ich breche ab, als ein weiterer Mann, ein griechischer Gott, hinter ihnen auftaucht. Unsere Blicke treffen sich, und sofort erfasst mich primitive, körperliche Gier. Ich bin überwältigt. Kurzfristig sprachlos.

„Sebastian und Helen“, sagt der junge Mann und kommt mit ausgestreckter Hand auf mich zu.

Ich trete hinter meinem Schreibtisch hervor „Genau.“ Ich schüttle erst seine Hand, dann die der jungen Frau. „Wie schön, Sie beide kennenzulernen.“

Mein Blick wandert zu dem anderen Mann, und von einer Sekunde auf die andere weiß ich wieder, dass ich eine Frau bin. Und zwar eine Frau, deren Bedürfnisse nicht befriedigt werden. Charles hat heute Morgen die engen schwarzen Lederhosen gar nicht bemerkt, die ich auf Sameras Anraten gekauft habe. Aber dieser aufregende Fremde bemerkt sie sehr wohl. Und eines kann ich Ihnen sagen, es fühlt sich fantastisch an.

Ich werfe ihm ein kleines Lächeln zu. „Wenn Sie einen Augenblick Geduld haben, damit ich mich zuerst um dieses glückliche Paar kümmern kann …“

„Um genau zu sein, gehöre ich zu dem glücklichen Paar.“

„Oh.“ Ich lache nervös. „Verstehe.“

„Das ist mein älterer Bruder Dominic“, klärt Sebastian mich auf. „Ich wollte ihn dabeihaben.“

„Kein Problem.“ Schnell werfe ich Dominic einen weiteren Blick zu und halte die Luft an, als ich sehe, wie er mich anstarrt.

Irgendwie kommt er mir bekannt vor. Aber woher?

Ich weiß auch nicht genau, warum ich die linke Hand hinter meinem Rücken verstecke. Nein, das ist nicht wahr. Natürlich weiß ich es. Ich verstecke meinen Ehering. Ich weiß nur nicht, warum.

Ich räuspere mich. „Bitte. Setzen Sie sich."

Sebastian und Helen lassen einander nicht los, selbst als sie sich nebeneinander auf zwei Stühle sinken lassen. Dominic bleibt stehen und betrachtet die Fotos an der Wand.

„Wann wollen Sie heiraten?", frage ich die beiden.

„Am dreiundzwanzigsten September."

Ich setze mich wieder hinter meinen Schreibtisch und notiere das Datum. Dann stelle ich den beiden meine verschiedensten Angebote vor, beginne mit dem günstigsten. „Alle Preise und Details finden Sie hier", sage ich zum Schluss und reiche Ihnen die Hochglanzbroschüre, die ein kleines Vermögen gekostet hat. „Aber das ist nicht in Stein gemeißelt. Gerne mache ich ihnen auch ein Angebot, das ganz genau auf Ihre Wünsche zugeschnitten ist."

„Haben Sie all diese Fotos gemacht?", fragt Dominic über die Schulter hinweg.

Verdammt, er hat wirklich einen hübschen Hintern. Ich muss ehrlich sagen, dass ich mich an keinen Hintern erinnern kann, der je so hübsch in Levis Jeans ausgesehen hat.

„Ja", antworte ich. „Alle."

„Dieses hier gefällt mir besonders", fährt Dominic fort und deutet auf das Schwarzweißfoto eines schlafenden nackten Babys.

„Das ist eines meiner Lieblingsbilder", erkläre ich erfreut.

Mit einem hastigen Blick überzeuge ich mich davon, dass Sebastian und Helen noch immer meine Broschüre studieren. Also kann ich mich ganz Dominic zuwenden. Er grinst mich an.

Nun wird mir ganz klar, wie ausgehungert ich bin, denn allein dieses Grinsen jagt einen Schauer durch meinen Schoß. Was mich, ehrlich gesagt, schockiert. Ich kann mich nicht daran erinnern, jemals so eine direkte körperliche Anziehungskraft verspürt zu haben, nicht mal in der Anfangszeit mit Charles.

Und noch mal, er kommt mir bekannt vor. Wo habe ich ihn nur schon einmal gesehen?

Um nicht völlig die Nerven zu verlieren, muss ich meinen Blick von ihm losreißen. Ich rutsche auf meinem Stuhl hin und her und konzentriere mich wieder auf das Paar. „Haben Sie irgendwelche Fragen?"

Helen schüttelt den Kopf. „Eigentlich nicht. Sie machen offenbar sowohl Schwarzweiß- wie auch Farbfotos."

„Wenn Sie das wollen."

„Ah, ich verstehe", sagt Helen hastig. „Wie viel Vorschuss verlangen Sie?"

„Das kommt auf das Paket an, das Sie auswählen – wobei Sie jederzeit vor dem großen Tag noch Ihre Meinung ändern können. Zwanzig Prozent nehme ich im Voraus."

Ich beobachte die Gesichter der beiden. Helen schiebt beunruhigt die Unterlippe vor.

„Oder Sie zahlen zehn Prozent sofort und weitere zehn Prozent einen Monat vor der Hochzeit, wenn Ihnen das lieber ist." Ich warte. Ich kann es nicht leiden, wenn Kunden so wenig sagen. Dann habe ich das Gefühl, sie bereits verloren zu haben.

Andererseits will ich niemanden unter Druck setzen. Das ist nicht meine Art, auch wenn Charles immer meint, ich sollte es tun. Ständig sagt er, ich könnte viel mehr Kunden gewinnen, wenn ich nur hartnäckiger wäre.

„Überlegen Sie ganz in Ruhe", fahre ich fort. „Sie können sich auch gerne erst mal im Studio umsehen, wenn Sie wollen. Ich habe Musteralben, die Sie durchblättern können. Keine Eile."

„Gern, wir schauen uns um, aber wir haben uns schon für Sie entschieden", verkündet Helen. „Wir haben so viel Gutes über Ihre Arbeit gehört. Und die Fotos, die Sie uns gezeigt haben, sprechen für sich selbst."

Ja! Aber ich bleibe ganz ruhig. „Besten Dank."

„Wir können nicht sofort zahlen", fährt sie fort. „Wir würden uns gerne noch einmal genau Ihre Paketangebote durchsehen, dann kommen wir wieder mit der Anzahlung."

Das ist der Moment, an dem manche Fotografen Druck machen und versuchen, das Geschäft abzuschließen, indem sie darauf bestehen, dass die Kunden wenigstens einen Teil sofort bezahlen. Aber ich will das nicht, auch wenn mir klar ist, dass ich die beiden vielleicht nie mehr wiedersehe.

„Wann immer Sie Zeit haben. Rufen Sie einfach an."

„Vielen Dank", sagt Sebastian. „Wir melden uns Ende dieser oder Anfang nächster Woche."

„Es könnte natürlich sein, dass bis dahin ein anderer Auftrag für diesen Tag hereinkommt. Dann bis nächste Woche. Und gratuliere zur Hochzeit."

Sebastian und Helen gehen zur Tür. Ich erhebe mich ebenfalls. Dominic, der noch immer meine Fotos studiert, scheint gar nicht zu bemerken, dass sein Bruder gehen will.

„Hey, Dom“, ruft Sebastian ihm zu.

Dominic wirbelt herum. „Fertig?“

„Mhm.“

Wie eine unsichtbare Keule trifft mich Dominics Blick. Ich frage mich, warum er überhaupt mitgekommen ist. „Haben Sie noch irgendwelche Fragen?“ Aus irgendeinem Grund will ich nicht, dass er schon geht.

Er schüttelt den Kopf. „Nein, keine.“

„Gut.“ Also bleibt er der große Unbekannte.

„Ich glaube, Dom ist langweilig, er sollte mal wieder was erleben“, erklärt mir Sebastian. Dann wendet er sich an Dom. „Wann hast du das letzte Mal eine Verabredung gehabt?“

Er ist also Single …

Und du bist verheiratet. Also denk nicht einmal daran.

Und doch bemühe ich mich noch immer, meinen Ehering zu verstecken, als ich sie zur Tür begleite. Ich weiß ja, dass nichts daraus wird, aber wenigstens habe ich jetzt jemanden, an den ich denken kann, wenn ich mich selbst befriedige. An Charles zu denken, funktioniert in letzter Zeit nicht mehr, es ist nicht leicht, von einem Mann zu fantasieren, der einen gar nicht will.

Sebastian und Helen sind nicht in der Lage, sich voneinander zu lösen, so als würde es ihnen körperliche Schmerzen bereiten, auch nur für eine Sekunde ihre Hände loszulassen. Mit einem Kloß im Hals beobachte ich sie und erinnere mich an die Zeit, als es mir mit Charles genauso ging, als er mich ständig berührt hat, mir ständig kleine Küsse auf die Wange gab.

Mich immer wissen ließ, wie sehr er mich liebte.

Ich kann es jetzt nicht ertragen, an Charles zu denken, deswegen lasse ich meinen Blick über Dominics großen, muskulösen Körper wandern.

Er ist schon beinahe durch die Tür, als er sich noch einmal umdreht und mir zulächelt. Ich lächle ebenfalls und winke.

Und dann ist er weg. Die Tür fällt ins Schloss.

„Scheiße, Scheiße, Scheiße!“ Ich drehe mich herum und schließe die Augen. Dominic und ich haben kaum ein Wort miteinander gewechselt, aber seine Blicke fühlten sich an, als ob er damit jeden Zentimeter meines Körpers streichelte. Mein Schoß pulsiert noch immer, mein Höschen ist schon nass.

Das meinte Samera also, als sie sagte, dass man sich als sexuelles Wesen fühlt, sobald man sich aufregend anzieht? Ich bin überrascht.

Beim Ton der Türglocke schrecke ich zusammen. Da ist er wieder und lächelt dieses Lächeln, das mich so heiß macht.

Ich schlucke. „Hi. Haben Sie etwas vergessen?“

Dominic geht ein paar Schritte auf mich zu. „Ehrlich gesagt, ist mir klar geworden, dass ich nicht gehen kann, ohne Sie etwas gefragt zu haben.“

Mein Herz hämmert in meiner Brust. Was für eine Frage könnte er haben? Etwas Persönliches? Nein, natürlich nicht. Wahrscheinlich ist ihm noch etwas zu meinem Angebot eingefallen.

Er zieht seine Geldbörse heraus, entnimmt ihr eine Visitenkarte und streckt die Hand aus, als wollte er sie mir reichen, stattdessen aber fragt er: „Haben Sie einen Stift?“

„Ja.“ Als ich zu meinem Schreibtisch gehe, fällt mir auf, dass mein Gang sich verändert hat. Er ist freier. Erotischer. Selbst die Art, wie ich mich vorbeuge, um nach dem Stift zu greifen und dabei einen Fuß anhebe, der in hübschen Riemchensandalen statt in bequemen flachen Schuhen steckt, dient nur dazu, ihn zu reizen.

Also ehrlich, was mache ich hier eigentlich?

Ich reiche Dominic den Stift.

„Das ist meine Karte“, verkündet er, während er etwas auf die Rückseite kritzelt. „Meine Büro- und Handynummer steht auf der Vorderseite. Und das hier ist meine Privatnummer.“

Ich mustere die Karte. „Sie sind Architekt.“

„Genau.“

„Beeindruckend.“ Noch beeindruckender ist die Tatsache, dass er mir alle Möglichkeiten genannt hat, ihn zu erreichen.

„Nun ja. Ich bin selbständig, nicht etwa Partner eines großen Architekturbüros. Aber so kann ich mir die Projekte wenigstens selbst aussuchen.“

„Das kann ich sehr gut verstehen.“

Ich entdecke ein Flackern in seinen Augen, eines, das ich schon lange nicht mehr gesehen habe, doch ich erkenne die Bedeutung trotzdem sofort. Begehren. Lust. Lust auf mich.

„Sie erinnern sich nicht an mich, oder?“

Ich sagte doch, er käme mir bekannt vor. „Sollte ich? Haben wir uns schon einmal getroffen?"

„Nun, sozusagen. Vor ein paar Wochen. In einem Laden, der nicht allzu weit von hier entfernt ist." Er lacht leise. „Ein etwas unartiger Laden?"

Du liebe Zeit, ich könnte vor Scham sterben! Meine Wangen färben sich tiefrot.

„Nein, nein", fährt Dominic schnell fort. „Das braucht Ihnen nicht peinlich zu sein."

„Zu spät."

„Ich habe das nur erwähnt, weil ich dachte, Sie würden sich vielleicht an mich erinnern."

Ich weiche seinem Blick aus. „Irgendwie kamen Sie mir bekannt vor. Aber ich wusste nicht, woher."

„Bitte, ich fände es schön, wenn Sie mich wieder ansehen könnten. Sie haben unglaublich hübsche Augen."

Mein Puls überschlägt sich, als ich den Blick hebe.

„Das meinte ich", sagt er. „Ich liebe diese Augen."

Schmetterlinge schwirren in meinem Bauch umher. Doch ich sage nichts. Ich wüsste auch gar nicht, was.

Dominic bricht das Schweigen. „Ich frage jetzt einfach, bevor mich der Mut verlässt. Ich hoffe, dass wir irgendwann zusammen einen Kaffee trinken können."

„Kaffee?"

Er nickt. „Oder Abendessen. Oder so etwas ..."

Oder so etwas. Ich müsste ja schwachsinnig sein, wenn ich nicht wüsste, was er meint. Bin ich aber vielleicht schwachsinnig, weil ich mich so zu ihm hingezogen fühle? Oder schlimmer, bin ich eine schmutzige Hure?

Aber wie könnte ich mich *nicht* zu ihm hingezogen fühlen? Mein Ehemann hungert mich derart aus, da muss mich das Interesse dieses aufregenden Mannes doch aus der Bahn werfen.

Das ist nur normal.

Aber ich kann Charles nicht betrügen.

„Ich weiß nicht …"

„Sagen Sie jetzt nichts. Denken Sie einfach darüber nach."

Im Ernst, Dominic hat eine Stimme, die einem im Bett vermutlich einen Schauer nach dem anderen über den Rücken jagt. Und so ein warmes Lächeln. Es ist nicht leicht, ihm zu widerstehen.

„Gut", sage ich schließlich. „Ich denke darüber nach."

„Danke."

„Aber ich verspreche nichts." Meine linke Hand befindet sich noch immer hinter meinem Rücken.

„Schon in Ordnung."

Zum Glück dreht Dominic sich zur Tür um, und ich lasse mir den Genuss, jeden Zentimeter seines herrlichen Körpers zu betrachten, nicht entgehen.

Ich werde in der Hölle brennen …

Es ist unglaublich, dass man den inneren Dialog, mit dem man aufgewachsen ist, sein Lebtag nicht vergisst. Meine Mutter hat immer vom Fegefeuer gepredigt. Während andere Eltern ihren Kindern Gutenachtgeschichten vorlasen, hat unsere Mutter uns Vorträge über sämtliche Sünden dieser Welt gehalten. Sie ließ uns wissen, dass wir für jeden Fehler – sei es das Klauen von Süßigkeiten oder vorehelichen Sex – in der Hölle schmoren müssten.

Sie sagte auch immer, dass schon allein ein schlechter Gedanke eine Sünde wäre. So gesehen habe ich wohl bereits Ehebruch begangen. Warum sollte ich es dann nicht auch wirklich tun?

An der Tür blickt Dominic mich über die Schulter an. „Sie sind wirklich sehr schön. Das wollte ich Ihnen nur sagen."

„Danke." Ich schlucke schwer. Er hat ja keine Ahnung, wie gerne ich ihm die Klamotten vom Leib reißen und hier und jetzt auf meinem Schreibtisch mit ihm schlafen würde.

Aber zumindest kann ich das in meiner Fantasie tun.

Wen kümmert es, ob ich dafür in der Hölle schmore?

Auf der ganzen Heimfahrt denke ich an Dominic.

Im Geiste habe ich die Grenze bereits übertreten, also kann ich ja noch einen Schritt weiter gehen. Ich stelle mir vor, wie es wäre, meinen Körper gegen seine harte Brust zu pressen. Wie es wäre, in seine Augen zu blicken, während ich unter ihm liege, sein Schwanz tief in mir. Ich träume davon, wie er schmeckt und wie er vor Lust aufstöhnt, wenn ich ihn in den Mund nehme.

Selbst als ich die Auffahrt zu unserem Haus hinauffahre, sehe ich diese Bilder noch vor mir, und ich will auch nicht, dass sie aufhören. Und als ich die Tür aufschließe, weiß ich schon, was ich tun werde. Was ich tun *muss.*

Ich gehe zum Schrank und krame meine neueste Errungenschaft hervor, einen Vibrator. Er ist dick und lang und sieht sehr echt aus, von der blauen Farbe einmal abgesehen.

Bisher war es mir zu peinlich, ihn zu benutzen, aber jetzt kann ich es kaum erwarten.

Schnell streife ich die schwarze Lederhose und meine Bluse ab und lege mich in BH und Höschen aufs Bett.

Ich knipse den Vibrator an und schließe die Augen. Die sanften Schwingungen liebkosen meine Brüste, während ich mir vorstelle, wie Dominics Hände mich berühren. Es ist so einfach, bei dem Gedanken an diesen Mann erregt zu werden, und als ich mich anfasse, bin ich schon ganz feucht.

„Oh ja, Dom“, flüstere ich und tue so, als ob seine Finger mich streicheln würden, dann stelle ich mir seine Zunge vor, heiß und hungrig, die so gekonnt meine Muschi leckt, dass ich beinahe schon komme.

Aber ich will nicht seine Zunge spüren. Ich will seinen Schwanz. Also lasse ich den Vibrator weiter nach unten wandern, zwischen meine Beine, und reibe ihn an meiner Klit. Ah, das fühlt sich gut an. So gut, dass ich laut aufstöhne, als wäre es ein richtiger Schwanz.

Nicht nur irgendeiner. Der von Dominic. Er ist so hart und begehrt mich mehr, als er jemals eine Frau begehrt hat. Ich schiebe den Vibrator in mich. Du liebe Zeit, ich bin so eng. Als ob ich auf einmal wieder Jungfrau wäre. Aber ich mache weiter, drücke ihn tiefer, bis die künstlichen Hoden sich gegen meine Schamlippen pressen.

„Oh, Dom …“ Meine Atmung wird ganz flach. „Verflucht, ja …“

Ich zwicke in eine Brustwarze und träume, dass es Dominics Zähne wären, während er tief in mich stößt, und ich nähere mich mehr und mehr dieser vollkommenen Glückseligkeit.

„Ohh ... Ohhhhhhhh!“ Ich stöhne lang und laut, als der süßeste Orgasmus, den ich jemals erlebt habe, mich erfasst und für mehrere Sekunden nicht loslässt. Dominic ist nach wie vor tief in mir und sieht mich an, als ich komme. Gott, dieses Lächeln. In diesem Moment gehöre ich ihm ganz und gar.

Sekunden vergehen. Meine Atmung beruhigt sich. Dominic verblasst. Ich ziehe den Vibrator heraus. Ich bin so befriedigt, wie es eine Frau nur sein kann, und doch bleibt ein schales Gefühl zurück.

Weil es nicht wirklich war.

Nach meinem Orgasmus durchwühle ich jedes einzelne Paar Hosen, das in Charles' Schrank hängt. Dann durchsuche ich seine Schubladen. Nachdem ich nichts gefunden habe, eile ich zurück zum Schrank und schaue sogar seine Schuhe durch.

Ich kann nichts finden. Überhaupt nichts.

Erschöpft, sowohl körperlich wie geistig, falle ich zu Boden: Ich bin enttäuscht.

Mein Gott. Ich bin wirklich enttäuscht, obwohl ich doch erleichtert sein sollte.

„Was tue ich da eigentlich?“, frage ich laut. Als Samera vorschlug, Charles' Sachen zu durchsuchen, habe ich es nicht getan. Wieso also jetzt? Versuche ich etwas zu finden, um ein Treffen mit Dominic zu rechtfertigen?

Mein Gott, wie erbärmlich ist das denn? Ich lerne einen

Kerl kennen, der meine Lust anfacht, und schon durchstöbere ich die Sachen meines Mannes nach Beweisstücken. Als wäre ich geradezu wild darauf herauszufinden, dass Charles ein untreues Arschloch ist, das meine Treue gar nicht verdient.

Gott, ich muss endlich Sex haben. Das ist es, was ein sexloses Leben aus einem macht. Es frisst einen auf, von innen, wie der Wurm den Apfel. Man verdirbt langsam, aber sicher.

Und ich bin bereits verdorben. Mich interessiert es nicht, dass ich mit Charles verheiratet bin. Ich sehne mich nach wildem, heißem Sex mit einem Mann, der mich attraktiv findet.

Ich stemme mich hoch, stehe auf und lasse mich aufs Bett fallen. Kurz darauf greife ich nach dem Telefon. Eigentlich will ich Claudia anrufen, doch dann fällt mir ein, dass sie zur Anprobe in New York ist. Lishelle hingegen wird mit Sicherheit im Sender sein, dort will ich sie nicht stören.

Stattdessen rufe ich Charles an. Der Mann, dem ich Treue gelobt habe, bis dass der Tod uns scheidet.

„Das Büro von Charles Crawford", meldet sich seine Empfangsdame freundlich.

„Emily, hier ist Alisha. Ist Charles zu sprechen?"

„Aber klar. Einen Moment."

Kurz darauf ist Charles dran. „Alisha, hallo."

„Hallo, Liebling."

„Was gibt's?"

„Ach nichts. Ich habe nur gerade an dich gedacht und

wollte deine Stimme hören."

„Ist alles in Ordnung?"

„Ja", lüge ich. „Mir geht's gut. Ich … vermisse dich einfach." Und habe unglaubliche Gewissensbisse wegen meiner eingebildeten Untreue.

„Tut mir leid wegen gestern Nacht." Das überrascht mich. „Vielleicht hast du recht. Vielleicht sollten wir wirklich ein paar Tage wegfahren. Ich habe immer so viel zu tun. Wenn ich hier endlich einmal wegkomme …"

Mein Herz füllt sich mit Hoffnung. Die ganze Zeit dachte ich, alles, was ich sagte, ginge zu einem Ohr hinein und zum anderen hinaus. Aber Charles hat zugehört. Tatsächlich.

„Oh, Charles. Das wäre fantastisch. Glaubst du, du könntest dir wirklich die Zeit nehmen?"

„Ich sehe, was ich tun kann."

„Gut. Mehr kann ich wohl nicht verlangen." Ich mache eine Pause. „Und heute Abend? Sollen wir zusammen essen gehen? Heute ist Dienstag, da ist es nicht so schwer, einen Tisch zu bekommen."

„Klar. Wir waren schon eine Weile nicht mehr essen, nicht wahr?"

„Stimmt."

„Ich kann kaum fassen, wie sehr mich die Arbeit in Anspruch nimmt. Daran muss sich künftig einiges ändern."

Charles ist so einsichtig, dass ich weinen könnte.

„Ich mache ein paar Anrufe und suche uns ein schönes Restaurant. Wäre neunzehn Uhr okay?"

„Perfekt. Also, ich würde gerne noch länger mit dir sprechen …"

„Charles“, sage ich schnell.

„Ja?“

„Ich liebe dich.“

Kurzes Schweigen. Ich frage mich schon, ob Charles überhaupt etwas entgegnen wird, als er sagt: „Das weiß ich, Liebling. Und ich liebe dich auch.“

Nach dem Gespräch ziehe ich Dominics Karte aus der Handtasche, zerreiße sie in kleine Stücke und spüle sie die Toilette hinunter.

9. KAPITEL

Lisbelle

Ich starre in Glenns Augen. Ja, starre. Und halte seine Hand, während wir nackt wie Mutter Natur uns erschaffen hat, beieinanderliegen. Glenn hat ein Bein über meine beiden Beine gelegt. Es fühlt sich so selbstverständlich an – als ob er schon immer in meinem Leben und meinem Bett gewesen wäre.

Ich könnte den ganzen Tag in diese faszinierend braunen Augen schauen. Man könnte glauben, ich wäre noch nie zuvor mit einem Mann zusammen gewesen und Glenn hätte mich mit einem Zauber belegt.

Tja nun, ich bin verliebt. Und die Wahrheit ist, dass ich niemanden je so geliebt habe wie Glenn.

„Warum schaust du mich so an?“, frage ich.

„Wie denn?“

„Als ob du mich mit den Augen verschlingen wolltest.“

„Willst du, dass ich damit aufhöre?“

„Auf keinen Fall. Ich will für immer so mit dir hier liegen.“

„Ich weiß, was du meinst.“

Ich gähne. „Ich bin so müde. Deine Schuld.“

„Letzte Nacht hast du dich nicht gerade beklagt.“

„Natürlich nicht.“ Ich kichere leise. „Was für ein wunderbarer Start ins Wochenende.“

Eigentlich hatte ich ihn erst heute erwartet. Aber er rief überraschend gestern Abend im Sender an und sagte, er sei in der Stadt.

Und seitdem haben wir miteinander gevögelt.

Was soll ich sagen? Ich habe zwei Jahre lang keinen Sex gehabt. Deswegen nehme ich jetzt so viel, wie ich bekommen kann.

Glenn zieht meine Hand an seine Lippen. „Ich tue alles, um dich zufriedenzustellen."

„Was du nicht sagst!"

Wir lachen beide, dann sehen wir uns an. Meine Güte, man könnte glauben, wir wären fünfzehn und hätten den ersten Sex unseres Lebens gehabt.

„Bereit, aufzustehen?", fragt Glenn. Selbstverständlich reibt er dabei meine Brustwarze.

„Das ist nicht fair."

„Das ganze Leben ist nicht fair, Süße." Glenn senkt den Kopf und bedeckt meinen Nippel mit seiner heißen Zunge. Sofort schließe ich die Augen und stöhne. Er beginnt langsam zu saugen. Langsam, und doch bringt er mich damit beinahe um den Verstand.

Ich fahre mit den Fingern durch sein kurz geschnittenes Haar. „Verdammt, Glenn."

„Soll ich aufhören?"

„Ich dachte … ich dachte, wir …" Ich kann den Gedanken nicht zu Ende bringen. Glenn massiert jetzt meine Perle, und es fühlt sich so gut an. Wenn ich es zulassen würde, würde ich sofort kommen. Als ob mein ganzer Körper eine einzige riesige Klitoris wäre. Sobald er mich berührt, bin ich vollkommen verloren.

Ich gehöre ihm.

Glenn rollt sich auf den Rücken, zieht mich auf sich und vergräbt die Finger in meinem Hintern. Verflucht, sein Schwanz fühlt sich einfach fantastisch an, wie er sich gegen mich presst.

Aber noch besser fühlt er sich in mir an.

Ich richte mich auf, streichle über die Länge seines Schwanzes und führe ihn dann in mich. „Oh, Glenn. Verdammt …“

Er drückt meine Hüften nach unten und füllt mich ganz und gar aus. Wir haben die halbe Nacht miteinander geschlafen, ich bin ganz wund, aber dieser Schmerz ist die reinste Wonne.

„Du bist so heiß“, flüstert Glenn. Er knetet meine Brüste, spielt mit den Nippeln. Ich reite ihn wie einen wilden Hengst und betrachte sein Gesicht, auf dem der Ausdruck endloser Ekstase liegt, so, wie er ihn schon oft auf meinem Gesicht gesehen haben muss. Ich liebe es, wie wir einander in die Augen sehen, völlig offen und hingegeben.

„Komm schon, Baby“, stöhnt Glenn. Er umklammert meine Hüften und stößt hart nach oben, wieder und wieder. Kurz darauf, als die Welle mich erfasst, schließe ich die Augen. Ich wölbe mich nach hinten und genieße die Reise.

Glenn presst die Hände gegen meinen Hintern. Ich komme noch immer, als ich sein Grunzen-Lachen vernehme. Schnell presse ich die Muskeln zusammen, weil ich weiß, dass das seinen Genuss noch erhöht.

Seine Lippen verziehen sich langsam zu einem Lächeln, er packt mich an den Schultern, ich lasse mich auf seine

Brust fallen.

Einen Moment lang schweigen wir, unser Atem vermischt sich. Dann beginnen wir zu lachen.

„Du machst das jedes Mal, Baxter. Dann vergesse ich alles um mich herum."

„Ich kann einfach nicht die Finger von dir lassen."

Ich rutsche von seiner Brust und rolle mich auf den Rücken. „Ich sollte besser duschen. Allein. Du musst diese tödliche Waffe von mir fernhalten, wenn wir heute überhaupt noch etwas anderes tun wollen."

„Schon gut, schon gut", stimmt Glenn mürrisch zu. Und doch greift er nach mir, als ich aus dem Bett hüpfe. Er grinst mich an, lässt sich dann zurück ins Kissen sinken.

„Ich schätze, wir sollten frühstücken gehen", sagt er. „Etwas essen, damit wir wieder zu Kräften kommen."

„Für mehr Sex?", frage ich tadelnd.

„Ehrlich gesagt, nein. Ich möchte dir etwas zeigen."

Ich ziehe die Augenbrauen in die Höhe. „Zeigen? Was willst du mir denn zeigen?"

„Es ist eine Überraschung."

„Eine Überraschung?" Ich plumpse zurück aufs Bett. „Komm schon, Glenn. Du weißt, dass ich Überraschungen nicht mag. Sag einfach, worum es geht."

„Geh du mal unter die Dusche. Sonst kommen wir hier nie weg."

„Glenn …"

„Geh."

Ich schaue ihn noch einen Moment an, dann springe ich aus dem Bett. Ich habe natürlich nur geblufft. Ich will gar nicht, dass er mir die Überraschung verrät. Ich *liebe* Überraschungen.

„Beeil dich“, ruft er mir hinterher. „Sonst klappt es heute nicht mehr.“

„Schon gut.“ Ich grinse auf dem Weg zum Badezimmer vor mich hin.

„Du kannst keinesfalls noch mehr essen wollen!“, empöre ich mich etwas später, als wir in einem „Denny's“ Kaffee trinken. Ich bin zwar kein großer Fan der Denny's-Kette, aber ein anständiges Frühstück bekommt man fast überall.

Glenn mustert das leere Tablett in der Mitte des Tisches. „Ich weiß nicht. Ein Burger würde schon noch gehen.“

„Würde nicht, also lass uns zahlen und verschwinden.“

„Du kannst die Überraschung nicht mehr erwarten, oder?“

Ich lächle ihn süß an.

„Darf ich mir ein Dessert bestellen?“

„Kein Dessert!“ Ich lache. „Junge, du weißt wirklich, wie man ein Mädchen auf die Folter spannt.“

„Hab ich schon oft gehört.“

Etwas schnürt mir die Brust ab. Ich weiß, dass wir gerade scherzen, aber mir wird klar, dass ich ihn bisher nicht über seine Vergangenheit befragt habe. Wir waren viel zu sehr damit beschäftigt, uns im Bett wieder kennenzulernen, als dass dieses Thema aufgekommen wäre.

„Darauf könnte ich wetten. Erzähl mir doch, wie dein Leben gewesen ist in all den Jahren. Du hast gesagt, dass du nie verheiratet warst, aber es muss doch etwas Ernsthaftes gegeben haben. Oder vielleicht mehrere ernsthafte Beziehungen?"

Glenn schlürft seinen Kaffee. „Darüber willst du jetzt nicht wirklich sprechen, oder?"

„Doch. Anfangs dachte ich, ich wollte es nicht wissen, aber gerade ist mir klar geworden, dass ich mir da etwas vorgemacht habe."

„Na gut. Es gab nur eine ernsthafte Geschichte, nachdem wir getrennt waren. Ein paar quasiernste Beziehungen vorher, aber die letzte war die wichtigste."

Mein Magen krampft sich zusammen. Ich bin eifersüchtig, ist das zu fassen? „Wann war das?", frage ich. „Und wie ernst?"

„Wann?" Er denkt einen Moment nach. „Ich schätze, so vor vierzehn Monaten."

„Das ist nicht sehr lange her."

„Ich weiß."

„Komm schon, erzähl mir, was passiert ist."

„Wir waren etwa zwei Jahre zusammen. Ja, zwei Jahre", wiederholt er, als er meinen überraschten Blick sieht. „Ich habe sie gebeten, meine Frau zu werden."

„Wirklich?" Ich bin perplex. Natürlich hatte ich ihn bis jetzt nicht gefragt, aber hätte er mir davon nicht von sich aus erzählen müssen? Oder übertreibe ich jetzt?

„Ja." Er verdreht leicht die Augen. „Aber es hat nicht funktioniert."

„Oh nein. Nein, nein, nein. Erzähl mir nicht, dass du vor kaum einem Jahr um die Hand einer Frau angehalten hast, und sag dann einfach, es hat nicht funktioniert. Was ist geschehen? Und muss ich mir Sorgen machen, dass sie jederzeit wieder in deinem Leben auftauchen könnte?"

„Keine Chance, nachdem sie beschlossen hat, zu ihrem Exmann zurückzukehren. Sie erklärte mir, dass mein Heiratsantrag ihr klargemacht hätte, dass sie noch nicht über ihren Ex hinweg ist. Willst du das wirklich hören?"

Ich nicke.

„Also, ich machte ihr einen Heiratsantrag. Sie gab keine Antwort, sagte, sie bräuchte noch Zeit. Drei Tage später kam sie mit einer lahmen Erklärung von wegen wie heilig ein Eheversprechen sei, und dass sie einem anderen Mann nicht einfach das versprechen könne, was sie schon ihrem Exmann versprochen hätte. Sie sagte, sie wolle ihm noch eine Chance geben." Glenn zuckt mit den Schultern. „Soweit ich weiß, haben sie wieder geheiratet."

Jetzt geht es mir schon viel, viel besser. Nun, vielleicht doch nicht so viel besser. „Also hat sie dein Herz gebrochen."

„Ich bin über sie hinweg, falls du das meinst."

„Sicher? Immerhin wolltest du diese Frau heiraten."

„Ja, ich bin sicher. Weil ich über jemand anders nicht hinweg bin." Er wirft mir einen bedeutungsvollen Blick zu. „Nie war, wenn du die Wahrheit wissen willst, obwohl wir getrennte Wege gegangen sind. Außerdem glaube ich nicht, dass es mit Tess sein sollte. Sie hatte Kinder ..."

„Tess?"

„... und sie wollte keine mehr. Die Beziehung mit ihr wäre harte Arbeit gewesen, das weiß ich jetzt. Glaub mir, so ist es für alle am besten. Vor allem jetzt, wo du wieder in meinem Leben bist."

Ich blicke ihn forschend an. Er scheint es ernst zu meinen. Es gibt wirklich keinen Grund, daraus ein Drama zu machen.

Und doch frage ich: „Wie lief es bei euch beiden im Bett?"

„Nicht annähernd so wie bei uns beiden", antwortet Glenn, ohne zu zögern. Dann nimmt er meine Hand und streichelt mit dem Daumen darüber.

„Also muss ich sie nicht bis ans Ende meines Lebens hassen?", versuche ich zu scherzen.

„Das wäre Energieverschwendung."

„Ich weiß. Du hast recht. Alles, was zählt, ist das Hier und Jetzt. Wir beide."

„Ganz genau." Glenn zieht seine Geldbörse aus der Hosentasche und wirft ein paar Scheine auf den Tisch. „Bereit für die Überraschung?"

„Ich kann's kaum erwarten."

Meine Neugier wächst, als Glenn und ich in Duluth ankommen, einem der schönsten und teuersten Vororte Atlantas. Die Häuser hier sind groß, haben ausgedehnte, gepflegte Gärten mit bunten Blumen und gewundene, lange Auffahrten.

Mein Puls rast. Warum in aller Welt bringt Glenn mich hierher?

Er hält meine Hand, was sich unglaublich gut anfühlt. Und mich lächeln lässt. Es tut so gut zu wissen, dass es bei uns nicht nur im Bett gut funktioniert.

„Ich sterbe vor Neugier, Babe. Wann wirst du mir endlich verraten, was es ist?"

„Wirst du gleich sehen ..."

Ich betrachte die Gegend, während Glenn noch ein paarmal abbiegt. Schließlich fahren wir die Auffahrt zu einem grauen Stuckhaus hinauf, vor dem ein großes Schild steht: Zu verkaufen. Platz wäre hier für mindestens acht Autos.

Ich werfe Glenn einen Blick zu. Er sagt kein Wort. Grinst einfach nur wie ein Idiot, als er das Handy aus seinem Gürtel zieht und wählt. Dann höre ich ihn sagen: „Hey, Sandra, hier ist Glenn Baxter. Ich bin jetzt vor dem Haus. Wunderbar, bis gleich."

„Wer war das?" Obwohl ich natürlich weiß, wer das gewesen sein muss. Zumindest glaube ich es zu wissen.

„Das war die Maklerin."

„Glenn! Was soll das? Wann hast du den Termin ausgemacht? Wir waren doch die ganze Zeit zusammen."

„Ich habe sie angerufen, als du auf der Toilette warst. Und jetzt freu dich nicht zu sehr. Du weißt ja noch gar nicht, ob es dir gefällt."

„Ob es mir gefällt? Glenn!" Ich betrachte die hohen Bäume, die das Grundstück vom nächsten trennen. In der Ferne sehe ich das Glitzern des Lake Lanier. Am liebsten würde ich ihm die Arme um den Hals werfen und ihn zu Tode drücken.

„Ich wollte immer schon ein Haus am Wasser haben. Und dieser Stuck und all die Bäume. Das riesige Grundstück. Wie groß ist es? Ein Morgen?"

„Etwas mehr."

„Glenn!"

„Sei nicht zu begeistert ..."

„Wie könnte ich nicht begeistert sein? Zwar wäre der Weg zur Arbeit ziemlich lang, aber ja, das ist genau das Haus ..." Ich breche ab.

„Genau das Haus, in dem man eine Familie gründet", beendet er meinen Satz.

Ich könnte vor Glück zusammenbrechen, all meine Träume werden wahr, und das zu einem Zeitpunkt, an dem ich es am wenigsten erwartet habe. Als ich mich selbst davon überzeugt hatte, dass mich all das gar nicht mehr interessiert.

„Nun, lass uns erst mal herausfinden, ob das Haus dir gefällt. Dann sehen wir weiter."

Ich falle ihm um den Hals und küsse ihn. Es ist ein langer, langer Kuss. Erst als wir einen Wagen hören, trennen wir uns. Eine hübsche dunkelhaarige Frau springt aus einem silberfarbenen Lexus und lächelt uns dabei entschuldigend zu.

Wir steigen aus meinem BMW aus.

„Entschuldigen Sie die Verspätung", sagt sie. „Ich steckte im Stau."

„Kein Problem", versichert Glenn.

„Lishelle Jennings." Sandra streckt mir ihre Hand hin. „Ich bewundere Sie. Sehe Sie immer in den Nachrichten bei Channel Four."

„Oh, danke sehr."

„Ich bin Sandra Holloway."

„Freut mich, Sie kennenzulernen."

Sandra geht auf das Haus zu, Glenn und ich folgen ihr. „Ich hoffe, es gefällt Ihnen genauso gut wie Glenn."

„Ganz bestimmt", entgegne ich. Aber es überrascht mich, dass Glenn das Haus bereits besichtigt hat. Wann? Er ist doch erst gestern Abend wieder in die Stadt gekommen.

Als Sandra die Tür öffnet, stöhne ich entzückt auf angesichts der hohen Eingangshalle mit der an eine Kathedrale erinnernden Decke und der großen Wendeltreppe.

„Sechs Schlafzimmer und fünf Badezimmer."

„Du meine Güte." Ich trete ein.

„Kirschholzboden", fährt Sandra fort. „Im hinteren Teil des Hauses gibt es eine weitere Treppe nach oben. Die Decken sind überall drei Meter hoch, außer hier im Eingangsbereich."

„Es ist wunderschön."

„Ich dachte, modern würde dir gefallen", verkündet Glenn.

„Ja, aber zugleich hat es auch eine klassische Atmosphäre", bemerke ich, als ich einen Blick ins Wohnzimmer werfe.

„Ein wunderbarer Stilmix", stimmt Sandra mir zu. „Europäisch, traditionell und ein wenig Kolonialstil."

„Wie auch immer, es ist absolut überwältigend."

„Kochen Sie gerne?", fragt Sandra.

„Und wie. Wenn ich Zeit dazu habe."

„Dann sollten Sie sich einmal die Küche ansehen."

Sandra führt uns in den hinteren Teil des Hauses. Ich beginne vor Aufregung sogar zu kichern.

„Die Schränke sind aus Ahornholz", verkündet Sandra stolz. „Und an dieser Theke können zwanzig Leute sitzen."

Ich blende ihre Stimme aus und spaziere zu den deckenhohen Fenstern. „Schau dir den riesigen Pool an!"

„Das ist ein extragroßer Rundpool. Beheizt und mit Jacuzzi."

„Und dort ist der See." Glenn deutet über die Baumkronen hinweg.

Ein Haus am Wasser. Ich könnte sofort sterben.

Der Rest des Hauses ist noch besser. Es gibt zwei große Schlafzimmersuiten mit geräumigen begehbaren Schränken. Überall Kirschholzboden.

Sandra grinst. „Es gefällt Ihnen also?"

„Ich bin total begeistert. Wie viel soll es kosten?"

„Es ist für 899.000 ausgeschrieben, aber ich kann den Preis bestimmt auf 825.000 drücken. Sie könnten jederzeit einziehen."

„Ist ein wenig teuer", wirft Glenn ein.

„Aber so ein unglaublich schönes Haus. Eine gute Investition."

„Die beste Investition, die ich mir vorstellen kann", verkünde ich. Ich denke dabei nicht nur an den Grundbesitz, sondern vor allem an Heirat und Kinder.

Glenn scheint das auch zu denken.

Als wir wieder in der Eingangshalle sind, sagt Sandra: „Ich lasse Sie beide jetzt noch eine Weile allein herumstreifen."

Schnell schnappe ich Glenns Hand und eile mit ihm die

Treppe zu dem Schlafzimmer mit dem umwerfenden Blick auf den See hinauf. Dort schüttle ich ungläubig den Kopf.

„Was ist?“, fragt Glenn.

„Es ist nur … davon habe ich immer geträumt. Von so einem Haus am Wasser …“

„Was glaubst du, warum wir hier sind?“

Mein Herz setzt einen Moment aus, als ich mich zu ihm umdrehe.

„Meinst du, ich weiß nicht mehr, was du immer gesagt hast – dass du irgendwann am Wasser wohnen willst? Ein schönes Haus möchtest, in dem du deine Kinder großziehen kannst?“

Einen Moment lang kann ich nicht sprechen. „Das weißt du noch?“

„Was dich betrifft, habe ich nichts vergessen.“

Ich hingegen habe offenbar einiges vergessen. Zum Beispiel, wie romantisch Glenn sein kann, wie er mich auch früher immer wieder überrascht hat.

„Wie findest du den Blick von der Küche aus?“, fragt er. „Und wir waren noch nicht mal draußen. Dort gibt es auch noch einen Tennisplatz.“

„Wieso überrascht mich das nicht? Ah, das alles ist unglaublich.“ Hier gibt es nicht nur eine Sitzecke, sondern auch noch einen Kamin.

„Schau mal.“ Glenn deutet aus dem Fenster.

„Was denn?“, frage ich.

„Auf dem See. Siehst du es nicht?“

„Was denn?“ Ich kann nichts Besonderes erkennen. Und als Glenn nicht antwortet, drehe ich mich zu ihm um.

Er kniet vor mir mit einer Schatulle in der Hand.

Meine Haut beginnt von Kopf bis Fuß zu kribbeln. Meine Hände zittern.

Glenn öffnet die burgunderrote Schachtel. Ich schnappe nach Luft, als ich den Ring mit den drei Diamanten sehe. Ein runder Diamant in der Mitte und zwei dreieckig geformte Diamanten auf jeder Seite.

„Das müssen …"

„Zwei Komma zwei Karat." Glenn strahlt. „Ich wollte etwas Größeres, aber …"

„Größer? Du bist verrückt. Der Ring ist wunderschön." Schon will ich meine Hand danach ausstrecken, halte aber inne. Noch hat er ihn mir nicht gereicht.

„Ich weiß, dieses Haus ist teuer, und vielleicht können wir es uns nicht leisten", beginnt er. „Trotzdem. Das ist unser Traum, Liebling. Deiner und meiner."

Er nimmt den Ring heraus und greift nach meiner Hand. Als ich eine Träne auf meiner Lippe schmecke, merke ich, dass ich weine.

Glenn streift mir den Ring über. „Lishelle Amanda Jennings – willst du meine Frau werden?"

Ich kreische. Ich kreische und stürze mich auf ihn, so heftig, dass er taumelt und nach hinten fällt. Mit einem Arm federt er den Sturz ab, den anderen schlingt er um meine Hüfte. Ich lande auf seiner harten Brust.

Wir brechen in prustendes Gelächter aus.

„Glenn Baxter, du Teufel. Ich hatte ja keine Ahnung!"

„Das ist nun mal der Sinn von Überraschungen."

Ich überschütte ihn mit kleinen Küssen, als ich plötzlich

ein: „Oh, Entschuldigung“, höre.

Ich blicke zur Tür. Sandra steht dort, ein wenig errötet. „Ich hatte einen Schrei gehört“, erklärt sie.

Ich wälze mich von Glenn und stehe auf. „Ich schätze, ich bin etwas überdreht.“ Ich strecke ihr meine linke Hand hin und wackle mit dem Finger. „Glenn hat mir gerade einen Heiratsantrag gemacht!“

„Ach du lieber Gott!“ Sandra gibt „Ooohs“ und „Aaaahs“ von sich, während sie den Ring inspiziert. „Der ist ja wunderschön. Gratulation!“

„Danke schön“, sagen Glenn und ich gleichzeitig.

„Wenn eine Hochzeit bevorsteht, ist das die beste Zeit, sich ein neues Heim zu suchen.“

„Und ich *liebe* es!“ Ich drehe mich einmal um die Achse. „Wie könnte es auch anders sein? Gut, natürlich ist es das erste Haus, das wir besichtigt haben …“

„Ich verstehe vollkommen. Und Sie sollen es ja auch nicht kaufen, ohne sich noch weiter umgesehen zu haben.“ Sandra langt in ihre Blazertasche und fördert zwei Visitenkarten zutage. „Ich weiß, dass Glenn unter der Woche meist nicht in der Stadt ist, aber wenn ich Ihnen weitere Häuser zeigen soll, rufen Sie mich einfach an. Ich würde es ja gerne heute tun, aber ich habe in einer halben Stunde einen weiteren Termin.“

„Kein Problem“, sage ich schnell. „Wir müssen heute Abend auf eine Wohltätigkeitsveranstaltung, dafür müssen wir uns noch umziehen.“

„Rufen Sie mich jederzeit an. Dann machen wir einen Termin.“

Wir gehen nach unten. Vor dem Haus stelle ich mir vor, wie zwei Kinder sich in dem Garten hinterherjagen.

Ein Junge und ein Mädchen.

Ich kann ihr glückliches Lachen beinahe hören.

Glenn nimmt mich an der Hand und reißt mich damit aus meinen Träumen. Ich schmiege meinen Kopf an seine Schulter.

Es wird ja immer gesagt, dass die Liebe kommt, wenn man sie am wenigsten erwartet.

Kaum zu fassen, aber genau das ist mir passiert.

10. KAPITEL

Claudia

Ich sehe unglaublich aus. Wenn ich das so sagen darf.

Für den Wohltätigkeitsball habe ich mich für Farbe entschieden, ich trage ein bodenlanges rotes Versacekleid. Schulterfrei mit einem tiefen Dekolleté. Ganz ehrlich, es ist einfach fantastisch. Und zweifellos werde ich auffallen, weil die meisten Frauen Schwarz oder eine andere dunkle Farbe tragen werden.

Adam legt seine Hand auf meinen nackten Rücken, als wir durch die Menschenmenge spazieren. Überall um uns herum lächeln die Leute, allesamt ebenfalls aus hoch angesehenen Familien, die wir kennen, viele von ihnen werden Adam bestimmt unterstützen, sobald er nach unserer Hochzeit verkündet, dass er als Bürgermeister kandidieren will.

Henry Dixon, ein Anwalt aus Atlanta, entschuldigt sich bei einer Gruppe von Leuten und kommt auf uns zu. „Claudia", ruft er, ergreift meine Hände, breitet sie aus und betrachtet mich. „Sie sehen bezaubernd aus."

„Danke, Henry."

„Und Adam." Henry schüttelt seine Hand. „Schön, Sie zu sehen. Wie immer."

„Schön, *Sie* zu sehen."

„Dieser Abend scheint wirklich ein großartiger Erfolg zu werden. Ihre Arbeit für diese armen Kinder ist einfach großartig. Adam."

Ich hake Adam unter. „Ich bin ja so stolz auf ihn“, sage ich laut.

Adam, der selbst Anwalt ist, hat vor ein paar Jahren aufgehört zu praktizieren und die Leitung der Stiftung „Wünsche werden wahr“ übernommen, die unheilbar kranken Kindern ihren größten Wunsch erfüllt. Diese Entscheidung habe ich voll und ganz unterstützt, ich bewundere seine Arbeit unendlich, sie ist so sinnvoll.

„Mir geht es nur um die Kinder“, erklärt Adam. „Was gibt es Schöneres, als diesen todkranken Kindern ihren größten Wunsch zu erfüllen?“

„Allerdings“, verkündet Henry. „Und Sie machen Ihre Arbeit hervorragend. Trotzdem glaube ich, dass Ihre Talente in der politischen Arena noch besser zum Tragen kommen würden.“

Adam lacht leise. „Ich weiß, worauf Sie hinauswollen. Noch möchte ich nichts verraten – aber warten Sie bis nach der Hochzeit! Da wird es eine ganz spezielle Ankündigung geben.“

Henry verzieht den Mund zu einem breiten, wissenden Grinsen und schlägt Adam auf die Schulter. „Genau das wollte ich hören.“

Adam Hart als Bürgermeister. Ich kann es kaum noch erwarten.

Ich blicke voller Liebe zu ihm auf, als ich auf meinem Hintern plötzlich eine Hand spüre und dann einen Finger, der von hinten meinen Schoß streichelt. Ich erschrecke beinahe zu Tode. Schnell drückt er seine Finger in meine Taille, und ich muss ihn nicht mal ansehen, um zu wissen, dass er der Übeltäter ist.

„Ist mit Ihnen alles in Ordnung?“, fragt Henry besorgt.

„Ja.“ Verstohlen kneife ich Adam in den Arm. „Ich … mir war nur plötzlich kalt.“

„Ich hoffe, du wirst nicht krank“, kommentiert Adam, und ich würde ihm am liebsten eine Ohrfeige verpassen.

„Bei all der Arbeit, die wegen der Hochzeit noch vor mir liegt? Auf keinen Fall.“ Ich lächle ihn zuckersüß an.

„Claudia!“

Beim Klang meines Namens drehe ich mich um: Lishelle eilt mit Glenn an der Hand auf mich zu. Sie lässt ihn erst los, als sie nah genug ist, um mir die Arme um den Hals zu werfen. Lishelle gibt nie höfliche Küsschen. Sie ist meine Freundin, und das demonstriert sie deutlich, egal, wo wir sind.

„Wie geht es dir?“, fragt sie. Ich muss gestehen, sie hat noch nie glücklicher gewirkt. „Gott, du siehst toll aus. Du hast ja gesagt, dass du heiß aussehen wirst, aber so heiß? Irre!“

„Danke. Aber du siehst selbst ziemlich klasse aus. Ist das Kate Spade?“

„Mhm. Klassisch, aber sexy.“

„Allerdings.“ Erst jetzt fällt mir auf, dass ich Glenn völlig ignoriert habe. Deshalb wende ich mich ihm zu und nehme seine Hand. „Glenn, hallo. Es ist lange her.“

„Das stimmt. Schön, dich zu sehen.“

„Finde ich auch. Und wie ich höre, werden wir uns jetzt öfter sehen.“

„Sehr viel öfter“, stimmt Glenn zu. Dann hebt er Lishelles linke Hand an, an dem ein wunderschöner Diamantring blitzt.

„Mann!“ Ich sperre den Mund auf. „Du sagtest ja, dass es ernst ist, aber …“

„Er hat mir heute Nachmittag einen Antrag gemacht.“

„Lishelle!“ Also hatte sie recht, Glenn hat endlich die Kurve gekriegt. „Gratuliere!“ Ich umarme sie noch mal und dann auch Glenn.

Als ich eine Hand auf meiner Taille fühle, wirble ich herum. Adam wartet darauf, vorgestellt zu werden.

„Ich glaube, du kennst Glenn noch nicht, oder?“

„Nein.“

„Adam, das ist Glenn Baxter, Lishelles Verlobter. Glenn, das ist mein Verlobter, Adam Hart.“

Die beiden Männer schütteln sich die Hand.

„Wie geht es dir, Adam?“, fragt Lishelle.

„Könnte nicht besser sein.“

„Glenn und ich haben uns gerade verlobt“, flötet Lishelle. „Soll ich ihnen von dem Haus in Duluth erzählen?“

„Nun …“ Glenn zuckt mit den Achseln.

„Ich sollte eigentlich meinen Mund halten, weil es noch nicht sicher ist, aber Glenn hat mir ein wunderschönes Haus in Duluth gezeigt. Dort hat er mir auch den Heiratsantrag gemacht. Es war so romantisch.“

Ich kann nicht anders, ich bin skeptisch. „Seid ihr nicht erst seit letztem Wochenende wieder zusammen?“

Glenn drückt Lishelle fest an sich. „Aber es ist schon seit über zehn Jahren in der Mache.“

„Gratuliere", ruft Adam. „Das sind tolle Neuigkeiten."

„Danke."

„Was machen Sie beruflich, Glenn?", fragt Adam.

„Ich bin Pilot."

„Aha. Bei welcher Fluggesellschaft?"

„All-American Air."

Adam nickt höflich, aber ich weiß bereits, was er denkt. Er denkt, die Airline ist nicht groß und repräsentativ genug.

„Jetzt kannst du also im ganzen Land herumfliegen", sage ich zu Lishelle, in der Hoffnung, dass Glenn nichts von Adams Hochnäsigkeit mitbekommt. Wirklich, ich liebe ihn, aber ich kann es nicht ausstehen, wie elitär er manchmal sein kann.

„Das ist nur einer der Vorzüge, auf die ich mich freue." Lishelle löst sich von Glenn und hakt mich unter. „Wo ist Alisha?"

„Ich habe sie noch nicht gesehen."

„Dann sollten wir sie suchen gehen." Lishelle dreht sich zu Glenn um und reicht ihm die Hand, die er nicht nimmt, ohne ihr vorher tief in die Augen zu blicken wie ein rettungslos verliebter Mann.

„Ich drehe mal ein paar Runden." Adam gibt mir ein Küsschen auf die Wange.

„Ja, gut." Ich bin ein wenig enttäuscht, obwohl mir klar ist, dass Adam die Gäste begrüßen und sich für ihre Unterstützung bedanken muss. „Bis später dann."

Ich zwinge mich zu einem Lächeln. „Dann los. Suchen wir Alisha."

Ich entdecke Alisha, als diese gerade ein Champagnerglas von einem silbernen Tablett nimmt und in null Komma nichts herunterschüttet – bis zum letzten Tropfen.

Irgendetwas stimmt nicht.

Und als ich näher komme, sehe ich, dass ihre Augen rot gerändert sind. Sie muss geweint haben.

Alishas Augen leuchten auf, als sie uns bemerkt, sie löst sich von Charles' Arm und schwebt auf uns zu. Wir hauchen uns Küsschen zu. „Glenn." Alisha schnappt sich seine Hand. „Wie schön, dich wiederzusehen."

Sie plappert ein wenig zu viel – so als ob sie bereits einiges getrunken hätte.

„Wir sind verlobt!" Lishelle lässt ihren Ring aufblitzen.

„Was? Das ist ja fantastisch." Als Tränen aus Alishas Augen treten, ist mir klar, dass es nicht wegen Lishelle und Glenn ist. Ich frage mich, ob Lishelle das auch bemerkt.

Ich entschuldige mich bei den anderen, ergreife Alishas Arm und ziehe sie zur Seite. „Okay, Ally. Was ist los?"

„Ich freue mich so für Lishelle – du nicht?"

„Deswegen heulst du doch nicht. Und wie viel hast du schon getrunken?"

„Nur ein Glas, glaube ich. Vielleicht zwei."

„Hör auf zu lügen. Du kannst ja kaum noch aufrecht stehen. Was ist passiert?"

Alisha beginnt wieder diskret zu weinen, deshalb schiebe ich sie zur Toilette, die Gott sei Dank nicht sehr weit entfernt ist.

„… dieser verfluchte Scheißkerl", sagt eine Frau in dem

Moment, in dem wir eintreten. Sie reicht einer anderen gut gekleideten und ebenfalls weinenden Frau ein Kleenex.

Drama. In Frauentoiletten spielen sich immer wieder Dramen ab.

Ich führe Alisha zum Sofa. „Erzähl mir alles", flüstere ich ihr zu.

„Ich kann nicht …" Sie wirft einen Blick durch den Raum. „Ich möchte nicht hier darüber sprechen."

„Ist es was Ernstes?" Es ist fürchterlich, meine Freundin so zu sehen. „Das zumindest will ich wissen."

„Es ist nur … ich sollte heute Morgen bei einer Hochzeit fotografieren, aber dann rief die Frau an, als ich schon bei der Kirche war, und sagte das Ganze ab. Sie sagte, sie hätte herausgefunden, dass ihr Verlobter bei seinem Junggesellenabschied sie mit einer Stripperin betrogen hätte."

„Und das haut dich Stunden später noch so um?"

„Nein … ich hatte auch einen Streit mit Charles. Aber ich schätze, das wird schon wieder", fügt sie tapfer hinzu.

Ich schlinge einen Arm um sie. Als die beiden anderen Frauen die Toilette verlassen habe, frage ich sofort: „Was meinst du mit ‚das wird schon wieder'? Ihr hattet einfach nur einen Streit, oder? Nichts Ernstes."

Neue Tränen füllen ihre Augen. Einen Moment lang kann sie nicht mal sprechen.

„Ach nein." Ich schüttle den Kopf. „Ally, nein."

„Er sagt, dass ich unsere Ehe aufs Spiel setze, dass ich ihn forttreibe."

„Wie bitte?"

„Ich, die ich immer für ihn da bin. Die ihm die Kleider

wäscht und sogar dafür sorgt, dass seine Unterhosen anständig gebügelt sind."

„Du bist eine wunderbare Ehefrau."

„Er meint, dass ich zu viel Druck ausübe, wenn ich alles Mögliche versuche, um ihn in Stimmung zu bringen." Alisha putzt sich die Nase. Die Tränen sind verschwunden, Trotz blitzt jetzt in ihren Augen auf. „Und weißt du, was ihn so wütend gemacht hat? Dass ich ein Wochenende in so einem Sex-Wellness-Hotel in Arizona für uns gebucht habe. Vor ein paar Tagen erst sagte er, er würde ein paar Tage Urlaub nehmen. Und dann ist er plötzlich sauer."

„Ach komm."

„Nein, wirklich. Ich versuche, unsere Ehe zu retten, und er wird sauer. Sagt, dass er bis zum Hals in Arbeit steckt. Gut, das weiß ich ja. Aber er muss sich doch irgendwann mal freinehmen können, oder nicht? Er ist nicht der einzige Anwalt, der an diesem Fall arbeitet. Marsha Hindenberg könnte doch für einen Tag übernehmen."

„Finde ich auch." Ich reibe ihren Rücken. „Ich weiß auch nicht, was mit ihm los ist."

„Und nicht nur das. Am Dienstag habe ich in seinem Lieblingsrestaurant einen Tisch bestellt, wir hatten vorher darüber gesprochen und er war ganz angetan von der Idee. Aber dann kam er nicht nach Hause. Rief vom Flughafen aus an und sagte, dass er für ein paar Tage beruflich verreisen müsse."

„Warum hast du mich nicht angerufen?"

„Mir ist das alles so peinlich. Ist er mein Ehemann oder irgendein Fremder? Ich habe keine Ahnung mehr."

„Das wird schon wieder. Ich weiß es."

„Und wenn nicht? Was, wenn er mich verlässt?"

„Nein. Ach du lieber Gott, nein! Hör mal, mein Vater hat meine Mutter auch oft warten lassen. Charles ist nun mal ein sehr bekannter Anwalt. Und er muss sehr viel arbeiten."

„Aber warum sagt er, dass ich ihn unter Druck setze?"

„Ehepaare haben ständig solche Streitgespräche. Und da werden Sachen gesagt, die man gar nicht so meint."

„Ich hoffe, du hast recht."

„Habe ich. Ally, ihr hattet einen Streit. Mehr nicht."

Alisha scheint über meine Worte nachzudenken, äußert sich aber nicht. Stattdessen steht sie auf und streicht ihr buttergelbes Kleid glatt. Es steht ihr fantastisch, unterstreicht ihr blondes Haar.

„Wir sollten besser wieder zurückgehen", sagt sie.

„Bist du in Ordnung?"

„Mir geht's gut", versichert sie. „Lass mich nur schnell mein Make-up auffrischen."

Wir verbringen ein paar Minuten mit Puder und Lippenstift vor dem Spiegel, dann eilen wir nach draußen.

In der Tür stoße ich mit jemandem zusammen. Arlene Nash, die sich im Gegensatz zu mir nicht entschuldigt. Stattdessen mustert sie mich von Kopf bis Fuß und verzieht ihre Lippen kaum merkbar nach unten.

„Arlene", sage ich. Ich muss gestehen, dass sie umwerfend aussieht in dem eng anliegenden schwarzen Abendkleid, das ich vor Kurzem bei „Fendi" gesehen habe und beinahe selbst gekauft hätte.

Sie zwingt sich zu einem Lächeln. „Wie schön, dich zu sehen, Claudia. Wie läuft es mit den Hochzeitsvorbereitungen?"

„Es wird *das* Ereignis der Saison." Ich kann einfach nicht anders, als zu prahlen. Zu oft habe ich Gerüchte darüber gehört, dass Arlene sich für Adam interessiert. Seit ich mit ihm zusammen bin, hat sie mich nie mehr zu ihren Festen eingeladen.

„Ich kann es kaum erwarten", behauptet sie, und ich glaube ihr kein Wort.

Arlene betritt die Toilette, gefolgt von einer Frau, die ich nicht kenne.

„Meine Güte", kommentiert Alisha. „Was für eine Oberzicke."

„Das hast du schnell erkannt."

„Ich schätze, da steckt etwas dahinter."

„Ja, aber damit will ich dich nicht langweilen. Komm, wir suchen Charles."

Wenn Adam spricht, geht etwas Elektrisierendes von ihm aus. Er hat die Fähigkeit, die Zuhörer zu fesseln, sie dazu zu bringen, alles zu unterlassen, was sie gerade tun, um ihm zuzuhören. So wie gerade jetzt.

Er ist völlig natürlich, wenn er vor Leuten spricht, und deswegen ist mir, wie allen anderen auch, klar, dass er unbedingt ein öffentliches Amt übernehmen muss.

„Die Mutter kam in Tränen aufgelöst zu mir und erzählte, dass die Reise in die Türkei ein Lächeln auf das Gesicht ihres Sohnes zauberte, das sie nicht mehr gesehen hatte, seit er krank wurde. Zum ersten Mal seit eineinhalb Jahren konnte er wieder Kind sein. Lachen und Spaß haben, ohne sich Sorgen über seine Behandlungen zu machen." Adam lässt seinen Blick über die Menschenmenge schweifen. „Das, sehr geehrte Damen und Herren, ist der Grund, warum ich tue, was ich tue. Diese Arbeit ist wichtig. Die wichtigste Arbeit überhaupt." Die Gäste nicken und murmeln zustimmend. „Ich möchte jedem Einzelnen von Ihnen danken, dass Sie heute Abend gekommen sind, um diese wichtige und wunderbare Sache zu unterstützen. Mit Ihrer Hilfe können wir jedem kranken Kind in Georgia einen Traum erfüllen."

Die Menge bricht in Beifall aus. Ich lächle Adam bewundernd an. Er hebt eine Hand und winkt, und als der Applaus verebbt, spaziert er von der Bühne.

Ich schlinge meine Arme um ihn. „Das war eine wunderbare Rede, Adam. Du haust die Leute jedes Mal um."

„Danke, Babe."

Während er Hände schüttelt, bleibe ich dicht an seiner Seite. Er kümmert sich um die Öffentlichkeit, als ob er sich bereits im Wahlkampf befände. Nach einigen Minuten nimmt er meine Hand. „Ich muss hier mal kurz raus."

Er zerrt mich mit sich, wir rennen geradezu durch Atlantas elegantesten Superluxusclub. Ein Club, in den nur Mitglieder dürfen, wobei an so einem Abend natürlich jeder kommen darf, der in der Lage ist, den Eintritt zu bezahlen – der Erlös geht dann an die Stiftung „Wünsche werden wahr".

Gerade will ich Adam fragen, wohin er mich bringt, als

er schon die Tür zu einer Art Lagerraum aufstößt und mich hineindrängt.

Bevor die Tür noch ins Schloss fällt, schiebt er mein Kleid bis über die Hüften.

„Adam“, sage ich alarmiert.

„Ich habe genug von all den Leuten. Jetzt will ich dich lecken.“

Ich öffne den Mund, um zu protestieren, aber er zieht bereits mein Höschen nach unten, lässt seine Zunge über mich streichen und stöhnt lang und laut, als ob mein Nektar das Süßeste wäre, was er je gekostet hat.

„Das wollte ich schon den ganzen Abend tun.“

Ich weiß, dass vor dieser Tür fünfhundert Gäste sind, aber ich kann meinem Mann einfach nicht widerstehen. Und will es auch gar nicht. Bestimmt wird niemand in diesen Lagerraum kommen, ich fühle mich also ganz sicher.

Seine heiße Zunge lässt von meiner Klit ab, und nun bin ich es, die aufstöhnt. Um nicht das Gleichgewicht zu verlieren, kralle ich mich in seine Schulter.

Gerade als ich von einer Welle der Leidenschaft überspült werde, höre ich das Quietschen der Tür und springe so schnell zurück, dass ich stolpere und beinahe hinfalle.

„Scheiße“, murmle ich und versuche, mein Kleid in Ordnung zu bringen. Erst da fällt mir auf, dass Adam es nicht so eilig hat wie ich. Um genau zu sein, ist er noch immer auf den Knien und lächelt, während er sich den Mund mit dem Handrücken abwischt.

„Adam!“, zische ich.

„Ganz ruhig.“ Er streichelt meine Hand. „Ich erwarte

noch jemanden."

„*Was?*"

„Hallo?", höre ich eine Männerstimme rufen.

Jetzt steht Adam auf. „Hier, gleich um die Ecke", antwortet er.

Mein Magen krampft sich zusammen, ich atme scharf aus. „Adam ..."

„Das ist eine Überraschung, Babe."

Bevor ich noch etwas sagen kann, biegt ein gut aussehender weißer Mann um die Ecke. Und dann erkenne ich ihn – es ist Jason, der Barkeeper, der für unsere Hochzeit unseren ganz speziellen Cocktail kreiert hat!

„Was soll das?" Meine Stimme zittert, mir wird ganz übel. Und ich habe Angst.

„Du erinnerst dich an Jason?", sagt Adam.

„Ich erinnere mich an ihn, aber was macht er hier?"

Jason bewegt sich langsam auf mich zu. Bei seinem lüsternen Blick fühle ich mich ganz schmutzig. „Betrachte ihn als Geschenk."

Mein Blick fliegt zu Adam. „Ein Geschenk?"

Adam streicht mir über den Rücken. „Mhm. Ist schon gut. Jason mag diese ... Lebensweise."

„Diese *Lebensweise?*"

„Normalerweise bringt man als Swinger ja einen Partner mit, aber da ich hier an der Bar arbeite ..."

„Als Swinger?", fauche ich. „Bitte entschuldige uns einen Moment."

Ich greife nach Adams Hand und ziehe ihn außer Hörweite. „Was zum Teufel ..."

Er legt mir einen Finger auf die Lippen. „Ich dachte, du würdest das gerne ausprobieren."

„Ich? Habe ich so was jemals gesagt?"

„Als wir seinerzeit in diesem Club waren, da sagtest du, dass es dich erregt hat."

„Mit dir, ja. Aber ich möchte es nicht mit anderen Leuten ausprobieren. Willst du, dass ich mit einem anderen Mann zusammen bin?"

„Ich dachte, dass du noch nicht so weit bist, um es mit einer anderen Frau zu machen. Das hier schien mir sicherer."

„Ich sag dir was. Ich werde es *niemals* mit einer anderen Frau machen, okay? Du hast zu viele Pornos gesehen."

Adams Blick wandert über mich, seine Lippen verziehen sich zu einem Grinsen. Ich werfe den Kopf herum. Jason hat seinen Schwanz herausgeholt und streichelt sich.

„Oh mein Gott, Adam. Er ist ein Verrückter."

„Nein, er steht nur auf dich. Er hat mir gesagt, dass er in dem Moment, in dem er dich das erste Mal sah, eine Erektion bekam."

Ich schaue Adam böse an. „Du hast wieder was geraucht, nicht wahr?" Adam antwortet nicht, aber das muss er auch nicht. Ich brauche nur in seine Augen zu sehen. Nur so kann es sein, dass er dieses absurde Szenario vorgeschlagen hat. Ich kann es kaum fassen, dass er noch vor wenigen Minuten so eine beeindruckende Rede gehalten hat.

Er bedeckt meine Brüste mit seinen Händen und küsst mich. „Entspann dich, Baby. Du hast hier zwei Männer, die dir jede Fantasie erfüllen wollen."

Ich begreife ihn nicht. Er will sehen, wie ich mich in diesem Lagerraum von einem andern Mann ficken lasse, während hunderte gut gekleidete, einflussreiche Leute direkt vor der Tür feiern?

Er knabbert an meinem Ohr. „Wir werden in vier Wochen heiraten."

„Und ich will diesen Scheiß nicht ausprobieren." Mit einem Finger drehe ich seinen Kopf zu mir, damit er mich direkt ansehen muss. „Hörst du? Ich stehe nicht auf diese *Lebensweise* und bin auch kein Swinger oder was auch immer. Ich stehe auf dich. Aber so langsam bin ich nicht mehr sicher, dass du auch auf mich stehst", füge ich mit gebrochener Stimme hinzu.

„Aber natürlich. Oder warum sonst sollte ich dir so ein Geschenk machen?"

Als ich eine Hand in meinem Nacken spüre, schnappe ich nach Luft und blicke über die Schulter.

Jason fährt lächelnd mit den Fingerspitzen meinen Rücken hinunter. „Ich liebe deine Haut", sagt er. „Sie ist so weich." Seine Hand rutscht tiefer. „Und ich liebe diesen Hintern. Ich wollte dich von der ersten Sekunde anfassen, in der ich dich sah."

Schnell blicke ich zu Adam. Ich erforsche seinen Blick auf der Suche nach – nach was? Erlaubnis?

„Ist okay." Er drückt mir einen liebevollen Kuss auf die Lippen. „Du wirst es mögen."

Hinter mir beginnt Jason bereits, meinen Hintern durch den Stoff meines Kleides zu küssen. Lust schießt sofort durch meinen Körper.

Oh Gott, hilf mir.

„Ich weiß nicht …“

„Sobald es dir unangenehm wird, hören wir auf, okay?“

Als Antwort seufze ich zitternd, dann beginnt Adam mich zu küssen, während Jasons Hand meinen Schenkel hinaufwandert …

Für etwa zehn Sekunden verspanne ich mich, aber es überrascht mich auch, dass seine Finger sich so … so sanft anfühlen. Als ob er jeden einzelnen Moment auskosten wollte. Als er jedoch meinen Schoß berührt, zucke ich zusammen.

„Entspann dich, Baby“, wispert Adam in mein Ohr. „Schließ die Augen.“

„Ich weiß nicht, Adam …“

Jason schiebt mein Kleid hoch und küsst meinen Hintern. Ich erschauere. Versteife mich dann. Das ist ekelhaft. Es ist falsch. Verdammt verdreht. Und doch … seine Berührungen erregen mich auf seltsame Weise.

Elektrisierend.

Jason dreht mich langsam um, und obwohl ich kaum Luft bekommen, wehre ich mich nicht. Er spielt mit meinem Tanga und stöhnt vor Lust. „Oh mein Gott, Claudia. Was für eine wunderschöne Muschi du hast.“

Unerwartete Hitze steigt in mir hoch.

Hinter mir zieht Adam den Reißverschluss meines Kleides auf. Jason befeuchtet seine Finger und streichelt meine Lustperle, Adam küsst meine Schulter, während er die Träger hinunterschiebt. Und zu meinem Entsetzen bebt mein ganzer Körper vor Lust. Ich bin erregt, fühle mich unendlich lebendig, schwelge in dem verbotenen Gefühl, dass ein fremder Mann mich berührt.

„Himmel, ich will dich lecken, Claudia“, flüstert Jason heiser. „Ich will meine Zunge so tief in dich tauchen …“

„Es wird dir gefallen, Baby“, flüstert Adam an meinem Ohr, während er meine Brustwarzen drückt. „Du magst das doch, nicht wahr?“

„Ja.“ Das Wort kommt wie von allein.

Jason drückt seine Lippen in meinen Schoß, ich stöhne auf. Und weiche dann zurück. Er saugt so fieberhaft an mir, dass es wehtut.

„Sanfter“, sage ich. „Nicht so fest.“

Jason lässt nun sanft seine Zunge spielen. „So?“

„Ja …“

Adam knabbert an meinem Ohr, während er meine Brüste streichelt. „Gott, Baby. Du bist so schön. So unglaublich …“

Jason schiebt einen Finger in mich, Begierde schießt durch meinen ganzen Körper, und dann nimmt er meine Klit wieder zwischen die Lippen, vorsichtig diesmal, meine Knie werden weich. Mein Atem geht ganz flach.

„Ja, Baby“, flüstert Adam.

Ich explodiere, komme schnell und hart, das Gefühl ist so köstlich, dass ich die Augen fest schließen muss. Adam dreht mein Gesicht zu sich und küsst mich, während ich noch auf der Welle der Lust reite.

„Ich liebe dich, Baby“, sagt er. „Gott, ich liebe dich.“

„Ich liebe dich auch.“ Und einen Moment lang bin ich im Orgasmushimmel. Doch sobald die körperliche Glückseligkeit nachlässt, blicke ich nach unten auf Jason, sehe sein lächelndes Gesicht. Gerade habe ich mein Intimstes mit einem völlig Fremden geteilt.

Himmel, ich bin in seinem Mund gekommen.

Ich ekle mich vor mir selbst.

11. KAPITEL

Alisha

Sonntagnachmittag, ein Tag nach der Wohltätigkeitsveranstaltung, und ich sitze mit Lishelle und Claudia an unserem Tisch im „Liaisons“. Ich bin übelster Laune und muss einfach meckern.

„Ich meine, was ist denn falsch an einem Sex-Wellness-Hotel? Passiert da was Komisches – irgendwas Schmutziges? Das hat Charles nämlich gestern Nacht unterstellt. Hat Angst, dass es seinem Ruf schaden könnte, wenn jemand herausfindet, wo wir waren. Bin ich denn völlig bescheuert? Wie ich gelesen habe, kommen da ständig Paare hin, die ihr Liebesleben wieder aufmöbeln wollen – was ist denn falsch daran?“

Lishelle schluckt ihr Essen hinunter und antwortet dann: „Nichts. Ich hätte gedacht, dass Charles sich die Gelegenheit nicht entgehen lässt.“

Mein Teller Rührei mit Speck ist noch fast unberührt, stattdessen schütte ich einen Mimosa nach dem anderen hinunter, dabei bin ich heute Morgen schon mit einem Kater aufgewacht. „So langsam habe ich den Eindruck, dass Charles nicht nur nicht kann, sondern auch nicht will.“

„Hast du denn diese Impotenzgeschichte mal angesprochen?“

„Hab’s versucht. Da hat er mir wieder mal die kalte Schulter gezeigt.“ Ich stöhne frustriert. „Was soll ich denn jetzt tun – für immer so leben, nur weil ich mit einem

Mann verheiratet bin, der nicht mit mir schlafen will? Gestern Nacht, als wir nach Hause kamen, habe ich gehofft, nein geradezu gebetet, dass er einen Versuch starten würde. Aber er ging direkt ins Bett. Hat mich in meinem Dolce-&-Gabbana-Kleid einfach stehen lassen, das mir jeder andere Mann sofort vom Leib gerissen hätte. Ich weiß nicht, ob ich das noch länger ertrage. Ich *brauche* einfach sofort Sex."

„Ich verstehe ja deine Entt…"

„Nein, tust du nicht", unterbreche ich Claudia. „Ich bin so verzweifelt, dass ich sogar über eine Affäre nachdenke."

Claudia und Lishelle wechseln einen Blick.

„Ich habe jemanden kennengelernt", fahre ich fort. „Er kam in mein Studio. Und wie er mich angesehen hat … ich kann mich gar nicht erinnern, dass mich ein Blick jemals so angetörnt hat. Dieser Typ hat mich wieder daran erinnert, dass ich eine Frau bin. Plötzlich fällt mir wieder ein, wie oft mich Männer in meinem Leben angemacht haben – sogar Verlobte von meinen Kundinnen, ihr erinnert euch an die Geschichten. Früher schaute ich in den Spiegel und sah eine selbstbewusste und schöne Frau. Aber das hat Charles irgendwie kaputt gemacht. Ich will das wieder haben."

„Oje." Lishelle schiebt ihren Teller zur Seite, während Claudia plötzlich aufhört, auf ihrem Speck zu kauen.

„Nachdem ich diesen Mann getroffen habe, bin ich nach Hause gegangen und habe einen Vibrator benutzt, zum ersten Mal, die ganze Zeit dachte ich an ihn und hatte einen Wahnsinnsorgasmus."

„Ist ein Vibrator nicht eine tolle Erfindung?", fragt Lishelle. „Ich habe dir schon seit Jahren geraten, dir endlich einen zu kaufen."

„Ich dachte, es würde reichen", fahre ich traurig fort. „Aber das stimmt nicht."

„Also willst du jetzt mit ihm schlafen?" Claudia klingt ein wenig schockiert.

„Ich weiß nicht. Ich dachte schon, aber ich habe seine Visitenkarte zerrissen, insofern kann ich ihn nicht anrufen. Es sei denn ..."

„Es sei denn was?", hakt Lishelle nach.

„Er kam mit seinem jüngeren Bruder und dessen Verlobten. Sie wollten mich engagieren, haben sich aber nicht mehr gemeldet. Wer weiß."

„Vielleicht ist es besser so", meint Claudia.

„Du findest, ich sollte keine Affäre haben?"

Claudia balanciert eine Gabel voll Ei vor dem Mund. „Wenn du meine ehrliche Meinung hören willst, nein. Aber andererseits stehe ich auch kurz davor zu heiraten."

„Ja", stimmt Lishelle zu. „Du bist noch in diesem glückseligen Stadium, wenn man denkt, alles ist einfach wunderbar und perfekt."

„Und was ist mit dir, Miss Ich-verlobe-mich-überraschend-mit-meiner-ersten-Liebe?"

„Ich will doch nur sagen, dass ich auch mal verheiratet war, und es ist nicht immer wunderbar. Die traurige Wahrheit ist, dass einige Leute tatsächlich Affären haben." Jetzt blickt Lishelle mich direkt an. „Damit will ich nicht sagen, dass du eine beginnen solltest. Aber andererseits geht es mich nichts an. Wenn es zwischen dir und Charles nicht läuft und du alles probiert hast und du einfach nebenher etwas Sex brauchst …“ Sie zuckt mit den Schultern. „Ich bin auf deiner Seite, egal, was du tust.“

„Es geschehen doch immer wieder Zeichen und Wunder“, murrt Claudia.

„Alisha ist eine erwachsene Frau, und wir sind nicht ihre Eltern. Sondern ihre Freundinnen.“

Während Lishelle und Claudia hin und her diskutierten, was moralisch richtig ist, schweifen meine Gedanken ab zu Dominic. Ich kann einfach nicht aufhören, an ihn zu denken. Selbst gestern Nacht, als ich so sauer auf Charles war, tröstete ich mich mit Gedanken an Dominic. Der hätte bestimmt nichts dagegen einzuwenden, ein romantisches Sex-Wellness-Hotel zu besuchen. Im Gegenteil, wahrscheinlich würde er seine Koffer gar nicht schnell genug packen können.

Genau das stellte ich mir vor, als Charles schnarchend neben mir lag. Ich sah, wie Dominic und ich ein herrliches Zimmer in einem Hotel in der Wüste Arizonas betraten, das Feuer im Kamin loderte bereits. Und natürlich war eine Flasche Champagner kalt gestellt. Aufgeregt packte Dominic meine Hand, wir lachten beide wie Teenager. Dann riss er mich in die Arme, und ich klammerte mich an ihn, gleich würden wir beide nackt sein und den besten Sex unseres Lebens haben.

In meinem Traum begann Dominic mich leidenschaftlich zu küssen, und weil ich nicht länger warten konnte, riss ich ihm das Hemd vom Leib, zog den Reißverschluss seiner Jeans auf und schob sie mitsamt Unterhose nach unten. Beim Anblick seiner Erektion stöhnte ich genüsslich, nahm sie in die Hand, streichelte und küsste die Spitze, strich mit meiner Zunge darüber, probierte seinen Geschmack.

„Himmel, Ally …“

Ich drückte meine Hände in seinen Hintern und nahm ihn so tief in den Mund, wie ich konnte. Rein und raus, ich bewegte mich so, wie es später mein Schoß tun würde. Dominic vergrub die Finger in meinem Haar.

„Ich halte es nicht aus. Ich will noch nicht kommen.“

Er zog mich auf die Füße und schob mein schlichtes schwarzes Kleid über den Kopf, unter dem ich nichts trug, nicht einmal ein Höschen. Er fiel auf die Knie und begann mich zu streicheln und zu lecken.

Mit Charles neben mir im Bett war es zu riskant, den Vibrator zu holen, deswegen schob ich zwei Finger so tief wie möglich in mich, während ich mich mit der anderen Hand streichelte, bis ich kaum noch Luft bekam.

„Oh, Dom …“

Ich warf schnell einen Blick auf Charles aus Furcht, mein Stöhnen könnte ihn geweckt haben. Nein.

Ich fügte noch einen weiteren Finger hinzu und stellte mir dabei vor, dass Dominic seine Zunge so tief wie möglich in mich tauchen würde, ich umfasste seinen Kopf und sah ihm dabei tief in die Augen.

Und, verflucht, da kam ich auch schon. Ich biss mir auf die Unterlippe, um mein Stöhnen zu unterdrücken, aber Charles rührte sich nicht.

„Alisha!“ Ich spüre einen Klaps auf meiner Hand.

„Hm?“ Einen Moment lang weiß ich nicht, wo ich bin. Dann fällt es mir wieder ein. Mit meinen Freundinnen in einem Restaurant. Und mit feuchtem Höschen, weil ich mich an die heißen Fantasien mit meinem griechischen Gott erinnert habe.

„Du bist ja richtig rot im Gesicht", sagt Claudia. „Alles in Ordnung?"

Ich rutsche unbehaglich auf meinem Stuhl herum. Himmelherrgott, ich kann nicht fassen, dass ich gerade derart weggetaucht war. Hier! Ich muss mich dringend daran erinnern, worüber wir gesprochen haben.

„Du wirkst ein wenig … verstört", sagt Lishelle.

Ich nehme einen großen Schluck. Und dann fällt es mir wieder ein. Wir diskutierten gerade die Vor- und Nachteile einer eventuellen Affäre. Die ich natürlich schon längst habe – zumindest im Geiste.

„Wahrscheinlich ist das sowieso nur Gerede", versichere ich Claudia, dann reibe ich mir mit den Händen übers Gesicht, um wieder Fassung zu gewinnen. „Ein nicht unerheblicher Teil von mir glaubt sowieso daran, dass ich allein für den Gedanken an eine Affäre ewig in der Hölle schmoren werde."

„Vielleicht solltest du etwas anderes probieren", schlägt Claudia vor.

„Wie zum Beispiel?"

„Ich weiß nicht. Wie … wie zum Beispiel in einen Swingerclub gehen oder so was. Damit wirst du bestimmt Charles Aufmerksamkeit erregen."

„Einen Swingerclub?" So heftig wie Lishelle nun Claudia den Kopf zudreht, ist es beinahe ein Wunder, dass ihr Genick nicht bricht. „Wie kommst du denn auf so was?"

„Ja, wie kommst du auf so was?“, wiederhole ich, aber natürlich erinnere ich mich an ihre Erzählungen, dass Adam in letzter Zeit auf extremen Sex abfährt.

Claudia schüttet ihren Mimosa herunter, bevor sie antwortet: „Das ist einfach nur … ich hab vor Kurzem eine Reportage über Swingerclubs gesehen. War nur so eine Idee. Wäre mal was anderes.“

„Es ist schon hart genug, dass ich Charles geradezu zwingen muss, mal wieder mit mir zu schlafen“, bemerke ich. „Auf keinen Fall will ich dabei zusehen, wie eine andere Frau ihn scharf macht.“

„Natürlich. Vergiss, was ich gesagt habe.“

„Ehrlich, ich habe alles versucht. Ich habe sogar einen Porno ausgeliehen. Aber er ist nicht mal aufgeblieben, um ihn mit mir anzusehen.“

„Adam würde das total anmachen“, murmelt Claudia.

„Meinst du, er hat eine Affäre?“, fragt Lishelle gerade heraus. „Denn als David nicht mehr mit mir schlafen wollte …“ Lishelle bricht ab, kneift die Augen zusammen und dreht sich zu Claudia um. Ich auch. Weil sie leise zu weinen angefangen hat.

„Also gut“, ruft Lishelle. „Was ist los, Süße?“

„Ich war die ganze Zeit gereizt und unfair, aber es hat nichts mit dir zu tun, Ally.“

„Ich bin nicht böse auf dich, Schätzchen. Bitte, weine nicht.“

„Das ist es nicht.“

„Und es geht auch nicht um die Kleider der Brautjungfern, oder?“, fragt Lishelle. „Also wenn du doch Lila willst …“

„Es geht nicht um die Kleider." Claudia schnäuzt sich in ihre Serviette.

„So langsam mache ich mir Sorgen, Claudia", sage ich.

„Ich habe gestern Abend etwas getan", beginnt Claudia mit leiser Stimme. „Und ich fühle mich so schlecht deswegen. So schmutzig. Aber Adam hat mich damit überrumpelt. Und er sagte, wie heiß es ihn machen würde, wenn ich es täte." Claudia kneift die Augen zu. „Oh Gott ..."

Mein Herz rast vor Sorge um sie. „Was, Liebes? Wozu hat er dich überredet?"

Claudia holt tief Luft und blickt einmal um sich, für den Fall, dass jemand zuhört. „Nach seiner Rede hat er mich in so einen Lagerraum gebracht. Er wollte mit mir rummachen, wie immer. Und das war ja auch in Ordnung. Er steht darauf, es an riskanten Orten zu treiben. Aber dann ..."

„Dann?", hakt Lishelle nach.

Claudia zieht die Nase hoch. „Dann kam so ein Typ rein. Nein, nicht irgendein Typ, sondern der Barkeeper für unsere Hochzeit, von dem ich euch erzählt habe?"

Ich nicke. „Ja."

„Offenbar hat der gestern Abend für die Veranstaltung gearbeitet. Und Adam hat es so arrangiert, dass wir uns im Lagerraum treffen, um einen Dreier zu haben."

Ich bin so verblüfft, dass ich alle Menschen um uns herum vergesse. Der Lärm – das Gelächter und Babygeschrei und Geplaudere –, alles scheint auf einmal zu verstummen.

Lishelle meldet sich als Erste zu Wort. „Du hast mit einem Fremden geschlafen?"

„Nun ... das habe ich nicht zugelassen. Er ... er hat mich

verwöhnt. Gestreichelt. Mich geleckt und so."

Lishelle ringt hörbar um Luft. „Ein Fremder hat es dir mit dem Mund gemacht?"

„Zweimal", gesteht Claudia verschämt. „Beim ersten Mal kam ich ganz schnell. Ihr wisst schon, weil Adam meine Brüste gestreichelt hat. Der Typ – Jason – sagte dann, er wolle es noch mal tun, und diesmal solle ich es ganz auskosten."

„Heiliger Himmel", ruft Lishelle aus.

„Glaub mir, Lishelle, ich bin nicht gerade stolz auf mich. Es wäre ja was anderes gewesen, wenn ich es selbst gewollt hätte, aber Adam hat mich unter Druck gesetzt, und dann, als Jason anfing, mich zu streicheln ..."

Ich habe keine Ahnung, was ich sagen soll. Das Einzige, was mir einfällt, ist: „Hat es dir Spaß gemacht?"

Claudia blickt von ihr zu mir. „Nein, eigentlich nicht. Also, ich weiß nicht. Ich denke ... vielleicht. Nachdem er herausgefunden hatte, wie ich es gerne mag. Zuerst hat er an mir rumgekaut, und ich sagte ihm, er solle sanfter sein. Nach dem Motto: Hallo! Ich brauche das künftig noch!"

„Ich bin sprachlos", erkläre ich. „Wirklich."

„Ich wollte es nicht genießen, aber da war eine Zunge an meiner Klit, und er war echt süß. Das dachte ich schon, als ich ihn das erste Mal sah. Rein körperlich fühlte ich mich zu ihm hingezogen, aber ich treibe es doch nicht mit jedem Kerl, zu dem ich mich hingezogen fühle."

„Und Adam war erregt?", frage ich.

„Ich habe ihn noch nie erregter erlebt. Jason schob seine Zunge ganz tief in mich, und als ich mich umdrehte und

Adam ansah, spritzte der sofort ab.“

Lishelle reißt die Augen auf. „Meine Güte. Ich kann nicht fassen, dass Adam dich mit einem anderen Mann teilen wollte.“

Claudia leert ihr Glas in einem Zug. „Adams sexuelle Gier ist in letzter Zeit völlig außer Kontrolle. Ich weiß nicht, was mit ihm los ist.“ Sie zögert. „Findet ihr mich jetzt eklig?“

„Eklig? Nein“, versichere ich. „Überhaupt nicht, und ich verurteile dich ganz bestimmt nicht. Schließlich leben wir im neuen Millenium. Da draußen gibt es eine Menge Leute, die ihre Partner tauschen und damit glücklich sind.“

„Aber ich will nicht dazugehören. Das habe ich Adam gesagt. Ich stehe überhaupt nicht auf dieses abgefahrene Zeug. Ich will doch nur Adam. Er hat mich vor ein paar Wochen auch in einen Swingerclub mitgenommen – was mich total schockierte. Nein, kein Partnertausch, wir haben nur zugesehen und miteinander ... Aber nach letzter Nacht musste ich mal ein Machtwort sprechen. Ihm sagen, dass das alles nicht in Ordnung für mich ist. Er hat geschworen, dass es das letzte Mal gewesen wäre, dass er einfach nur seine Fantasien ausleben wollte, bevor wir heiraten, und dass er jetzt zufrieden sei.“

„Und du glaubst ihm?“, fragt Lishelle.

„Muss ich doch. Davon abgesehen werde ich, wenn wir erst mal verheiratet sind, auf keinen Fall mehr bei so etwas mitmachen. Ehrlich, es fällt mir wahnsinnig schwer, euch das zu erzählen.“

„Vielleicht macht ihm diese Hochzeit mehr Angst, als

dir klar ist", vermutet Lishelle. „Manche Männer betrachten die Ehe als das Ende ihrer sexuellen Freiheit. Ich weiß, das ist völliger Unsinn."

„Ich gebe ihm in dieser Hinsicht alles, was er will. Ich sollte doch reichen, oder nicht?"

„Natürlich", stimme ich zu.

„Die Realität ist aber eine andere." Lishelle schüttelt den Kopf. „Denkt nur daran, wie David mich betrogen hat. Und dabei lief unser Sexleben wunderbar. Manche Männer kann man einfach nicht begreifen."

„Und trotzdem willst du wieder heiraten?", frage ich.

Lishelle grinst von einem Ohr zum anderen. „Absolut richtig. Ich habe keine Zweifel. Glenn ist anders, wisst ihr? Wir kennen uns schon so lange. Egal, ob er in meinem Leben war oder nicht, in meinem Herzen war er immer." Sie seufzt glücklich. „Was soll ich sagen – dieser Mann ist einfach mein Seelenpartner."

„Also, du bist bis über beide Ohren verliebt und hast grandiosen Sex – richtig?"

„Den besten."

„Zum Glück mag ich dich, sonst würde ich dir jetzt eine Ohrfeige verpassen." Ich lächle schmal. „Du bist so furchtbar ... glücklich."

„So ist das mit der Liebe nun mal. Und Ally, solltest du in nächster Zeit auch mal wieder flachgelegt werden, dann wirst du genauso strahlen wie ich. Bei mir war es zwei Jahre her."

„Ich weiß. Und deswegen kann ich dir auch nicht böse sein, Lishelle."

„Nun, ich schon", wendet Claudia ein. Aber ein Lächeln umspielt ihre Lippen. „Du stiehlst mir die Show, Mädchen. Schließlich heirate *ich* in vier Wochen."

„Okay, kein Wort mehr über Glenn. In den nächsten vier Wochen geht es nur um dich und deine fantastische Hochzeit, über die die ganze Stadt noch Jahre später sprechen wird."

Endlich erreicht Claudias Lächeln auch ihre Augen.

„Und dein Kleid", Lishelle pfeift durch die Lippen. „Ich weiß, es wird spektakulär aussehen."

„Für zweihunderttausend sollte es das auch." Claudia strahlt. „Ein Einzelstück von Vera Wang."

„Das Richtige für eine Prinzessin", rufe ich.

„Das ist sie ja auch", fügt Lishelle hinzu. „Eine schwarze amerikanische Prinzessin."

„Es reicht jetzt, Mädels. Stopp."

„Jedenfalls", fährt Lishelle fort, „wird es eine fantastische Hochzeit werden."

„Nicht wahr?"

„Natürlich." Claudia und ich klatschen die Handflächen gegeneinander. „Und danach wirst du mit Adam ein wunderschönes Leben führen mit ganz vielen Kindern."

„Zehn", verkündet Lishelle.

„Zehn!", ruft Claudia aus.

„Wie viele auch immer du willst", sage ich. „Und du wirst bis an dein Lebensende glücklich sein. Versprochen."

DAS SPIEL BEGINNT

12. KAPITEL

Lishelle

Es ist das Wochenende nach dem Wohltätigkeitsball, und Glenn ist wie versprochen wieder hier. Ich recke den Kopf, um auf die Uhr auf dem Nachttisch neben seiner Schulter zu spähen. Sieben Uhr vierzehn.

Erstaunlich, dass ich schon wach bin, nachdem wir es die ganze Nacht miteinander getrieben haben. Sobald wir zusammen sind, können wir die Finger nicht voneinander lassen.

„Warum schläfst du nicht?“, fragt Glenn.

„Nach dieser Nacht ist mir das auch ein Rätsel.“

Glenn seufzt zufrieden und zieht mich in seine Arme. Ich versuche zu schlafen. Doch wenige Sekunden später frage ich: „Bist du sicher, dass du in Atlanta leben willst?“

Mit diesem Thema hatten wir vor ein paar Stunden begonnen, in den Pausen, wenn wir uns gerade mal nicht liebten. Er sagte, es wäre kein Problem für ihn, zurück nach Atlanta zu kommen, aber ich will mir sicher sein.

„Der Sitz von All-American Air ist in Atlanta. Insofern ist der Umzug sogar sinnvoll. Davon abgesehen hast du hier deine Karriere. Ich würde nicht im Traum darauf kommen, dich von hier fortzuholen.“

Ich küsse sein Kinn. „Du bist so süß. Habe ich dir das schon mal gesagt?“

„Mein einziges Ziel im Leben ist, dich glücklich zu machen, Lishelle.“

Ich hebe die Hand und betrachte meinen Verlobungsring. „Ich bin glücklich. Ich habe eine fantastische Karriere, und jetzt habe ich auch noch meinen Traummann."

„Ich bin wirklich froh, dass es bei dir so gut läuft", erklärt er. „Du bist deinem Traum gefolgt, und jetzt sieh dir an, wie weit du es gebracht hast."

„Du bist deinem Traum auch gefolgt. Du bist Pilot, Glenn. Das hätte ich nie gedacht."

„Ja, aber ich arbeite für eine kleine Fluglinie, und ich verdiene nicht annähernd so viel Geld, wie ich gerne würde. Sechsstellig zwar, aber auch nur gerade so."

„Solange du glücklich bist …"

„Bin ich." Aber das klingt nicht überzeugend.

Ich lasse meinen Kopf ins Kissen sinken und sehe ihn an. „Was, Liebling? Was ist los?"

„Nichts."

„Du bist nicht glücklich, nicht wahr?" Ich lege eine Hand an seine Wange. „Du hast mir nie erzählt, was aus deinem Traum wurde, in der NFL zu spielen. Damals, bei unserer Trennung, hast du gesagt, dass einige Trainer an dir interessiert wären."

„Ich war in einem Trainingscamp der Dallas Cowboys, aber ich war nicht gut genug. Hab's nicht geschafft."

„Und dann hast du einfach aufgegeben?"

„Nee, nicht einfach aufgegeben. Ich wollte es im nächsten Jahr noch einmal versuchen, und das hätte ich auch, wenn ich mir nicht die Schulter ausgekugelt hätte."

„Oh nein."

„Ja, mir ging's ein paar Monate ziemlich schlecht. Zwar

ist es irgendwann komplett verheilt – aber nicht gut genug, um Football zu spielen."

„Ach, Baby." Ich streichle sanft sein Gesicht. „Das tut mir so leid."

„Mir auch. Aber ich hab's überwunden. Und dann ging ich nach Los Angeles, wie jeder andere hoffnungslose Idiot auch." Er lacht. „Ein Freund von mir hat Flugunterricht genommen, also versuchte ich es auch. Und stellte fest, dass es richtig Spaß macht. Und dann machte ich meinen Pilotenschein. Das ist die ganze Geschichte."

„Aber dann ist doch alles gut, oder nicht? Dir macht dein Beruf Spaß. Es hat keinen Sinn, über Vergangenes zu grübeln."

„Ich grüble nicht über Vergangenes. Ich glaube …"

„Was?"

„Willst du die Wahrheit hören?"

„Natürlich! Wir wollen heiraten."

„Vielleicht klingt das ja nach einem unerfüllbaren Traum, aber ich wäre gern mein eigener Chef. Statt für jemand anders zu fliegen, hätte ich gerne meine eigene Charter-Fluggesellschaft."

„Glenn …"

„Ich weiß, es klingt verrückt. Aber inzwischen habe ich einige Kontakte geknüpft, und ich glaube, es könnte funktionieren."

„Ich finde es nicht verrückt. Ich finde es toll."

„Ich würde die Firma in der Nähe von Atlanta ansiedeln, damit ich die meiste Zeit hier sein kann. Wenn alles so läuft, wie ich es mir vorstelle, müsste ich eines Tages selbst kaum noch fliegen – außer, um dich nach St. Barths oder an einen anderen exotischen Ort zu entführen. Und wir hätten jede Menge Geld, Baby. Wir könnten uns ein weiteres Haus in den Caymans kaufen oder in Südfrankreich … Wir wären öfter zusammen als nicht."

Ich muss gestehen, obwohl ich Glenn vertraue, bin ich nicht scharf drauf, dass er viele Nächte woanders verbringt. Seien wir doch ehrlich – wann immer sich eine Gelegenheit ergibt, gibt es auch einen wohlmeinenden Mann, der mit irgendeinem Flittchen im Bett landet.

„Das klingt nach einem tollen Plan. Und ich kann nicht bestreiten, dass ich dich gerne öfter hier hätte."

„Mir geht es doch genauso. Vor allem, wenn wir erst Kinder haben … Ich will doch erleben, wie sie aufwachsen."

Unsere Kinder. Allein die Erwähnung erfüllt mich mit Glück, ich kann kaum fassen, dass das alles wirklich geschieht. Schließlich habe ich es niemandem gegenüber je zugegeben, aber der Anblick glücklicher Paare mit Kindern hat mir in letzter Zeit immer mehr zugesetzt. Ich hatte mir immer sehr gewünscht, mit dreißig wenigstens ein Kind zu haben.

„Das klingt einfach perfekt, Glenn."

„Es wäre perfekt – wenn ich es mir leisten könnte."

„Du kannst doch einen Kredit aufnehmen. Die Banken würden einem Mann wie dir doch sicher liebend gern Geld leihen."

„Es wäre eine ganz schöne Menge Geld. Ich weiß nicht, ob ich bei meinem Gehalt so einen Kredit bekommen würde. Ich könnte natürlich private Investoren suchen.

Dann würde die Firma allerdings nicht mir gehören. Es sei denn, ich könnte selbst auch eine erhebliche Summe reinstecken."

„Hm. Ich verstehe, was du meinst." Und verflucht will ich sein, wenn ich auf das zweite Haus in Südfrankreich verzichte. „Liebling, ich habe ein wenig gespart."

„Auf keinen Fall."

„Lass mich doch ausreden."

„Nein. Ich nehme kein Geld von dir."

„Wie viel würdest du denn brauchen?"

„Lishelle ..."

Ich stülpe eine Hand über seinen Mund. „Nein, im Ernst. Wie viel würdest du brauchen, um die Firma zu gründen? Sag es mir", dränge ich, als er nicht antwortet.

„Also gut. Ich schätze, ich bräuchte anfangs vielleicht fünf oder zehn Millionen. Genau weiß ich es nicht. Ich könnte natürlich klein anfangen. Ich habe schon einen Businessplan gemacht."

„Du hast einen Businessplan?"

„Mhm."

„Also ist es dir wirklich ernst damit."

„Nun, ich habe einfach mal ein wenig herumgesponnen. Aber das spielt ja keine Rolle, weil ich das Geld nicht habe. Ich bräuchte selbst mindestens eine Million in bar, wenn ich mich auf die Suche nach weiteren Investoren machen würde. Angenommen, ich würde fünf ausfindig machen, die auch jeweils eine Million hineinstecken – dann würden zumindest zwanzig Prozent der Firma mir gehören. Und wer weiß, vielleicht würden ja sogar schon zwei Millionen ausreichen. Wenn ich einen Geschäftspartner finde – vielleicht einen weiteren Piloten –, dann könnten wir kleiner anfangen und uns hocharbeiten."

„Und zu einer der Topfirmen des Landes werden."

„Ah. Wäre das nicht toll!"

„Es könnte funktionieren, Glenn. Und ich kann dir helfen. Ich verdiene eine Menge Geld."

„Lishelle, halt."

„Ich hätte natürlich nicht genug Geld für die Gründung, aber ich könnte für den Kredit bürgen."

„Du hast doch gehört, was ich sagte, oder?"

Wir starren uns an. Ich bin die Erste, die den Blick senkt. „Gut. Aber sieh mal, wir werden doch heiraten. Und das heißt, dass wir ein Team sind. Ich habe an meinem Exmann gehasst, dass er sein und mein Geld immer fein säuberlich getrennt hat. Natürlich habe ich damals noch nicht so viel verdient wie er. Als ich dann den Durchbruch hatte, dachte ich, das würde ihn freuen. Stattdessen aber war er neidisch."

„Musst du mich daran erinnern, dass du einen anderen geheiratet hast?" Glenn grinst schwach.

„Dieses Mal heirate ich den Richtigen", stelle ich fest. „Aber lass mich ausreden. Wir beide werden in jeder Hinsicht Partner sein. Ob im Schlafzimmer oder außerhalb. Also, wenn ich für dieses Unternehmen, das ich für eine fantastische Idee halte, bürgen kann, dann bin ich für dich da."

„Gut zu wissen, aber ich werde das allein schaffen."

„He!" Ich kneife ihn. „Warum darf ich dir nicht helfen?"

„Hör mal, ich liebe dich dafür, dass du mir helfen willst. Wirklich."

„Dann lass mich."

„Ich werde darüber nachdenken."

„Wirklich?"

„Ja. Ich liebe dich sehr, weißt du das? Weil du so liebevoll bist." Er zieht meine Hand an seine Lippen und küsst sie lange. „Und sexy."

„Gut, weiter."

„Und du hast einen herrlichen Körper, von dem ich einfach nicht genug bekommen kann."

„Ist das so?"

Er nickt. „Besonders mag ich es, wenn du auf meinem Gesicht sitzt und ich meine Zunge tief in dir vergraben habe, wenn du beginnst zu kommen …"

„Mmm." Ich reibe meinen Körper an seinem. „Wenn du so weiter sprichst, kommen wir nie aus diesem Bett heraus."

„Wer sagt denn, dass wir das wollen?"

Das ist das Problem mit Glenn. Wenn er mich so ansieht, verliere ich völlig den Verstand. Ich schätze, wenn ich nicht auch noch ein Leben hätte, könnte ich mit ihm den ganzen Tag im Bett bleiben und vögeln.

„Also, ich treffe mich mit Claudia", stoße ich bereits atemlos hervor, weil Glenn gerade an meinem Finger saugt. Er knabbert genauso sanft und langsam daran, wie sonst an meiner Perle. „Hochzeitskram, du weißt schon. Kleideranprobe … ach, Scheiße …"

Glenn lacht triumphierend und rollt sich auf mich.

Ein paar Stunden später sitze ich an einem schmiedeeisernen Tisch im Garten von Claudias Eltern. Wir schlürfen Preiselbeersaft und warten auf die anderen.

„Ich kann noch immer nicht fassen, dass du zu mir zehn Uhr gesagt hast", jammere ich.

„Ich wollte dich wirklich anrufen und sagen, dass wir uns erst um elf treffen. Tut mir leid."

„Schon gut. Da ich zu früh bin, möchte ich dich etwas fragen. Besser gesagt, dich um einen Gefallen bitten."

„Jederzeit. Das weißt du doch."

„Ich habe mich gefragt, ob du wohl mal mit deinem Onkel sprechen könntest, du weißt schon, mit dem, der Vorstand einer Bank ist. Es geht um einen Kredit."

„Einen Kredit? Wieso denn?"

„Ich versuche, Geld für eine Firma zusammenzubekommen."

„Was für eine Firma?"

„Es geht um Glenn. Er hat einen Traum. Er will eine eigene Charter-Fluggesellschaft gründen, und ich will ihm dabei helfen."

„Aha!" Claudia schiebt ihre dunkle Designersonnenbrille nach oben, um mir in die Augen zu sehen. „Du willst einen Kredit für eine Firma aufnehmen, die Glenn gründen will?"

„Ja. Wir haben heute Morgen darüber gesprochen, und ich denke, das ist etwas …"

„… worüber du lange und gründlich nachdenken solltest. Ich weiß, dass du ihn liebst."

„Und deswegen will ich das für ihn tun. Er braucht nur

eine Million. Das reicht, um andere Investoren ins Boot zu holen. Und, weißt du", ich greife nach ihrer Hand und drücke sie, „wir könnten, wann immer wir wollen, in die Karibik fliegen."

„Du und ich."

„Na klar. Und Alisha natürlich. Kannst du dir vorstellen wie das ist – einen Privatjet zu haben?"

Claudia sagt nichts, aber ich kann an ihrem Blick erkennen, was sie denkt. Sie denkt, es ist keine gute Idee.

„Claudia, bitte. Schau mich nicht so an. Du weißt, wie schrecklich es für mich war, dass David mich bei meinem Traum nie unterstützt hat. Ich will nicht, dass es mit mir und Glenn auch so läuft."

„Ich weiß, aber …"

„Und du weißt auch, dass ich schon länger nach einer Möglichkeit suche, um mein Geld zu investieren."

„Ja."

„In wen könnte ich besser investieren als in meinen künftigen Mann?"

„Also …"

„Bitte, sei nicht so negativ. Ich weiß schon, was ich tue. Hilfst du mir oder nicht?"

Claudia setzt die Brille wieder auf und schaut an mir vorbei. Am liebsten würde ich ihr eine schmieren. Schließlich ist sie nicht meine Mutter. Und ich habe ja nicht *sie* um Geld gebeten.

„Du bist meine Freundin", sage ich.

„Und Freundinnen helfen einander, ich weiß." Jetzt sieht sie mich wieder an. „Du weißt, ich tue alles für dich, selbst wenn ich glaube, dass du einen Fehler machst."

„Also hilfst du mir?"

„Ich gebe dir nachher die Nummer meines Onkels. Er wird sich darum kümmern."

„Du bist fantastisch." Jetzt tut es mir leid, dass ich ihr eben am liebsten eine geschmiert hätte. Aber sie kann auch furchtbar dickköpfig sein. „Und mach dir bitte keine Sorgen. Es wird schon gut gehen. Das habe ich im Gefühl. Ich weiß, dass es fantastisch wird."

13. KAPITEL

Claudia

Als ich Adams Schwanz im Mund habe und er noch immer nicht hart wird, ist klar, dass etwas nicht stimmt.

Aber ich mache weiter, umkreise die Spitze mit der Zunge und massiere sanft seine Hoden.

„Mmm“, seufze ich. „Ich liebe deinen Schwanz.“ Jetzt nehme ich ihn ganz in den Mund und versuche, ihm eine Erektion abzuringen. Und ich stöhne weiter. Adam liebt es, wenn ich stöhne.

Doch er wird nicht hart. Enttäuscht blicke ich vom Boden des Autorücksitzes zu ihm auf. Dort knie ich, ein Bein merkwürdig abgewinkelt. Nachdem er es gewesen war, der wegen einem Blow-Job von der Straße abfahren wollte, sollte er sich eigentlich etwas mehr bemühen, es auch zu genießen.

„Adam, Liebling, was ist los?“ Ich lasse mich neben ihn auf den Sitz sinken.

Adam seufzt lang und schwer, woraufhin ich ihn besorgt mustere. Noch nie habe ich ihn so erlebt. Er ist angespannt und nervös. Und er weicht meinem Blick aus.

„Ich habe Hunger“, verkündet er, als er die Hose hinaufzieht. „Lass uns essen gehen.“

„Das ist es also? Du hast Hunger?“

„Wahnsinnigen.“

„Ich glaube, ich kann nichts mehr essen. Ich bin noch satt vom Mittagessen.“

„Dann kannst du mir ja beim Essen zuschauen."

Gerade will ich sein Gesicht in meine Hände nehmen, als er schon die Autotür öffnet und aussteigt, ohne mich auch nur noch eines Blickes zu würdigen.

Ich streiche meine Kleidung glatt und steige ebenfalls aus. Hitze schlägt mir ins Gesicht. Es ist nach achtzehn Uhr, und noch immer fühlt man sich wie in einem Backofen. Ich hoffe, die Hitzewelle endet vor unserer Hochzeit.

Adam schweigt die ganze Fahrt über zur „Cheesecake Factory". Aber er hält meine Hand, wodurch ich mich ein klein wenig besser fühle.

Kaum sitzen wir im Restaurant, rutsche ich näher zu ihm und lege eine Hand auf sein Bein. Das wird doch seine Stimmung mit Sicherheit aufhellen.

Er studiert die Speisekarte. „Was möchtest du?"

„Ich habe die Karte noch nicht mal angeschaut." Ich drücke sein Bein. „Liebling, bist du wirklich in Ordnung?"

„Wie gesagt, ich habe Hunger."

Vielleicht sollte ich mit ihm über die Hochzeit sprechen. Schließlich sind es nur noch drei Wochen bis zu unserem großen Tag. „Die Floristin hat ein Video geschickt mit den Rosen, die aus Frankreich geliefert werden. Ich habe nie zuvor so schöne Blumen gesehen." Ich muss gestehen, dass ich bei den Blumen wirklich übertrieben habe. Sie kosten über dreißigtausend Dollar. „Sag mal, was machst du am Donnerstag? Ich habe mit meiner Cousine vereinbart, dass wir eine Konferenzschaltung mit Babyface machen, um abzustimmen, welche Lieder er singen soll. Wenn es nach mir geht, kann er eigentlich singen, was er will, aber falls wir

Lieblingssongs haben, die wir zu einer bestimmten Zeit hören wollen, für den ersten Tanz oder so …"

Adam stöhnt auf und lässt die Speisekarte sinken. „Können wir vielleicht mal nicht über die Hochzeit sprechen? Mir scheint, wir tun nichts anderes mehr."

„Sie ist in *drei Wochen,* Adam. Natürlich müssen wir darüber sprechen."

Er blickt sich unruhig um, auf der Suche nach der Bedienung. „Dann sprich mit deiner Cousine. Welche Lieder auch immer du dir wünschst, ich bin einverstanden."

„Ich hätte aber gern, dass du dich auch kümmerst."

„Wozu? Ich muss ja sowieso allem zustimmen, was du willst."

Das haut mich um – aber dann wird mir klar, dass der pure Stress aus ihm spricht. „Du." Ich greife sein Kinn und drehe sein Gesicht zu mir. „Ich glaube, ich weiß, was du meinst. Es geht immer nur um die Hochzeit, es ist, als ob es uns gar nicht mehr gäbe. Aber wir haben es fast geschafft, Schatz. Danach wird unser Leben wieder normal werden."

Der Ober füllt unsere Wassergläser und fragt, ob wir noch etwas anders trinken wollen.

„Ich hätte gern …"

„Geben Sie uns bitte noch ein paar Minuten", unterbricht Adam mich.

Mein Magen krampft sich zusammen. Etwas stimmt mit seinem Ton nicht. Er klingt … ich weiß nicht. Ich kann es nicht ganz greifen.

„Stimmt was nicht, Adam? Verschweigst du mir etwas?"

„Ja“, antwortet er leise. „Ich schätze, so könnte man es nennen.“

Ich nehme seine Hand, doch er zieht sie weg.

„Ich habe einfach das Gefühl“, fährt er fort, „dass es nicht richtig läuft.“

„Was läuft nicht richtig?“

Doch er antwortet nicht und schaut mich auch nicht an. Ich lasse meinen Blick durchs Restaurant schweifen – und sehe nichts als glückliche Leute an den Tischen. Doch hier an meinem Tisch gibt es kein Glück, und ich weiß nicht, wieso.

„Wenn ich etwas falsch gemacht habe, sag es mir.“

„Es ist einfach alles“, entgegnet er langsam. „Die Hochzeit. Wir.“

Ein kalter Wind fährt in meinen Nacken. „Adam, sieh mich an.“

Es dauert ein paar Sekunden, doch schließlich hebt er den Kopf. „Tut mir leid“, sagt er.

Ich schwöre, ich fühle mich wie in einem Alptraum. „Was tut dir leid?“

„Dass ich dich nicht heiraten kann, Claudia.“

Das ist ein Schlag in den Magen, und gleich darauf fangen meine Hände an zu zittern. Nicht nur meine Hände, mein ganzer Körper.

Gott steh mir bei, das kann nicht wahr sein.

Ich starre Adam an, eine Ewigkeit, wie mir scheint, und warte darauf, dass er anfängt zu grinsen, damit ich ihm eine langen und sagen kann, was für ein fürchterlicher Kerl er ist. Aber kein Grinsen. Nur fest zusammengepresste Lippen und Bedauern in seinen Augen.

Jetzt begreife ich, warum Adam hierher wollte, obwohl ich sagte, dass ich keinen Hunger hätte. Er will unsere Verlobung in der Öffentlichkeit lösen, damit ich ihm keine Szene machen kann.

„Sag mir, dass du nicht gesagt hast, was ich gerade gehört habe."

„Ich bin noch nicht so weit", fährt er fort.

„Noch nicht so weit?", wiederhole ich fassungslos. „Wir sind seit vier Jahren zusammen."

„Ich weiß ... und es tut mir leid."

„Es tut dir leid?" Ich klinge wie eine erbärmliche, zerkratzte Schallplatte.

„Wirklich. Ich wollte dir nicht wehtun."

Langsam begreife ich. Es handelt sich nicht nur um einen schlimmen Traum. „Willst du damit sagen, dass du mich nicht in drei Wochen heiraten willst, oder willst du mich überhaupt nicht heiraten?"

„Ich bin noch nicht bereit zu heiraten", weicht er mir aus.

Gut, jetzt werde ich wirklich panisch. Blumen für dreißigtausend Dollar werden per Schiff für unsere Hochzeit geliefert. Babyface wird nur für uns auftreten. Adam kann mich nicht hängen lassen, nicht jetzt.

„Adam, was du gerade durchmachst, ist völlig normal. Man nennt das auch ‚kalte Füße kriegen'. Es wird der wichtigste Tag unseres Lebens werden. Natürlich bist du nervös." Ich nehme seine Hand. „Ich auch. Aber bevor du es merkst, wird dieser Wahnsinn schon vorüber sein."

„Du verstehst nicht."

In seinen Worten liegt eine Stärke, die mich das Schlimmste fürchten lässt.

„Geht es um gestern Nacht? Weil ich nicht noch mal in den Swingerclub wollte?"

„Es geht um uns. Darum, dass es bei uns nicht funktioniert."

„Verdammt noch mal, seit wann?" Meine Stimme wird bei jedem Wort lauter.

„Bitte, beruhige dich."

„Du erwartest, dass ich mich beruhige?"

Adam blickt sich unangenehm berührt um. „Wie gesagt, ich will dir nicht wehtun. Aber ich musste es einfach sagen … hast du nicht auch das Gefühl, dass wir es zu eilig haben?"

„Wie in aller Welt kannst du mich so was fragen? In der einen Minute erzähle ich dir noch von der Rosenlieferung aus Frankreich, und in der nächsten willst du wissen, ob wir es nicht zu eilig haben?"

„Gut, vielleicht liegt es an mir. Aber ich habe einfach das Gefühl … dass wir nicht immer so gut zusammenpassen. Wie gestern Nacht."

„Also geht es doch um den Swingerclub."

Der Ober erscheint wieder. Adam scheucht ihn ungeduldig davon.

„Ich versuche nur, fair zu dir zu sein. Wenn wir jetzt nicht zusammenpassen, dann wird eine Heirat daran nichts ändern."

Ganz ehrlich, wenn Adam sich urplötzlich in Michael

Jackson verwandelt hätte, wäre ich nicht überraschter gewesen. Ich habe das Gefühl, von einem anderen Planeten zu kommen oder dass Adam Chinesisch mit mir spricht.

„Du willst mich nicht heiraten?“, frage ich. Ich brauche eine direkte Antwort. Ich muss es verstehen.

„Nein.“

„Weil wir sexuell nicht immer so gut zusammenpassen?“

Schulterzuckend sieht Adam weg.

„Das kann verdammt noch mal nur ein Scherz sein. Was Sex betrifft, was haben wir denn *nicht* ausprobiert? Und jetzt sagst du, *wir passen nicht zusammen?*“

Einer Bedienung, die an unserem Tisch vorbeikommt, fallen beinahe die Augen aus dem Kopf.

Mein Ärger verraucht. Es handelt sich nur um kalte Füße. Das muss es sein. Das hat auch Lishelle gesagt. Das ist das Einzige, was einen Sinn ergibt. Denn das, was Adam gerade sagt, ergibt überhaupt keinen.

Adam und ich streiten so gut wie nie. Und, Herrgott noch mal, was den Sex betrifft, da habe ich so ziemlich alles getan, was er wollte. Wir sind Seelenverwandte. Das hat er doch selbst mehr als einmal behauptet.

Ich zwinge mich, wieder ruhiger zu werden. „Ich bin nicht sicher, warum du so etwas sagst …“

„Weil ich keinen Fehler machen will.“

„Aber wie kommst du darauf?“, erwidere ich scharf, meine ruhige Fassade bröckelt schon wieder. „Wir sind schon so lange zusammen. Wir lieben uns.“

Und wieder schaut Adam weg. Mein Gott, er kann nicht

mal mehr sagen, dass er mich noch liebt? Mein Herz bleibt stehen. Plötzlich weiß ich überhaupt nichts mehr, und das ist ein schreckliches Gefühl.

„Adam?“, frage ich zögernd. „Wir lieben uns doch, oder? Du liebst mich, nicht wahr?“

Adam schluckt. „Du weißt, dass ich dich liebe.“

Erst jetzt fällt mir auf, dass ich den Atem angehalten hatte. „Gott sei Dank. Nur das wollte ich hören.“

In Adams Augen liegt eindeutig ein gequälter Ausdruck. Am liebsten würde ich ihn in den Arm nehmen und all seine Befürchtungen einfach wegwischen.

„Solange du mich liebst, bekommen wir alles hin.“

„Ich liebe dich, Claudia. Aber ich bin nicht in dich verliebt.“ Und dann: „Es tut mir leid.“

Ich glaube beinahe zu ersticken. Mir wird eiskalt, meine Hände zittern.

„Was sagst du da?“ Es kann nicht anders sein, ich muss mich verhört haben.

Der Ober nähert sich vorsichtig unserem Tisch. Er lächelt viel zu freundlich für meinen Geschmack, ich blicke ihn böse an, woraufhin er auf dem Absatz kehrtmacht und wieder verschwindet.

„Ich liebe dich, aber ich bin nicht in dich verliebt. Was soll ich denn sonst noch sagen?“

„Du bist nicht in mich verliebt?“

Adam schüttelt den Kopf.

„Und du hast dir diesen Moment ausgesucht, um mir das zu sagen? Drei Wochen vor unserer Hochzeit?“

„Tut mir leid“, sagt er schon wieder.

Und dann tue ich etwas, was ich noch nie zuvor im Leben getan habe. Ich schütte Adam mein Glas Wasser über die Hose. Dann breche ich in Tränen aus, schnappe die Christian-Dior-Tasche, die er mir geschenkt hat, und renne zur Tür. Mein Herz hämmert so laut, dass ich nichts anderes hören kann.

Aber ich spüre die Blicke der Gäste auf mir. Natürlich wundern sie sich, was hier los ist.

Sie haben ja keine Ahnung, dass Adam gerade etwas, das wir in Jahren aufbauten, einfach zerstört hat.

14. KAPITEL

Alisha

Mit Claudia und den vierzehn anderen Frauen über die Hochzeit zu sprechen, hat meine Stimmung erheblich gebessert. Die ganze Woche über war ich todtraurig, weil Charles sich noch distanzierter als sonst benommen hat – wenn das überhaupt geht. Auf jeden Fall will er mit mir in kein Hotel speziell für Pärchen fahren, egal, wie viele Seiten ich ihm aus dem Internet ausdrucke, damit er kapiert, dass es da keine Fotos von sexhungrigen, gierigen Frauen gibt.

Er war den Großteil der Woche über nicht in der Stadt – wieder eine Geschäftsreise, von der er mir erst in der letzten Sekunde erzählt hat. Und die Tage, die er hier war, kam er spät aus dem Büro, aß schweigend sein Abendessen und ging ins Bett.

Ich kann es nicht länger ertragen, mit ihm zu leben, als ob wir Bruder und Schwester wären.

Deswegen habe ich beschlossen, ihn und unsere Probleme heute einmal aus meinen Gedanken zu verbannen, mich mit den Mädels zu treffen und einfach etwas Spaß zu haben.

Und ich hatte Spaß. Um genau zu sein, kann ich mich überhaupt nicht erinnern, wann ich das letzte Mal so viel Spaß hatte. Das lag bestimmt nicht zuletzt am Island Love, dem speziellen Drink, den Claudia und Adam für ihre Hochzeit kreiert haben.

Ich komme noch immer nicht darüber hinweg, wie fantastisch ich in meinem Kleid aussah! Vergiss all die Frauenzeitschriften mit ihren Diätvorschlägen. Nichts funktioniert so gut wie die Stressdiät. In den letzten Wochen habe ich vermutlich um die vier Kilo abgenommen.

Als die Anprobe- und Cocktailstunde rum war, wollte ich noch nicht nach Hause fahren. Ich fragte Lishelle, ob sie noch Lust hätte, mit mir bummeln zu gehen, etwas, das wir schon lange nicht mehr getan haben. „Hey, Lishelle“, sagte ich und schlang einen Arm um ihre Hüften. „Wie wär’s, sollen wir rumbummeln und vielleicht irgendwo unsere Fußnägel lackieren lassen?“

„Tut mir leid, Süße, aber Glenn ist noch in meiner Wohnung, ich muss zurück. Er ist nicht mehr so lange in der Stadt.“

Daraufhin fragte ich Claudia, die gerade die anderen Frauen zur Tür brachte. „Ach, das würde ich gerne. Aber Adam wartet schon auf mich, er will, dass wir zusammen essen gehen. Obwohl ich überhaupt keinen Hunger habe – vor allem möchte ich in ein paar Wochen noch in mein Brautkleid passen!“

Was soll’s, dachte ich mir dann. Ich kann schließlich auch allein losziehen, oder nicht? Also fuhr ich nicht nach Hause, sondern in ein kleines Einkaufszentrum. Warum sollte ich einen weiteren lieblosen Abend mit Charles verbringen?

„Haben Sie alles gefunden, was Sie suchten?“, fragt mich die junge Kassiererin, als ich eine Auswahl an BHs und Höschen auf den Ladentisch lege.

„Oh, ich denke schon.“ Ich habe so viele verschiedene

Spitzen- und Push-up-BHs gekauft, als wäre ich ein Unterwäschemodel. Ganz zu schweigen von all den Tangas, von denen ich nie geglaubt hätte, dass ich sie jemals tragen würde. Aber in sexy Unterwäsche fühle ich mich auch sexy, selbst wenn niemand mit mir schläft.

„Haben Sie unsere Victoria's-Secret-Kreditkarte?"

„Nein."

„Möchten Sie vielleicht eine beantragen?"

Ich denke darüber nach. „Nein, nicht heute." Mein Blick fällt auf die Nagellackfläschchen neben der Kasse. „Ah, das sind ja fantastische Farben."

Ich greife schon nach einem dezenten hellbraunen Fläschchen, meine gewohnte Farbe, halte aber inne. Heute werde ich mal nicht graues Mäuschen spielen. Ich will etwas Kräftiges, Lebendiges, etwas, das zu dem Kram passt, den ich gerade kaufe. Die Art von Nagellack, die die Aufmerksamkeit eines Mannes auf meine Füße lenkt.

Rot.

Ich wähle die Farbe, die am ehesten an ein Feuerwehrauto erinnert – und dann drehe ich mich aus irgendeinem Grund um.

Hinter mir steht eine Schlange von Frauen, manche mit ungeduldigem Gesichtsausdruck. Nichts Ungewöhnliches. Wieso habe ich dann das Gefühl ... was für ein Gefühl eigentlich?

Als ob mich jemand beobachtet.

Ich schüttle den Kopf und wende mich wieder der Kassiererin zu. Neben ihr öffnet eine weitere Frau die Kasse und ich höre erleichtertes Stöhnen hinter mir, als die

Schlange sich aufteilt.

„Das macht dann vierhundertdreiundsechzig Dollar und achtundzwanzig Cent."

Ich reiche ihr meine American Express Platinum, die Kreditkarte, die auf Charles' Konto läuft, und bezahle.

Als ich den Laden verlasse, habe ich noch immer dieses merkwürdige Gefühl, beobachtet zu werden. Nun, vielleicht ist da der Wunsch Vater des Gedankens.

Der Wunsch, Dominic zufällig über den Weg zu laufen.

„Meine Güte!", ruft Charles, als ich mit den vier Tüten von „Victoria's Secret" hereinmarschiere. „Du warst ja sehr beschäftigt."

„Ich habe beschlossen, etwas einkaufen zu gehen."

„Das sehe ich."

„Und entschuldige, dass ich kein Abendessen vorbereitet habe. Ich war mir sowieso nicht sicher, ob du kommen würdest. Ich habe schon bei Claudia gegessen."

„Schon gut." Er lümmelt auf dem Sofa herum, als ob er tatsächlich mal etwas Freizeit hätte. „Ich finde schon was zu essen. Oder ich bestell mir eine Pizza."

„Gut."

Ich nehme meine Tüten und eile die Treppe hinauf. Ich versuche es jetzt mit dem Ist-mir-doch-scheißegal-dass-du-mich-nicht-vögelst-Ton. Egal wie weh das tut, es tut noch mehr weh, ihn um Zärtlichkeit anzuflehen.

Aber trotzdem wackle ich ein wenig mit dem Hintern, während ich die Stufen erklimme, nur für den Fall, dass Charles hinsieht.

Im Schlafzimmer werfe ich die Tüten aufs Bett, als das Telefon klingelt.

„Hallo?"

Eine kurze Pause entsteht. „Alisha, hallo. Hier ist Marsha. Marsha Hindenberg. Wie geht es Ihnen?"

„Gut, danke sehr."

Ich höre ein Klicken, dann. „Hallo?"

„Oh, Charles. Hier ist Marsha."

„Ich übernehme das, Alisha."

„Klar. Machen Sie's gut, Marsha."

Ich lege auf und beginne, meine Unterwäsche wegzuräumen. Eine Minute später erscheint Charles in der Tür. „Ich muss noch mal weg", verkündet er.

‚Jetzt?' ist mein erster Gedanke, aber irgendwie unterdrücke ich ihn und sage nur: „Oh?"

„Ja. Marsha und ich haben morgen einen Gerichtstermin. Es gibt noch ein paar Dinge, die wir besprechen müssen."

„Dauert es lange?", frage ich nur. Und es ist komisch, aber fast wünsche ich mir, dass Charles eine Zeitlang verschwindet. Dann kann ich mir einen Film ansehen, meine Fußnägel lackieren und einfach einen friedlichen Abend verbringen. Ich weiß auch nicht, was jetzt plötzlich mit mir los ist.

„Ich weiß nicht. Wahrscheinlich ja."

Ich blicke nicht mal auf. „Gut, dann."

Charles verlässt den Raum und ich konzentriere mich ganz und gar darauf, die Unterwäsche nach Farben zu sortieren. Ich habe jede Menge in Pink und in Weiß gekauft, aber nicht genug in Rot.

Rot … ich fische den Nagellack aus der Tüte und will schon beinahe beginnen, meine Nägel anzumalen, als ich beschließe, erst mal die ganze Unterwäsche anzuprobieren. Im Laden hatte ich nur ein paar BHs angezogen, nicht die Tangas.

Ich schlüpfe aus dem Blumenrock und der Baumwollunterwäsche und ziehe einen weißen Spitzentanga über. Er passt perfekt. Ich betrachte meinen Körper in dem Spiegel über der Kommode. Mir gefällt, was ich sehe. Der hoch geschnittene Tanga betont meine Hüften – ich sehe wirklich verflucht sexy aus.

Ich drehe mich um, damit ich einen Blick auf meinen Hintern werfen kann. Ich sehe nur zwei bleiche Pobacken und einen schmalen Stoffstreifen. Das gefällt mir. Die Tatsache, dass ich Unterwäsche trage und doch fast nackt aussehe.

Jetzt verstehe ich, warum andere Frauen so etwas gern tragen.

Ich probiere noch ein paar andere Teile aus, wobei jedes mir noch besser gefällt als das vorherige. Dann kommen die roten Dessous dran, und ich ziehe scharf die Luft durch die Zähne ein, als ich mein Bild im Spiegel erblicke.

Ich bin schön. Wirklich wahr. Mein Körper ist noch schlank und fest. Wie kam ich nur jemals auf die Idee, nicht attraktiv zu sein?

Als ich nach unten schaue, bemerke ich, dass der elegante French-Manicure-Lack bereits von meinen Zehennägeln abblättert. Vergiss elegant. Jetzt ist die Zeit für gewagt.

Rote Zehennägel passend zu diesem fantastischen roten Push-up-BH und dem Höschen.

Ich schlendere ins Badezimmer, schnappe mir Nagellackentferner und Watte, setze mich auf die Toilette und platziere einen Fuß auf dem Rand der Badewanne. Als ich mit beiden Füßen fertig bin, höre ich hinter mir ein „Wow".

Ich wirble erschrocken herum. Charles beobachtet mich.

„Wie lange stehst du schon da?", frage ich.

„Lang genug."

„Ich dachte, du wolltest dich mit Marsha treffen."

„Ich war schon auf dem Weg. Aber dann rief ich sie an und sagte, dass, egal um was es geht, wir darüber auch morgen früh sprechen könnten."

„Oh. Verstehe." Ich greife nach dem roten Nagellack.

„Weißt du, du siehst wirklich unglaublich aus."

Etwas an der Art, wie er mich betrachtet, lässt mein Herz höher schlagen.

Mach dir bloß keine Hoffnungen. Bloß keine …

„In ‚Victoria's Secret' sieht jede Frau unglaublich aus."

„Das stimmt nicht. Es liegt an dir. An deinem Körper." Sein Blick wandert über mich. „Rot steht dir fantastisch."

Charles kommt ins Badezimmer und lehnt sich ans Waschbecken. „Du hast einmal versucht, mit mir darüber zu sprechen, dass wir nicht mehr miteinander schlafen. Tut mir leid, dass ich nicht reagiert habe. Es ist nur …"

Ich schaue ihn abwartend an.

„Ich habe … ein Problem. Eine erektile Dysfunktion."

„Verstehe."

„Und deswegen ist es furchtbar schwer, dich anzusehen, weil ich weiß, dass ich dich nicht berühren und noch viel weniger mit dir darüber sprechen kann, was ich durchmache. Deswegen stürze ich mich in meine Arbeit. Ich habe versucht, das Problem zu verdrängen."

Mehr als versucht …

„Aber heute – ich weiß nicht." Er zuckt die Achseln. „Ich schätze, ich bin jetzt bereit, über all das zu sprechen. Deswegen habe ich Marsha gesagt, dass sie heute Abend ohne mich auskommen muss."

Ich weiß nicht, was ich sagen soll. Charles hat mir so lange nicht mehr sein Herz ausgeschüttet, dass mir dieses Gespräch völlig unwirklich vorkommt.

Schließlich sage ich: „Erektile Dysfunktion."

„Ist ein originellerer Ausdruck für Impotenz."

„Warum hast du es mir nicht gesagt? Du hättest es mir nur sagen müssen …"

„Ich habe gehofft, dass es einfach wieder vorbeigeht. Als das nicht der Fall war, konnte ich einfach nicht darüber sprechen."

Ich sitze noch immer auf dem Toilettendeckel, Charles lehnt noch immer am Waschbecken. Keiner von uns beiden macht einen Schritt auf den anderen zu.

„Du hast mich so oft weggestoßen."

„Ich weiß, und ich fühle mich wirklich mies deswegen."

„Du hast doch keine Ahnung, wie ich mich gefühlt habe. Als wäre ich nicht mehr begehrenswert. Weißt du, wie das ist, wenn dein eigener Mann dich nicht mehr ansieht, dich nicht mehr anfasst?“ Ich zögere kurz, dann fahre ich fort. „Ich dachte schon darüber nach, eine Affäre zu beginnen.“

„Oh Gott.“

„Das habe ich nicht, und das werde ich nicht. Aber zumindest habe ich daran gedacht.“ Charles soll das wissen. Soll wissen, wie ernsthaft unsere Ehe gefährdet ist. „Als ich bemerkte, wie andere Männer mich ansehen – eben so, wie du mich ansehen solltest …“

„Oh, Ally.“ Charles schüttelt reumütig den Kopf. „Es tut mir so leid. Ich wollte nie, dass du dich nicht mehr begehrenswert fühlst. Und du musst doch wissen, dass das nicht stimmt. Du bist eine schöne Frau. Jeder Mann wäre stolz, eine Frau wie dich zu haben.“

„Nur du nicht.“

Jetzt kniet Charles sich vor mich hin. „Das stimmt nicht.“ Er legt beide Hände auf meine Beine und beginnt, meine Schenkel zu streicheln. Als ob es kaum einen Tag her wäre, als er das zum letzten Mal tat.

Und es fühlt sich komisch an, ich musste dieses Gefühl so lange unterdrücken, dass es nun mit einer Art Schmerz wieder erwacht.

„Du bist schön.“ Er drückt die Lippen auf meinen Schenkel und ich japse nach Luft. Gott, es ist so lange her. Einen Mann zu spüren, seine Berührung, seinen Kuss … ich bin schon fast im Himmel.

„Ich war egoistisch“, fährt Charles fort. „Habe nur an meinen Schmerz gedacht. Aber ich brauche keinen Penis, um dich glücklich zu machen. Es gibt andere Wege.“

Er spreizt meine Beine, und als sein Finger meinen Schoß

berührt, stöhnt er lustvoll auf.

Ich schließe die Augen, weil sich Tränen darin sammeln. „Oh, Charles …“

Er schiebt das Höschen zur Seite, und, oh mein Gott, seine Berührungen sind so zart. Ich fühle mich wie eine verhungernde Frau, der ein Stück Brot angeboten wird.

„Du bist ja klitschnass.“ Charles nimmt einen Finger in den Mund, schmeckt mich. „Ich liebe es, wenn du so nass bist. Und ich liebe deinen Geschmack, deinen Geruch …“

Das Telefon klingelt, und Charles steckt einen Finger tief in mich. Ich ächze enttäuscht auf, weil ich erwarte, dass er jetzt aufsteht, aber das tut er nicht. Stattdessen schiebt er den Finger tiefer hinein und zieht ihn langsam wieder heraus. Ich werfe den Kopf in den Nacken und stöhne.

„Charles, wenn du da bist, nimm ab.“ Es ist Marshas Stimme.

„Scheiß Marsha“, murmelt Charles.

„Charles, du musst mich anrufen. Sobald du diese Nachricht hörst.“

„Musst du rangehen?“, frage ich.

„Nein, zum Teufel.“

Und dann reißt mich Charles in seine Arme, trägt mich aus dem Badezimmer und legt mich aufs Bett. Wir sehen uns tief in die Augen, als er nach meinen Füßen greift und meine Beine so weit wie möglich spreizt. Ich könnte vor Glück sterben, als er mit der Zunge über den Innenschenkel fährt und mein Zentrum findet.

Das Telefon klingelt erneut, und wir erstarren beide. Ich fluche leise. Charles Lippen schweben über meinem Schoß, und allein sein Atem lässt mich erzittern.

Der Anrufbeantworter geht dran, aber niemand hinterlässt eine Nachricht.

„Soll ich das Telefon ausstöpseln?“, fragt Charles.

„Bitte, geh nicht weg. Nicht …“ Meine Worte brechen ab und enden in einem langen Stöhnen, als Charles die Zunge wieder in mich taucht. Eine Million herrlichster Gefühle durchzucken mich. Er leckt mich wieder, zieht sich dann zurück, und ich weiß, dass ich gleich den Verstand verliere.

„Bitte … es ist so lange her … quäl mich nicht …“

„Willst du es so?“ Er beginnt mich heftig zu saugen.

Ich schreie. Kralle die Finger in die Bettdecke. „Charles … oh Baby …“ Es ist zu viel. Gleich werde ich in Stücke zerbrechen. Und ich will jede Sekunde auskosten.

Ich ziehe meine Hüften ein wenig nach hinten, versuche die Beine zu schließen, aber das lässt Charles nicht zu. Stattdessen beginnt er, mich mit den Fingern zu massieren.

„Du bist so schön, Ally. Wenn du dich sehen könntest.“

Jetzt stößt er hart und schnell mit einem Finger in mich. Ich wölbe mich zurück und stöhne. Er leckt und stößt mich gleichzeitig, dann saugt er ganz zart. Die Hitze steigt höher, ich bewege meine Hüften, doch er legt eine Hand auf meinen Bauch und packt mit der anderen meinen Hintern, damit ich mich nicht rühren kann.

Und dann explodiere ich. Zerspringe in eine Million Teile. Mein Körper bebt, zittert, presst sich an Charles' Mund, und er saugt weiter, hört einfach nicht auf.

Nach einer Weile verwandelt sich mein leidenschaftliches Stöhnen in leises Schluchzen. Tränen laufen über mein Gesicht. „Oh, Charles. Oh, mein Liebling."

Dieses Scheißtelefon klingelt schon wieder.

„Gottverdammt!", ruft Charles aus und springt vom Bett.

„Lass es. Jetzt bin ich dran, dich zu verwöhnen." Ich knie mich hin. „Ich will dich schmecken, Charles, bitte ..."

Er steht am Fuße des Bettes, sein Blick wandert von mir zum Telefon und zurück. Schließlich geht der Anrufbeantworter ran. „Charles, hier ist Marsha. Bist du da? Ich muss wirklich unbedingt mit dir sprechen." Sie klingt ein wenig nervös. „Ich komme mit dem Fall nicht weiter, bevor du dich gemeldet hast."

Mein Blick fällt auf Charles' Hose. Hallelujah, er ist erregt.

Ich krieche auf ihn zu. Berühre ihn. Streichle ihn.

„Scheiße", murrt er.

„Ruf sie später an." Ich knöpfe seine Hose auf. „Du bist hart, Baby. Wir können miteinander schlafen."

„Ich ..." Er weicht vor mir zurück. „Ich will dich nicht enttäuschen."

„Du wirst mich bestimmt nicht enttäuschen. Das verspreche ich dir."

Er stöhnt laut auf, als er sich aufs Bett fallen lässt und sein Gesicht in den Händen vergräbt. „Du verstehst nicht. Manchmal bekomme ich eine Erektion, aber ... aber ich kann sie nicht halten."

Ich schlinge von hinten meine Arme um ihn. Lieber

Gott, aber es fühlt sich gut an, meinen Ehemann wiederzuhaben. „Ist schon gut, Honey. Leg dich zu mir. Ich will dich nur festhalten.“

Ich drücke ihn mit den Schultern nach unten, und er wehrt sich nicht, streckt nur seinen Körper neben mir aus, damit wir uns festhalten können.

Einfach nur mit meinem Mann Arm in Arm im Bett zu liegen, fühlt sich so gut an.

Ich will ihn nie verlieren.

15. KAPITEL

Lishelle

Ich ächze leise, als das Telefon klingelt, strecke mich und schaue aufs Display.

„Das ist Claudia“, erkläre ich und überlege, ob ich drangehen soll oder nicht. Schließlich geht Glenn in ein paar Stunden schon wieder.

„Meinst du, es ist wichtig?“, fragt er. Er liegt neben mir und streicht mit einer Fingerspitze über meine Handfläche. Wir haben uns chinesisches Essen liefern lassen, weil wir es nicht über uns brachten, die Wohnung zu verlassen, und schauen uns ‚Be Cool‘ von Elmore Leonard an.

Das Telefon hört auf zu klingeln. „Ich schätze nicht“, kommentiere ich.

Aber schon klingelt es erneut. „Ich sollte wohl besser rangehen.“ Glenn versenkt seine Zähne in meinem Hintern, als ich nach dem Hörer greife. „Glenn, lass das“, rufe ich kichernd. Nun benutzt er stattdessen seine Zunge, und ich tue mein Bestes, um ihn auszublenden. „Hallo du.“

Einen Moment lang höre ich nichts. Und dann ein furchtbares ersticktes Geräusch. Es ist, als ob eiskalte Finger sich in mein Herz krallten. „Claudia?“

„Er … er … er …“

Falls das wirklich Claudia ist, dann klingt sie sehr fremd, meine Angst steigt. „Liebes, bist du in Ordnung?“

„Komm … vorbei … bitte.“

Ich lege auf und springe bereits aus dem Bett. Glenn versucht mich aufzuhalten, aber ich entziehe mich ihm.

„Babe?“ Er klingt besorgt.

„Das war Claudia. Sie klang … furchtbar.“

„Was ist passiert?“

„Weiß ich nicht, aber ich muss sofort zu ihr. Verdammt, ich frage mich, ob sie Alisha auch angerufen hat.“ Ich knipse den BH zu, greife schnell zum Hörer und wähle Alishas Nummer. Der Anrufbeantworter geht ran. „Hey, Ally, hier ist Lishelle. Wenn du die Nachricht hörst, ruf mich sofort zurück. Ich bin gerade auf dem Sprung, also …“

Plötzlich ist sie dran. „Hallo?“

„Hat Claudia dich angerufen?“, frage ich.

„Nein. Nun, vielleicht. Es hat ein paarmal geklingelt …“

„Sie hat gerade bei mir angerufen. Ich habe keine Ahnung, was los ist, aber sie klang richtig grauenvoll. Ich fahre sofort zu ihr. Das solltest du vielleicht auch tun.“

„Ach du liebe Zeit, natürlich. Was hat sie gesagt?“

„Sie konnte nicht mal sprechen.“

„Aber heute Nachmittag war doch noch alles in Ordnung.“

„Jetzt offensichtlich nicht mehr. Wir treffen uns dort, okay?“

Nachdem ich aufgelegt habe, drehe ich mich wieder zu Glenn um. „Tut mir leid.“

„Soll ich mitkommen?“

„Nein, du musst doch in ein paar Stunden am Flughafen sein, oder nicht?“

„Klar, aber …“

Ich springe in meine Jeans. „Ich schätze, das ist etwas unter Freundinnen. Aber danke für dein Angebot."

Glenn setzt sich im Bett auf. „Gut."

„Du musst nicht sofort gehen. Ich gebe dir einen Schlüssel, für den Fall, dass ich noch nicht zurück bin, wenn du gehst. Und das werde ich vermutlich auch nicht sein." Schnell nehme ich den Schlüsselbund aus meiner Tasche, an dem sich ein Zweitschlüssel befindet. „Hier." Ich schreie auf, als er mich aufs Bett zieht.

„Glenn", beschwere ich mich. „Ich muss jetzt wirklich gehen."

„Ich weiß." Er überrascht mich mit einem zärtlichen Kuss, die Sorte, die einen wieder aufrichtet, wenn man traurig ist. „Aber ich wollte dich vorher noch schnell küssen. Wir sehen uns erst nächstes Wochenende wieder."

Das hatte ich ganz vergessen. „Ich weiß nicht, ob ich mich daran gewöhnen kann, dass du immer wieder weggehst. Ich habe dich gern bei mir."

„Ich arbeite daran", sagt er. „Ich treffe dieses Wochenende ein paar potenzielle Investoren in Phoenix."

„Wirklich?"

„Mhm."

Seine Finger drücken sich in meinen Rücken, ein unterschwelliges Zeichen dafür, dass ich bleiben soll. „Du weißt, dass ich gern hierbleiben würde, aber Claudia braucht mich."

„Dann kümmere dich um deine Freundin. Ich liebe dich", flüstert er.

„Ich liebe dich auch."

Es versetzt mir einen kleinen Stich, als ich mich von ihm löse. Er sieht mir in die Augen.

Als ich aus dem Zimmer gehe, habe ich das Gefühl, dass es trotzdem richtig ist, den Mann, der immer in meinem Herzen war, nackt in meinem Bett zurückzulassen.

Claudia ist völlig am Ende. Als sie mir die Tür öffnet, sieht sie aus, als hätte ein Maskenbildner sie als Leiche geschminkt. Sie ist totenblass. Ihr sonst immer perfekt sitzendes Haar ist auf der einen Seite platt gedrückt und steht auf der anderen Seite ab. Ihre Augen sind gerötet, Tränenspuren haben sich durch ihr Make-up gezogen.

Das ganze Gesicht ist so geschwollen, als ob sie schon seit einer Woche heulen würde.

Ich nehme sie in den Arm. „Ach, Kleines. Kleines, was ist denn passiert?"

Sie ringt nach Luft, versucht zu sprechen, doch es ist, als ob ihre Stimmbänder verknotet wären. Ich drücke sie an mich, reibe ihren Rücken, auch in mir steigen Tränen auf. Ich kenne diese Art von Kummer. Der lag auch in den Augen meiner Mutter, als sie sich über den Sarg meiner Großmutter beugte.

„Claudia", sage ich nervös. „Ich bekomme es mit der Angst zu tun."

„A … Adam …"

Mein Puls beschleunigt sich. „Ihm ist doch nichts passiert, oder?" Alle tragischen Möglichkeiten kommen mir schlagartig in den Sinn. Ein Autounfall. Ein Überfall. Oh Gott, nein. „Claudia?"

„Er … er … er …“

Ich schiebe sie von mir und schaue ihr in die Augen. „Nein, Liebes.“ Ich schüttle den Kopf, befürchte das Schlimmste. „Sag nicht, dass ihm etwas passiert ist. *Bitte.*“

Jetzt schüttelt sie den Kopf. „Ihm ist nichts passiert.“ Sie holt tief Luft. „Er …“ Ihr Gesicht verzieht sich schmerzhaft. „Er will n-nicht h-heiraten.“

Zunächst verspüre ich nur Erleichterung. Und dann tiefes Entsetzen. Tatsächlich dauert es einen Moment, bis ich meine Stimme wiedergefunden habe. „Adam will nicht heiraten?“ Ich bete, dass ich mich verhört habe.

Claudia kann nur den Kopf schütteln.

„Aber die Hochzeit ist doch in ein paar Wochen! Was meinst du damit, er will nicht heiraten?“

Claudia weint. Ihr lautes Schluchzen bricht mir fast das Herz. Ich nehme sie an den Schultern und schiebe sie ins Wohnzimmer. Das ist so ziemlich das Schlimmste, was ihr passieren konnte. Schlimmer noch, als wenn Adam auf tragische Weise ums Leben gekommen wäre.

Sie plumpst auf das Ledersofa, ein einziges Häuflein Elend.

„Hat er wirklich gesagt, dass er nicht heiraten will?“

Sie nickt.

„Wann?“

„Vor ein paar Stunden.“

Ich lange nach der Kleenexschachtel, ziehe ein paar Tücher heraus und reiche sie ihr. „Erzähl mir, was genau geschehen ist.“

„Wir waren in einem Restaurant. Zum essen kam ich n-nicht mehr. Er sagte, er sei nicht in mich v-verliebt."

„Also, jetzt habe ich mich auf jeden Fall verhört. Wie kann er behaupten, dass er nicht in dich verliebt ist? Ihr seid seit vier Jahren zusammen!"

„Er liebt mich … aber er ist nicht in mich verliebt."

Claudia vergräbt das Gesicht in ihren Händen.

Ich tue das Einzige, was ich tun kann. Sitze bei ihr und streichle ihren Rücken. Wir erschrecken beide, als an die Tür gehämmert wird. Zunächst denke ich, dass es Adam ist, und so, wie Claudias Gesicht sich aufhellt, kommt sie zu demselben Schluss. Aber dann fällt mir wieder ein, dass ich Alisha Bescheid gegeben habe.

„Das ist vermutlich Alisha", sage ich. „Ich habe sie angerufen."

Und doch hoffe ich, dass ich mich irre. Dass es Adam ist und dieser Scheißkerl Claudia sagt, er hätte vorübergehend den Verstand verloren.

Die Hochzeit absagen … Angeekelt schüttle ich den Kopf und öffne die Tür.

Wie erwartet ist es Alisha. Ihre blauen Augen blicken besorgt.

„Was ist los?", fragt sie.

„Es geht um Adam", flüstere ich. „Er hat die Verlobung vor ein paar Stunden gelöst."

„Wie bitte?" Alisha starrt mich an.

„Ich kann es auch nicht glauben."

Alishas Gesicht wird hart, als sie eintritt. Sie blickt sich um, als erwarte sie Adam irgendwo zu finden, damit sie ihm eine knallen kann. Aber natürlich ist nur Claudia da, und sie sieht untröstlich aus, wie sie auf dem Sofa kauert und leise vor sich hinweint. Alisha eilt zu ihr und nimmt sie in den Arm.

Ich setze mich in einen Sessel. „Habt ihr gestritten?"

„Nein."

„Nichts? Keine Unstimmigkeit, gar nichts?"

„Nein", betont Claudia. „Und das ist es ja. Ich kapiere nicht, warum das so plötzlich geschieht."

„Jetzt sag uns genau, was geschehen ist", fordere ich sie auf.

Claudia atmet tief durch. Irgendwie schafft sie es, sich zusammenzureißen. Ich weiß noch, als David und ich uns trennten, war ich nicht viel mehr als ein Zombie. Die ersten Tage, nachdem ich von seiner Affäre erfahren hatte, konnte ich mich nicht mal mehr richtig anziehen.

„Nach der Kleideranprobe wollte Adam mit mir essen gehen. Ich hatte zwar keinen Hunger, aber er. Wir sind in die „Cheesecake Factory" gegangen. Und dann wurde er ganz komisch, wollte nichts bestellen. Ich fragte ihn, was los sei, und dann …" Sie kann nicht weitersprechen, also informiere ich Alisha. „Adam sagte, dass er sie liebt, aber nicht in sie verliebt ist."

Alishas schöne blaue Augen werden groß vor Entsetzen. „Das hat er nicht gesagt!"

„Do-hoch", bestätigt Claudia weinend. „In der einen Sekunde waren wir noch auf dem Rücksitz seines Wagens, wo ich ihm einen blasen wollte, und in der nächsten Sekunde lässt er mich sitzen. Ich habe alles für ihn getan. Alles! Wie kann er da einfach sagen, dass er mich nicht heiraten will?"

„Du meinst, er will die Hochzeit verschieben“, murmelt Alisha. „Richtig?“

„Nein, es ist aus, Ally.“

„Nein“, haucht Alisha mit Horror in der Stimme.

„Ich verstehe es nicht. Wir waren so glücklich.“

Einen Moment lang sind wir alle still.

Ich denke angestrengt über die Situation nach, und merkwürdigerweise habe ich gar nicht das Bedürfnis, Adam zu Brei zu schlagen. Weil das alles überhaupt keinen Sinn ergibt, offenbar hat er einfach nur eine ernsthafte Panikattacke bekommen. „Hör mal“, sage ich. „Das hat er bestimmt nicht so gemeint. Ihr seid doch nicht erst seit ein paar Wochen zusammen, sondern seit vier Jahren. Lang genug, um zu wissen, ob man heiraten will oder nicht. Er hat einfach kalte Füße bekommen. Liebes, ich glaube, er ist ausgerastet. Anders kann es gar nicht sein.“

„Natürlich.“ Alisha klingt erleichtert. „Kalte Füße, Süße, das passiert immer wieder. Manche Paare sind zehn Jahre zusammen, und kurz vor der Hochzeit bekommt es einer mit der Angst zu tun. Oder beide.“

Claudia schaut uns hoffnungsvoll an. „Meint ihr?“

„Ganz bestimmt“, bestätige ich. „Niemand wartet bis kurz vor der Hochzeit, um zu sagen, dass er nicht verliebt ist. Also bitte.“

„Er hat mir das immer wieder gesagt, und er konnte mir nicht mal in die Augen sehen.“

„Na also, das sagt doch alles.“

„Eben, das sagt alles“, wiederholt Alisha.

„Der Typ ist einfach verwirrt“, beharre ich. „Und wenn

nicht, dann trete ich ihm in seinen verdammten Arsch. Ehrlich, wenn er nicht in dich verliebt wäre, Claudia, was soll das dann die ganzen Jahre über gewesen sein?"

„Ich würde euch ja gern glauben."

„Hast du schon mit deinen Eltern gesprochen?"

„Nein. Ich konnte nicht. Ich habe nur euch angerufen. Was soll ich jetzt tun? Die Hochzeit absagen?"

„Nein", rufe ich aus. „Auf keinen Fall. Es sind noch drei Wochen bis dahin. Ich wette, spätestens Ende der Woche hat Adam es sich schon wieder anders überlegt."

Claudia nickt. „Okay."

„Ach, Schätzchen." Alisha umarmt Claudia noch einmal. „Ich weiß nicht, was in Adam gefahren ist, aber wir sind immer für dich da."

Claudia greift nach unseren Händen. „Ich weiß. Danke, dass ihr gekommen seid. Mir geht's schon besser. Mit euch geht es mir immer besser. Deswegen seid ihr mir auch so wichtig."

Wenigstens scheint Claudia wieder Hoffnung geschöpft zu haben, darum bin ich schon mal froh. Ich will, dass alles gut wird. Wirklich. Aber eines sage ich Ihnen, wenn Adam sie verarscht hat, dann wird er dafür bezahlen.

16. KAPITEL

Claudia

Montag und Dienstag sind vorüber – und kein Wort von Adam. Ich will nicht lügen. Diese beiden Tage verbrachte ich in tiefster Depression. Völlig am Boden zerstört. Aber heute Morgen verspürte ich ein neues Gefühl.

Wut.

Wie kann er es wagen? Wie kann er wagen, mir einfach den Laufpass zu geben und dabei nicht mal den Respekt aufzubringen, den ich verdiene? *Vier* Jahre waren wir zusammen, und befreundet sind wir seit mindestens zehn. Dass er kalte Füße bekommen hat, kann ich ja verstehen, aber sich nicht bei mir zu melden, das ist wirklich das Letzte.

Gerne würde ich jetzt behaupten, wie stark ich war, aber das stimmt nicht. Ich war Mitleid erregend schwach. Montag habe ich ihn mindestens dreimal angerufen, und gestern, als die Panik noch größer wurde, doppelt so oft. Ich hinterließ ihm atemlose, schluchzende Nachrichten und flehte ihn an, mich zurückzurufen. Aber trotzdem kein Ton von ihm.

Wahrscheinlich hat er Angst. Aber was zum Teufel glaubt er eigentlich, was ich durchmache, nachdem er die Bombe hat platzen lassen?

Ächzend rolle ich mich auf den Rücken. Ich habe versucht, die Kraft aufzubringen, aus dem Bett zu steigen, aber ich kann nicht. Seit zwei Tagen habe ich nichts gegessen.

Habe die Klimaanlage auf die höchste Stufe gestellt und die meiste Zeit unter der Bettdecke verbracht. Wenn ich aufwachte, trank ich ein Glas Wein, schluckte zwei Schlaftabletten, überlegte, Adam anzurufen, und zählte dann die Minuten, bis ich wieder einschlief.

Ich habe nicht mal meiner Mutter die Tür geöffnet. Als sie anrief, behauptete ich, dass ich eine Erkältung hätte und ein paar Tage im Bett bliebe.

Aber mal ehrlich, sollte es mir nicht völlig egal sein, ob ich je wieder von Adam höre? Ist es mir aber nicht. Jeden Augenblick erwarte ich, dass das Telefon klingelt. Und schon wieder denke ich darüber nach, ihn anzurufen. Doch wenn er wirklich kalte Füße bekommen hat und Zeit braucht, treiben ihn meine Anrufe doch nur noch weiter weg.

Gott, ich halte das nicht länger aus. Lege ein Kissen übers Telefon, damit ich es nicht länger sehen muss. „Ich kann das nicht", murmle ich. Ich kann nicht den ganzen Tag im Bett bleiben, als wollte ich sterben.

Ich muss hier raus. Ja, übers Wochenende wegfahren. Weit genug weg, dass es sich nach Entkommen anfühlt.

Pensacola. Das ist perfekt.

Dort ist es ruhig, es gibt einen tollen Strand und nette Läden. Genau was ich jetzt brauche.

Meine Knochen sind bleischwer, als ich den konzentrierten Versuch starte, mich aufzusetzen. Als ich das geschafft habe, schwinge ich die Beine aus dem Bett, greife nach dem Telefon und wähle Lishelles Nummer.

„Lishelle", spreche ich auf ihren Anrufbeantworter. „Entschuldige, dass ich dich seit Sonntag nicht angerufen habe. Ich war … nun ja, ich habe mich total vergraben, war die ganze Zeit im Bett. Das Gute daran – ich habe bestimmt fünf Kilo abgenommen. In meinem Hochzeitskleid würde ich jetzt echt klasse aussehen." Ich kichere ein wenig, doch schnell wird ein Schluchzen daraus. „Tut mir leid." Ich kämpfe gegen die Tränen an und reiße mich zusammen. „Ich tue mein Bestes. Wirklich wahr. Adam hat mich nicht mal angerufen … ach, vergiss Adam. Deswegen rufe ich an. Ich bin jetzt in der Lage zu sagen, leck mich, Adam, und kann mich wieder dem Leben stellen. Vor allem will ich hier raus. Lass uns doch am Wochenende nach Pensacola fahren. Wenn wir Freitagnachmittag losfahren, sind wir abends dort. Ich buche eine Suite. Ah, wir könnten so viel Spaß haben. Bitte sag ja. Ich möchte so gerne, dass du und Alisha dabei seid." Meine Stimme bricht ein wenig. „Ruf mich zurück, ja? So schnell wie möglich."

Ich warte ein paar Minuten, bevor ich Alisha anrufe und ihr eine ähnliche Nachricht hinterlasse. Dann öffne ich den Kühlschrank und runzle die Stirn. Nichts Anständiges darin zu entdecken. Aber auf keinen Fall will ich nach Mae, der Haushälterin meiner Eltern, rufen, die mir in null Komma nichts ein fantastisches Essen zaubern würde. Noch will ich niemanden sehen. Zumindest entdecke ich eine Packung Waffeln, von denen ich zwei in den Toaster stecke.

Ich hoffe nur, dass meine Mädels mich bald anrufen. Ich muss hier weg, sonst versinke ich nur noch tiefer in Depressionen. Und laufe immer wieder Gefahr, Adam erneut anzurufen.

Aber das werde ich nicht tun. Adam muss sich von sich aus melden. Wenn er dazu bereit ist.

In der Zwischenzeit will ich am Strand Margaritas schlürfen. In Pensacola. Mit meinen Freundinnen.

Adam braucht Abstand, den soll er haben. So viel Abstand meinetwegen, dass er daran erstickt.

Ja, raus hier. Ich hoffe nur, dass er anruft, während ich weg bin. Damit er weiß, dass ich nicht herumsitze und auf ihn warte. Soll er sich doch fragen, wo zum Teufel ich mich herumtreibe und was zum Teufel ich tue. Soll er am eigenen Leib erfahren, wie sich diese Panik anfühlt, dieses furchtbare, überwältigende Gefühl ganz tief drinnen, das entsteht, wenn man von seinem Seelenverwandten abgeschnitten ist.

Die Waffeln hüpfen aus dem Toaster.

Ich breche in Tränen aus.

17. KAPITEL

Lishelle

Ich kicke die Sandalen von den Füßen und genieße die kühle Luft, als ich meine Wohnung betrete. Fünfundzwanzig Grad in der Nacht. Und zu allem Überfluss ist die Klimaanlage im Sender hinüber und ich musste vor der Kamera vorgeben, mich frisch zu fühlen, obwohl meine Achseln schweißnass waren.

Ich steuere direkt auf die Küche zu und sehe, dass der Anrufbeantworter blinkt. Mein Mund verzieht sich zu einem Lächeln.

Glenn.

Fünf neue Anrufe verkündet das Display. Ich kontrolliere die Nummer. Viermal Glenn, einmal Claudia.

„Lishelle, Babe", beginnt die erste Nachricht. „Das Treffen mit dem potenziellen Investor lief besser, als ich erwartet hatte. Ich zeigte ihm den Geschäftsplan, und er war total beeindruckt. Er meint, die Firma könnte abheben – im wahrsten Sinne des Wortes." Glenn ist außer Atem. „Also, jetzt muss ich nur noch selbst Kapital aufbringen. Aber das bekomme ich schon hin. Ruf mich später an. Ich vermisse dich sehr."

Die restlichen Nachrichten höre ich nicht ab, sondern wähle sofort Glenns Nummer. Es ist Mittwoch, und mittwochs ist er zu Hause in Phoenix.

Er nimmt beim ersten Klingeln ab. „Hallo?"

„Das ging ja schnell. Erwartest du einen Anruf?"

„Hallo, Babe.“ Ich höre das Lächeln in seiner Stimme. „Ich habe gehofft, dass du es bist.“

„Ich habe deine Nachricht gehört. Das Treffen mit dem Investor lief also gut?“

„Erstaunlich gut. Aber inzwischen habe ich noch bessere Neuigkeiten.“

„Echt?“

„Ich habe dir doch erzählt, dass ich mit einem befreundeten Piloten über die Idee gesprochen habe, wegen eines möglichen Joint Venture?“

„Ja.“

„Keith Hatcher heißt er, und wie sich herausstellt, hat er bereits ein paar Steine ins Rollen gebracht. Unter anderem gibt es bereits einen Investor, und er will, dass ich sein Partner werde.“

„Oh mein Gott. Aber wolltest du das nicht allein machen?“

„Nun, eigentlich war mir klar, dass ich letztendlich einen Partner brauche, und Keith Hatcher ist ein prima Kerl. Wir beide hatten heute mit dem Investor eine Telefonkonferenz, die Sache wird also schon ernst. Sehr ernst.“

„Himmel, das ist fantastisch.“

„Die Sache hat nur einen Haken.“

„Oh?“

„Das Geld. Mein Teil. Keith wird eine Million reinstecken, und er will von mir denselben Betrag sehen. Auf diese Weise hätten wir die Mehrheit, kein Investor könnte uns reinreden.“

„Klar. Natürlich.“

„Das geht alles ganz schön schnell. Jetzt muss ich irgendwie das Geld aufbringen. Ich habe bereits mit meiner Bank telefoniert."

„Das brauchst du nicht", verkünde ich.

„Wieso nicht?"

„Ich habe auch eine Überraschung, Glenn."

„Hast du?"

„Mhm. Claudias Onkel ist Vorstand einer Bank hier in Atlanta, und sie hat mir gestern einen Termin mit ihm besorgt. Er hat mir einen Kredit über eine Million gewährt."

„Lishelle", ruft Glenn tadelnd. „Ich habe dir gesagt, dass ich das nicht möchte."

„Ich habe schon seit Langem nach einer Möglichkeit gesucht, Geld zu investieren. Glenn, wir werden heiraten. Warum sollte ich nicht in deine Firma investieren?"

Er seufzt. „Das Geld könnte ich wirklich gut gebrauchen, aber es fühlt sich einfach nicht richtig an."

„Nun, es ist schon alles geregelt. Das Scheckheft bekomme ich morgen. Ich wollte dich eigentlich am Wochenende damit überraschen."

„Willst du das wirklich tun?"

„Ja. Aber warte mal. Dieser Typ, Hatcher – findet er es in Ordnung, die Firma hier in Atlanta anzusiedeln?"

„Er ist ungebunden und hält Atlanta für perfekt."

„Dann gibt es keinen Grund, länger zu warten."

„Na, vielleicht kann ich fürs Wochenende ein Treffen mit Keith vereinbaren. Damit du ihn kennenlernst und er dir seine Vorstellungen erklären kann."

„Das wäre toll." Doch dann fällt mir ein, dass Claudia

und ich vorhin am Telefon beschlossen haben, übers Wochenende die Stadt zu verlassen. „Oh nein, warte, nicht dieses Wochenende. Ich fahre mit Claudia und Alisha nach Pensacola."

„Das hast du gar nicht erwähnt …"

„Ist auch ein spontaner Entschluss."

„Hm", sagt Glenn.

„Was meinst du mit ‚hm'?"

„Ich mache mir nur so meine Gedanken." Seine Stimme klingt … merkwürdig.

„Worüber?"

„Nun, das mit uns geht so schnell. Vielleicht gab es ja einen anderen Mann in deinem Leben …"

„Das ist ein Scherz, oder?"

„Hör mal, das wäre doch möglich. Und ich bin hier am anderen Ende des Landes. Du könntest sogar in dieser Sekunde einen Mann bei dir haben, der dir das Höschen auszieht, während wir sprechen."

„Glenn …"

„Weißt du, du kannst es mir sagen, wenn es jemanden gibt. Ich möchte lieber gleich wissen, falls du dir nicht sicher bist. Ich bin zu alt für Spielchen."

Mein Mund klappt auf. Warum in aller Welt sagt Glenn so etwas?

„Glenn", entgegne ich schließlich. „Ich trage deinen Ring. Du weißt, dass es keinen anderen gibt."

„Du bist wunderschön. Erfolgreich. Du könntest an jedem Finger einen Mann haben, wenn du wolltest."

Ich lache freudlos. „Wenn du wüsstest."

„Es ist so."

„Aber ich will nicht irgendjemanden."

„Also versuchst du nicht einfach, mir am Wochenende aus dem Weg zu gehen?"

„Nein. Wenn du nicht gleich mit dieser absurden Vorstellung angefangen hättest, hätte ich dir die ganze Geschichte erzählt. Claudia muss raus aus der Stadt, weil Adam sie verlassen hat."

„Wie bitte?"

„Ja, ich weiß."

„Aber sie wollten doch bald heiraten …"

„Ich schätze, das wird nicht mehr geschehen. Und wie du dir vorstellen kannst, ist sie am Boden zerstört. Sie hat mich und Alisha gebeten, mit ihr am Wochenende wegzufahren, und ich kann nicht Nein sagen. Nicht nach allem, was sie gerade durchmacht."

„Oje. Das muss schlimm sein."

„Ich mag mir nicht mal vorstellen, wie schlimm."

„Ich auch nicht, Babe." Glenn schweigt einen Moment. „Hör mal, tut mir leid, was ich gesagt habe."

„Wichtig ist nur, dass du mir glaubst."

„Das tue ich." Er seufzt leise. „Also werde ich dich am Wochenende gar nicht sehen?"

„Ich nehme am Freitag frei und komme erst Sonntagnacht zurück."

„Ich will dich sehen. Ich muss dich sehen …"

„Glaub mir, ich auch. Aber es geht nicht. Ich muss jetzt für Claudia da sein."

„Schon gut, verstanden. Mal sehen, was ich tun kann,

damit ich zumindest Sonntagnacht bei dir bin."

„Kümmere dich vor allem um die Firma", rufe ich aufgeregt. „Denn sobald das geklärt ist, wirst du die meiste Zeit sowieso hier sein. Baby, ich kann es kaum erwarten."

„Das alles passiert schneller, als wir dachten."

Ich quietsche vor Freude. „Ich liebe dich so sehr, Baby."

„Ich liebe dich auch." Glenn schweigt einen Moment, und ich denke, er will mir sagen, dass er wegmuss. Doch stattdessen fragt er: „Was hast du an?"

„Oh, das willst du gar nicht wissen. Ich bin ganz verschwitzt ..."

„Mmmm. So wie ich es mag."

„Glenn ..."

„Fass dich an. Sag mir, wie es sich anfühlt. Wie es riecht."

„Glenn, ich muss duschen."

„Ich bin schon hart, Baby. Ich liege auf meinem Bett, streichle meinen Schwanz und stelle mir vor, wie herrlich es ist, wenn du ihn ganz tief in den Mund nimmst."

Ich werde puterrot, als ich es mir ebenfalls vorstelle.

„Sag's mir, Baby. Sag mir, was du fühlst."

Ich schiebe eine Hand unter meinen Rock. „Ich bin nass", antworte ich leise seufzend. „Klitschnass. Und meine Klit ist geschwollen."

„Ich wünschte, ich wäre jetzt bei dir. Ich würde an dir lecken wie an einem Eis am Stil."

„Ich weiß."

„Weißt du, was mich noch verrückt macht? Ich liebe es,

wenn du auf dem Rücken liegst und ich auf dir bin und wir es uns gleichzeitig mit dem Mund machen." Glenn stöhnt lang und laut. „Scheiße, mir kommt es fast, wenn ich nur daran denke, wie süß deine Muschi aussieht."

Ein lustvoller Schauer jagt durch meinen Schoß. Ich bewege meine Finger schneller, stelle mir vor, dass Glenn bei mir ist.

„Streichelst du dich?"

„Ja …"

„Ich möchte, dass du deine Finger in dich schiebst."

Ich gehorche.

„Spür meine Zunge", fährt er heiser fort. „Meine Zunge, die tief in dir ist. Ich möchte, dass du kommst. In meinem Mund. Bitte …"

Glenns Worte geben mir den Rest. Ich rufe seinen Namen während ich den Gipfel erreiche.

„Gott, ja. Ja!" Ich kann durch das Telefon hören, wie seine Hand sich schneller bewegt. So schnell und wild, wie er immer in mich stößt, während er kommt.

„Ach du Scheiße, Lishelle. Scheiße."

„Ich weiß", flüstere ich atemlos. „Mir geht es genauso."

„Ich wünschte, du wärst jetzt hier. Verflucht, ich brauche dich."

„Bald", sage ich.

Wir verstummen beide, während wir wieder zu Atem kommen. Ich spreche als Erste: „So gerne ich weiter mit dir telefonieren würde, ich muss jetzt unter die Dusche."

„Nun, ich inzwischen auch."

Ich kichere bei der Vorstellung, wie seine Hand mit Sperma bedeckt ist. Dann werde ich wieder ernst. „Ich liebe dich."

„Ich weiß. Wir sehen uns am Wochenende."

„Aber vergiss nicht ..."

„Nein, nein, aber ich muss eine Möglichkeit finden, dich zu sehen. Und sei es nur für ein paar Stunden."

„Wenn das klappen würde ..."

„Es wird klappen. Vertrau mir."

Jetzt habe ich wieder etwas, worauf ich mich freuen kann. Auf meine wöchentliche sexuelle Erfüllung, ohne die ich auf einmal nicht mehr leben kann.

18. KAPITEL

Alisha

Ich bin eine andere Frau.

Verjüngt.

Wieder belebt.

Mein Mann sehnt sich nach meinem Körper genauso wie ich mich nach seinem.

Nun kann ich wieder lächeln. Gott, es ist so lange her, dass ich mit Charles in einem Raum gelächelt habe. Aber genau das tue ich jetzt. Lächle, als ich am frühen Freitagmorgen im Bett liege und dem Rauschen des Wassers im Badezimmer lausche.

Seit letztem Wochenende, als Charles und ich nach dieser fürchterlich langen Dürrephase endlich wieder miteinander intim waren, habe ich nicht mehr versucht, ihn zu verführen. Es war für ihn ein großer Schritt, mir von seiner erektilen Dysfunktion zu erzählen und ein noch größerer, sich sexuell wieder auf mich einzulassen. Sie können mir glauben, das allein spricht Bände. Zu wissen, dass mein Mann mich begehrt, ist unglaublich befriedigend, auch wenn wir seitdem nichts anderes getan haben als zu schmusen.

Zumindest ist nun keine Verlegenheit mehr zwischen uns. Ist es nicht erstaunlich, was ein bisschen Wahrheit bewirken kann? Und während ich noch vor Kurzem imstande gewesen wäre, vom Kronleuchter aus in die 69er Stellung zu hüpfen, reicht es mir jetzt völlig, dass unsere Seelen sich langsam wieder vereinen.

Und mal ehrlich. Wir haben geheiratet, um zusammenzubleiben, in guten wie in schlechten Tagen. Sex ist nur ein Teil einer Beziehung, und wenn Charles und ich hier und da mal eine Dürreperiode durchstehen müssen, so ist das doch im Vergleich zu fünfzig oder sechzig Jahren des Zusammenlebens wirklich nicht allzu viel.

Als ich höre, wie das Wasser abgestellt wird, bringe ich mich mit einem angewinkelten Bein in eine aufreizende Stellung. Kurz darauf kommt Charles aus dem Badezimmer. Um die Hüfte hat er ein Handtuch geschlungen, und ich betrachte hingebungsvoll seinen Körper wie ein Verdurstender ein Glas Wasser. Seine Muskeln sind weicher als noch vor zehn Jahren, aber der Bauch ist noch immer flach. Ich vermisse den Pferdeschwanz, den er trug, als wir uns in einem Bibelcamp kennenlernten (meine Mutter drängte mich dazu), aber so habe ich mehr Platz, seinen Nacken zu küssen oder meine Finger darüberwandern zu lassen.

Charles setzt sich auf den Rand des Bettes und nimmt seine Uhr vom Nachttisch. Ich beuge mich vor und streiche über seinen Rücken. Er weicht nicht zurück, und Himmel, das gibt mir ein gutes Gefühl. Eine Woche ist seit unserem sexuellen Zusammentreffen vergangen, und er stößt mich nicht mehr zurück, auch wenn wir nicht miteinander schlafen können.

„Wann gehst du?", fragt er.

„Gegen elf." Ich schaue auf die Uhr. Es ist erst kurz nach sieben, somit habe ich noch vier Stunden Zeit. „Vielleicht auch früher. Ich will gegen neun mit Claudia sprechen." Die Mädels und ich fahren nach Pensacola. Claudia hat bis heute nichts von Adam gehört, naturgemäß ist sie völlig niedergeschlagen und freut sich wirklich auf unseren kleinen Ausflug.

Charles dreht sich zu mir um. „Drei Tage in Florida, hm?"

„Ja." Ich zögere. „Wirst du mich vermissen?"

„Das werde ich." Er schaut mir tief in die Augen. „Und wie. Wenn du zurück bist, sollten wir vielleicht auch einen Wochenendtrip planen. So wie du es schon mal vorgeschlagen hattest. Dieses Hotel in Arizona?"

„Wirklich?" Ich kann es nicht ändern, ich klinge begeistert.

„Ja." Er nickt. „Ich habe, was uns betrifft, ein besseres Gefühl, du nicht? Als ob wir wieder auf dem richtigen Weg wären."

„Oh, Charles. Mir geht es genauso."

Er küsst mich auf den Mund, sanft und vielversprechend. „Aber jetzt genieß erst mal die Zeit mit deinen Mädels. Ich weiß doch, wie sehr dich Claudia jetzt braucht."

„Ich weiß. Kannst du glauben, dass Adam sich als ein derartiger Scheißkerl herausstellt?"

Charles zuckt nur mit den Schultern.

„Hat er dir gegenüber je erwähnt, dass er sie verlassen will?"

„Kein Wort hat er gesagt."

Nur bei der Erwähnung von Adam habe ich einen bitteren Geschmack im Mund, ich will jetzt nicht an ihn denken. Deswegen beuge ich mich etwas vor und küsse meinen Mann.

„Versuchst du mich zum Bleiben zu überreden?“, fragt er leise.

„Das weißt du doch genau.“

„Eins nach dem anderen“, entgegnet er. „Eins nach dem anderen, dann werden wir schließlich auch ankommen.“

„Gut, Ally“, verkündet Lishelle, kurz nachdem wir losgefahren sind. „Du grinst wie ein Honigkuchenpferd. Sag uns, was passiert ist.“

Vom Rücksitz des Lexus SUV aus betrachte ich Lishelle, die hinterm Steuer sitzt. Sie hat recht, ich kann nicht aufhören, zu lächeln. Mein Gesicht tut schon fast weh.

Claudia reckt den Hals, um mich anzusehen. „Gibt's irgendwelchen neuen Klatsch und Tratsch? Was Skandalöses? Oder – oh mein Gott – du hast eine Affäre, stimmt's?“

„Nein, kein Tratsch und keine Affäre.“

„Lishelle, stell das Radio leiser. Ich hab dich nicht verstanden. Sagtest du gerade, du hättest eine Affäre?“

„Nein, das habe ich nicht gesagt, also schau mich nicht so an. Aber ich schätze, es geht um Sex. Charles und ich waren wieder zusammen.“

Lishelle wirft den Kopf herum. „Mädchen, er hat dich flachgelegt?“

„Nicht ganz, aber es war genauso befriedigend. Und wisst ihr was? Das geschah genau in dem Moment, in dem mir egal war, ob Charles mich jemals wieder anfassen würde oder nicht. Also, Claudia, vielleicht ist es gut, dass du Adam seit zwei Tagen nicht angerufen hast. Soll er sich doch Gedanken darüber machen, was mit dir los ist.“

„Jetzt erzähl schon endlich", fordert Lishelle mich kichernd auf.

„Das war letztes Wochenende, gleich nach der Anprobe." Wenn sich danach nicht das Drama von Claudia und Adam ereignet hätte, hätte ich die Geschichte längst schon erzählt. „Danach habe ich mir einige wunderschöne Dessous gekauft. Kaum zu Hause, bekam Charles einen Anruf und musste weg. Ich dachte mir, was soll's, ist doch egal. Ich probierte die Dessous an, und plötzlich war er wieder da und sagte, dass er jetzt bereit wäre, mit mir zu sprechen."

„Und?", fragt Claudia.

„Und er hat endlich zugegeben, dass er seit fünfzehn Monaten unter Impotenz leidet."

„Nein!" Claudia schüttelt ungläubig den Kopf. „Die ganze Zeit? Warum hat er es dir nicht einfach gesagt?"

„Genau, wie hat er das erklärt?"

„Er sagte, es sei ihm peinlich gewesen. Und er dachte wohl, es würde einfach vorübergehen. Dass es aber immer schlimmer wurde, je mehr ich ihn unter Druck setzte."

„Also hat er aus einer Mücke einen Elefanten gemacht", kommentiert Claudia. „Nun, es ist vielleicht keine Mücke, aber auf jeden Fall hätte er dir das nicht verheimlichen dürfen."

„Ich schätze, Männer sprechen über so was nicht gerne."

„Wie wahr", ruft Lishelle. „Männer tun so, als ob das einzig Interessante an ihnen zwischen ihren Beinen baumelt."

„Ist es denn nicht so?" Claudia lacht zum ersten Mal, seit wir ins Auto gestiegen sind.

„Darauf läuft es doch letztlich hinaus“, stimme ich zu.

„Also, hat er mit dir geschlafen oder nicht?“

„Nein.“ Ein Lächeln breitet sich auf meinem Gesicht aus, als ich daran denken muss. „Aber er hat es mir mit dem Mund besorgt, und zwar so lange, bis ich fast den Verstand verlor.“

„Ah!“, kreischt Lishelle begeistert auf.

„Der erste echte von einem Mann verursachte Orgasmus seit fast eineinhalb Jahren. Ich sag euch, ich dachte, ich würde mich tagelang nicht rühren können.“

„Wenn du zurückkommst, wird er dich vermutlich mit einer riesigen Latte begrüßen“, lacht Lishelle.

„Gott, das hoffe ich. Aber jetzt freue ich mich erst mal auf die nächsten Tage.“

Am Freitagabend stopfen wir uns mit jeder Menge Popcorn voll und schauen uns „The Best Man“, „Brown Sugar“ und „How Stella Got Her Groove Back“ an. Claudia hat für eine Taye-Diggs-Marathonnacht plädiert, und wer könnte es ihr verdenken. Taye Diggs hat ein Lächeln, das jede Frau zum Dahinschmelzen bringt – und sie jeden Idioten in ihrem Leben vergessen lässt.

Doch während diese romantischen Komödien für Claudia bestimmt eine gute Ablenkung sind, lassen sie mich meinen Mann nur noch mehr vermissen. Deswegen rufe ich ihn am Samstagmorgen auch als Allererstes an.

„Wie ist das Hotel?“, fragt er.

Ich liege auf dem Rücken und spiele mit dem Telefonkabel. „Fantastisch. Hatte ich schon gesagt, dass wir in Alabama und nicht in Pensacola sind?"

„Alabama?"

„Ja. Der ursprüngliche Plan war ja, nach Pensacola zu fahren, aber Claudia hatte von diesem unglaublichen Wellnesshotel in Point Clear in Alabama gehört", erkläre ich in lang gezogenem Südstaatenakzent. „Und es ist wirklich schön hier. Du solltest mal unsere Suite sehen. Und die Bilder, die ich vom Wellnessbereich gesehen habe, sind umwerfend. Wir werden in etwas mehr als einer Stunde hinuntergehen und uns von Kopf bis Fuß verwöhnen lassen."

„Klingt nach einer tollen Zeit."

„Bisher schon. Das ist so ein Ort, der einem hilft, alles zu vergessen, weißt du? Und Claudia muss jetzt erst mal vergessen."

„Ich vermisse dich", sagt Charles leise.

Mit geschlossenen Augen koste ich jedes einzelne Wort aus. „Ich vermisse dich auch."

Den ganzen Tag über denke ich an Charles, selbst als wir während der Pediküre darüber diskutieren, in welchem Film Taye Diggs am besten war. Ich denke an ihn, als wir in dem spektakulären Pool unsere Bahnen schwimmen und später im Restaurant Hummer essen.

Und nach dem Abendessen weiß ich, was zu tun ist. Ich muss nach Hause. Ich will meinen Mann überraschen. Mein Gott, wir haben eben erst wieder zusammengefunden – jetzt ist einfach nicht die richtige Zeit, von ihm getrennt zu sein. Die Stunden mit meinen Freundinnen waren toll, aber jetzt muss ich wieder zu meinem Mann. Ich habe das Gefühl, er braucht mich. Und ich brauche ihn.

Wir spazieren nach dem Essen noch gemächlich durch den Garten, bevor wir nach oben gehen. Das Hotel liegt an der Mobile Bay, wir blicken direkt aufs Wasser. Die Bucht ist von alten Eichen und Magnolienbäumen gesäumt, in der Luft liegt ein Hauch von Jasmin. Genau der Ort, an dem ich eines Tages gerne mit Charles wäre.

„Worauf habt ihr Lust?“, fragt Claudia, als wir wieder in unserer Suite sind. „Noch mehr Taye Diggs oder lieber ‚Sex and the City‘?“

„‚Sex and the City‘“, antwortet Lishelle, ohne zu zögern. „Hast du die Staffel, in der Carrie sich in Aidan verliebt? Das würde ich gerne sehen.“

„Ich habe alle dabei“, verkündet Claudia.

Während Lishelle es sich auf dem Sofa bequem macht und Claudia ihren Koffer nach den DVDs durchwühlt, bleibe ich etwas abseits stehen. Ich finde es furchtbar, sie zu verlassen, aber es ist bereits vier Uhr, und wenn ich noch zu einer anständigen Zeit zu Hause ankommen will, muss ich jetzt los.

Lishelle wirft mir über die Schulter einen Blick zu. „Ally, da du stehst, könntest du den Wein holen?“

„Hier ist es!“, schreit Claudia. Sie hält die DVD in die Höhe wie einen Pokal.

„Ladies“, beginne ich, und beide sehen mich an. Ich schlendere ins Wohnzimmer. „Ich tue das wirklich nicht gerne, aber ich muss nach Hause.“

„Wieso?“, fragt Lishelle. „Ist was passiert?“

„Nein, nein.“ Ich schüttle den Kopf. „Gar nichts. Im Gegenteil, zum ersten Mal seit Langem habe ich das Gefühl, dass alles richtig, richtig gut läuft. Am Montag muss Charles wieder arbeiten, und dann haben wir kaum Zeit füreinander. Ich will zumindest einen Tag an diesem Wochenende mit ihm verbringen. Einen Tag, an dem wir uns im Bett entspannen und hoffentlich den besten Sex unseres Lebens haben werden."

Claudia fläzt sich mit düsterem Blick auf dem Boden. Lishelle zuckt nur mit den Schultern.

„Ich weiß, ich ruiniere unser Wochenende, aber wir hatten doch einen tollen Tag und gestern einen lustigen Abend. Oh, und bitte versteht mich nicht falsch – ich will nicht, dass ihr mit mir fahrt. Bleibt und genießt die restliche Zeit. Ich werde mir einen Wagen mieten und allein nach Hause fahren."

Claudia murrt enttäuscht. „Ally …"

„Tut mir leid. Wirklich. Aber ihr wisst doch, was Charles und ich durchgemacht haben." Ich schlucke schwer. „Ich muss das einfach tun."

„Dann tu, was du tun musst", sagt Lishelle.

„Du hast recht", stimmt Claudia zu, wenn auch zögernd. „Wenn dir dein Bauch sagt, dass du nach Hause zu deinem Mann musst, dann geh. Eigentlich können wir alle gehen. Wie du sagtest, wir hatten eine schöne Zeit."

„Claudia, nein. Wirklich. Du und Lishelle, ihr bleibt hier. Ich miete mir ein Auto."

„Du solltest nicht allein fahren", entgegnet Claudia. „Das ist eine fast sechsstündige Fahrt."

„Das ist schon in Ordnung. Die lange Fahrt wird mir wahrscheinlich sogar guttun."

Claudia und Lishelle sehen einander an, als wollten sie schweigend herausfinden, was sie tun sollen.

„Ich bestehe darauf", verkünde ich. „Ich fände es furchtbar, wenn ich euer Wochenende ruiniere."

„Okay." Claudia nickt. „Wir bleiben. Wenn du das auch willst, Lishelle."

„Einverstanden. Wenn du einverstanden bist, Ally."

„Absolut. Und danke für euer Verständnis. Ihr seid die Besten!"

Ich umarme beide. Ich liebe sie so sehr. Schon seit Jahren. Sie bedeuten mir alles.

Aber meine Ehe eben auch. Und in diesem Augenblick steht sie an erster Stelle.

Ich schnappe mir die Gelben Seiten und eile in mein Zimmer.

Gott, ich kann einfach nicht aufhören zu lächeln. Fühle mich wieder wie mit zwanzig, als ich Charles zum ersten Mal im Bibelcamp begegnet bin. An diesem heißen Sonntagnachmittag war ich zu Tode gelangweilt – bis ich mich umdrehte und Charles vor mir stehen sah.

Ich war nur wegen meiner Mutter gekommen, während er einen Freund begleitete. Uns beide ödete die Veranstaltung in dem großen überfüllten Zelt ziemlich an.

Später sagte ich immer scherzhaft, dass Gott seine Hände im Spiel hatte, denn Charles und ich verstanden uns auf Anhieb. Schon an diesem Abend wusste ich, dass ich ihn heiraten würde.

Und so wie damals, als die Zukunft voller Hoffnung

und Verheißung war, fühle ich auch heute. Als ich Atlanta erreiche, bin ich versucht, Charles anzurufen. Aber ich will ihn lieber überraschen. Es ist kurz vor Mitternacht, als ich in die Auffahrt biege. Nach der langen Fahrt müsste ich eigentlich erschöpft sein, aber dazu bin ich wahrscheinlich zu aufgeregt. Die ganze Zeit habe ich alberne Liebeslieder gehört und bin romantischer Stimmung.

Bitte, Charles. Bitte, du musst einen hochbekommen. Ich muss einfach mit dir schlafen. Ich will heißen, hemmungslosen Sex.

Leise stecke ich den Schlüssel ins Schloss, von nur einem Gedanken beseelt, nämlich umgehend von ihm flachgelegt zu werden. Das brauche ich so nötig, dass mir die ausgefallensten Gedanken kommen. Falls Charles keinen hochbekommt, werde ich mich trotzdem nicht mit harmloser Schmuserei zufriedengeben, so viel steht fest. Dann werde ich meinen neuen Vibrator hervorholen und ihn zusehen lassen. Er soll sehen, wie ich meine Brüste streichle, die Nippel zwischen den Fingern drehe und gleichzeitig meine Klit reibe. Bisher habe ich das noch nie vor jemandem getan, aber allein der Gedanke daran lässt mich feucht werden. Und wie aufregend wäre es für Charles, mich dabei zu beobachten. Wenn er danach keinen hammerharten Ständer bekommt, werde ich wohl überprüfen müssen, ob sein Herz überhaupt noch schlägt.

Ich schleiche mich ins Haus, kein Ton ist zu hören. Das habe ich auch nicht erwartet, nach all den Überstunden ist er bestimmt zu Tode erschöpft. Trotzdem gehe ich auf Zehenspitzen die Treppe hinauf und drehe langsam am Türknauf. Ich habe vor, mich leise hineinzustehlen, auszuziehen und zu ihm ins Bett schlüpfen …

Ich weiche zurück, bekomme keine Luft. Erst bin ich nur erstaunt. Zu erstaunt, um zu atmen.

Oh mein Gott …

All meine Wünsche und Fantasien zerschmettert.

Mein ganzes Leben.

Ich kann nicht atmen …

Irgendwie gelingt es mir doch. Ich will weglaufen. Zurück zum Auto rennen.

„Verflucht, deine Muschi fühlt sich so gut an", stöhnt Charles. Er besorgt es gerade einer Frau von hinten – besorgt es ihr ziemlich hart.

Oh. Mein. Gott.

Der Raum dreht sich. Ich stehe da und schaue zu. Wie er ekstatisch stöhnt und ächzt, ohne meine Anwesenheit auch nur zu ahnen. Ich weiß nicht, woher ich den Mut nehme, aber ich trete einen Schritt näher. Ich will die Frau sehen. Diese Göttin, bei der Charles offenbar in der Lage ist, einen Steifen zu bekommen. Und sie wie ein Neunzehnjähriger zu vögeln.

In unserem beschissenen Bett.

„Du Arschloch!", kreische ich.

Charles wirbelt herum und schiebt diese Schlampe von sich. Da sehe ich ihr Gesicht, das Gesicht der verführerischen Sexbombe, die meinen Ehemann auf Abwege geführt hat.

Verwirrt starre ich sie an. Es ist Marsha. Seine Kollegin – seine erheblich ältere Kollegin.

Sie springt mit der Behändigkeit einer Zehnjährigen aus dem Bett und geht hinter einem Stuhl in Deckung, als erwarte sie, dass ich eine Pistole ziehen könnte. Charles hingegen bleibt im Bett und starrt mich lange an. Ich sehe den Schock in seinen Augen. Ich glaube, er zittert sogar.

Ich jedenfalls schon. Beide Hände zittern. Und ich gebe ein keuchendes Geräusch von mir, das ich nicht kontrollieren kann. Genauso wenig, wie ich den Blick von ihm reißen kann. Er steht auf und kommt in kleinen Schritten auf mich zu. Sein Penis ist jetzt ganz schlaff, er streckt die Arme mit den Handflächen nach oben aus, als wollte er sich ergeben.

„Ally, bitte raste nicht aus."

Mehr Keuchen. Ich höre das Donnern meines Pulses in den Ohren.

„Ich wollte nicht, dass du es so erfährst. Ach, Scheiße."

Eine Art Urschrei entweicht meinen Lippen. Ich fahre mit einem Arm über Charles' Kommode, stoße alles zu Boden.

„Um Himmels willen, Ally – dreh jetzt nicht durch."

„Dreh jetzt nicht durch?", wiederhole ich. *„Dreh jetzt nicht durch?"* Ich hebe eine Parfümflasche vom Boden auf und schleudere sie in seine Richtung. Sie landet auf dem Bett hinter ihm.

„Lass mich doch erklären."

„Erklären, dass du mich *ein verdammtes Jahr lang belogen hast?"*

„Wir haben uns auseinandergelebt. Ich wusste, dass es nicht richtig war, aber …"

Ich blitze Marsha giftig an. Irgendwie stimmt das Bild

nicht. Ich kann es nicht fassen. „Du bekommst mit Marsha einen hoch, aber nicht mit *mir*? Wie alt sind Sie überhaupt, Sie verfluchte Schlampe?“ Diese Worte kommen irgendwo aus meinem tiefsten Innern, erst jetzt wird mir das ganze Ausmaß des Betruges klar. Ich erinnere mich daran, wie sie am letzten Wochenende ununterbrochen bei uns angerufen hat. Diese erbärmlichen, jämmerlichen Anrufe. „Mein Gott, Charles. Das ist *unser* Bett. Das Bett, in dem du mich nicht mehr gevögelt hast seit …“ Ich muss abbrechen. Atem schöpfen. „Was war das dann am letzten Sonntag? Da kamen wir uns endlich wieder nahe. Charles, wir haben fast miteinander geschlafen … und jetzt das?“

Das alles ist so unwirklich. Ich begreife es nicht.

„Was soll das heißen, ihr habt fast miteinander geschlafen, Charles?“, will Marsha wissen. „Du hast behauptet, du hättest Schluss gemacht.“

„Marsha, bitte lass mich das klären.“

„Was klären?“, zische ich.

„Die Wahrheit, Alisha“, entgegnet Marsha süffisant.

Mir ist klar, dass ich völlig die Kontrolle verlieren werde, wenn sie noch länger in diesem Zimmer bleibt. „Verschwinden Sie. Sofort.“

Marshas Blick hüpft von mir zu Charles. Er sieht sie an. „Schon gut“, sagt er. „Bleib einfach.“

„Bleib einfach?“, schreie ich und starre Charles in Grund und Boden. Im Ernst, ein ungeheures, unbekanntes Gefühl kocht in mir hoch. Ich könnte jeden Moment austicken.

„Lass uns …“ Charles’ Brust hebt und senkt sich. „Lass

uns nach unten gehen und darüber sprechen, Ally. Nur ich und du.“

„Während Marsha in unserem Schlafzimmer bleibt?“

„Die Situation ist schwierig.“

„Dann mache ich sie einfach. Hauen Sie zum Teufel ab.“

„Lass uns einfach nach unten gehen“, fleht Charles.

„Nein.“ Das kommt wieder von Marsha, die in ein Hemd schlüpft. In Charles’ Hemd, die miese Schlampe. „Sag es ihr, Charles. Jetzt sofort. Verdammt noch mal, wir haben Pläne.“

Bei diesen Worten spüre ich, wie die rasende Lokomotive in mir langsam abbremst. Jetzt bin ich wieder verwirrt.

Was zum Teufel geht hier vor? Und warum bin ich die Einzige, die von nichts eine Ahnung hat?

„Wenn du es ihr nicht sagst, werde ich es tun.“

„Marsha, warte kurz, bitte.“

„Mir was sagen?“, frage ich.

„Sag es ihr auf der Stelle, oder ich gehe zu dieser Tür hinaus und das war’s. Ich habe keine Lust, noch länger zu warten.“

„Schon gut, schon gut.“ Charles gibt sich geschlagen.

„Sofort, Charles.“

Mein Blick wechselt zwischen den beiden hin und her, und ganz ehrlich, mir wird schwindlig. Verschiedenste Gefühle kämpfen in mir. Ich könnte entweder heulend zusammenbrechen oder jemanden einen Kopf kürzer machen.

„Ja, Charles.“ Irgendwie gelingt es mir ruhig zu sprechen. „Sag mir, was los ist."

Er sieht nicht mich an, sondern diese Schlampe. „Ich liebe Marsha."

Meine Beine drohen, unter mir nachzugeben. „Du, d-du …"

„Wir beide passen nicht zusammen. Das weißt du doch auch."

„W-w-weiß ich?"

„Ja. Wie lange ist es her, dass wir miteinander geschlafen haben?"

„A-aber letztes Wochenende …"

„Letztes Wochenende …" Charles wirft Marsha, die mit in die Hüften gestemmten Armen dasteht, einen Blick zu. „Da war ich mir nicht sicher, ob das mit Marsha richtig ist. Ich war hin- und hergerissen. Hatte ein schlechtes Gewissen, weil ich dich anlog. Ich dachte, wir würden es vielleicht wieder hinbekommen …" Er schaut sie wieder an. Sie marschiert nun auf ihn zu. „Aber jetzt will ich die Scheidung", endet er hastig.

„Du willst *was?*" Ehrlich, ich komme mir vor, als hätte man mich auf einen anderen Planeten gebeamt, so bizarr ist die ganze Situation. Ich verstehe überhaupt nichts mehr.

„Es ist doch kein Geheimnis, dass es zwischen Ihnen nicht mehr gelaufen ist. Warum lassen Sie ihn nicht einfach gehen?" Marsha, die in den letzten sechs Jahren kaum zwei Worte an mich gerichtet hat, ist auf einmal ganz schön redselig.

„Wissen Sie was?" Ich durchbohre sie mit meinem Blick. „Sie halten einfach die Klappe und verlassen mein Haus. Bevor ich Sie mit Gewalt rauswerfe. Und wenn Sie mir nicht glauben, lassen Sie's drauf ankommen."

Marsha blickt Charles fragend an.

„Schauen Sie meinen Ehemann noch eine Sekunde länger an, Sie Schlampe, und das wird mit Sicherheit das Letzte sein, was Sie tun."

Charles nickt. „Geh. Ich ruf dich später an."

Marsha hat nicht mal den Anstand, ihre eigenen Kleider anzuziehen. Sie rauscht in Charles' Hemd an uns vorbei. Sobald sie durch die Tür ist, knalle ich sie hinter ihr zu. Dann wirble ich herum.

„Du willst dich scheiden lassen?"

„Du solltest es nicht auf diese Weise erfahren."

„Wie lange geht das schon? Und ausgerechnet mit *Marsha?*" Das ist der unverständlichste Teil der ganzen Geschichte. Wenn er mich mit Pamela Anderson betrogen hätte, würde ich es ja noch begreifen. Aber Marsha? Sie ist fast fünfzig und sieht meiner Meinung nach auch so aus.

„Man kann sich nicht aussuchen, in wen man sich verliebt."

„Ah so, du bist also in sie verliebt?"

„Seit etwa zwei Jahren", gesteht er, wiederum ohne mir in die Augen zu sehen. „Sieh mal, ich dachte zuerst, das wäre nur eine Affäre, aber unsere Gefühle wurden immer stärker."

„Aber du bist mit mir verheiratet."

„Tut mir leid", entgegnet er lahm. „Das ist auch für mich nicht leicht. Für keinen von uns. Marsha wollte schon vor eineinhalb Jahren, dass ich dich verlasse, aber ich bin geblieben, weil ich noch immer hoffte, dass alles gut wird."

Ich schlage ihm quer ins Gesicht. „Soll das ein Scherz sein? Du behandelst mich, als wäre ich die *andere* Frau?"

„Ich habe mich entschieden", antwortet Charles ruhig. Ruhiger als er dürfte, nachdem er gerade mein ganzes Leben zerstört hat.

„Du solltest jetzt eigentlich sagen, dass es nur eine Affäre ist, dass es um Sex ging und um nichts sonst. Danach solltest du mich anflehen, dir zu verzeihen und hoffen, dass ich dir nicht in den Hintern trete. Ich bin deine *Frau,* Charles. So läuft das normalerweise."

„Vielleicht in irgendeiner beschissenen Komödie", bellt Charles zurück. „Aber das hier ist das echte Leben. Ich habe mich in eine andere Frau verliebt."

„Wage es nicht, mich anzuschreien. Nicht unter diesen Umständen!"

„Entschuldige", murmelt er. „Versteh doch, ich stehe auch ziemlich unter Druck. Ich will es uns allen so leicht wie möglich machen."

Ich schnaube. „So stellst du dir das vor."

Charles schüttelt reumütig den Kopf. „Ally …"

„Du willst mit ihr zusammen sein?", frage ich fassungslos. „Du willst *mich* wirklich für *sie* verlassen?"

„Das Leben ist zu kurz. Ich muss zu meinen Gefühlen stehen."

Ohmeingottohmeingott! Panik wühlt in meinem Bauch. Er sagt das wirklich. Er will mich wirklich verlassen. „Was ist mit dem Eheversprechen? Dazu willst du nicht stehen? Ich weiß, wir gehen nicht gerade regelmäßig in die Kirche, aber wir glauben doch beide an Gott. Wir sind in christlichen Familien groß geworden. Ich dachte, du nimmst dein Versprechen vor Gott ernst."

„Lass uns jetzt nicht mit diesem religiösen Scheiß anfangen. Ich bleibe nicht mit dir verheiratet, nur weil …"

Da ist es um mich geschehen. Ich schieße auf Charles zu und hämmere gegen seine Brust. Er stolpert rückwärts, fällt aber nicht hin.

Seine Augen blitzen mich wütend an.

„Wie kannst du es wagen! Wie kannst du es wagen, mich so anzusehen, du verlogener, beschissener Scheißkerl!" Meine Stimme überschlägt sich bei den letzten Worten, Tränen füllen meine Augen.

Plötzlich ist die Wut weg, ich bin vernichtet, ich fürchte, einfach zusammenzubrechen.

Ich ertrage es nicht. Ich kann nicht mit Charles im selben Zimmer sein.

Ich drehe mich um und fliehe. Stürze die Treppe hinunter, als wäre ein Vergewaltiger hinter mir her. Ich schnappe den Schlüssel, schieße durch die Tür zum Auto, ramme den Schlüssel ins Schloss, doch es funktioniert nicht.

„Verdammt!"

Erst nach einem Moment merke ich, dass ich versuche, meinen Jetta aufzuschließen, nicht das gemietete Auto. Also renne ich zu dem anderen Wagen und springe hinter das Steuer.

Werfe einen Blick auf die Haustür. Kein Charles.

Und da endlich breche ich zusammen. Ich heule und heule, ich weiß nicht, ob ich jemals wieder aufhören kann.

19. KAPITEL

Claudia

Seit heute Morgen brenne ich darauf, dieses Stück Paradies in Alabama zu verlassen und mich auf den Weg nach Hause zu machen. Ich sagte Lishelle, dass ein Freundinnen-Wochenende ohne Alisha einfach nicht dasselbe ist, doch in Wahrheit hoffe ich einfach verzweifelt darauf, etwas von Adam zu hören. Ich hatte einen Alptraum. Ich gab ihm alle Zeit der Welt, und als wir endlich darüber sprachen, war er schon längst über mich hinweg.

Ich wachte mit einem schrecklichen Gefühl auf. Und dachte, dass es vermutlich wirklich keine so gute Idee ist, ihm Zeit zum Nachdenken zu geben. Was, wenn er sich bereits daran gewöhnt, ohne mich zu leben? Wenn die Chance, wieder zusammenzukommen, immer geringer wird?

Mit Lishelles Zustimmung packen wir zusammen und ziehen gleich nach dem Brunch los.

„Mädchen, was machst du da?", fragt Lishelle und wirft mir einen Seitenblick vom Steuer aus zu.

„Also, ich …" Beinahe hätte ich mein Handy wieder in meine Tasche gesteckt, als hätte mich jemand bei einem Diebstahl erwischt. Aber stattdessen lege ich es in meinen Schoß. „Ich dachte, ich könnte mal meine Nachrichten checken."

Sie schnalzt leise mit der Zunge. „Und wenn er sich gemeldet hat, wirst du ihn dann sofort zurückrufen?"

„Das habe ich nicht gesagt."

„Das musst du auch gar nicht. Aber ganz ehrlich, ich würde es dir nicht raten. Er hat dich auf die schlimmstmögliche Art und Weise verletzt. Du solltest ihm auf gar keinen Fall das Gefühl geben, dass du ihn mit offenen Armen erwartest."

„Ich will ihn zurück", entgegne ich. „Was haben Spielchen da für einen Sinn?"

„Du willst doch nicht, dass er dir bei der nächsten Gelegenheit wieder auf der Nase herumtanzt. Wenn er zu dir zurückkommt, musst du ihm das Gefühl geben, dass du ernsthaft mit dem Gedanken gespielt hast, ohne ihn zu leben. Glaub mir – das hätte ich damals auch machen sollen, als David mich das erste Mal betrog. Aber ich war so verletzt und dann so erleichtert, dass es sich nur um ein kurzes Liebesabenteuer handelte, dass ich ihn mit offenen Armen zurücknahm, als ob es eine Ehre wäre, mit ihm zusammen sein zu dürfen."

Ich bin gerade nicht in der Stimmung für einen Vortrag. „Trotzdem checke ich meine Nachrichten."

„Wie du magst."

Ich habe vier Nachrichten, und mein wundes Herz füllt sich mit Hoffnung. Die erste jedoch ist nicht von Adam, sondern von meiner Mutter. Sie will wissen, wo ich bin und wie es mir geht. Sie befürchtet, dass ich mit meiner Erkältung irgendwo in der Notaufnahme gelandet sein könnte.

Doch bei der zweiten Nachricht bleibt mir fast die Luft weg. Alisha klingt so, wie ich letzte Woche geklungen haben muss, als Adam sagte, dass er mich nicht heiraten wolle.

„Oh mein Gott“, presse ich hervor.

„Was?“ Lishelle schaut mich an.

„Alisha“, erkläre ich. Dann versuche ich ihre Worte zu verstehen. Dass sie mit mir sprechen müsse und in einem Hotel am Flughafen sei.

Ich höre die Nachricht noch einmal ab. „Claudia, hier ist Alisha. Ich weiß nicht, was ich tun soll. Ich muss dringend mit dir sprechen, verstehst du?“ Sie schluchzt, holt tief Luft. „Und mit Lishelle. Ihr seid die einzigen Menschen auf der Welt, denen ich vertraue. Wenn du das auf der Heimfahrt abhörst, ruf mich bitte an.“ Mehr Schluchzen. „Ich bin im ‚Red Roof Inn‘ am Flughafen. Ich muss wirklich mit euch beiden sprechen.“

„Okay“, sage ich zu Lishelle. „Das ist nun wirklich merkwürdig. Alisha ist in einem Hotel beim Flughafen und will, dass wir sie dort anrufen.“

„In einem Hotel? Hat sie gesagt, wieso?“

„Nur, dass sie mit uns sprechen muss. Und dass wir die einzigen Menschen auf der Welt wären, denen sie vertrauen kann. Und sie hat geweint.“

„Guter Gott. Was ist bloß los? Sie ist doch so glücklich weggefahren.“

„Was ist überhaupt mit uns allen los? Ist der Mai der Monat der beschissenen Beziehungen?“

Ich höre den Rest der Nachrichten ab, eine von meiner Schwester, eine von einer meiner Brautjungfern, aber nichts von Adam. Arschloch.

Ich hasse mich dafür, aber irgendwie bin ich froh, dass es Alisha genauso schlecht geht wie mir. Dann habe ich wenigstens einen Grund, endlich mal meine eigenen Sorgen zu vergessen.

Zumindest für eine Weile.

Wir kommen ziemlich genau um achtzehn Uhr in Atlanta an. Ich rufe Alisha auf dem Handy an. Sie antwortet nicht, also lasse ich mich mit dem „Red Roof Inn" verbinden. Kurz darauf werde ich zu ihrem Zimmer durchgestellt.

„Hallo?" Alisha klingt, als ob jemand gestorben wäre.

„Ally, hier ist Claudia."

„Oh Gott." Ihre Stimme bröckelt. „Claudia."

„Schon gut, Liebes. Schon gut. Was ist passiert?"

„Das Schlimmste, was passieren kann."

„Lishelle und ich sind gerade in Atlanta angekommen. Wir sind auf dem Weg zu dir."

„Okay."

Offenbar ist wirklich etwas Grauenvolles passiert, etwas, das man besser von Angesicht zu Angesicht erzählt. „Süße, wir sind schon auf dem Weg, okay?"

„Ich bin in Zimmer 410."

„Wir sehen uns in etwa fünfzehn Minuten."

„Danke. Ich hab euch lieb."

„Meinst du, er hat sie rausgeworfen?", fragt Lishelle, als wir durch die Hotellobby stürmen. „Denn wenn, dann ..."

„Vielleicht ist sie ja gegangen", schlage ich vor. „Kam nach Hause, und er hat sie wieder abgewiesen. Sie hatte die Nase voll und ist abgehauen."

Wir unterbrechen das Gespräch, weil vor dem Fahrstuhl

eine Familie wartet. Als die Türen sich öffnen, steigen wir alle ein, und ein kleiner Schmerz zerrt an meinem Herz, als ich den Kindern zuhöre, einem Mädchen und einem Jungen, die darüber streiten, wer den Knopf drücken darf. Ich muss schon wieder an Adam denken, wir wollten doch auch Kinder haben. Ich muss wegsehen, sonst fange ich an zu heulen.

Meine Gedanken wandern wieder zu Alisha, als wir vor ihrer Tür stehen. Lishelle klopft und will gerade ein zweites Mal klopfen, da fliegt die Tür auf.

„Oh, Ally." Ich nehme sie in den Arm. „Was ist denn passiert?"

Sie macht sich von mir los. „Ich bin ausgezogen. Ich wollte Charles mit unglaublichem Sex überraschen, aber dann war ich es, die überrascht wurde. Ich erwischte ihn dabei, wie er gerade seine Kollegin vögelte."

„Mein Gott", ruft Lishelle aus. „Nein, Honey. Nicht Charles."

„Oh doch."

Ich starre Alisha erschüttert an. „Aber du hast doch erzählt, dass er impotent ist."

„Das dachte ich auch." Sie wischt die Tränen weg, Wut verzerrt ihr Gesicht. „Das war aber nur eine der Überraschungen, die er für mich hatte. Keine Angst, es kommt noch besser."

„Es ist doch nicht Stephanie Morton", frage ich mit Entsetzen in der Stimme. Ich habe diese Frau einmal getroffen, sie ist eine von denen, die mit ihrem Aussehen Karriere zu machen versucht. „Die ist doch höchstens zweiundzwanzig."

„Ihr könnt mir glauben, ich wünschte, es wäre sie. Spindeldürr mit unechten Brüsten und endlos langen Beinen. Dann könnte ich wenigstens verstehen, dass er schwach wurde."

Alisha nimmt eine Flasche Wein vom Tisch, setzt sie an die Lippen und schüttet den Chardonnay hinunter wie Wasser. Sie trinkt normalerweise nicht viel, sie muss wirklich furchtbar verletzt sein. Mir geht es ja schon so mies, obwohl Adam und ich nicht einmal verheiratet waren. Zudem habe ich ihn nicht beim Vögeln mit einer anderen erwischt.

„Wer ist die Schlampe?", fragt Lishelle.

„Marsha Hindenberg."

Marsha Hindenberg Marsha Hindenberg Marsha Hindenberg. „Marsha Hindenberg! Sie ist ..."

„Alt genug, um seine Mutter zu sein."

Lishelle schnappt nach Luft. „Du machst Witze."

„Okay, nicht ganz, aber sie sieht auf jeden Fall so aus", sagt Alisha. „Sie müsste dreizehn oder vierzehn Jahre älter sein als er, neunundvierzig oder so. Und ihr solltet mal sehen, wie die sich anzieht. Blusen bis zum Hals zugeknöpft und Röcke bis zum Boden."

„Definitiv keine attraktive Frau", füge ich hinzu. „Jedes Mal, wenn ich sie sehe, muss ich an einen Truthahn denken."

„Und bei ihr bekommt er einen hoch?", fragt Alisha, auch wenn es sich um eine rhetorische Frage handelt. „Und bei mir nicht, dabei bin ich seine Frau. Und zumindest einigermaßen attraktiv, oder nicht?"

„Du siehst verdammt umwerfend aus“, bestätigt Lishelle.

„Ich verstehe es nicht.“ Alisha trinkt mehr Wein.

„Vielleicht war er … betrunken.“ Eine andere Erklärung habe ich nicht. „Oder high. Oder kurzfristig übergeschnappt. Sonst würde er doch auf keinen Fall mit Marsha Hindenberg schlafen.“

Alisha plumpst aufs Bett. „Er sagt, dass er sie liebt. Dass er sie schon seit geraumer Zeit liebt und es nicht fair *ihr* gegenüber wäre, mit mir verheiratet zu bleiben.“

„Okay, warte mal.“ Lishelle hockt sich auf das zweite Bett im Zimmer. „Er liebt sie?“

Ich setze mich neben Lishelle. „Das kann er nicht ernst meinen. Oder?“

„Ich weiß nicht. Aber Marsha war in unserem Schlafzimmer, und sie sagte zu Charles, dass er jetzt sofort eine Entscheidung treffen müsse, sonst wäre es vorbei mit ihnen. Und Charles … Charles … er …“

Lishelle greift nach Alishas Hand. „Oh, Ally. Ich weiß nicht, was ich sagen soll.“

„Ich hoffe die ganze Zeit, dass ich irgendwann aus diesem Alptraum erwache.“ Sie wischt sich hastig die Tränen weg. „Ich will nicht wegen ihm heulen. Wenn er mich so behandelt, hat er keine Träne verdient.“

„Männer“, sage ich. „Ich schwör’s dir, man kann ihnen einfach nicht trauen. Erst Adam, jetzt Charles.“ Ich sage nicht, was mir außerdem in den Sinn kommt – wann wird Glenn sein wahres Gesicht zeigen?

„Du solltest nicht hierbleiben“, meint Lishelle. „Mir gefällt es gar nicht, dass du hier allein bist."

„Komm zu mir", biete ich ihr an. „Ich könnte etwas Gesellschaft gut gebrauchen. Ich will nicht länger rumsitzen und Adam hinterherheulen."

„Nein, ist schon gut." Alisha winkt ab. „Ich will dir nicht zur Last fallen."

„Wenn ich du wäre, würde ich zurück nach Hause gehen und Charles rausschmeißen."

„Ich weiß, Lishelle. Aber ich bin noch nicht so weit, zurückzugehen. Ich sehe ständig, wie Charles diese Frau von hinten vögelt … höre, wie sehr er es genießt … Wenn ich dahin zurückginge …" Sie schließt fest die Augen und schüttelt den Kopf.

„Ich habe Platz für euch beide", verkündet Lishelle. „Glenn wird zwar bald einziehen, aber hey, ich bin immer für euch da. Egal, was ihr braucht."

„Und wenn ich es brauche, Charles zu Brei zu schlagen?" Alisha zwingt sich zu einem Lächeln.

„Sag nur wann und wo", antworte ich ohne zu zögern. „Solange du Adam für mich verprügelst."

„Kein Ton von ihm?", fragt Alisha.

„Nichts. Ich schätze, er braucht noch mehr Zeit."

Alisha seufzt, ein Seufzen voller Bedauern und Enttäuschung. „Man glaubt, man kennt einen Mann, schenkt ihm sein ganzes Herz. Jeden Abend liegt man neben ihm im Bett, hört sich seine Probleme an, seine Hoffnungen und Träume. Man kümmert sich um ihn, weil man einfach nur will, dass er glücklich ist. Und doch kann man nie sicher sein, dass er einen nicht irgendwann auf die schlimmste Art und Weise hintergeht."

„Das stimmt wohl", sagt Lishelle.

„Aber Freundinnen", fügt Alisha hinzu, „das sind die Menschen, auf die man wirklich zählen kann. Die Menschen, die mit einem durch dick und dünn gehen."

Ich sage kein Wort. Kann ich auch nicht, weil mein Hals wie zugeschnürt ist. Alisha hat so recht, es versetzt mir einen Stich ins Herz. Ich frage mich, ob Adam nach all den Jahren wirklich in der Lage ist, ohne einen Blick zurück einfach zu gehen.

Ich frage mich, ob er mich überhaupt jemals wirklich geliebt hat.

20. KAPITEL

Lisbelle

Es wäre eine Lüge zu behaupten, dass Alishas Worte mich nicht berührt hätten. Seitdem denke ich ständig nach über das, was den beiden geschehen ist, auch jetzt, in meiner Wohnung, mitten in der Nacht, starre ich die Decke an, unfähig zu schlafen.

Ich erinnere mich daran, wie Glenn im College mein Herz gebrochen hat. Zuerst gab es da diese Gerüchte, die ich aber immer ignorierte. Dann entdeckte ich Zettel mit Telefonnummern drauf. Er fand immer eine gute Erklärung. Mir war klar, dass er attraktiv und ungebunden war – eine Kombination, die für viele Frauen unwiderstehlich ist. Ich weiß noch, wie ich mir im Sommer nach unserer Trennung, als wir gelegentlich wieder miteinander schliefen, einredete, die Anziehung zwischen mir und Glenn sei nur rein körperlich.

Aber kann so eine körperliche Anziehung länger als zwei Jahre anhalten? Und warum denke ich überhaupt über die Vergangenheit nach? Glenn hat mein Herz gebrochen, ja, aber das ist über zehn Jahre her. Was soll ein Zweiundzwanzigjähriger denn machen, wenn sich ihm ständig Frauen an den Hals werfen? Jetzt ist er über dreißig, er hat sich geändert.

Ich schaue auf die Uhr. Drei Uhr dreiunddreißig. Verdammt, ich darf nicht länger grübeln. In weniger als vier Stunden muss ich aufstehen und perfekt aussehen. Ich bin eine von vier Moderatoren unseres Senders, die heute in einem McDonalds in der Innenstadt bei einer Benefizveranstaltung erscheinen müssen.

Ich werde eine McDonalds-Uniform anziehen und Burger und Fritten servieren. Fünfzig Prozent der Einnahmen sollen der Kinderabteilung eines lokalen Krankenhauses gespendet werden.

Also liegt ein Tag vor mir, an dem ich mich stundenlang mit Fans abgebe und in der Lage sein muss zu lächeln.

Und wenn ich dazu in der Lage sein will, muss ich ein paar Stunden schlafen.

Ich schließe die Augen und beginne damit, Schäfchen zu zählen.

Der Tag war wirklich anstrengend. Mein Gesicht tut mir vom vielen Lächeln weh.

Und es ist noch nicht vorbei. Ich muss noch die Achtzehn-Uhr-Nachrichten moderieren.

„War das nicht fantastisch?", fragt mich Randy Harmon, ein Kollege, als ich ihm im Gang begegne. Seine Stimme trieft vor Sarkasmus.

„Oh Gott. Nie mehr so eine Veranstaltung wäre keine Sekunde zu wenig."

Randy lacht. „Komm schon – riechst du denn nicht gerne nach altem Fett?"

Ich suche nach einer schlagfertigen Antwort, finde aber keine. „Äh, nein."

„Wir sehen uns, nachdem du geduscht hast."

„Bis dann." Ich schiebe mich an Randy vorbei in mein

Büro, doch kaum bin ich drin, streckt Linda Tennant, die Geschäftsführerin, den Kopf herein.

„Ich habe gehört, dass Sie zurück sind."

„In dieser Sekunde." Ich lächle nett.

Linda ignoriert meine Andeutung, dass ich nicht gerade zu einem Plausch aufgelegt bin, und sinkt aufs Sofa. „In Macon bahnt sich eine Story an."

Ich ziehe die Bluse aus meinem Rock. „Was für eine Story?"

„Connor House. Der …"

„… Himmel für Kinder, die unheilbar an Krebs erkrankt sind", beende ich ihren Satz. „Was ist damit?"

„Zwölf Kinder und ihre Familien sollten heute Morgen nach Orlando fliegen. Aber als sie am Flughafen ankamen, mussten sie feststellen, dass ihre Flüge gestrichen wurden."

„Wie bitte?"

„Mhm. Das Geld für die Reise kam von der Stiftung „Wünsche werden wahr". Nun, zumindest hätte es so sein sollen."

„Ich kenne die Stiftung sehr gut. Der Verlobte meiner besten Freundin ist der Präsident." *Exverlobte.*

„Ich weiß. Deswegen erzähle ich es Ihnen auch."

Ich setze mich neben sie. „Was genau ist passiert?"

„Die Stiftung hat einen Scheck ausgestellt, aber der ist offensichtlich geplatzt."

„Oha!"

„Dabei ist die Stiftung angeblich finanziell solide."

„Ist sie auch. Gerade vor einer Woche wurden bei einer

Spendengala zweihunderttausend Dollar erzielt. Sind Sie ganz sicher?“

„Bin ich. Ich hatte gehofft, Sie könnten mir ein paar Fragen beantworten.“

„Kann ich nicht.“

„Ich weiß, dass Adam Hart ein guter Freund von Ihnen ist, und deswegen wollte ich die Geschichte nicht bringen, ohne vorher mit Ihnen gesprochen zu haben. Für den Fall, dass da etwas vor sich geht, was unsere Redakteure nicht herausgefunden haben.“

„Lassen Sie mich mit Adam sprechen. Mal sehen, was er sagt. Aber ich bin sicher, dass es sich um ein Missverständnis handelt.“

Linda steht auf. „In Ordnung.“

Kaum ist sie gegangen, schnappe ich mir den Hörer, rufe Claudia auf beiden Nummern an, doch sie nimmt nicht ab. Ich mache mir Sorgen um sie. Ich frage mich, ob sie sich wieder vor der ganzen Welt versteckt.

Um zwanzig Uhr komme ich nach Hause und renne direkt in die Küche zu meinem Anrufbeantworter. Das rote Licht blinkt nicht, also keine Nachrichten.

Bei all den Dramen der letzten Tage habe ich Glenn ganz vergessen. Erst jetzt wird mir klar, dass er gestern Nacht nicht gekommen ist, obwohl er es versuchen wollte. Nicht nur das, er hat nicht mal angerufen.

21. KAPITEL

Alisha

„Ich hab dir doch gesagt, dass dieser Scheißkerl mit 'ner anderen rummacht." Samera schaut finster. In kurzen Shorts und BH sitzt sie in ihrer Wohnung, ein Fuß auf der Sitzfläche. Sie lackiert ihre Fußnägel in Himmelblau.

Ich habe mich ihr gegenüber auf dem Sofa ausgestreckt, auf dem ich letzte Nacht geschlafen habe, was ich bereits bereue. Unsinnigerweise hatte ich gehofft, dass sie mir ihre Charles-ist-ein-Arschloch-Kommentare ersparen und mich einfach nur trösten würde.

Pech gehabt.

„Ich hoffe, du wirst ihm sein ganzes Geld abknöpfen." Sie nimmt ihre brennende Zigarette aus dem Aschenbecher und zieht daran. Weiß nicht, wie sie gleichzeitig rauchen und ihre Fußnägel lackieren kann. „Männer. Ich hasse sie."

„Erstaunlich – wenn man bedenkt, womit du dein Geld verdienst."

„Und je länger ich das tue, desto klarer wird mir, was für erbärmliche Schweine Männer sind. Ich kann es kaum noch ertragen, sie auch nur anzusehen." Sie dreht die Nagellackflasche zu. „Hast du eine Ahnung, wie viele verheiratete Typen zu einem Geschäftsessen in den Club kommen und dann mit irgendeinem Mädchen im Zimmer verschwinden? Und da wunderst du dich, dass ich mir geschworen habe, für immer Single zu bleiben? Wenn ich es nur nicht so genießen würde, einen dicken Schwanz in mir zu haben …"

Ich halte mir die Ohren zu. „Zu viel Information."

„Oh, du magst keine dicken Schwänze?"

„Ich kann mich nicht erinnern, wie sich einer anfühlt."

Sameras Augen funkeln, als sie die Zigarette ausdrückt. „He, wenn du willst, kann ich dich mit jemandem verkuppeln. Ich habe ein paar Freunde, die dich im Bett um den Verstand bringen könnten."

„Sam!", protestiere ich empört. Ich will überhaupt nicht wissen, mit wie vielen „Freunden" sie geschlafen hat. Oder, Gott bewahre, selbst mit einem von ihnen schlafen. Das ist ein erschreckender Gedanke.

„Aber genau das brauchst du. Statt hier auf meinem Sofa rumzuflennen. Also, da wäre Lorenzo. Er ist der Türsteher im Club, wenn du also einen Italian Stallion willst ..."

„Bitte, Sam. Lassen wir das Thema einfach, ja?" Doch bei Italian Stallion muss ich an Dominic denken. Sein Bruder ist nie mehr in mein Studio gekommen, also haben sie wohl einen anderen Fotografen engagiert. Verdammt, dabei schienen mir Sebastian und Helen so überzeugt von meiner Arbeit zu sein.

Aber sie sind nicht die Ersten, die so wirkten und nie mehr zurückkamen.

Warum habe ich nur Dominics Nummer weggeworfen?

„Und dann wäre da auch noch Tyrel. Ein anderer Türsteher. Sieht ein bisschen aus wie Will Smith. Der Typ ist richtig heiß, und ich schwöre, seine Zunge ist genauso groß wie sein ..."

„Samera!"

„Ich versuche doch nur zu helfen", erklärt sie. „Und

ehrlich, ich glaube, das wäre das Beste für dich. Gleich die nächste Geschichte anzufangen, um Charles zu vergessen."

„Das funktioniert vielleicht, wenn man nur ein paar Monate mit jemandem zusammen war und nicht jahrelang." Bei diesen Worten bricht die Realität wieder über mich ein, die Tatsache, dass er eine andere Frau liebt, und mein Magen krampft sich schmerzhaft zusammen. Lieber Gott, was soll ich nur tun?

Samera steht auf und läuft zur Küche. „Schade, dass ich heute Abend arbeiten muss. Sonst könnten wir ausgehen. Um dich von dem Scheißkerl abzulenken."

„Ich habe keine Lust auszugehen."

„Was genau der Grund ist, warum du es tun solltest."

Ich liebe meine Schwester, aber wir sind einfach zu unterschiedlich. Was ich jetzt brauche, ist ein Abend mit Freundinnen und *Sex and the City.* Ich brauche eine Schulter, an der ich mich ausheulen kann.

Aber Lishelle muss arbeiten, und Claudia hat ihre eigenen Probleme.

„Ich muss mich fertigmachen", sagt Samera. „Aber kann ich dir irgendwas bringen, bevor ich gehe? Wein, Wodka, Bier? Die Ecstasypillen sind gerade aus, aber ich habe etwas Gras in meinem Schlafzimmer."

„Schon gut", entgegne ich genervt. „Sam, du hast wirklich Gras in deiner Wohnung?"

„Klar", meint sie, als wäre es das Selbstverständlichste der Welt. Dann reißt sie die Augen auf und mustert mich. „Sag bloß, du rauchst noch immer nichts."

„Du weißt, dass ich kein Freund von Marihuana bin."

„Unsere Mutter lebt zwar in Alabama, aber sie könnte genauso gut hier in diesem Raum sein. Sag mir, dass du zumindest Oralsex magst."

„Was hat Marihuana mit Oralsex zu tun?"

„Die Typen mögen keine langweiligen Frauen im Bett. Deswegen habe ich mich nur gefragt …"

Ich sehe sie finster an. „Charles war sehr zufrieden, besten Dank." Und jetzt habe ich noch schlimmere Kopfschmerzen als gestern Nacht. Warum habe ich mir eingebildet, ausgerechnet hier Trost zu finden?

Samera nimmt mich in die Arme. „Tut mir leid. Du weißt, ich will nur, dass es dir gut geht."

„Ja", antworte ich weich.

„Und deswegen sage ich, scheiß auf Charles. Sorg nur dafür, dass du deinen Anteil bekommst und dann weitermachst. Bettle ihn nicht an oder irgend so was Blödes. Es ist vorbei, Ally. Und meiner Meinung nach war es höchste Zeit."

„Toll, danke dir. Jetzt geht's mir schon viel besser." Zum Glück verschwindet sie gleich. Diese Art von Unterstützung kann ich keine Sekunde länger ertragen.

Sie schaut auf die Uhr. „Oh Scheiße, ich muss los."

„Soll ich auf dich warten? Dienstagabends hat der Club doch nicht so lange geöffnet, oder? Wir könnten uns einen Film ansehen, wenn du zurück bist."

„Ich werde nicht vor drei kommen."

„Erstaunlich. Am Wochenende kann ich das ja verstehen, aber an einem Dienstag?"

„Tatsächlich sind die Wochentage besonders lukrativ.

Da sind die ganzen Geschäftsleute in der Stadt." Sie lächelt. „Aber ich werde sehen, was ich tun kann."

„Nun, wäre jedenfalls toll. Aber wenn nicht, dann verstehe ich das auch. Und Sam?"

„Hm?"

„Ich glaube, ich brauche wirklich etwas. Wein wäre wunderbar."

„Rotwein ist unter der Spüle, Weißwein im Kühlschrank. Trink so viel du willst."

Gegen einundzwanzig Uhr klopft es an der Tür. Vorsichtig hebe ich den Kopf. Soll ich öffnen? Ich meine, es kann sowieso nur für Samera sein, warum also? Außerdem fühle ich mich beschissen. Der billige rote Fusel war auch nicht gerade gut für meine Kopfschmerzen, außerdem habe ich immer wieder entweder wegen Charles geweint oder ihn beschimpft.

Ein weiteres Klopfen, diesmal lauter. Seufzend stelle ich den Fernseher leiser, kämpfe mich von der Couch und schlurfe zur Tür, um durch den Spion zu sehen, zucke aber erschrocken zurück, als ich einen gut aussehenden Mann mit olivfarbenem Teint erblicke.

„Ally?", höre ich ihn rufen.

„Wer sind Sie?"

„Sam hat mich gebeten zu kommen."

Toll, denke ich. Was soll das nun wieder? Trotzdem mache ich die Tür auf. Der geheimnisvolle Mann grinst mich an, während er jeden Zentimeter meines Körpers mustert. „Sam hatte recht. Sie sind wirklich heiß."

Oh bitte, dieser Mann will doch wohl nicht hier herumhängen, bis Sam von der Arbeit zurückkommt? „Sollen Sie vielleicht etwas für sie erledigen?"

Er schaut mich schon wieder so an, als wollte er mich mit seinen Blicken ausziehen. Das gefällt mir nicht, schnell verschränke ich die Arme vor der Brust.

„Könnte man so sagen."

„Was soll das heißen?" Ich klinge wohl ein wenig abweisend, kann's aber nicht ändern. Ich bin nicht in der Stimmung für Spielchen. Ich will mich einfach nur schnell wieder in meinem Elend vergraben.

Er tritt über die Türschwelle. „Hallo, Ally. Ich beiße nicht. Es sei denn, Sie mögen das." Er zwinkert.

„Sagen Sie mir doch einfach, was Sie für Sam zu erledigen haben. Ich habe Migräne und bin gerade überhaupt nicht in der Stimmung, höflich zu sein."

„Ich dachte, Sam hätte es Ihnen gesagt. Sie möchte, dass ich Sie ein wenig aufheitere. Sie deutete an, dass Sie Sehnsucht haben …" Er bricht ab, wackelt aber bedeutungsvoll mit den Augenbrauen.

Ich brauche noch eine Sekunde, bis ich begreife, was er meint, woraufhin mir die Kinnlade herunterfällt. „Ach du lieber Gott. Jetzt verstehe ich. Sie sind der Italian Stallion." Heilige Scheiße, habe ich das gerade wirklich gesagt?

„So sagt man." Er grinst stolz.

„Tut mir leid. Ich weiß nicht, warum meine Schwester Ihnen … Hoffnungen gemacht hat, aber ganz sicher habe ich nie gesagt, dass ich … Sie wissen schon."

„Sie sagte, es wäre bei Ihnen schon über ein Jahr her."

Na fantastisch, danke, Samera. Warum hängst du's nicht

gleich ans Schwarze Brett? Und wenn du schon dabei bist, kannst du auch noch die ganze Welt wissen lassen, dass mein Mann mich für eine Frau hat sitzen lassen, die dreizehn Jahre älter ist als ich und einen dicken Hintern hat!

„Meine Schwester hätte mit Ihnen nicht über mein Sexleben sprechen dürfen." Zu meiner Überraschung scheint Lorenzo enttäuscht zu sein. „Nehmen Sie's nicht persönlich, Lorenzo, aber ich bin nicht in der Stimmung, mit irgendjemandem Sex zu haben. Aber wenn ich in der Stimmung wäre, würden Sie mich ganz bestimmt reizen ... Sie wissen schon. Ein Mann, den die Frauen Italian Stallion nennen, muss schließlich ..." Ich atme tief durch und frage mich, wann ich so viel Wein getrunken habe, um so einen Unsinn zu reden. „Ich will einfach allein sein."

„Sind Sie sicher?"

„Ja", beharre ich.

Er nickt. „Na gut."

„Aber trotzdem danke." Hätte ich das sagen sollen? Oder klingt das völlig doof? Keine Ahnung. Ich weiß nicht, was in einer solchen Situation angebracht wäre.

Ich schließe die Tür, drehe den Schlüssel um, werfe aber noch einmal einen Blick durchs Guckloch. Lorenzo bleibt einen Moment stehen, perplex, dann verschwindet er im Flur.

„Du kannst mich mal, Sam."

Morgen früh, wenn ich nüchtern und ausgeschlafen bin, verschwinde ich hier.

Die Frage ist natürlich, wohin ich gehen soll.

22. *KAPITEL*

Claudia

„Ist es wahr?“, fragt meine Mutter.

Ich seufze leise. „Ja, es ist wahr.“

Ihre schimmernden roten Lippen öffnen sich vor Überraschung, zugleich wirkt sie aber auch enttäuscht und verärgert. Kein Wunder, nachdem Adam sich mehr als mies verhalten hat, muss sie ja sauer auf ihn sein.

„Warum hast du es mir nicht gesagt?“, will sie wissen.

Stopp mal eben – ist sie etwa sauer auf *mich?*

„Ich habe wie eine Verrückte herumtelefoniert, um noch die letzten Fragen für die Hochzeit zu klären, habe mich mit Diana rumgeschlagen, weil ich dachte, du wärst krank. Das Ereignis sollte in weniger als zwei Wochen stattfinden!“

„Bei diesem *Ereignis* handelt es sich um mein Leben!“, würde ich am liebsten brüllen. Stattdessen fixiere ich die Teekanne, die vor uns auf dem Tisch steht und die keiner von uns bisher angerührt hat. Ich schäme mich derart, dass ich meiner Mutter nicht in die Augen sehen kann.

„Hast du eine Vorstellung davon, wie ich mich fühlte, als ich während der Pediküre davon hörte?“ Sie läuft vor mir auf und ab und starrt mich finster an – sofort fühle ich mich wie immer klitzeklein. „Monica Williams war mit ihrer Tochter da, und sie fragten mich, wie es dir geht. Ganz besorgt taten sie. Ich dachte, sie meinten deine Erkältung. Ich habe mich fürchterlich blamiert, Claudia.“

„Tut mir leid.“ Und genau deswegen habe ich es dir nicht erzählt. Weil ich wusste, dass du mir so oder so die Leviten lesen würdest.

Ihr Gesicht wird mit einem Mal weich. „Und du hast überhaupt nichts mehr von ihm gehört?“

„Er ruft mich nicht zurück. Als ob er sich in Luft aufgelöst hätte.“

Meine Mutter presst die Lippen aufeinander und schüttelt ungläubig den Kopf. „Wie kann er dir das nur ein paar Tage vor der Hochzeit antun?“

Endlich geht es also auch mal um mich! „Ich weiß nicht.“

„Du musst doch etwas wissen“, beharrt meine Mutter, ihr Ausdruck wird wieder hart. „Ein Mann sagt doch nicht einfach ohne Grund seine Hochzeit ab.“

Ich schlucke einen boshaften Kommentar herunter. „Zwischen uns lief alles gut. Ich habe keine Ahnung, warum er das getan hat. Das ist auch ein Grund, warum ich dir nichts erzählt habe. Weil seine Entscheidung so … irrational war. Ich habe die ganze Zeit damit gerechnet, dass er sich meldet und sagt, er hätte einfach nur kalte Füße bekommen. Aber heute wollte ich sowieso mit dir sprechen, weil ich denke … ich denke, wir müssen die Hochzeit jetzt wirklich absagen.“ Ich kann nicht glauben, dass ich das wirklich gesagt habe. „Oder verschieben. Wir müssen den Leuten aber irgendwas sagen, da ich keine Ahnung habe, wie es weitergeht.“

„Ich werde mich mal mit Avery Hart unterhalten müssen“, ruft meine Mutter streng. „In diese Hochzeit wurde eine Menge Geld investiert. Wenn Adam glaubt, er kann das jetzt einfach so abblasen, dann soll er wenigstens die Kosten übernehmen. Aber egal, welche Probleme ihr auch habt, ihr könnt sie doch bestimmt lösen."

Eigentlich möchte ich nicht, dass meine Mutter mit Adams Mutter spricht, sondern es mir überlässt – aber andererseits ist es vielleicht genau das, was Adam braucht. Ein ernstes Gespräch mit seinen Eltern bringt ihn vielleicht wieder zur Vernunft.

Ich weiß, das ist ein armseliger Gedanke. Aber ich liebe diesen Mann. Und ich leide.

„Und in der Zwischenzeit werde ich ein paar Telefonate erledigen." Meine Mutter läuft zur Terrassentür und blickt über den großen Garten. „Der Tag sollte einfach perfekt werden. Sieh dir an, wie Dick den Garten hergerichtet hat, die Blumen sind einfach spektakulär." Sie seufzt verdrossen. „Ich hoffe, ihr beide bekommt das hin. Wenn nicht, wäre es furchtbar peinlich."

Danke, Mutter, du schaffst es doch immer wieder, dass ich mich noch mieser fühle …

„Niemand wünscht sich mehr als ich, dass die Hochzeit stattfindet", merke ich an.

Meine Mutter dreht sich zu mir herum, die Augen misstrauisch zusammengekniffen. „Und ihr habt bestimmt nicht gestritten? Das ist nicht der Grund für all das?"

„Nein, Mutter."

„Hast du versucht, ihn zu treffen?"

„Ähm, nein. Ich dachte, er braucht vielleicht seine Ruhe, ich wollte ihn nicht unter Druck setzen …"

„Druck ist genau das, was er jetzt braucht. Geh zu ihm. Sprich mit ihm. Sag ihm, wie sehr du ihn liebst. Lass dir Adam nicht durch die Lappen gehen."

„Das werde ich, Mutter." Ich muss sie loswerden, oder ich vergifte mich mit Zyankali. „Und zwar am besten sofort."

Sie strahlt mich an. „Vielleicht sollte ich mit den Anrufen noch etwas warten."

„Ich spreche mit ihm, und dann melde ich mich bei dir, ja? Bis später."

„Oh." Meine Mutter hält mich auf. „Wir essen Punkt siebzehn Uhr zu Abend. Ich hoffe, dass du dann gute Nachrichten für uns hast. Ich möchte deiner Schwester wirklich nicht diese Botschaft überbringen müssen." Sie stöhnt. „Erst brach ihre Ehe auseinander, und jetzt wirst du vielleicht gar nicht erst vor den Altar treten ..."

„Später, Mutter." Ich wende mich ab und wage es erst dann, die Augen zu verdrehen. Manchmal sollte eine Mutter einfach nur eine Mutter sein. Einen an die Brust drücken und heulen lassen. Das wäre so ein Moment gewesen.

Aber offenbar ist das zu viel verlangt.

Als ich kurz darauf vor der Tür meines angrenzenden Apartments stehe, höre ich das Telefon klingeln. Ich stürze hinein und reiße den Hörer ab, ohne aufs Display zu schauen. „Hallo?"

„Claudia, hier ist Lishelle. Ich bin froh, dass ich dich erwische."

„Hallo, du." Es ist so schön, nach dem Gespräch mit meiner Mutter ihre Stimme zu hören. „Was gibt's?"

„Hast du meine Nachricht von gestern bekommen?"

„Nein. Ich war … deprimiert. Ich habe die Mailbox seit Sonntagabend nicht abgehört." Nur die Telefonnummern gecheckt, und nachdem die von Adam nicht dabei war, wäre es doch sowieso überflüssig gewesen.

„Ich weiß nicht, ob du es schon weißt. Aber es gibt hier im Sender Neuigkeiten, die Adam betreffen."

„Meinen Adam?"

„Mhm. Offenbar ist ein Scheck der Stiftung geplatzt. Ein paar Kinder sollten mit ihren Eltern nach Disneyland fliegen, aber am Flughafen gab es dann eine böse Überraschung."

„Wie bitte?"

„So habe ich zuerst auch reagiert, und ich dachte natürlich, es müsse sich um ein Missverständnis handeln, aber es stimmt."

„Wie kann der Scheck geplatzt sein?", frage ich. „Die Stiftung hat jede Menge Geld. Allein die letzte Spendengala brachte fast zweihunderttausend Dollar ein."

„Ich weiß nicht, wie das geschehen konnte, aber es ist geschehen. Ich habe versucht, dich zu erreichen, habe sogar Adam angerufen, aber er hat sich nicht bei mir gemeldet. Die Geschichte läuft schon um achtzehn Uhr in den Nachrichten."

„Du liebe Zeit." Trotz allem, was er mir angetan hat, ist mein erster Gedanke, dass er mich jetzt bestimmt braucht. „Keine Zweifel?"

„Leider nein. Ich hatte gehofft, du weißt vielleicht, was da los ist."

„Keine Ahnung. Aber wie gesagt, ich kann mir nicht vorstellen, dass es stimmt."

„Ich habe mit der Pressesprecherin der Stiftung gesprochen, und sie sagte, es habe ein buchhalterisches Problem gegeben. Aber es hinterlässt keinen guten Eindruck, dass Adam sich nicht selbst äußert. Ich bin sicher, die Medien werden ihren Heidenspaß daran haben."

Warum hat er mich nicht angerufen?

„Liebes, ich muss jetzt auflegen, aber wenn du irgendetwas herausfindest, ruf mich im Sender an."

„Danke, dass du mich informiert hast, Lishelle." Gott weiß, dass ich diese Geschichte nicht gerne aus dem Fernsehen erfahren hätte.

Kaum habe ich aufgelegt, rufe ich Adam zu Hause an. Er geht nicht ran. Ich unterdrücke meine Nummer und versuche es auf seinem Handy.

„Hallo?" Er klingt ungeduldig.

Oh mein Gott – er hat abgenommen! „Hey", sage ich weich. „Ich bin's."

„Oh. Hi."

„Baby, ich habe gerade von dieser Geschichte mit dem Scheck gehört. Was ist da los?"

„Ich weiß nicht, Claudia. Es ist das totale Chaos. Offenbar ist was schiefgelaufen, aber die Medien tun so, als ob wir diese Kinder absichtlich hängen gelassen hätten."

„Wo ist Charles?", frage ich. Alishas Mann führt die Buchhaltung der Stiftung.

„Auf Geschäftsreise, schätze ich. Er hat sich noch nicht bei mir gemeldet." Adam stöhnt. „Entschuldige, Claudia,

ich muss auflegen."
„Oh. Also …"
„Wir sprechen später, okay?"
„Rufst du mich an?"
„Ja." Er legt auf, und mir ist klar, dass er nicht vorhat, mich anzurufen.

Am nächsten Morgen weiß ich sicher, dass ich Adam sehen muss. Ich habe am Abend zuvor die verschiedensten Nachrichtensendungen gesehen, und überall lief die Geschichte als Aufmacher. Adam hat gegen zweiundzwanzig Uhr schließlich doch eine Erklärung abgegeben:

„Unsere Stiftung hat den Kindern ein Versprechen gegeben, und das werden wir halten", sagte er in einem Interview, das wieder und wieder gesendet wurde. „Leider sind wir auf Spenden angewiesen, die manchmal angekündigt und dann doch nicht überwiesen werden. Ich bin sicher, dass das hier der Fall war."

„Was meinen Sie mit ‚ich bin sicher'?", hakte der Reporter nach.

Adam sah gestresst aus. „In ein paar Tagen werde ich Ihre Fragen beantworten können, ich versichere Ihnen, dass wir alles dafür tun, das Geld für diese Kinder aufzubringen. Wir lassen sie nicht hängen." Dann setzte er sein warmes Lächeln auf, eines, das die Leute immer verzaubert.

Und es funktionierte auch bei einigen Nachrichtenmoderatoren, die daraufhin Kommentare abgaben wie: „Zweifellos ist Adam Hart ein aufrechter Bürger. Er hat seine Karriere als Anwalt aufgegeben, um diese Stiftung ins Leben zu rufen", und „Ich kenne ihn, er ist ohne Zweifel ein netter Kerl." Ein Nachrichtensprecher sagte sogar: „Vielleicht ist es jetzt an der Zeit, dass die Bewohner von Atlanta ihre Herzen und Geldbörsen öffnen."

Unter diesen Umständen hätte die Presse wirklich härter mit Adam umspringen können. Aber trotzdem muss er ziemlich unter Druck stehen. Vielleicht hatte er schon die ganze Zeit Probleme mit der Stiftung und wollte mich nicht damit belasten.

Hat er deshalb die Hochzeit abgeblasen?

Den Weg von Duluth nach Buckhead fahre ich in Rekordzeit, und noch bevor ich den Motor ausgeschaltet habe, bin ich bereits halb aus dem Wagen.

Die Worte meiner Mutter kreisen in meinem Kopf, aber ich bin nicht nur hier, um Adam zurückzugewinnen. Er soll auch wissen, dass ich mit ihm durch dick und dünn gehe.

In guten wie in schlechten Zeiten.

In Krankheit und Wohlergehen.

Bis dass der Tod uns scheidet.

Adams Mercedes steht in der Auffahrt, er ist also zu Hause. Ich hatte fast erwartet, auf eine kreischende Reportermenge zu treffen, aber vor ein paar Stunden hat es einen Großbrand in einer Fabrik gegeben. Vielleicht bleibt Adam deswegen verschont.

Ich atme tief durch, überrascht, wie nervös es mich macht, meinen Verlobten zu treffen. Ich wühle in meiner Tasche nach dem Schlüssel.

Aber noch bevor ich ihn finde, wird die Tür aufgerissen. Mir bleibt die Luft weg, als ich Adam und Arlene Nash in einer innigen Umarmung sehe.

Arlene Nash!

Als er mich entdeckt, reißt er die Augen auf. Arlene hingegen schaut mich ausdruckslos an. Und dann verziehen ihre Lippen sich langsam zu einem triumphierenden Lächeln.

„Adam?“, würge ich hervor.

Er knallt die Tür zu, dann höre ich, wie der Riegel vorgeschoben wird.

Ohmeingottohmeingottohmeingott!

Wie ein Idiot stehe ich einen Augenblick da. Und dann sause ich zu meinem Auto.

23. KAPITEL

Alisha

„Es tut mir leid, Mrs. Crawford. Diese Kreditkarte funktioniert ebenfalls nicht."

Mein Magen krampft sich zusammen, ich starre die Hotelangestellte an. „Da muss ein Fehler vorliegen."

„Ich habe beide Karten zweimal ausprobiert", verkündet sie mit kaum verhohlener Ungeduld.

Ich blicke hinter mich, wo sich bereits eine Schlange gebildet hat. Ein Mann schaut demonstrativ auf die Uhr. Eine Frau drückt ihr Baby an sich, als befürchte sie, es zu verlieren, wenn sie auch noch eine Sekunde länger warten müsse.

„Da Sie hier allein sind, möchte ich die anderen Gäste nicht aufhalten." Ich zwinge mich zu einem Lächeln. Ich meine, es ist mitten am Tag, Herrgott noch mal! Und nur eine Angestellte! „Ich … äh … hole nur schnell Bargeld und komme gleich zurück."

Ich schaue die anderen Gäste bei meinem Rückzug nicht an, steuere auf den Bankautomaten zu, doch dann ändere ich meine Meinung und verlasse das Hotel.

Die können mich mal. Ich rufe jetzt Claudia an und frage, ob ich bei ihr bleiben kann.

Ich war noch bis nach dem Frühstück in der Wohnung meiner Schwester, aber nachdem sie in der Nacht nicht nach Hause gekommen ist, bin ich geflüchtet. Ich kann ihre Sexgeschichten und ihre Vorwürfe, dass ich viel zu lange zu

Charles gehalten habe, einfach nicht mehr hören.

Also steige ich ins Auto und fahre los. Ein paar Straßen weiter entdecke ich eine Bank. Da mit meinen Kreditkarten irgendetwas nicht stimmt, will ich zumindest etwas Geld abheben. Ich stecke die Bankkarte in den Automaten, tippe eintausend Dollar ein, was, wie ich glaube, das Tageslimit ist, und warte.

Der Automat spuckt meine Karte aus.

„LIMIT ÜBERZOGEN“, erscheint auf dem Bildschirm.

Vielleicht habe ich mich getäuscht, am Ende hat diese Bank ein niedrigeres Tageslimit. Wieder stecke ich die Karte hinein, tippe meine PIN-Nummer ein und fünfhundert Euro.

LIMIT ÜBERZOGEN.

„Wie kann das sein?“, frage ich laut. Es handelt sich um das gemeinsame Konto mit Charles, und laut dem letzten Kontoauszug waren noch über dreißigtausend Dollar drauf.

Ich versuche es noch mal, in der Hoffnung, wenigstens einhundert Dollar abheben zu können.

LIMIT ÜBERZOGEN.

Eine furchtbare Ahnung überkommt mich.

Oh mein Gott.

Ich taumle zurück, lande an der Glasscheibe und sinke auf die Bank davor.

Nein, lieber Gott. NEIN!

Eine ältere Frau betritt die Bank und bleibt wie angewurzelt stehen. Sie fragt sich ganz offensichtlich, was mit mir los ist, ob ich verrückt bin oder so was. Doch scheint sie zu beschließen, dass ich keine Bedrohung darstelle, denn sie geht doch auf den Geldautomaten zu.

Als sie fertig ist, eilt sie zur Tür, dreht sich aber doch noch einmal um. „Kann ich Ihnen irgendwie helfen, Kind?“

Ich schüttle den Kopf. Meine Stimme funktioniert nicht.

Keine Ahnung, wie lange ich so sitzen bleibe. Drei weitere Kunden benutzen den Geldautomaten, sprechen mich aber nicht an.

Wäre ich nicht so fassungslos, würde ich die Bank verlassen statt hier zu sitzen, als hätte ich nicht alle Tassen im Schrank. Aber was Charles mir angetan hat, reißt ein tiefes Loch, es fühlt sich an, als würde jegliches Leben einfach aus mir heraussickern.

Charles verweigert mir eineinhalb Jahre lang Zärtlichkeit und Sex. Gibt mir das Gefühl, als stimmte etwas nicht mit mir. Dann erwische ich ihn mit seiner Geschäftspartnerin im Bett, und er hat nicht einmal genug Anstand, sich dafür zu entschuldigen. Stattdessen verkündet er, dass er die andere Frau liebt und sich scheiden lassen will.

Und nun hat er von *unserem* Konto das Geld abgehoben und lässt mich ohne einen Penny zurück?

Wie kann er es wagen?

Ich springe auf, wische heftig die Tränen weg. Genug Selbstmitleid. Ich bin sauer. Stinksauer.

Scheiß auf Charles. Scheiß auf die Tatsache, dass ich diesen Mann mal von ganzem Herzen geliebt habe. Wenn er mir so etwas antun kann, verdient er nicht eine einzige Träne.

Ich stampfe aus der Bank und verfluche Charles auf

der ganzen Fahrt. Ich werde diese miese Ratte in seinem Büro zur Rede stellen, wo er mir nicht aus dem Weg gehen kann.

Ich marschiere in das Gebäude Hindenberg, Hoffmann and Crawford und direkt auf Charles' Tür zu. Emily, die Empfangsdame, lächelt mich strahlend an. „Hallo, Alisha."

Schweigend drücke ich mich an ihr vorbei. „Alisha", höre ich sie rufen, „Charles hat darum gebeten, nicht gestört zu werden."

„Es interessiert mich einen Dreck, worum Charles gebeten hat."

Dann stoße ich die Tür so heftig auf, dass sie mit einem Knall an der Wand landet und zurückprallt, doch ich schlüpfe rechtzeitig hindurch und trete sie hinter mir zu. Ich hatte wohl vermutet, Charles und Marsha wieder zu erwischen, aber stattdessen sitzt er mit drei gut gekleideten Männern in seinem Büro.

Charles sieht mich überrascht an. „Alisha …"

„Ich bin sicher, dass das ein furchtbar wichtiges Treffen ist", rufe ich, „aber das ist mir gerade scheißegal. Und das sollte es dir auch sein, wenn du noch einen Funken Anstand im Leib hast."

Die Männer tauschen Blicke, während Charles mit sich ringt.

„Wenn du allerdings willst, dass ich hier vor allen loslege …" Ich lasse den Satz in der Luft hängen wie eine dunkle Regenwolke.

Charles schiebt seinen Stuhl zurück und steht auf.

„Gentlemen, es tut mir sehr leid. Aber würden Sie uns einen Augenblick entschuldigen?“

Er packt mich fest am Arm und zerrt mich nach draußen. „Was zur Hölle treibst du hier eigentlich?“

„Das wagst du, mich zu fragen?“, schieße ich zurück. „Du verdammter Mistkerl. Du hast das Geld von *unserem* Konto abgehoben?“

Er zögert kurz. „Dieses Geld habe *ich* verdient.“

„Du?“

„Tja, lass mal sehen. Deine hobbymäßige Fotografiererei hat nicht wirklich viel eingebracht. Also ja. Mein Geld war auf diesem Konto. Nicht deines.“

„Was hast du vor?“, frage ich. „Willst du dein Vermögen irgendwo verstecken, damit du mir nichts abgeben muss? Was zum Teufel ist aus dir geworden?“

Charles antwortet nicht.

„Weißt du was? Mir ist das Geld egal. Wenn du so dringend geschieden werden willst, gib mir die Hälfte von dem Haus, und das war's.“

Dennis Hoffmann kommt aus der Toilette und betrachtet uns misstrauisch. Als er an uns vorbeigeht, stöhnt Charles laut auf, schnappt sich wieder meinen Arm und zieht mich den Flur entlang. Dann drückt er mich in eine Herrentoilette und schließt hinter uns ab.

„Was glaubst du eigentlich? Du kannst doch nicht einfach so in mein Büro stürmen.“

„Und du kannst mich nicht behandeln, als wären wir nie verheiratet gewesen.“

„Könntest du bitte leiser sprechen? Das ist hier weder

der richtige Ort noch der richtige Zeitpunkt. Ich werde mich bei dir melden. Du kannst nicht einfach so vorbeikommen."

„Soll ich vielleicht darauf warten, dass du mich anrufst?"

„Ganz genau."

Ich kann nicht glauben, dass er in so einer Situation wirklich Rücksicht von mir verlangt. „Hast du schon einen Makler angerufen, oder soll ich das tun? Denn wenn du unser Konto abräumst, dann ist unsere Ehe tatsächlich nicht mehr zu retten!"

„Du kannst einen anrufen, wenn du magst. Allerdings weiß ich nicht, was du dir davon erwartest."

„Ich werde meine Hälfte bekommen. Es ist immerhin unser gemeinsames Haus, du beschissener, verlogener Bastard!"

„Ein Haus, aus dem du ausgezogen bist", entgegnet er ruhig. „Und nun entschuldige mich bitte."

Jetzt packe ich seinen Arm. „Wie bitte?"

„Du hast mich schon verstanden. Du bist ausgezogen. Eher friert die Hölle zu, als dass ich dieses Haus verkaufe und dir die Hälfte überlasse."

„Du wirst keine Wahl haben", behaupte ich, doch meine Stimme bebt ein wenig.

„Ach ja? Da wäre ich mir an deiner Stelle aber nicht so sicher."

Charles wirkt viel zu selbstgefällig. Hat er wirklich recht? Kann er, nur weil ich ausgezogen bin, mir alles nehmen, was mir zusteht? Oder will dieser Scheißer mir nur Angst einjagen?

„Gut – wenn du dich wie ein Arschloch benehmen willst, dann nehme ich mir einen Anwalt.“

„Und zwar besser einen verdammt guten“, brüllt Charles und stürmt aus der Toilette.

Ich habe ein Notfalltreffen mit Claudia und Lishelle einberufen. Hier bin ich also, stürze kurz nach einundzwanzig Uhr ins „Liaisons“, um die beiden zu treffen. Ich bin froh, dass sie Zeit haben, denn ich bin bis jetzt stundenlang ziellos durch die Stadt gefahren, ohne zu wissen, was ich tun oder wohin ich gehen soll. Ich traue mich nicht zurück in unser Haus, weil Charles ja den Alarmcode geändert haben könnte. Bei allem, was er mir angetan hat, wäre das kein Wunder.

Claudia sieht auch nicht viel besser aus, als ich mich fühle. Sie genehmigt sich gerade einen Cosmopolitan. Lishelle hat ein Glas Wein vor sich stehen und wirkt zugleich müde und besorgt.

„Ally“, ruft Lishelle. „Deine Nachricht klang so ...“

„Dieser verfluchte Scheißkerl!“, rufe ich aus, noch bevor ich mich auf den Sitz plumpsen lasse.

„... wütend“, vollendet Lishelle ihren Satz.

„Am liebsten würde ich ihn mit einem Baseballschläger zu blutigem Brei schlagen, das könnt ihr mir glauben.“

„Oje“, murmelt Claudia. „Du hast zu viele Antidepressiva geschluckt und mutierst jetzt zu einer gewalttätigen Wahnsinnigen.“

„Ich mutiere zu einer gewalttätigen Wahnsinnigen, weil Charles sich als verfluchter Dreckskerl herausstellt.“

„Du liebe Zeit." Claudia nippt an ihrem Cosmo. „Der muss ja wirklich was Schlimmes angestellt haben, wenn du wie ein Bauarbeiter fluchst."

„Ich bin doch die von uns, die derart flucht", bestätigt Lishelle. „Und du fast nie, Ally."

„Du kannst dir überhaupt nicht vorstellen, *wie* ich heute bereits geflucht habe." Ich wusste nicht, dass ich dazu überhaupt in der Lage bin, wenn man meine Erziehung betrachtet. Aber Höllenfeuer hin oder her, ich habe erkannt, wie erleichternd es sein kann.

„Du klingst ja noch wütender als an dem Tag, an dem du entdeckt hast, dass Charles es mit seiner Kollegin treibt", kommentiert Lishelle.

„Weil ich wütender bin. Ich bin verdammt noch mal angepisst!"

„Du solltest etwas trinken." Claudia winkt der Bedienung, einer Frau, die ich noch nie gesehen habe. Ich bestelle einen Cosmopolitan, das ist ein nettes, starkes Getränk.

„Also", sagt Lishelle, als die Bedienung sich verzogen hat. „Was zum Teufel ist eigentlich los?"

„Könnt ihr euch vorstellen, dass dieser Wichser unser Konto leer geräumt hat?"

Lishelle schnappt nach Luft. Claudia kichert.

Ich starre sie an.

„Tut mir leid. Ich wollte nicht lachen. Aber ich habe mir heute Nachmittag selbst Antidepressiva eingeworfen. Natürlich weiß ich, dass man dann keinen Alkohol trinken sollte, aber wenn man einen solchen Tag hinter sich hat wie ich …" Sie trinkt ihren Cosmo leer und beginnt erneut zu lachen.

„Ignorier sie einfach“, sagt Lishelle.

„Was ist denn los?“

„Sie hat selbst ein paar Neuigkeiten. Vielleicht wurde ja irgendwas ins Wasser gemixt, die Männer trinken es und verwandeln sich in erstklassige Arschlöcher.“

„Hat sie mit Adam gesprochen?“

„Die Geschichte spare ich mir fürs Dessert auf“, verkündet Claudia.

Die Bedienung serviert meinen Drink, und ich bestelle gleich einen zweiten. Dann schütte ich das Glas hinunter.

„Charles hat wirklich das Geld von eurem gemeinsamen Konto abgehoben?“, hakt Lishelle nach. „Ich kann nicht fassen, dass er so mies sein kann.“

„Er ist ein Mann“, mischt sich Claudia ein. „Die sind per Definition mies.“

„Wem sagst du das. Und es kommt noch besser. Er hat mehr oder weniger angedeutet, dass er mir nicht mal die Hälfte des Hauses geben will.“

Claudia fallen fast die Augen aus dem Kopf. „Okay, also das ist richtig mies.“

„Allerdings. Unvorstellbar, dass ich mit diesem Kerl verheiratet war. Er will mich aus seinem Leben entfernen, als hätte ich nie existiert.“

„Nun, das kann er nicht. Er wird bluten müssen. Schließlich verdient er die Brötchen, du bist nicht in der Lage, dich selbst zu finanzieren.“

„Er sagt, ich hätte keinen Anspruch auf das Geld, weil ich ausgezogen bin.“

„Das ist doch total absurd“, stößt Lishelle hervor. „Das

ist es doch, oder?“

„Oh Gott. Ich kann nicht glauben, dass das alles wirklich geschieht. Ich brauche noch einen Drink.“

Der Cosmo hat mich von innen gewärmt, mir ist schon ein klein wenig schwindelig. Aber einer ist nicht genug.

Nicht annähernd genug.

„Wo ist die Bedienung?“ Claudia blickt um sich.

„Du hast auf jeden Fall genug“, erklärt ihr Lishelle.

„Was ist passiert?“, frage ich Claudia, die gerade die Zunge in ihr Glas streckt, in der Hoffnung, noch einen Tropfen ihres Cosmopolitans zu erhaschen.

Sie sieht an mir vorbei. „Gott sei Dank.“

Es ist die Bedienung mit zwei weiteren Cosmos. Diesmal trinke ich langsam. Claudia schnuppert an ihrem und verzieht dann das Gesicht. Lishelle nimmt ihr das Glas weg. „Ich hab’s dir doch gesagt, du musst aufhören zu trinken.“

Claudia lässt ihren Kopf auf die Tischplatte sinken und beginnt leise zu weinen. Ich betrachte sie einen Augenblick – sie könnte auch bewusstlos geworden sein –, dann sehe ich Lishelle an. „Will mir vielleicht endlich jemand verraten, was los ist?“

„Claudia hat Adam heute mit Arlene Nash gesehen. Sie war in seiner Wohnung, und die beiden wirkten sehr vertraut.“

„Und sie ist auch gesellschaftlich meine Rivalin“, murmelt Claudia, ohne den Kopf zu heben.

„Also scheint die Hochzeit definitiv abgeblasen zu sein“, folgert Lishelle.

„Ach Gott, das tut mir so leid, Claudia. Oder, vielleicht auch nicht, wenn Adam so ein Schwein ist, bist du ohne ihn besser dran."

„Das ganze Geld umsonst ausgegeben. Meine Eltern werden sich nicht gerade freuen." Sie hebt den Kopf. „Und wisst ihr, was das wirklich Verrückte daran ist? Ich bin zu ihm gefahren, weil ich dachte, er braucht nach der ganzen Geschichte mit der Stiftung meine Hilfe."

„Was für eine Geschichte?"

Claudia lässt den Kopf wieder sinken, während Lishelle mich aufklärt.

„Wie ist das nur möglich?"

„Laut Adams kurzem Statement handelt es sich um einen buchhalterischen Fehler", erklärt Lishelle.

„Buchhalterischer Fehler? Das ergibt doch keinen Sinn."

Lishelle zuckt die Achseln, aber ich sehe ihr an, dass auch sie skeptisch ist.

„Ich hätte Charles ja gefragt – wenn er nicht so ein verdammter Arsch wäre."

Claudias Kopf schießt in die Höhe. Schnell schnappt sie sich den Cosmo und nimmt einen großen Schluck. „Ich lasse nicht zu, dass er dich über den Tisch zieht. In meiner Familie gibt's genug Anwälte. Wenn du dir keinen leisten kannst, helfe ich dir aus. Du weißt, dass ich alles dafür tun werde, damit du bekommst, was dir zusteht."

Bei diesen Worten verwandelt sich meine Wut in tiefe, leere Traurigkeit. Ich denke an die Zeit kurz vor meiner Hochzeit, und ich könnte darüber heulen, wie dumm ich damals war. „Das hat keinen Sinn“, sage ich und kämpfe gegen die Tränen an. „Ich werde nichts bekommen.“

„Aber selbstverständlich“, versichert mir Lishelle. „Du brauchst nur eine Männer hassende Anwältin, die aufs Ganze geht.“

„Ihr versteht nicht.“ Können sie ja nicht. Scham überwältigt mich bei der Vorstellung, was ich ihnen gleich gestehen werde, etwas, das ich vor fünf Jahren, als ich heiratete, nicht zugeben wollte.

„Ach, Ally.“ Lishelle drückt meine Hand.

„Mistkerl. Ich habe mir geschworen, seinetwegen keine Träne mehr zu vergießen.“

„Heul ruhig – aber um das Geld musst du trotzdem kämpfen.“

„Kann ich nicht!“ Die beiden Frauen am Nebentisch werfen mir einen neugierigen Blick zu. Ich flüstere: „Ich habe einen Ehevertrag unterschrieben.“

„Du hast was?“, ruft Lishelle.

„Er wollte nicht, dass ich ihn wegen seines Geldes heirate.“

„Aber mit seiner Firma ging es erst bergauf, als ihr schon verheiratet wart.“

„Er sagte, dass er eines Tages womöglich Millionen verdienen würde.“ Jetzt schütte ich den kompletten Cosmo herunter, um den Schmerz zu lindern.

„Kapier ich nicht“, gesteht Claudia. „Was für ein Ehevertrag?“

„Etwa fünf Tage vor unserer Hochzeit kam er damit an. Ich war schockiert. Wir hatten nie über so etwas gesprochen. Er sagte mehr oder weniger, er wolle nur sichergehen, dass ich ihn wirklich liebe und nicht sein Geld. Und ich habe ihn so geliebt, wir wollten heiraten … ich, ich dachte nicht einmal an die Möglichkeit, dass wir uns je scheiden lassen würden."

„Er offenbar schon", bemerkt Lishelle trocken. „Sonst hätte er dich den Vertrag nicht wenige Tage vor der Hochzeit unterschreiben lassen."

„Ja, das ist echt das Letzte", stimmt Claudia zu.

„Ich wünschte, du hättest uns davon erzählt."

„Was hätte es genützt?"

„Wir hätten dich daran gehindert, so etwas Lächerliches zu unterschreiben. Es ist doch so, du warst mit ihm verheiratet, als es mit seiner Firma so richtig losging. Egal was er verdient hat, dir steht die Hälfte zu."

Ich schüttle kläglich den Kopf, wünschte nur, ich könnte die Zeit zurückdrehen. „Ich bekomme keinen Penny. Es sei denn …" Mein Verstand beginnt trotz des Alkohols zu arbeiten. Mir fällt etwas ein, was ich lange vergessen hatte.

„Es sei denn was?", fragt Claudia.

„Es sei denn, Charles verdient siebenstellig. Ich erinnere mich an einen Absatz im Ehevertrag, dass ich dann eine Art Provision bekomme. Eine sechsstellige Abfindung im Falle der Scheidung."

„Dann musst du dir doch keine Sorgen machen. Er verdient doch so viel?"

„Ich bin nicht sicher. Ich … ich schätze aber schon. Doch selbst wenn, wie soll ich es anstellen? Ein Anwalt kostet Geld, und das habe ich nicht. Man sollte doch meinen, dass er, nachdem er mich schon so betrogen hat, wenigstens fair sein will."

„Honey, so läuft das nicht", erklärt Lishelle. „Weißt du noch, wie David versuchte, von mir Unterhalt zu bekommen? Dieses Ekel."

In einer Million Jahre hätte ich nicht gedacht, dass Charles mich so behandeln würde, selbst bei einer Trennung nicht. Aber wie gut hat er mich denn während der Ehe behandelt? Fast nie hat er mir Blumen mitgebracht, ganz selten mal zum Essen eingeladen, und selbst wenn wir beide zu Hause waren, hat er kaum Zeit mit mir verbracht. Und das ist nicht alles. Charles hat bestimmt eine Menge Geld verdient, während ich täglich dafür kämpfen musste, mein Studio über Wasser zu halten. Nicht dass ich meinen Mann nicht um Hilfe gebeten hätte. Doch jedes Mal, wenn ich das Thema zur Sprache brachte, erinnerte er mich daran, wie viel Geld er monatlich an das Pflegeheim zahlen müsse, in dem seine Mutter untergebracht ist.

Wie arm kann denn ein Mann dran sein, der einen nagelneuen Mercedes fährt und nur die teuersten Anzüge trägt? Er behauptete immer, dass seine finanziellen Möglichkeiten ausgeschöpft wären, und ich hinterfragte es nicht.

Aber jetzt …

„Irgendwas stimmt nicht", murmle ich.

„Ganz genau." Claudia klingt inzwischen, als wäre sie high. „Gib mir deinen Ehevertrag, dann kann mein Onkel einen Blick draufwerfen."

Ich nicke, denke aber an etwas anderes. Lishelle hat

recht. Charles muss Unmengen Kohle haben. Allein unser Haus ist über fünfhunderttausend Dollar wert.

Warum will er mich also völlig mittellos zurücklassen? Nur aus Boshaftigkeit?

Oder gibt es etwas, das Charles zu verschleiern versucht?

24. KAPITEL

Lisbelle

Ich hatte eine verdammt beschissene Woche.

Als ob das ganze Theater, das meine Freundinnen durchmachen, nicht reicht, habe ich nun auch selbst Probleme. Mit Glenn. Das Größte: Er hat nicht angerufen. Die ganze Woche nicht, obwohl ich ihm mehrere Nachrichten hinterlassen habe.

Nun, zumindest bis gestern Abend. Er hat auf meinen Anrufbeantworter gesprochen und sich entschuldigt, die Fluglinie hätte ihn an die Westküste geschickt. Aber wenigstens versprach er, heute Abend nach Atlanta zu kommen, damit wir dieses Wochenende zumindest eine Nacht zusammen verbringen können.

Deswegen liege ich trotz einer fiesen Migräne in einem schwarzen Negligé auf meinem Bett. Und warte. Inzwischen schon seit Stunden.

Glenn sagte, er käme gegen neunzehn Uhr, deswegen hetzte ich nach Hause, um ihn zu begrüßen. Er war noch nicht da, aber ich ging davon aus, dass er in Kürze kommen würde. Inzwischen ist es allerdings kurz vor Mitternacht.

Eine weitere Stunde vergeht, ab und zu nippe ich an meinem Glas Wein. Ich habe ihn bisher nicht angerufen, weil ich mich nicht wie eine ängstliche Freundin aufführen will, die kein eigenes Leben hat. Aber jetzt halte ich es keine Sekunde länger aus. Ich muss einfach wissen, ob Glenn noch kommt oder ich eine Runde schlafen kann.

Ich wähle seine Handynummer, es klingelt und klingelt, nicht mal seine Mailbox geht ran.

Also versuche ich es bei ihm zu Hause.

„*Die von Ihnen gewählte Nummer ist nicht vergeben.*"

Komisch. Muss mich wohl verwählt haben. Ich versuche es erneut.

„Die von Ihnen gewählte Nummer …"

Mein Puls beschleunigt sich. So langsam wird mir unbehaglich zumute. Ich knalle den Hörer auf und starre ihn lange an. Was zum Teufel geht hier vor sich?

Ich versuche es wieder auf seinem Handy. Es klingelt und klingelt.

„Wo zur Hölle steckst du, Glenn?"

Kurz nach sechs am nächsten Morgen klingelt schließlich mein Telefon. Ich kann nur beten, dass er es ist.

„Hallo?"

„Baby, hi."

Ich schließe die Augen und atme zitternd durch. Gott sei Dank. „Glenn."

„Entschuldige, Sweetheart."

„Du wolltest gestern Abend kommen."

„Ich weiß. Tut mir so leid."

„Bitte sag mir, dass du auf dem Weg bist."

„Ach, Baby. Ich wünschte, es wäre so."

„Glenn." Meine Stimme klingt gefährlich nach Jammern. „Was ist los?"

„Mein Flugplan wurde geändert, ich musste nach Montana fliegen. Das Wetter dort war fürchterlich. Ein Teil des

Flughafens war überflutet, und alle Flüge wurden deshalb gestrichen."

„Warum hast du dann nicht gestern Abend angerufen?" Ich hatte fast schon vergessen, wie es ist, in einer Beziehung zu stecken. Es geht nicht nur um Sex und Lachen. Sondern auch um Sorgen und Streit.

„Ich wollte nicht anrufen, bevor ich nicht wusste, wie es weitergeht. Und dann war es zu spät."

„Du kommst also heute nicht nach Atlanta?"

„Leider nicht. Es tut mir wirklich leid. Wenn du wüsstest, wie sehr ich mich gestern Nacht nach dir gesehnt habe. Ich habe mir mindestens dreimal einen runtergeholt."

Das bringt mich zum Lächeln. „Wo bist du jetzt?"

„In irgendeinem beschissenen Hotel in der Nähe des Flughafens."

Ich nicke. Runzle dann die Stirn. „Teilst du dein Zimmer mit jemandem?"

„Nein."

„Warum flüsterst du dann?"

„Tue ich das?" Seine Stimme wird ein klein wenig lauter. „Reine Gewohnheit, schätze ich. Und weil es noch so früh ist."

„Allerdings."

„Ich habe gar nicht gefragt, wie deine Woche war. Alles okay? Wie geht es Claudia?"

„Die Woche war verrückt. Sowohl Claudia als auch Alisha haben jetzt ein Problem mit ihrem Mann. Ich muss dich einfach sehen und in den Arm nehmen, weißt du?"

„Ja." Er zögert. „Ist das alles – sonst liegt dir nichts auf dem Herzen?"

„Das ist schon mehr als genug."

„Das stimmt." Er seufzt. „Du, ich muss leider aufhören."

„Halt, warte mal."

„Ich weiß – du liebst mich. Und ich liebe dich auch."

„Das wollte ich nicht sagen. Ich wollte dich fragen, warum dein Telefon nicht funktioniert."

„Hm?"

„Dein Telefon zu Hause. Die Nummer existiert nicht mehr."

„Du nimmst mich auf den Arm."

„Nein."

„Ach Gott, wahrscheinlich habe ich vergessen, die Rechnung zu bezahlen. Darin bin ich wirklich nicht gut. Ich bin so viel unterwegs, lege die Rechnungen zur Seite und vergesse sie dann. Ich kann's trotzdem nicht fassen, dass die mein Telefon abgestellt haben."

Ich schüttle den Kopf. Das ist ganz der Glenn, den ich vor zehn Jahren kannte. „Du musst dich wirklich besser organisieren."

„Ich weiß, ich weiß. Es wird alles besser, wenn wir erst mal verheiratet sind. Du wirst schon sehen."

Wenn wir verheiratet sind … Diese Worte sollten mich eigentlich trösten, mich genauso unsäglich glücklich machen wie vor ein paar Tagen, als er um meine Hand anhielt.

Aber so ist es nicht. Ich weiß nicht, wieso, aber ich werde das ungute Gefühl nicht los, dass etwas nicht stimmt.

Und so fühle ich mich auch noch Stunden später. Statt mich für den wöchentlichen Brunch mit meinen Freundinnen fertig zu machen, hocke ich vor dem Computer. Sie rechnen sowieso nicht mit mir, weil ja Glenn eigentlich bei mir sein sollte. Ich beschließe, sie zu überraschen.

Doch vorher tippe ich die Suchworte „Montana" und „Wetter" in meinen Computer, dann klicke ich eine vorgeschlagene Website an. Demnach ist das Wetter in Montana sonnig, da steht sogar, dass Billings gerade unter einer Trockenperiode leidet.

„Gut, Glenn hat nicht behauptet, in Billings zu sein", sage ich laut. „Aber fliegt All-American Air auch eine andere Stadt in Montana an?"

Kurz erwäge ich, auch das zu überprüfen, doch dann stütze ich mich auf dem Schreibtisch ab und stemme mich hoch. Der Stuhl rollt nach hinten. Verdammt, es gefällt mir gar nicht, was aus mir geworden ist. Genauso war ich seinerzeit mit David, ich las seine E-Mails und durchwühlte seine Sachen, um einen Beweis für seine Untreue zu finden.

So ein Mensch will ich nicht mehr sein. Ich hasste diesen Menschen.

Geh zum Brunch. Aus dem begehbaren Schrank nehme ich das, was mir als Erstes in die Hände fällt. Einen schwarzen Anzug von Ann Taylor.

Schwarz wie meine Stimmung. Passt doch.

Doch zum Brunch schaffe ich es nicht. Stattdessen fahre ich nach Duluth und suche das Haus, in dem Glenn mir den Heiratsantrag gemacht hat. Komme an jeder Menge saftig grüner Gärten vorbei, bis ich endlich das Haus erreiche und abbremse. Allerdings fahre ich nicht die Auffahrt hinauf.

Das Schild „Zu verkaufen" steht noch immer davor.

Ich atme durch, steige aus, marschiere über das Kopfsteinpflaster zur Eingangstür und spicke hinein. Die große Wendeltreppe. Die schimmernden Holzböden.

„Ich will dieses Haus", flüstere ich. „Ich will dieses Leben. Ich will es mit dir, Glenn."

Ich rufe ihn auf dem Handy an. Keine Antwort.

Und dann wähle ich eine andere Nummer, auch eine, die ich auswendig kenne. Die von Channel Four, meinem Sender. Wenig später habe ich Juan Cortez am Apparat. Er arbeitet an den Wochenenden in der Wetterredaktion.

„Juan, hallo. Hier ist Lishelle."

„Hallo, Lishelle. Warum rufst du hier an einem Wochenende an?", fragt er mit diesem erotischen spanischen Akzent.

„Ich würde gerne etwas wissen, nämlich, wie das Wetter in Montana ist."

„Montana! Glaub mir, Liebes, da solltest du besser nicht hinfahren. Dort gibt es nämlich nichts als Kühe und Getreidefelder."

„Danke für den Hinweis, aber ich will da sowieso nicht hin. Ich möchte nur wissen, wie das Wetter ist. Im ganzen Staat."

„Warte mal eine Sekunde." Kurz darauf ist er wieder dran. „Nun, in Montana ist es gerade ziemlich heiß. Brutal heiß sogar. Über 38 Grad im ganzen Staat, eine regelrechte Dürreperiode."

„Dürreperiode. Bist du sicher? Weil ich etwas von Überschwemmungen gehört habe …“

„Mit Sicherheit nicht.“

„Danke, Juan.“

„Jederzeit, Liebes.“

Und dann starre ich noch einmal durch ein Fenster dieses herrlichen Hauses, das ich so gerne gehabt hätte. Das Haus, in dem ich meine Kinder großziehen wollte, zusammen mit dem Mann, den ich liebe.

Ich wollte dieses Märchen leben. Aber Märchen existieren nicht.

Man sollte meinen, dass ich alt genug bin, um das zu wissen.

Meine Jahre als Reporterin haben mich gelehrt, auf meinen Bauch zu hören. Und mein Bauch sagt mir auf der Rückfahrt, dass gerade etwas verdammt schiefläuft.

„Bitte, lieber Gott“, bete ich und befürchte das Schlimmste. Ich weiß nicht, warum ich nicht eher daran gedacht habe, aber jetzt fällt es mir ein.

Das Geld.

War ich total bescheuert? Habe ich die Zeichen nicht erkannt?

Bitte, Gott. Bitte nicht.

Es scheint eine Ewigkeit zu dauern, bis ich bei meiner Wohnung ankomme. Ich renne ins Büro, reiße die Schublade auf, in der ich die Schecks für den Kredit deponiert habe.

Das Scheckheft ist verschwunden.

HÖLLISCHE WUT

25. KAPITEL

Claudia

„Bist du sicher, dass du nicht mitkommen willst?", frage ich Alisha. Sie wohnt jetzt erst mal bei mir, und ich bin froh darüber. Dann werde ich wenigstens nicht verrückt.

„Ich kann nicht", ruft sie aus dem Badezimmer, wo sie sich gerade silberne Creolen ansteckt. „Ich muss heute einfach ins Fotostudio. Ich bin vollkommen pleite, irgendwie muss ich Geld verdienen."

„Ich weiß. Hör mal, wenn du Geld brauchst ..."

„Ich kann doch schon hier wohnen."

„Schon, aber ..."

„Wenn ich etwas brauche, werde ich es dir sagen."

„Gut." Alisha saust aus dem Bad, ich folge ihr ins Wohnzimmer. „Ich wünschte, du würdest mitkommen. Ich habe keine Lust, mit Chantelle allein zu sein."

„Sie hätte eine deiner Brautjungfern werden sollen. Also seid ihr doch befreundet, oder?"

„Aber du weißt doch, dass es immer auch Freundinnen gibt, denen man nicht völlig vertraut. So eine ist Chantelle. Sie lächelt mir ins Gesicht und ist immer höflich, aber meine dunkelsten Geheimnisse habe ich ihr nie anvertraut."

„Ah so. Eine von denen." Alisha eilt zur Tür und schlüpft in ihre Sandalen.

„Gehst du jetzt sofort?"

„Ja. Bestimmt muss ich eine Menge Anrufe beantworten. Hoffe ich wenigstens. Gott weiß, dass ich jeden Auftrag brauchen kann."

„Dann wünsche ich dir einen schönen Tag, Süße."

„Wünsche ich dir auch."

Ich umarme sie schnell, dann ist sie schon aus der Tür.

Ich trotte in mein Schlafzimmer, um mich für das Fitnessstudio anzuziehen. Eigentlich möchte ich ja gar nicht gehen, weil ich keine Lust habe, über Adam zu sprechen. Aber was bleibt mir denn übrig? Ich kann mich doch nicht für den Rest meines Lebens hier verkriechen.

Eine Dreiviertelstunde später betrete ich das schicke Fitnessstudio in Buckhead, wild entschlossen, Chantelle und allen anderen zu beweisen, dass es mir trotz allem gut geht.

„Chantelle", flöte ich, als ich auf sie zuschwebe. Wir hauchen Küsschen in die Luft, und Chantelle sieht wie immer einfach umwerfend aus mit ihrer dunklen Gucci-Sonnenbrille und dem pinkfarbenen Baby-Phat-Dress. Ihr langes schwarzes Haar ist zu einem Pferdeschwanz zurückgebunden.

„Wie geht es dir?", fragt sie besorgt.

„Wunderbar", lüge ich.

„Ich dachte schon, wir würden dich heute nicht zu sehen bekommen. Nach allem, was passiert ist." Sie tätschelt meine Hand. „Du weißt schon."

Ich straffe die Schultern. „Ja, Adam hat mir sehr wehgetan, aber das Leben geht weiter."

„Sieh an. Du bist eine viel klügere Frau als ich. Wenn John mir so etwas antäte, würde ich ihm die Eier abschneiden und in den Hals stopfen."

„Wollen wir reingehen?“ Ich bin nicht in der Stimmung, über Adam zu sprechen.

„Klar.“ Sie läuft neben mir. „Aber ich muss dich warnen, ich habe Arlene gesehen.“

Jetzt bleibe ich wie angewurzelt stehen. Woher zum Teufel weiß sie von Arlene?

„Mhm.“ Chantelle nickt. „Und also wirklich – die gibt mit diesem Diamantring an, der mindestens vier Karat hat, als ob sich noch nie zuvor jemand verlobt hätte.“

„Wovon sprichst du?“, frage ich.

Chantelle nimmt nun doch die Sonnenbrille ab und schaut mich voll an. „Du hast doch davon gehört, oder nicht? Ganz bestimmt. Kann doch nicht sein, dass du die Letzte bist, die davon erfährt.“

„Ich habe keine Ahnung, wovon du sprichst.“

„Oh Gott. Oh nein.“ Sie schüttelt bedauernd den Kopf.

„Chantelle?“

„Ich weiß nicht, wie ich es dir sagen soll. Ich habe es ja selbst erst gestern Abend erfahren, und dann hat vorhin Resh angerufen, um mir zu erzählen, dass es in den Mittagsnachrichten ein Interview gegeben hätte.“

Muss ich die Neuigkeiten aus ihr rausprügeln?

Sie hakt mich unter und zieht mich zur Theke des Fitnessstudios. „Claudia, Arlene und Adam haben sich verlobt.“

„Was?“ Ich habe geschrien, und alle in dem Raum drehen ihre Köpfe zu mir. Aber in einem solchen Augenblick kann ich nicht Fassung bewahren, das ist unmöglich.

„Risha hat es mir erzählt. Eine ihrer Freundinnen hat

Adam und Arlene gestern Abend getroffen. Und überall waren Kameras wegen diesem Skandal der Stiftung."

Ich will schon fragen, was für ein Skandal, denn als ich das letzte Mal davon hörte, hieß es, dass die Situation sich aufgeklärt hätte, doch im Augenblick geht es mir nur um mich. Ich weiß, das ist ziemlich egoistisch, andererseits wundere ich mich, dass ich überhaupt noch aufrecht stehen kann.

„Adam und Arlene sind verlobt? Bist du sicher?"

„Ja. Risha hat die Mittagsnachrichten gesehen, dort wurde ein kurzes Interview gezeigt, aufgenommen direkt vor dem Restaurant gestern Abend. Adam und Arlene schienen an der Hüfte zusammengewachsen zu sein und verkündeten ihre Verlobung. Adam sagte außerdem, dass Arlenes Vater, der ehrenwerte Arthur Nash, diesen armen Kindern in Macon zur Hilfe geeilt ist. Er hat das Geld gespendet, damit sie nach Disneyland fliegen können."

Der ganze Raum dreht sich.

„Claudia, bist du in Ordnung?"

Er dreht sich schneller und schneller. Mir wird ganz schwindlig.

„Claudia?"

Im nächsten Moment wird es schwarz um mich.

26. KAPITEL

Alisha

War ja klar.

Wenn ich in den letzten Tagen in meinem Studio gesessen hätte, wären vielleicht drei oder vier ernst gemeinte Anfragen gekommen. Doch so ist mein Anrufbeantworter voll mit Nachrichten von Leuten, die verzweifelt und sofort eine Fotografin brauchen.

Einer wollte mich heute und war sogar bereit, den doppelten Preis zu zahlen.

Natürlich.

„Hallo, das ist eine Nachricht für Jessie Whitfield“, spreche ich auf einen Anrufbeantworter. „Hier spricht Alisha Crawford. Sie suchen eine Fotografin für eine Hochzeit im Herbst. Ich bin heute wieder im Studio, bitte rufen Sie mich an unter 555 3600. Danke.“

Ich lasse den Kopf auf den Tisch sinken und stöhne. Nicht zu fassen, dass ich zweiundzwanzig Anrufe zu beantworten habe. Frage mich nur, wie viele bereits einen anderen Fotografen gefunden haben.

Mit den Fäusten hämmere ich auf den Tisch. „Der Teufel soll dich holen, du wertloses Stück Dreck!“, kreische ich aus voller Lunge. „Du hast mein ganzes Leben ruiniert.“

Ich fahre fort, auf den Tisch zu hämmern.

„Ich wollte doch einfach nur einen Kaffee mit Ihnen trinken.“

So schnell, wie ich den Kopf in die Höhe reiße, wundere ich mich, dass mein Genick nicht bricht. Nur wenige Schritte von meinem Tisch entfernt steht Dominic. Fantastisch aussehend wie immer.

Und er hält zwei Pappbecher in der Hand.

„Ach Scheiße", murre ich, wische die Tränen fort und streiche mein Haar hinter die Ohren. „Wie lange stehen Sie schon da?"

„Lang genug um zu wissen, dass Sie einen wirklich schrecklichen Tag hatten. Ich dachte, nachdem Sie sich nicht gemeldet haben, komme ich einfach mal vorbei. Mit Kaffee. Cappuccino. Mit Zucker. Ich hoffe, das ist richtig so."

„Nun, klar." Ich tue so, als müsste ich die Papiere auf meinem Tisch ordnen. „Tut mir leid, dass ich Sie nicht angerufen habe. Ich wollte ja, aber, ähm, ich habe Ihre Nummer verloren." Ist ja nicht ganz gelogen.

„Ah so." Er kommt langsam auf meinen Tisch zu. „Passiert mir oft."

Mist, er betrachtet meinen Ehering. Jetzt komme ich mir wirklich blöd vor. Also kann ich auch gleich die Wahrheit sagen.

„Okay, das war eine Lüge. Ich habe Ihre Nummer nicht wirklich verloren, sondern weggeworfen." Ich wackle mit meiner linken Hand. „Ich bin verheiratet."

„Ich muss Ihnen auch etwas gestehen."

„Sie sind auch verheiratet? Ist denn kein Mann auf dieser Welt mehr treu?"

Dominic setzt sich auf die Tischplatte und stellt einen

Becher vor mir ab. „Nein, ich bin nicht verheiratet, aber ich war auch nicht ganz ehrlich."

„Das heißt?"

Er nimmt eine Karte von meinem Tisch und mustert sie, mir ist allerdings nicht ganz klar, warum.

„Ich bin an Ihnen interessiert, Alisha. Und an Ihrem Mann. An Ihrer Lebensweise."

Ich versteife mich.

„Ich habe Sie beim Einkaufen beobachtet. Sie haben in letzter Zeit recht viel Geld bei „Victoria's Secret" ausgegeben."

„Welche Frau tut das nicht?"

„Stimmt, aber so ganz passt das nicht zusammen. Sie verdienen bestimmt nicht so viel Geld. Ja, Ihr Mann ist ein erfolgreicher Anwalt, aber selbst mit seinem Verdienst kann ich nicht recht verstehen, wie Sie beide so viel Geld ausgeben können."

„Ich habe vierhundert Dollar für Dessous ausgegeben. Na und? Und wer zum Teufel sind Sie eigentlich? Und wieso beobachten Sie mich?"

Er hebt entschuldigend beide Arme. „Dazu komme ich noch. Nur fürs Protokoll, ich habe diese Frage nur gestellt, um ihre Reaktion zu testen. Und so wie es aussieht, haben Sie wirklich keine Ahnung von den Nebentätigkeiten Ihres Mannes."

„Bitte sagen Sie mir, wer Sie sind, oder gehen Sie."

„Mein Name ist Dominic Bertucci. Wirtschaftsprüfer."

Ich starre ihn verständnislos an.

„Im Augenblick untersuche ich einen Spendenbetrugsfall. Ihren Mann beobachte ich sogar schon seit ein paar Monaten."

„Na wunderbar." Kann mein Leben eigentlich noch katastrophaler werden? „Also ist Sebastian auch nicht Ihr Bruder, weshalb auch seine angebliche Verlobte und er sich bei mir nie mehr gemeldet haben."

„Nein, Sebastian ist wirklich mein Bruder. Er und Helen werden heiraten. Und sie wollen Sie engagieren. Ich bat sie nur noch zu warten, bis ich meine Ermittlungen abgeschlossen habe."

Jetzt schlägt mein Herz gewaltig. „Sie glauben – Sie glauben, dass ich dieses Unternehmen mit *gestohlenem Geld* aufgebaut habe? Gestohlenen *Spendengeldern?*" Erst jetzt erfasse ich Dominics Worte in ihrer ganzen Bedeutung. Spendenbetrug. Diese Kinder aus Macon, deren Wunsch nie erfüllt wurde.

Ist mein Mann dafür wirklich verantwortlich?

„Ich glaube das nicht. Ich schätze, dass Ihr Mann das Geld anderswo versteckt hat."

„Im Moment bin ich ziemlich verwirrt. Verstehe ich richtig, dass Sie glauben, mein Mann hat Geld der Stiftung ‚Wünsche werden wahr' veruntreut?"

„Genau."

„Oh mein Gott."

„Vermutlich sollte ich mit Ihnen gar nicht darüber sprechen." Er wirft mir einen scharfen Blick zu. „Aber mein Bauch sagt mir, dass ich Ihnen trauen kann. Dass Sie niemals Kindern schaden würden."

„Niemals!", rufe ich aus. „Wenn Charles das wirklich

getan hat, dann ohne mein Wissen."

„Er hat die Bücher frisiert. Auf Papier wirkt es so, als ob das Geld wohltätigen Zwecken zugutegekommen wäre, aber als ich etwas genauer hinsah, fiel mir auf, dass es zwei Empfänger gab, die ständig Spenden bekamen. Organisationen, die es überhaupt nicht gibt. Dann bekam ich einen Tipp, dass das Geld auf eine Bank außerhalb des Landes überwiesen wurde. Ich versuche jetzt herauszufinden, auf welche."

„Sie werden meinen Mann verhaften."

„Ich bin kurz davor, allerdings."

„Was bedeutet das?"

„Ich könnte jetzt schon die Ergebnisse meiner Ermittlungen offenlegen. Aber ich versuche, herauszufinden, wie weitreichend der Betrug wirklich ist. Haben noch andere Leute aus der Stiftung die Hände im Spiel? Ist vielleicht die ganze Stiftung nur ein großer Schwindel?"

„Aber natürlich nicht. Ich war bei den Benefizveranstaltungen. Ich habe die Kinder gesehen, denen schon geholfen worden ist. Und sind Sie sich, was meinen Mann betrifft, wirklich sicher? Er ist ein sehr wohlhabender Mann, das kann ich Ihnen sagen, auch wenn er sich in letzter Zeit mir gegenüber wie ein Dreckskerl benimmt."

„Pardon?"

„Schon gut." Ich nippe an dem Cappuccino, der wirklich köstlich schmeckt. Mein Hirn arbeitet nun wieder, und mir fällt ein, dass ich selbst vor Kurzem überlegte, ob Charles etwas im Schilde führte. Weil er, wenn es um Geld ging, immer so ausweichend war.

„Ihr Mann mag vor ein paar Jahren wohlhabend gewesen sein, doch dann hat seine Kanzlei einen schweren finanziellen Schlag einstecken müssen wegen dieser Sammelklage."

„Die aber jeden Moment eine Menge Geld einbringen müsste." Wovon die Kanzlei dann einen großen Teil abbekommt. Ich war nie besonders begeistert von Charles Arbeit. Er sagte, er auch nicht, und das sei auch der Grund, warum er den weniger vom Glück Begünstigten etwas zurückgeben wolle, indem er ehrenamtlich bei der Stiftung mitarbeitet.

„… hat Ihnen Ihr Mann gar nichts gesagt?"

Ich hebe bei diesen Worten den Kopf. „Entschuldigen Sie. Ich war gerade in Gedanken. Was sagten Sie?"

„Ich fragte, ob Ihr Mann Ihnen nichts gesagt hat."

„Was gesagt hat?"

„Die Sammelklage ging vor – oh, ich denke vier Monaten – mit einem Vergleich aus."

„Wie bitte?"

„Und es wurde sehr viel weniger gezahlt, als die Kanzlei Ihres Mannes erwartet hatte. Nur achthunderttausend Dollar."

„*Wie bitte?*"

„Da gab es den Vorwurf der falschen Anwendung und absichtlicher Selbstverletzungen …"

„Aber Charles hat keinen Ton gesagt. Er behauptete, noch immer an dem Fall zu arbeiten."

„Nun, das stimmt nicht."

„Das kann ich nicht glauben." Aber es gibt eine Menge,

was ich Charles niemals zugetraut hätte. Er hat mich betrogen und angelogen. Warum also sollte er nicht auch Geld veruntreuen, vor allem nachdem die Sammelklage ein Reinfall war?

„Du liebe Zeit", rufe ich plötzlich aus. „Marsha Hindenberg. Sie ist die Schatzmeisterin der Stiftung und eine Partnerin der Kanzlei." Ich starre Dominic an. „Die beiden haben eine Affäre. Sie könnten das gemeinsam angezettelt haben. Sie stellt die Schecks auf diese Scheinorganisationen aus, und er frisiert die Bücher."

„Genau das vermute ich auch. Vor allem wegen dieser Affäre."

„Das wussten Sie auch?"

Er nickt.

„Ich wünschte, Sie hätten es mir gesagt. Ich wünschte, *irgendjemand* hätte es mir gesagt." Sind Charles und Marsha deshalb zusammen? Wegen des Geldes? Oder liebt er sie wirklich?

„Falls es ein Trost ist, es tut mir leid. Ernsthaft."

Unsere Blicke treffen sich, er sieht mir tief in die Augen, und ein Schauer jagt durch meinen Körper.

Entsetzt über mich selbst packe ich den Kaffeebecher und stürze den Cappuccino herunter wie einen Tequila. Wie in aller Welt kann ich mich in so einem Moment zu einem Mann hingezogen fühlen?

„Nachdem ich Sie nun eingeweiht habe", fährt Dominic fort, „hoffe ich, dass Sie bereit sind, mir zu helfen."

„Wie könnte ich Ihnen denn helfen? Und vor allem, warum sollte ich das tun?"

„Ich weiß, dass Sie zuhause ausgezogen sind, und ein Mann, der in der Lage ist, kleine Kinder zu betrügen, muss ein verdammter Mistkerl sein. Entschuldigung."

„Nein, Sie brauchen sich nicht zu entschuldigen. Sie haben seinen Charakter treffend beschrieben."

„Ich hoffe, Sie werden mir helfen, weil Ihr Gewissen es Ihnen sagt."

„Mein Gewissen erzählt mir im Augenblick eine Menge Dinge." Dominic zieht eine seiner dicken, dunklen Augenbrauen in die Höhe. „Ich meine, bei allem Respekt … aber egal. Was kann ich tun?"

„Die Originalbuchhaltung muss irgendwo sein. Ich vermute, in Ihrem Haus."

„Und Sie wollen, dass ich sie für Sie finde."

„Das wäre ideal, ja. Und dann könnten wir uns auch mal in einem anständigen Rahmen treffen. Vielleicht zum Mittagessen. Und uns unterhalten."

Ich mustere Dominic vorsichtig. Und, Gott helfe mir, er sieht mich mit einem so offenen und leidenschaftlichen Blick an, dass es in meinem Schoß zu pulsieren beginnt.

„Mögen Sie mich?", höre ich mich fragen. „Oder benutzen Sie mich einfach nur, um an meinen Mann heranzukommen?"

Gütiger Gott, wo kamen diese Worte wohl her? Ich erkenne mich in letzter Zeit selbst nicht mehr.

Dominic lacht leise. „Die Wahrheit? Ich mag Sie. Ich mochte Sie von der ersten Sekunde an. Obwohl Sie eine verheiratete Frau sind."

Nicht mehr lange …

Ich schiebe meinen Stuhl zurück, räuspere mich und stehe auf. „Ich werde darüber nachdenken."

Dominic erhebt sich ebenfalls. „Das verstehe ich." Er zieht eine Karte aus seinem Blazer. „Hier, meine Karte. Bitte verlieren Sie sie nicht noch mal."

27. KAPITEL

Lishelle

In der Sekunde, in der mein Telefon im Büro klingelt, reiße ich auch schon den Hörer herunter. „Lishelle Jennings."

„Lishelle, hier spricht Harlan Fisher von der Bank of Atlanta. Claudias Onkel."

„Ja, hallo." Auf diesen Anruf habe ich gewartet.

„Ich fürchte, ich habe schlechte Nachrichten."

Oh Gott.

„Vier Schecks wurden auf das Konto ausgestellt, jeweils auf einen Betrag von zweihunderttausend. Unglücklicherweise ist das Geld schon abgebucht, wir können also nichts mehr unternehmen."

„Das darf doch nicht wahr sein."

„Wie ich es sehe, können Sie nur noch hoffen, dass das Geld Ihnen freiwillig zurückgezahlt wird. Nachdem er Vollmacht über das Konto erhalten hat, können Sie keinen Betrug geltend machen."

Ich seufze müde. „Danke, Harlan. Ich kümmere mich darum."

Kaum habe ich aufgelegt, wähle ich bereits Claudias Nummer und hinterlasse eine Nachricht. „Claudia, ich komme nach der Arbeit vorbei. Vermutlich gegen acht. Da Alisha bei dir wohnt, ist das am günstigsten. Ich brauche euch nämlich beide. Etwas Schreckliches ist passiert, und ich meine wirklich schrecklich. Ich brauche euch beide mehr als jemals zuvor."

Ich lege auf und strecke meine Hand nach dem Fläschchen Motrin aus. Ich darf jetzt nicht durchdrehen, ich muss noch die Achtzehn-Uhr-Nachrichten lesen.

Zehn nach acht parke ich neben Alishas Wagen und klopfe nur Sekunden später an Claudias Tür. Allein ihr besorgtes Gesicht zu sehen, als sie die Tür öffnet, lässt mich zusammenbrechen, obwohl ich meine Gefühle normalerweise ganz gut im Griff habe.

„Oh, mein Gott.“ Tränen strömen über mein Gesicht, als ich mich in ihre ausgebreiteten Arme sinken lasse. „Ich habe ihm vertraut. Ich habe ihn geliebt. Und er hat mich einfach abgezockt. Auf die schlimmste Art und Weise.“

„Ssssch“, flüstert sie sanft. „Ist ja gut.“

„Nein. Es ist nicht gut. Es ist überhaupt nicht gut.“

Plötzlich ist auch Alisha da und nimmt meine Hand. „Es tut mir leid. Es ist furchtbar, dich so zu sehen.“

„Es ist furchtbar, uns alle so zu sehen“, entgegnet Claudia. „Und das nur wegen der Männer in unserem Leben. Das also haben wir für unsere Liebe bekommen.“ Sie tätschelt meinen Rücken und geht dann einen Schritt zurück. „Komm rein. Lass uns reden.“

„Genau“, ruft Alisha. „Was möchtest du trinken? Claudia hat leckere Margaritas gemacht.“

Ich folgte ihnen ins Haus. Alisha eilt in die Küche, während Claudia und ich ins Wohnzimmer gehen. Sie wirft sich auf das Ledersofa, ich lasse mich neben sie sinken, vergrabe den Kopf in meinen Armen und stöhne.

Achthunderttausend Dollar.

Gott hilf mir, ich bin am Ende.

„Bitte schön, Süße." Ich schaue bei Alishas Worten hoch. Sie streckt mir ein besonders großes Glas Margarita hin.

„Danke sehr." Ich schütte die Hälfte auf einen Zug hinunter.

„Erzähl uns, was passiert ist", sagt Claudia.

„Du hattest recht", gestehe ich traurig. „Ich hätte misstrauisch sein müssen, weil Glenn einfach wieder so in meinem Leben auftauchte. Aber ich dachte … er war älter und wirkte viel reifer. Nicht so, als wollte er Spielchen mit mir spielen."

„Du hast noch immer nichts von ihm gehört?", fragt Alisha.

Ich schüttle den Kopf. Zwar bin ich hier, weil ich meine beiden besten Freundinnen brauche, und doch kann ich ihnen jetzt nicht in die Augen sehen. Noch hatte ich ihnen von meinem Verdacht nichts erzählt, weil ich mir selbst gegenüber nicht zugeben wollte, dass Glenn mich nur ausgenutzt hat. Aber jetzt …

„Ich habe nichts von ihm gehört. Und das ist das Schlimmste daran. Ich habe euch doch erzählt, dass ich einen Kredit aufgenommen habe, weil ich in seine Fluglinie investieren wollte. Du hast mir abgeraten, Claudia, und du hattest so recht. Glenn hat sich selbst einige Schecks ausgeschrieben. Über achthunderttausend Dollar."

„Heiliger Bimbam!", ruft Claudia aus.

„Ich weiß. Ich wusste nicht mal, dass er die Schecks aus meinem Schreibtisch genommen hat. Aber als er mich nicht zurückgerufen hat, überkam mich so eine böse Ahnung. Also habe ich nachgesehen, und die Schecks waren verschwunden."

Claudia schüttelt den Kopf. „Dieses Schwein."

„Auf meinem Weg hierher habe ich mir das Hirn zermatert, wie er wohl an die Schecks rangekommen ist. Ich habe ihn, seit ich bei der Bank war, nicht mehr gesehen. Und dann kam's mir: das Wochenende, als wir in Alabama waren."

Und dann verrate ich Ihnen noch das Grauenhafteste überhaupt, nämlich, dass ich Glenn eine Vollmacht über das Konto gegeben habe. Dass ich nichts gegen ihn in der Hand habe.

„Ich kann nicht glauben, dass er dir so etwas antut." Alisha verzieht angeekelt den Mund. „Andererseits kann ich auch nicht glauben, dass Charles mich derart hintergangen hat. Oder dass Adam Claudia auf so beschämende öffentliche Art und Weise vorführen würde."

Gestern Abend haben Claudia und Alisha mich über die neuesten Entwicklungen informiert. Dass Charles vermutlich mit seiner Geliebten Marsha Geld der Stiftung veruntreut hat. Und Adam … auch der stellte sich wirklich als erbärmlichster Bastard heraus.

„Im Ernst", lege ich los. „Ich denke, Adam hat um Arlenes Hand angehalten, um seinen Hintern zu retten. Du hast doch gesagt, dass Arlene schon immer hinter ihm her war. Für so eine Wahnsinnsspende – würdest du dafür keinen Heiratsantrag machen?"

„Das habe ich zu Alisha auch gesagt. Das würde einiges erklären."

„Nicht, dass du ihn wieder zurücknehmen solltest", betone ich. „So wie er dich verletzt hat, und wenn auch nur, um sein Gesicht zu wahren – mieser geht es nicht."

„Glaubt mir, inzwischen würde ich Adam nicht mal nehmen, wenn mir Geld dafür geboten würde. Er soll aber begreifen, dass ich das Beste bin, was ihm je passiert ist, er soll zu mir zurückgekrochen kommen. Dann würde ich mich verdammt viel besser fühlen."

„Ziemlich unwahrscheinlich", kommentiert Alisha. „Glaubst du, dass Charles sich auch nur einen Deut darum schert, mein Leben zerstört zu haben? Und wer weiß – vielleicht ist er schon irgendwo in der Karibik, bevor ihn jemand zur Verantwortung ziehen kann. Da kann er dann mit dieser Nutte Margaritas schlürfen und das Geld auf den Kopf hauen." Sie starrt ihren eigenen Drink an, runzelt die Stirn und stellt das Glas dann vor sich ab.

„Ich jedenfalls will mein Geld zurück. Ich will nicht nur – ich brauche es vor allem. Ich habe meine Wohnung als Sicherheit angegeben. Die werde ich wahrscheinlich verlieren."

Wir sitzen eine Weile schweigend da, jede von uns sinnt über ihre missliche Lage nach.

„Dieser Wirtschaftsprüfer ist davon überzeugt, dass Charles die unfrisierten Bücher irgendwo versteckt hat. Vielleicht sogar in unserem Haus." Alisha nimmt ihr Glas wieder hoch und trinkt es in einem Zug leer. „Ich kann mir Charles' Gesicht gut vorstellen, wenn ich ihm sage, dass *ich* die Bücher gefunden habe. Dieses Arschgesicht glaubt wahrscheinlich, ich wäre viel zu blöd dafür. Oh Gott, würde das guttun, ihm zu zeigen, wer hier eigentlich blöd ist."

„Du glaubst wirklich, dass die Bücher im Haus sind?", fragt Claudia.

„Wer weiß? Ich kann ja mal nachsehen."

„Und dann kann Charles im Knast verrotten." Meine Lippen verziehen sich zu einem Lächeln. „Weißt du, die Idee ist gar nicht schlecht. Himmel, ich arbeite immerhin beim Fernsehen. Ich kann die Geschichte richtig groß rausbringen, sobald du ein paar Beweise hast."

„Und Adam soll auch nicht auf unschuldig machen", fügt Claudia hinzu. „Wen interessiert es, ob er von dem Betrug etwas wusste oder nicht? Dieser Scheißkerl hätte es wissen müssen. Schließlich ist er der Geschäftsführer." Claudias Augen werden rund vor Erregung. „Du meine Güte, Alisha, ich glaube, das ist wirklich eine gute Idee."

„Du meinst, ich sollte nach Beweisen suchen und Charles den Wölfen zum Fraß vorwerfen?"

„Nein." Claudia schüttelt langsam den Kopf. „Nicht nur Charles. Charles und Adam."

Alisha kaut auf der Unterlippe, aber ein aufgeregtes Luftschnappen kann sie trotzdem nicht verhindern. „Das meinst du wirklich ernst, nicht wahr?"

„Verdammt richtig. Warum sollten wir herumsitzen und unseren Kummer in Alkohol ertränken, während Charles irgendwo ein exotisches neues Leben plant und Adam versucht, sein Image wieder aufzupolieren? Ich könnte ein paar interessante Geschichten über ihn verbreiten, dass er Swingerclubs besucht und Drogen nimmt beispielsweise. Wenn die Leute erfahren, wie er wirklich ist, hat er keine

Chance mehr als Bürgermeister. Zum Teufel, wahrscheinlich müsste er Atlanta so schnell wie möglich verlassen." Claudia klatscht lachend in die Hände. „Du lieber Gott. Das wäre perfekt, Ally. Wir *müssen* das einfach tun. Und wenn die Kacke erst mal richtig am Dampfen ist, dann wissen die beiden, was Rache wirklich bedeuten kann."

Claudia und Alisha klatschen die Handflächen gegeneinander.

„Ich glaube, es ist machbar." Ich kann direkt sehen, wie es in Alisha rumort. „Und wir tun den Bürgern von Atlanta – und den Kindern – etwas Gutes. Indem wir die Dreckskerle entlarven."

Ich beobachte die beiden, wie sie den Plan durchsprechen. Ich kann ihre Begeisterung spüren. Wie schön muss es sein, auf diese Weise Rache üben zu können. Ich hingegen habe keinen Schimmer, wo Glenn überhaupt ist.

„Und wenn die Leute diese Geschichten über Adam nicht glauben?", fragt Claudia auf einmal.

„Hm." Alisha blickt nachdenklich. „Ich weiß, was du meinst. Lass mich mal überlegen." Und dann, nach einer Pause, fährt sie fort. „Dann müssen wir ihn halt direkt dabei ertappen. Filmen."

„Wie?"

„Moment, Moment." Alisha droht mit einem Finger. „Lass mich ausreden." Sie ist wirklich hinreißend, wenn sie betrunken ist. „Meine Schwester ist doch Stripperin. Und wenn Adam so sexbesessen ist, wie du sagst, wird er ihr vermutlich nicht widerstehen können. Du findest heraus, wo er ist, und dann schicken wir sie zu ihm ..."

„Bingo, Baby!“ Claudia bricht in Gelächter aus. „O ja! Falls Adam sich als Unschuldslamm hinstellen will, dann könnten die Medien ...“, hier wirft sie mir einen Blick zu, „... wenigstens diese Bilder veröffentlichen. Lishelle, was ist los? Findest du die Idee nicht gut?“

„Doch.“ Ich atme tief durch. „Ich habe nur an Glenn gedacht. Ich frage mich, ob ich ihn jemals ausfindig machen werde.“

„Wird schon“, behauptet Claudia. „Wir finden das raus. Egal was es kostet, wir finden dieses Arschloch, und er wird bezahlen. Und wenn ich die Kohle aus ihm rausprügeln muss. Stimmt's nicht, Alisha?“

„Absolut“, stimmt sie zu.

Und ich weiß, sie würden es tun. Meine Freundinnen würden zweifellos alles für mich tun.

Ich frage mich nur, ob es überhaupt Hoffnung gibt, Glenn jemals zu finden. Vielleicht will ja auch er wie Charles an einem exotischen Ort ein neues Leben beginnen.

Weit weg von Atlanta.

Mit meinem verfluchten Geld.

28. KAPITEL

Claudia

Vor lauter Aufregung kann ich nicht schlafen.

Ich werde es tun.

Werde es wirklich tun.

Ein Lächeln breitet sich auf meinem Gesicht aus, ich räkle mich in der Bettwäsche aus feinster ägyptischer Baumwolle. Ja, ich werde das tun, worum Adam mich gebeten hat – einen Dildo umschnallen und ihn aufs Kreuz legen.

Ich bin so aufgedreht, dass ich praktisch aus dem Bett schwebe. Im Badezimmer schaue ich mein Spiegelbild an. Gott sei Dank sind die Augenringe, nachdem ich endlich einmal wieder gut geschlafen habe, blasser geworden. Und der dumpfe Kopfschmerz ist sogar ganz verschwunden.

Ich habe ein Ziel. Einen Weg gefunden, meine Energie auf etwas zu richten, damit ich nicht wahnsinnig werde.

Und es gibt keinen besseren Zeitpunkt als diesen, um meinen Plan in die Tat umzusetzen.

Kurze Zeit später habe ich mich in Klamotten geworfen, die meine prächtige Laune demonstrieren sollen. Ich trage einen hübschen weißen Lederrock von Fendi, ein schwarzes Seidentop und Flip-Flops mit Strassblümchen. Ich sehe gut aus, ich sehe vor allem glücklich aus. Und ich bin glücklich. So glücklich, dass ich vor mich hinsumme (ja, summe!), als ich aus dem Badezimmer komme.

„Alisha?" Ich blicke mich um, kann sie aber nirgends

entdecken. Hoffentlich ist sie noch nicht gegangen. Ich will mit ihr sprechen. Vielleicht noch mit ihr frühstücken, bevor wir unserem neuen Ziel nachgehen.

„Alisha?"

Ich spaziere durchs Wohnzimmer und klopfe an ihre Tür. „Alisha?"

„Komm rein", ruft sie.

„Du hast es dir doch nicht etwa anders überlegt, oder?"

Sie bürstet gerade ihre lange blonde Mähne. „Soll das ein Witz sein? Seit dieser ganze Mist mit Charles passiert ist, habe ich nicht mehr so gut geschlafen. Ich muss diese Unterlagen einfach finden. Und es geht nicht einfach nur darum, es ihm heimzuzahlen – es ist auch einfach richtig in Bezug auf die Stiftung."

„Nun, mir jedenfalls geht es um Rache!" Ich lache laut.

Alisha auch. „Keine Sorge, die Rache wird auf jeden Fall süß."

„Wie wär's mit Frühstück? Wir könnten ins „Liaisons" gehen. Oder woandershin. Ich muss nicht jetzt schon in den Schönheitssalon …"

„Ehrlich gesagt glaube ich kaum, dass ich was essen kann. Ich bin so nervös, ich bekomme erst wieder was runter, wenn ich in unserem Haus war."

„Verstehe." Ich zögere. „Willst du nicht vielleicht mit mir in den Schönheitssalon kommen? Als moralische Unterstützung, wenn ich Risha und Chantelle die Neuigkeiten verrate?"

Alisha geht auf mich zu. „Ich würde lieber sofort in unser Haus gehen. Um es hinter mich zu bringen. Aber wenn du mich dabeihaben willst …“

„Nee.“ Ich wische ihren Vorschlag mit einer Handbewegung weg. „Ich habe nur …“

„Zweifel?“

„Um Gottes willen, nein.“ Ich hole tief Luft. „Ich bin einfach nervös, fürchte ich. Risha und Chantelle sollen nicht merken, dass ich es darauf anlege, diese Geschichten zu verbreiten. Aber darüber muss ich mir wahrscheinlich keine Gedanken machen. Die beiden lieben es zu tratschen.“

„Wird schon gut gehen“, versichert Alisha. „Du musst nur den Samen säen und dann zusehen, wie die Blume wächst. Wenn man das, was daraus wird, eine Blume nennen kann.“

„Na gut.“ Ich umarme sie. „Bevor ich Chantelle und Risha treffe, gehe ich noch mal zu meinem Onkel in die Bank. Mal sehen, ob ich nicht irgendwas für Lishelle tun kann. Wünsch mir Glück.“

„Viel Glück.“

„Dir auch. Hoffentlich haben wir beide am Ende des Tages gute Neuigkeiten.“

Risha und Chantelle tragen wie ich todschicke Designerklamotten. Drei schwarze amerikanische Prinzessinnen aufgemotzt für den Schönheitssalon.

„Oh, Risha. Fantastische Schuhe“, bemerke ich zu ihren goldfarbenen Sandalen. „Jimmy Choo, oder? Die neue Sommerkollektion ist zum Niederknien!”

„Das stimmt, Darling. Und sieh dich nur an. So hübsch und so munter.“

„Danke.“ Ich drehe mich schnell um mich selbst, erfreut darüber, dass ich heute von uns dreien am coolsten aussehe. „Sollen wir reingehen, meine Damen?“

Ich eile ihnen voraus zur Rezeption und erkläre der Dame dahinter, dass wir Termine für Maniküre und Pediküre hätten.

„Und das alles geht heute auf mich“, verkündet Chantelle, als wir im Wartezimmer Platz nehmen. „Schließlich hast du morgen Geburtstag.“

Mein Geburtstag. Den hatte ich beinahe vergessen bei all dem Stress.

„Die große Drei Null“, fällt Risha mit ein. „Ab jetzt geht es nur noch bergab, Baby.“ Sie lacht.

„Nein, sag das nicht. Ich freue mich sogar darauf, dreißig zu werden. Ich bin gesund, glücklich und habe jede Menge Grund, dankbar zu sein.“

„Erstaunlich“, kommentiert Risha.

„Was, dass ich trotz allem, was ich durchgemacht habe, dankbar bin?“

Risha nickt, schaut sich um und flüstert dann: „Wie ich gehört habe, plant Adam die Hochzeit für den Herbst.“

Ich zucke entspannt die Schultern. Eine Angestellte bittet uns, ihr zu folgen.

„Manche Dinge geschehen, um einen zu befreien“, sage ich. „In dem Moment weiß man es vielleicht noch nicht, aber später blickt man zurück und erkennt, dass es so besser war.“

„Ich verstehe ja, dass du versuchst, stark zu sein“, meint Chantelle. „Aber das musst du nicht. Wir sind doch Freundinnen. Du kannst uns ruhig sagen, wie es dir wirklich geht." Ihre Stimme klingt, wie ich finde, erwartungsvoll.

„Wie es mir wirklich geht?"

Risha nickt. „Mhm."

Bevor ich antworten kann, werden wir nebeneinander an einem Tisch platziert und unseren Nagelpflegerinnen vorgestellt. Kaum beginnen die Frauen mit ihrer Arbeit, spüre ich die neugierigen Blicke von Risha und Chantelle auf mir ruhen.

„Wenn ihr die Wahrheit wissen wollt", beginne ich, „ich bin irgendwie erleichtert."

„Wie kannst du so was sagen?", fragt Risha. „Du wolltest am Samstag heiraten!"

„Ich weiß. Aber …"

„Aber was?", fragen beide gleichzeitig.

Wie schnell sie den Köder geschluckt haben.

„Wenn ich euch jetzt etwas erzähle, versprecht ihr mir, es niemandem zu verraten? Keiner Menschenseele?"

„Aber selbstverständlich", verkünden sie.

„Adam – sosehr ich ihn auch geliebt habe –, ich habe auch ein paar Dinge über ihn herausgefunden, mit denen ich niemals hätte leben können."

„Wie zum Beispiel?", fragt Chantelle.

„Wie … er steht auf ziemlich abgedrehte Sachen."

„Was für abgedrehte Sachen?"

Ich wende mich an Risha. „Abgedrehten Sex."

Ihre Augen werden rund. Ich nicke.

„Wie abgedreht?"

„Sexclubs", antworte ich mit gedämpfter Stimme. „Ich

bin natürlich nie mitgegangen, aber er hat mich drum gebeten. Ungefähr einen Monat vor dem Hochzeitstermin."

„Nein!" Beiden Frauen stockt der Atem. Ich bemerke, wie Jolly, meine Nagelpflegerin, mich interessiert betrachtet.

„Ich sagte nein, auf keinen Fall. Auf so was stehe ich nicht. Aber dann kam er eines Nachts nach Hause und roch, als wäre er in so einem Club gewesen. Er war mit Drogen vollgepumpt – im Übrigen noch etwas, was er seit einiger Zeit öfter tut –, und ich wurde sauer. Ich fragte ihn, wo er war, weil er einen Termin mit unserer Hochzeitsplanerin verpasst hatte. Und ihr werdet nicht glauben, was er daraufhin sagte."

„Was?"

„Er sagte, er wäre in einem Swingerclub gewesen. Ihr wisst schon, Gruppensex und so was." Wieder senke ich die Stimme, aber diesmal so, dass außer den beiden niemand etwas verstehen kann. „Da hat er den Abend verbracht. Ich war wütend, drohte ihm, die Hochzeit abzublasen. Aber er hat geschworen, dass ein Freund ihn als Überraschung dort hingebracht hätte, so eine Art vorgezogener Junggesellenabschied, und dass er nur zugesehen hätte. Und er hat mir das ganze abgefahrene Zeug geschildert, das er gesehen hat. Männer, die andere Männer küssen. Gruppensex. Frauen, die den Männern vor allen Augen einen blasen." Ich erschauere. „Ich war entsetzt – und noch entsetzter, als er sagte, es hätte ihn angemacht! Das er gewünscht hätte, ich wäre dabei gewesen, damit wir vor all den Leuten miteinander hätten schlafen können!"

Risha schnauft auf und verdreht die Augen. „Das ist ja so ekelhaft!"

„Ich weiß. Und das habe ich ihm auch gesagt. Aber er fand, es könnte … aufregend sein. Befreiend."

„Und was hast du gesagt?", fragt Chantelle.

„Dass er es nie mehr wagen solle, mir so etwas Widerwärtiges vorzuschlagen. Er hat sich entschuldigt und geschworen, nicht mehr davon anzufangen. Aber …"

„Aber was?", wollen beide gleichzeitig wissen.

Ich seufze so, als ob es mir wirklich schwerfiele, weiterzusprechen. „Ich habe von Bekannten gehört, dass Adam in so einem zwielichtigen Stripteaseclub gesehen wurde, wo die Kunden mit den Tänzerinnen auch Sex haben können. Das war erst vor ein paar Tagen! Als ich das hörte, dachte ich, zum Glück! Arlene kann ihn gerne haben!"

„Meine Güte." Chantelle schüttelt den Kopf. „Ich hatte ja keine Ahnung, dass er so drauf ist."

„Ich auch nicht", behaupte ich traurig. „Das zeigt mal wieder, dass man jahrelang mit jemandem zusammen sein kann, ohne ihn wirklich zu kennen. Ich bin nur froh, dass ich das alles *vor* der Hochzeit herausgefunden habe."

„Auf jeden Fall hast du recht, ihn abzuschreiben", bestätigt Risha. Und Chantelle fügt hinzu: „Ganz ehrlich, ich habe Arlene noch nie gemocht. Wenn sie ein paar Jahre lang die Hölle mit ihm durchmacht, geschieht es ihr gerade recht nach allem, was sie anderen Menschen angetan hat."

Daraufhin muss ich kichern. Bin ganz ihrer Meinung. „Inzwischen kann ich mir gar nicht mehr vorstellen, dass ich Adam einmal heiraten wollte! Was für ein Mann bittet eine Frau, sie zu heiraten, kaum dass er eine andere Verlobung gelöst hat?“

„Das zeigt nur seinen wahren Charakter, so viel steht fest“, kommentiert Risha.

„Ganz genau. Ich meine, fragt ihr euch nicht, was jetzt aus der Stiftung wird? Ob da nicht doch irgendwas Verdächtiges vor sich geht? Nach allem, was ich jetzt über Adams Charakter weiß …“

Mir ist klar, dass die Nagelpflegerinnen und die anderen Kundinnen heute eine Menge zu hören bekommen haben – wie erwünscht. Alles verläuft derart nach Plan, dass ich mich zwingen muss, nicht zu lächeln.

Zweifellos werden Risha und Chantelle in der Sekunde, in der sie in ihre Autos steigen, ihre Freunde anrufen, die ihrerseits Freunde anrufen und so weiter…

Aber noch ist meine Arbeit nicht ganz erledigt. Ich treffe noch zwei andere Freundinnen zum Mittagessen, die auch meine Brautjungfern hätten sein sollen, und danach gehe ich ins Fitnesscenter.

Ich gebe den schmutzigen Gerüchten um Adam bis acht Uhr abends Zeit, spätestens dann werden sämtliche Bekannte von Adam im Bilde sein.

29. KAPITEL

Alisha

Einmal die Woche kommt die Putzfrau, und zwar mittwochs. Wir haben ihr einen Schlüssel gegeben und den Sicherheitscode für die Alarmanlage.

Katya ist also heute meine Chance, ins Haus zu kommen.

Obwohl ich höllisch nervös bei der Vorstellung bin. Ich habe den Jetta in der Auffahrt geparkt, umklammere das Lenkrad und zähle bis zehn. Katya Sunfire ist schon da, alles läuft nach Plan.

„Tu's einfach“, rede ich mir selbst gut zu. „Steig aus und geh zur Eingangstür.“

Ich atme zittrig aus. Gott, warum bin ich so ängstlich? Noch bin ich mit Charles verheiratet, und noch ist das mein Haus.

Mit puddingweichen Beinen laufe ich zur Tür und drehe den Knauf.

Abgeschlossen. Und ich würde meinen letzten Dollar darauf verwetten, dass Charles die Schlösser hat auswechseln lassen. Gerade will ich klingen, als ich es mir anders überlege. Katya würde sich wundern, warum ich nicht einfach den Schlüssel benutze. Schnell sehe ich mich auf der Veranda um, mein Blick fällt auf eine große Pflanze in einem Blumentopf. Nicht gerade die tollste Wahl, doch ich nehme sie hoch und benutze dann meine Nase, um die Klingel zu drücken.

Katya braucht über eine Minute, bis sie öffnet, und inzwischen bin ich komplett durchgeschwitzt wegen der Anstrengung, diese bescheuerte Pflanze so lange zu tragen.

„Alisha, hallo!", ruft sie aus. „Du meine Güte. Ich helfe Ihnen."

„Nein, schon gut." Ächzend stolpere ich hinein, doch länger kann ich die Pflanze nicht mehr halten. Katya hilft mir, sie auf dem Boden abzustellen.

„Sie hätten sie schon vor der Tür abstellen sollen. Sie hätten sich ja das Kreuz brechen können."

„Ich weiß. Das war dumm." Heftig atmend blicke ich mich um. „Aha, sieht ja toll aus. Und riecht auch toll."

„Danke."

„Sie sind fast fertig?"

„Oben ja. Hier unten noch nicht ganz."

„Ah, verstehe. Nun, ich will Sie nicht aufhalten. Mal überlegen, wo ich diese Pflanze hinstellen soll. Zunächst wohl am besten mal gleich hier am Eingang", füge ich mit einem Lachen hinzu.

Katya zuckt mit den Schultern. Dann verschwindet sie Gott sei Dank Richtung Küche. Ich renne in die entgegengesetzte Richtung in Charles' Büro und verliere keine Zeit. Ich öffne eine Schublade nach der anderen und durchwühle die Papiere. Fieberhaft suche ich nach etwas Ungewöhnlichem. Nicht nur nach Unterlagen der Stiftung, sondern einfach nach allem, was mir weiterhelfen könnte. Wie eine Kontonummer. Denn ich bin mir sicher, dass Charles Geld zur Seite geschafft hat und mich bei der Scheidung übers Ohr hauen will.

Ich suche und suche und finde nichts.

Dann lasse ich meinen Blick durchs Zimmer schweifen. An der einen Wand hängt ein ziemlich großes gerahmtes Foto von Charles. Das fand ich schon immer sehr geschmacklos.

Geschmacklos hin oder her, hinter diesem Foto jedenfalls befindet sich der Safe.

Vorsichtig nehme ich das Bild ab. Welche Zahlenkombination könnte er wohl gewählt haben?

Ich versuche es mit seinem Geburtsdatum. Funktioniert nicht.

Mit unserem Hochzeitstag. Funktioniert nicht.

Mit meinem Geburtstag. Funktioniert nicht.

Ich hämmere gegen die Tür. „Geh auf, verdammt." Ich bin mir sicher, dass Charles hier Bargeld aufbewahrt. Aber sofern ich mich nicht mit einer Kreissäge daran zu schaffen mache, habe ich keine Möglichkeit, dranzukommen.

Ich beschäftige mich wieder mit dem Schreibtisch. Diesmal genauer. Und diesmal fällt mir etwas zwischen den Hängeordnern ins Auge.

Ein Ordner, auf dem „Hypothek" steht.

Bingo.

Ich öffne ihn. Darin befindet sich die notarielle Urkunde für unser Haus, die ich eilig überfliege. Ausschließlich Charles' Name ist eingetragen.

Mistkerl. Ich weiß noch genau, wie er damals sagte, dass es mit meiner finanziellen Vergangenheit besser wäre, alles auf seinen Namen laufen zu lassen. Ganz sicher plante er schon damals für den Tag, an dem er mich über den Tisch ziehen würde.

Zwar weiß ich nicht, ob mir diese Unterlagen helfen können, aber eine Kopie kann auf jeden Fall nicht schaden. Das erledige ich an Charles' Kopierer, dann stecke ich die Kopie in den Ordner und das Original in meine Hosentasche unter das Hemd.

Mehr bleibt mir hier nicht zu tun, außer das Foto wieder an seinen Platz zu hängen. Dann renne ich die Treppe hinauf. Ich muss unbedingt die Stiftungsunterlagen finden und Informationen über ein Auslandskonto.

Je länger ich über Dominics Worte nachdenke, desto offenkundiger erscheint es mir, dass Charles irgendwo im Ausland ein Konto hat. Mir fallen all die überraschenden Geschäftsreisen ein, nach denen er gebräunt zurückkam. Ich wette, dieses Arschloch versteckt sein Geld in den Caymans.

Ich schlüpfe mit klopfendem Herzen in unser Schlafzimmer. Normalerweise kommt Charles um diese Uhrzeit nie nach Hause – aber wenn doch? Schnell durchwühle ich seinen Nachttisch. Nichts Ungewöhnliches. Dann nehme ich mir den Schrank vor, durchsuche Taschen und Schuhkartons. Verdammt. Nichts.

Wo können diese Unterlagen nur sein? Warum ist hier nichts?

Erledigt lasse ich mich aufs Bett sinken und vergrabe das Gesicht in den Händen. Was mache ich nur falsch?

Das Bett, sagt mir eine innere Stimme. Schau unters Bett.

Ich falle auf die Knie, hebe den Überwurf an und

„Nichts“, seufze erleichtert auf, als ich einen Karton entdecke, den ich schnell hervorziehe und durchsehe. Zwar kann ich nichts Belastendes entdecken, aber etwas erweckt meine Neugier. Eine Broschüre, auf der mehrere Boote in einer von malerischen Bergen umgebenen Bucht zu sehen sind. Riesige Buchstaben verkünden den Namen: „LOS SEUNOS“. Darunter steht „Resort and Marina“.

Ich schlage das Heft auf. „Dreißig exklusive, luxuriöse Wohnungen mit Meeresblick“, lese ich laut vor. Die Nachtaufnahme eines beleuchteten Swimmingpools ist zum Sterben schön. Dann entdecke ich die Worte „Costa Rica's Central Pacific Coast“.

Costa Rica!

Plötzlich erinnere ich mich daran, dass Charles vor ein paar Wochen begann, Spanisch von einer Kassette zu lernen. Er behauptete, er wolle schlicht seinen Horizont erweitern, indem er eine zweite Sprache studierte.

Dieser Scheißkerl. Jetzt ergibt alles einen Sinn.

„Ich hab dich, du Arschloch.“

Noch immer auf dem Boden hockend, lasse ich die Hand unter die Matratze gleiten. Ich kann nichts spüren, aber vielleicht komme ich nur nicht dran, deswegen reiße ich die Matratze vom Bett. Sie knallt gegen den Nachttisch und fegt die Lampe herunter.

„Mist“, murre ich und werfe eilig einen prüfenden Blick auf den Lattenrost. Nichts.

„Mrs. Crawford?“

Katyas Stimme löst mir fast einen Herzinfarkt aus. Ich wirble herum, betrachte die heruntergezerrte Matratze und die aufgerissenen Schubladen.

Und will mir gar nicht vorstellen, was sie jetzt wohl denkt.

„Was ist denn passiert?", fragt sie.

Ich habe noch keine Ahnung, was ich sagen werde, als ich auf sie zugehe. „Ich habe Kondome in Charles' Nachttisch gefunden", entfährt es mir. „Haben Sie eine Affäre mit meinem Mann?"

„W-wie bitte?"

„Haben Sie?", dränge ich.

„Natürlich nicht! Das würde ich niemals tun!"

„Sie sind gefeuert, Katya. Fristlos."

„Aber Mrs. Crawford …"

„Verschwinden Sie sofort, Katya. Ich kümmere mich darum, dass Charles Ihnen einen Scheck schickt."

Katya beginnt zu schluchzen. „Bitte, Mrs. Crawford. Ich brauche diesen Job."

Mein Herz hämmert wie verrückt. „Gut. Dann gehe ich jetzt. Aber machen Sie keinen Fehler, ich werde heute Abend über – das hier mit Charles sprechen!"

Ich lasse die erschrockene und verzweifelte Katya im Schlafzimmer stehen. Als ich das Haus verlasse, beginne ich breit zu grinsen. „Costa Rica, ich komme."

Ich fahre gerade auf der I-285, als mein Handy klingelt. „Hallo?"

„Ally! Wo zum Teufel steckst du?"

Ich brauche eine Sekunde, um die Stimme zu erkennen. „Sam?"

„Ja, ich bin's. In der einen Minute wohnst du bei mir, und in der nächsten bist du einfach verschwunden."

„Sam, das war vor einer Woche. Und es ist dir erst jetzt aufgefallen?"

„Ach je", stöhnt sie. „Die letzte Woche war wahnsinnig. Ich habe diesen Typ kennengelernt und bin bei ihm in seiner Wohnung geblieben. Zum ersten Mal seit langem dachte ich wirklich, ich wäre verliebt. Aber er hat es hinter meinem Rücken mit einer anderen Tänzerin getrieben. Kannst du dir das vorstellen? Erst ist er total in mich verknallt, und eine Woche später betrügt er mich schon. Deswegen traue ich Männern nicht. Ich habe den Arsch heute Morgen verlassen." Endlich holt sie mal Luft. „Aber was gibt's Neues von Charles?"

„Jede Menge", erkläre ich. „Er hat nicht nur mich hintergangen, sondern auch die Stiftung, für die er ehrenamtlich arbeitet. Und ich bin mir ziemlich sicher, dass er im Ausland irgendwelche Immobilien besitzt. Um genau zu sein, muss ich so schnell wie möglich nach Costa Rica."

„Costa Rica?"

„Ja. Nur hat der Bastard mich ohne einen Penny zurückgelassen." Ich stöhne auf. Wie zur Hölle soll ich mir ein Ticket leisten können? „Ich werde eine meiner Freundinnen anpumpen, damit ich morgen losfliegen kann."

„Äh, hallo? Und was ist mit mir? Ich wollte schon immer mal nach Costa Rica. Du weißt, ich stehe auf diese wilden, südamerikanischen Männer."

„Ich dachte, du hast ein gebrochenes Herz?"

„Ist doch der ideale Zeitpunkt für eine Reise."

„Sam, das ist nicht dein Ernst.“

„Selbstverständlich ist das mein Ernst. Und mach dir keine Gedanken um die Kohle. Ein Vorteil von meinem Job ist, dass ich immer genügend Bargeld habe.“

„Nun“, setze ich an. „Vielleicht kannst du mir einfach was leihen …“

„Nö. Ich will mitkommen.“

„Sam, du wirst nicht mit mir nach Costa Rica fliegen.“

„Wieso nicht? Das wäre doch lustig. Wir sehen uns so selten. Zwei Schwestern auf Reisen.“

„Aber hier geht's nicht um eine Reise. Ich muss was erledigen.“

„Ich helfe dir.“

„Charles ist vielleicht auch dort. Ich habe in seiner Kanzlei angerufen, und es hieß, er wäre nicht in der Stadt. Mal wieder. Und seine Schlampe auch nicht.“ Mir wird ganz übel bei dem Gedanken, wie lange die beiden das schon hinter meinem Rücken ausgeheckt haben.

„Dann brauchst du mich erst recht. Zur Unterstützung.“

Womöglich hat sie ja recht. Vielleicht werde ich sie brauchen. Angenommen, Charles und ich geraten in Streit und er versucht, mir etwas anzutun? Wenn ich allein nach Costa Rica fliege, wird niemand je erfahren, was mit mir geschehen ist.

„Du willst wirklich mitkommen?“

„Ich finde, wir sollten uns näherkommen“, sagt sie leise. „Wir haben keine Beziehung, wie Schwestern sie haben sollten. Diese Reise … sie könnte uns guttun.“

Ihre Worte berühren mich mehr, als ich erwartet hätte.

„Außerdem spreche ich etwas Spanisch. Einer meiner Exfreunde, Paco, hat mir ein paar Worte beigebracht."

„Was für welche kann ich mir vorstellen!"

„Da gibt es was, was die Typen in Cuba mit einer Papaya anstellen. So lernen die ganz kleinen Jungen schon, wie Oralsex funktioniert. Die Form einer aufgeschnittenen Papaya und wie sie sich anfühlt, erinnert …"

„Schon gut", unterbreche ich sie. „Zu viel Information." Aber ich muss lachen. Eine Papaya als Anschauungsobjekt. Wer weiß?

„Kann ich bitte mitkommen?", fleht meine Schwester.

„Bist du in der Nähe eines Computers?"

„Ja."

„Dann such uns Flüge nach San José in Costa Rica heraus. Vielleicht schon für heute Abend."

Samera kreischt begeistert auf. „Wir fliegen nach Costa Rica! Wir fliegen nach Costa Rica!"

„Geh lieber an deinen Computer, statt hier rumzusingen. Und ruf mich dann zurück."

„Darauf kannst du wetten."

30. KAPITEL

Lishelle

Ich habe nun einige Tage Trübsal geblasen, nicht nur zu Hause, sondern auch im Sender. Es ist offenbar sogar so schlimm, dass meine Chefredakteurin mich vor den Mittagsnachrichten fragt, ob mit mir alles in Ordnung sei.

Ist es natürlich nicht, aber das verrate ich Linda nicht. „Mir geht's gut", lüge ich.

Linda schließt meine Bürotür hinter sich. „Ich weiß, dass es Ihnen nicht gut geht. Und ich bin nicht blöd. Mir ist aufgefallen, dass Sie diesen riesigen Stein nicht mehr am Finger tragen."

„Bestimmt ist das jedem hier aufgefallen."

„Glenn, richtig?"

Ich nicke.

„Es ist ziemlich offensichtlich, dass er Ihnen das Herz gebrochen hat. Aber Sie dürfen sich davon nicht unterkriegen lassen, Lishelle. Sie sind schön. Intelligent. Sie werden einen anständigen Kerl kennenlernen."

„Das ist das Letzte, was ich jetzt hören will."

„Ich weiß. Aber erinnern Sie sich noch daran, als Martin mir das Herz gebrochen hat? Als er nach fünf Jahren einfach verkündete, dass er sich scheiden lassen wolle? Monatelang bin ich daran fast zugrunde gegangen und ahnte nicht mal, dass er mir eigentlich einen Gefallen tat."

„Ich weiß nicht, worauf Sie hinauswollen."

„Ich möchte einfach verhindern, dass Sie Monate mit

Ihrer Trauer verschwenden. Seien Sie einfach froh, dass es jetzt schon vorbei ist, da es ja wohl sowieso nicht funktioniert hätte. Glauben Sie mir, so sind Sie viel besser dran." Linda zuckt die Achseln. „Und wenn Sie am liebsten eine Voodoo-Puppe basteln und Nadeln reinstecken würden, bitte sehr. Vergessen Sie bloß nicht, dass Sie neben diesem Typen noch ein Leben haben. Ich sage das nur, weil ich weiß, wovon ich spreche und wie weh es tut."

Überraschenderweise fühle ich mich nach ihren Worten besser. „Danke", sage ich.

„Keine Ursache. Und jetzt ab in die Maske. In dreißig Minuten sind Sie auf Sendung!"

Ein paar Stunden später denke ich noch immer über Lindas Worte nach. Und mir wird klar, wie recht sie hat. Glenn hat mir eine Menge genommen, viel mehr, als ihm zusteht, aber ich darf ihm keinesfalls noch mehr geben.

Wenn er mir nur das Herz gebrochen hätte, wäre es etwas anderes. Aber er hat auch mein Geld gestohlen.

Nachdem er mich auf übelste Art und Weise hinters Licht geführt hat.

Ich sollte nicht jammern, ich sollte stinksauer sein. So stinksauer, dass ich endlich wieder aktiv werden kann.

Nichts ist schlimmer als die Rache einer betrogenen Frau.

Glenn wird bald feststellen, wie stinksauer ich wirklich bin.

Kurz darauf betrete ich Ruben Santiagos Büro. Ruben nennt man im Sender immer nur „den Mann". Wenn man jemanden ausfindig machen will, ist Ruben genau der Richtige. Vorausgesetzt, der Gesuchte versteckt sich nicht gerade unter falschem Namen in einem tibetischen Kloster – obwohl Ruben mal einen flüchtigen Kriegsverbrecher in Mexico City aufgespürt hat. Das brachte ihm einen Fernsehpreis für hervorragenden investigativen Journalismus ein.

Wenn überhaupt jemand Glenn ausfindig machen kann, dann er.

Rubens Gesicht hellt sich auf, als er mich sieht. „Lishelle, Sweetheart." Er erhebt sich. „Du siehst fantastisch aus wie immer."

„Danke, Ruben." Bei ihm fühle ich mich immer als etwas Besonderes. Doch unsere Flirts sind harmlos. Zum Glück, denn er ist nur eins siebzig groß. Und er ist verheiratet, was ich ebenfalls schön finde, denn ich glaube, dass Ruben einer von den guten Männern ist. Er verdient eine anständige Frau.

„Was läuft so, Ruben?"

„Nicht viel. Und bei dir?"

„Ich wollte dich um einen Gefallen bitten. Du bist für diesen Job *der Mann!*"

„Na gut." Mit verschränkten Fingern streckt er die Arme in die Höhe und lässt seinen Kopf kreisen. „Ich wusste schon immer, dass du eines Tages bereit für mich sein würdest."

Ich lache. „Und wie bereit ich für dich bin. Du musst jemanden für mich finden."

„Was hast du?"

Ich reiche Ruben ein Blatt Papier, auf dem ich Glenns Namen und Geburtstag notiert habe, genauso wie die Telefonnummern, obwohl inzwischen beide nicht mehr existieren.

„Das ist eine Nummer in Phoenix“, bemerkt Ruben.

„Richtig.“

Er nickt. „Ist ein Kinderspiel.“

„Wie lange wirst du wohl brauchen?“

„Vermutlich bis heute Abend.“

„Wirklich?“, frage ich aufgeregt.

„Spätestens morgen früh. Bist du sicher, dass das sein richtiger Name ist?“

„Ja, und ich vermute auch nicht, dass er jetzt einen Decknamen benutzt. Er versteckt sich nämlich nur vor mir.“ Ich lächle süß.

„Was für ein Narr.“

„Da hast du recht.“

Ruben zwinkert mir zu. „Ich mach mich gleich dran.“

Etwa viereinhalb Stunden später, gleich nach den Achtzehn-Uhr-Nachrichten, klopft es an meine Tür.

„Herein“, rufe ich.

Rubens Kopf taucht auf. „Ich wollte dich noch erwischen, bevor du nach Hause gehst.“

„Du hast ihn gefunden?“ Aufgeregt richte ich mich in meinem Stuhl auf.

Er küsst mich auf die Wange und reicht mir einen Umschlag. „Alles, was du wissen musst, ist hier drin, Babe.“

„Oh, Ruben.“ Ich werfe ihm die Arme um den Hals.

„Du bist der Beste.“

„Das sagt meine Frau auch immer.“

„Dann halt sie gut fest. Und mach nicht irgendwelche Dummheiten.“

„Schätzchen, bitte!“, entgegnet er in einem Ton, der besagt, dass er niemals so dumm sein würde, eine gute Sache zu vermasseln.

Nachdem Ruben gegangen ist, öffne ich den Umschlag. Fünf ausgedruckte Seiten sind darin, auf der ersten stehen Glenns Name, Geburtsdatum und seine Sozialversicherungsnummer. Zudem seine momentane Adresse und sein Arbeitgeber.

Auf der zweiten Seite befindet sich sein polizeiliches Führungszeugnis, und ich lese, dass Glenn einmal als Jugendlicher Sozialdienststunden ableisten musste. Daneben hat Ruben gekritzelt: Anklage wurde fallengelassen.

Doch die dritte Seite hält eine Überraschung bereit. Trifft mich wie ein Hieb direkt in den Magen.

Eine Heiratsurkunde.

Ich lese nicht mal den Namen der Frau, überfliege nur schnell die nächste Seite, um herauszufinden, ob es sich dabei vielleicht um eine Scheidungsurkunde handelt. Nein, es ist nur ein Schulzeugnis.

Die fünfte Seite allerdings liefert den letzten vernichtenden Schlag. Kinder. Glenn hat zwei. Zwei Jungs im Alter von drei und fünf.

Oh. Mein. Gott.

„Er ist verheiratet! Dieser Dreckskerl ist *verheiratet!*“

Warum in aller Welt hat er um meine Hand angehalten,

wenn er doch schon verheiratet ist?

Nun, die Frage brauche ich mir nicht ernsthaft zu stellen. So weh es auch tut, ich muss mir eingestehen, dass Glenn mich von Anfang an nur benutzt hat. Nachdem er so oft in Atlanta war, wusste er bestimmt, wie weit ich es beruflich gebracht hatte. Er brauchte Kohle und betrachtete mich als gute Geldquelle. Ich frage mich, ob er wirklich eine eigene Fluggesellschaft gründen will oder ob selbst das nur eine Lüge war.

Bestimmt war es eine Lüge. Inzwischen kann ich kein einziges verflixtes Wort mehr glauben.

Dieser miese Kerl hat mir vermutlich sogar seine Orgasmen nur vorgespielt.

Ich blättere zurück zur Hochzeitsurkunde. Glenn hat vor sechs Jahren in Arizona geheiratet.

Hurensohn!

Vielleicht haben sie sich getrennt, überlege ich. Vielleicht wollte er mir nicht sagen, dass er verheiratet ist, um keinen falschen Eindruck zu erwecken…

Ich habe noch nicht zu Ende gedacht, als ich mich dafür am liebsten erschießen würde. Warum versuche ich noch immer, Entschuldigungen für ihn zu finden? Die Frau heißt Tess Baxter. Tess – Tess , warum kommt mir der Name nur so bekannt vor?

Und dann fällt es mir ein. Die Frau, mit der Glenn angeblich verlobt war. Ihr Name war Tess. Tess, die angeblich verheiratet war und ein paar Kinder hatte.

Das alles ist so erbärmlich, dass ich lachen muss.

Dieser Scheißkerl.

Zuhause angekommen, ringe ich mit mir selbst, was ich als Nächstes tun soll. Ich könnte sofort nach Phoenix fliegen – Glenn konfrontieren und seine Frau ebenfalls.

Oh, ich hätte Tess eine Menge zu erzählen. Zum Beispiel, was ihr Mann mit mir getrieben hat. Wie er meine Muschi geleckt und mich wieder und wieder zum Orgasmus gebracht hat. Wie er um meine Hand angehalten hat, als wäre ich für ihn die einzige Frau auf der Welt. Und dass alles nur ein Trick war, um an mein Geld zu kommen.

Wenn ich das seiner Frau erzähle, wird Glenn mir mein Geld wahrscheinlich schneller zurückgeben, als ich Piep sagen kann.

Doch was, wenn Glenn mit einer Frau verheiratet ist, die ihm seine Freiheit lässt -- solange er immer wieder zu ihr nach Hause kommt? Das ist sehr gut möglich. Oder wenn sie von dem Plan wusste und ihn sogar befürwortet hat? Man glaubt kaum, was manche Frauen alles mitmachen, nur um ihren Mann nicht zu verlieren. Frauen, die normalerweise niemals im Leben ein Verbrechen begangen hätten, werden plötzlich zu Mittäterinnen.

Und was, wenn sie einfach süß und lieb ist und ich ihr Leben zerstöre? Ganz ehrlich, sie verdient es, die Wahrheit zu erfahren – aber warum ausgerechnet von mir?

Die ganze Nacht wäge ich die verschiedenen Möglichkeiten ab. Auch auf der Fahrt zur Arbeit bin ich noch immer hin- und hergerissen. Ich denke an Alishas und Claudias Rachepläne. Die haben recht. Mal ehrlich – die beiden sind bösartigst hintergangen worden. Nicht nur verlassen.

Und Glenn hat mir dasselbe angetan. Ich will mein Geld

zurück, aber genauso gerne will ich es ihm heimzahlen. Zur Abwechslung soll dieser Scheißkerl mal fürchten, sein ganzes Leben könnte in Scherben gehen.

Als mir die Idee kommt, bin ich schon fast beim Sender angelangt. Oh Gott. Das ist geradezu perfekt!

Glenn ist ein gieriger Bastard. Und ich weiß, wo ich ihn finden kann. Wenn ich einen Köder vor seiner Nase baumeln lasse, wird er danach schnappen wie ein Fisch nach einem Wurm.

Aber ist das moralisch in Ordnung?

Nein, genauso wenig wie das, was Glenn mir angetan hat. Und es ist die einzige Chance, mein Geld von ihm zurückzubekommen.

Ja, denke ich und lächle zum ersten Mal seit Langem. Es ist perfekt.

31. KAPITEL

Claudia

Ich lache mit zurückgeworfenem Kopf über die perfide Idee, die Lishelle mir gerade unterbreitet hat. „Lishelle, das ist grandios!“

„Du meinst nicht, es ist ein wenig … unorthodox?“

„Und dich um einen Beinahe-Ein-Million-Kredit zu bringen, ist orthodox? Ich sage nur, triff Glenn dort, wo es ihm am meisten wehtut. Und je härter, desto besser.“

Wir sind in meiner Wohnung. Diesmal schlürfen wir Apfelmartinis und sehen die erste Staffel von „Sex and the City“. Nur sie und ich, weil Alisha offenbar in Costa Rica ist. Gestern Abend war sie auf dem Anrufbeantworter und sagte, sie hätte mit ihrer Schwester einen Last-Minute-Flug gebucht. Was bedeutet, dass sie meinen dreißigsten Geburtstag verpassen wird und vor allem das neue Rezept für Cosmopolitans, das ich ausprobieren will.

Ich muss sagen, dass ich langsam wirklich gut im Cocktailmixen bin. Ich schätze, so ist das eben, wenn das Liebesleben den Bach runtergeht – man sucht sich eine andere Leidenschaft.

Meine Leidenschaft im Augenblick heißt aber vor allem Rache. Noch vor einem Monat hätte ich nicht gedacht, dass ich jemals in der Lage wäre, Adams Leben zu zerstören, ganz zu schweigen das Leben eines anderen. Aber heute bin ich ein anderer Mensch. Meine reine und endlose Liebe für ihn ist beschmutzt worden. In mir ist eine Bestie erwacht, über die ich keine Kontrolle mehr habe.

Adam hat einen Teil von mir zerstört. Einen Teil, der nicht heilen wird, wenn ich so tue, als wäre nichts geschehen.

Scheiß Liebe. Ich will keine Liebe. Ich will Rache.

„Glaubst du, dass es funktionieren könnte?", fragt Lishelle.

„Glenn wird dem genauso wenig widerstehen können wie einer Muschi."

„Das glaube ich auch. Aber wie stellen wir es an?"

„Wie wir es schaffen, dass auch Glenn mit dem Spendenskandal in Zusammenhang gebracht wird? Oh, Lishelle. Das ist derart grandios, wirklich. Und vielleicht viel einfacher, als du denkst."

„Wie das?"

„Um die schmutzigen Details können wir uns doch durch ein wenig kreative Buchhaltung selbst kümmern."

Lishelle schnappt nach Luft, ihre Augen funkeln aufgeregt. „Du könntest recht haben. Wir lassen es einfach nur so aussehen, als ob er Spendengelder veruntreut hätte."

„Ganz genau. Alisha wird in Costa Rica die Unterlagen hoffentlich finden. Du könntest doch behaupten, dass der Kredit eigentlich als Spende für die Stiftung gedacht war. Damit wirst du eine Menge Aufmerksamkeit erregen."

Lishelle schüttelt langsam den Kopf. „Da würde sich doch jeder fragen, warum eine Fernsehmoderatorin so einen hohen Kredit aufnimmt. Gut, ich habe etwas Geld von meinem Vater geerbt, aber längst nicht genug, um so großzügig zu sein."

Ich nippe an meinem Apfelmartini. Verdammt, ist der gut. Könnte glatt mein Lieblingsgetränk werden.

„Gut, dann erwähnen wir das Geld, das er dir gestohlen hat, gar nicht. Wir sorgen nur dafür, dass es aussieht, als ob Glenn Spendengelder hinterzogen hätte. Egal ob Ally die Bücher findet oder nicht, wir können mit dieser Geschichte auf jeden Fall an die Öffentlichkeit gehen."

„Ohne Beweise? Und wenn meine Chefredakteurin genau die erst mal sehen will?"

„Du hast recht", entgegne ich nach einem Moment. „Das könnte verdächtig wirken. Kommst du irgendwie an seine Unterschrift ran?"

„Er versteckt sich vor mir, schon vergessen?"

Der Raum dreht sich ein bisschen. Ich habe zu viel getrunken. Deswegen weiß ich nicht mal mehr, was ich da rede. „Ich glaube, wir brauchen seine Unterschrift gar nicht, und auch nicht die Bücher. Glenn wurde doch bei der Benefizveranstaltung fotografiert, stimmt's?"

Lishelle beäugt mich skeptisch. „Ja."

„Vertrau mir. Gleich wirst du alles verstehen." Ich trinke den letzten Rest des Martinis aus, dann brauche ich einen Moment, um meine Gedanken zu sammeln. „Okay. Wir nehmen die Fotos von der Veranstaltung, lassen sie der Presse zukommen und verweisen darauf, dass Adam mein Verlobter war, Charles der Mann von Alisha ist und Glenn dein Freund war. Sie haben nicht nur uns aufs Kreuz gelegt, sondern auch die Stiftung. Sie alle haben unter einer Decke gesteckt. Kapiert?"

„Vielleicht." Doch Lishelle klingt nicht überzeugt.

„In Wahrheit geht es doch nicht darum, ob man schuldig ist, sondern ob man schuldig *wirkt.* Ich würde sagen, wir frisieren die Bücher, bringen die Story und geben Glenn die Chance, sich reinzuwaschen, wenn er dir die Kohle zurückgibt. Jetzt ist nicht der richtige Zeitpunkt, sich über ethische Gesichtspunkte Gedanken zu machen. Glenn hat das auch nicht getan."

„Das stimmt."

„Sobald der Skandal bekannt wird, musst du Glenns Namen nur erwähnen. Dann rufst du ihn an und schlägst ihm vor, seinen Hintern zu retten, sofern er dir dein Geld zurückgibt. Du drehst den Spieß einfach um."

Prustend stampft Lishelle mit den Füßen auf. „Spitzenidee. Den Arsch zu erpressen. Das ist verdammt noch mal unglaublich. Erinnere mich daran, mich niemals mit dir zu zerstreiten."

Mein Gelächter erstirbt. „Mädchen, ich liebe dich von ganzem Herzen. Egal was passiert, ich würde dir nie etwas antun. Genauso wenig wie du mir."

„Das kannst du laut sagen."

„Ich kapiere bloß diese Männer nicht. Man gibt ihnen alles, was man hat. Und sie nutzen das aus. Verarschen einen, als wäre es völlig egal, wie sehr man sie liebt. Ehrlich, ich verstehe das nicht."

„Vergiss es. Ich jedenfalls habe die Nase voll von der Liebe. Ich bin erfolgreich. Ich habe ein Leben. Ich brauche keinen Mann."

„Man braucht keinen, aber es ist netter, einen zu haben."

Lishelle nickt. „Das stimmt. Aber was, wenn wir nie

die Liebe finden, die wir wollen und verdienen? Müssen wir denn heiraten? Viel lieber werde ich alt und grau und schlürfe mit meinen Freundinnen Cocktails, als mich noch mal auf irgendeinen Mann einzulassen, der mich dann wieder hintergeht. Ich meine, haben wir zusammen nicht wahnsinnig viel Spaß? Du und ich mit diesen herrlichen Apfelmartinis?"

„Und mit unseren Racheplänen."

„Und mit unseren Racheplänen. Wir amüsieren uns köstlich."

„Das tun wir ... aber nie mehr mit einem Mann? Was ist mit Sex? Seien wir ehrlich, ein Vibrator kann das auch nicht ersetzen."

„Frauen bekommen Sex doch überall und wann immer sie wollen."

„Erfüllenden Sex?"

„Hattest du wirklich erfüllenden Sex mit Adam? Oder ich mit Glenn? Sie haben uns belogen. Nichts an dem, was wir mit ihnen geteilt haben, war real."

Das ist eine bittere Pille, die ich da zu schlucken habe, aber Lishelle hat recht.

„Gut, vielleicht wollen wir irgendwann Kinder haben, aber es gibt alleinerziehende Mütter, die es auch schaffen, und vermutlich haben sie deutlich weniger Kopfschmerzen als mit Mann."

„Das ist ein beängstigender Gedanke. Aber mein Gott, du könntest recht haben."

Lishelle schüttet den Rest ihres Martinis hinunter und schnappt sich den Krug, um sich ein weiteres Glas einzuschenken. Ihre Augen sind schon leicht gerötet, ihre Worte klingen verwaschen. Sie ist eindeutig beschwipst. Immer wenn sie beschwipst ist, beginnt sie zu philosophieren.

„Sollen wir ‚How Stella Got Her Groove Back' anschauen?", fragt sie.

„Nach diesem ganzen Anti-Männer-Gerede?"

Ein teuflisches Lächeln umspielt ihre Lippen. „Was soll ich sagen? Taye Diggs jedenfalls würde ich nicht von der Bettkante stoßen."

„Also glaubst du doch noch an die Liebe."

„Himmel, ja, ich glaube an die Liebe. Glenn hat vielleicht mein Herz und mein Geld geraubt, aber das kann er mir nicht auch noch wegnehmen."

„Das hätte ich selbst nicht besser formulieren können." Ich kämpfe mich aus dem Sofa, greife nach dem Krug, schenke mir nach und stoße mit Lishelle an. „Auf die Vorstellung, dass du und ich und Alisha einen Mann finden, der so heiß und süß ist wie Taye Diggs in diesem Film."

„Vergiss es", ruft Lishelle. „Darauf, dass dein Geburtstagswunsch erfüllt wird. Rache. Süße Rache."

Ich lächle. „Darauf trinke ich gerne."

32. KAPITEL

Alisha

Mein Leben erinnert an einen Wirbelsturm. Gestern Nacht, nur Stunden nachdem ich die Broschüre über Costa Rica gefunden habe, sind Samera und ich sofort losgeflogen. Gott sei Dank hat sie die unverschämt teuren Last-Minute-Tickets mit ihrer Kreditkarte bezahlt. Sie sagte, sie freue sich auf ein Abenteuer. Ich werde ihr das Geld natürlich zurückgeben. Sobald ich meinen Teil des Hauses und eine Abfindung bekommen habe.

Vorausgesetzt, das ganze Geld geht nicht für das drauf, was Charles der Stiftung wird zurückzahlen müssen.

Die Sonne ist inzwischen ganz aufgegangen. Ich schaue auf die Uhr. Zwei Minuten nach acht. Wir sind Viertel vor sechs gelandet, was für eine unchristliche Zeit. Eigentlich sollte ich etwas schlafen, aber die Mischung aus Adrenalin und Koffein hält mich wach.

Wir holpern gerade in einem Taxi über gewundene Bergstraßen zur Küste, wo wir ein Zimmer im Marriott in Los Suenos gebucht haben, das genau neben der Immobilie liegt, die in der Broschüre beschrieben wurde.

Samera schnarcht leise mit geschlossenen Augen. Es ist erstaunlich, wie ein fünfeinhalbstündiger Flug eine Beziehung verändern kann, jedenfalls hat sich unsere dramatisch verbessert. Ich kann immer noch nicht glauben, wie viel wir gelacht haben! Kann nicht glauben, wie laut *ich* über ihre skandalösen Stripperinnen-Geschichten gelacht habe! Früher haben wir die meiste Zeit damit verbracht, das Leben der anderen zu kritisieren, aber jetzt kommt mir das alles so unwichtig vor. Wenn dieser Job Samera glücklich macht, dann soll es eben so sein. Ich will nur nicht, dass sie verletzt wird.

So wie sie nicht möchte, dass mich jemand verletzt.

Deswegen ist sie mitgekommen, und dafür liebe ich sie.

Ich betrachte die Landschaft. Üppig ist wohl die beste Beschreibung. Die Berge wirken wie Seen aus grünen Blättern. Unglaublich schön. Und erschreckend. Eine unbedachte Bewegung des Fahrers könnte uns in die Tiefe stürzen.

Denk nicht darüber nach, sage ich mir. Denk lieber an deine Mission. Daran, die Stiftungsunterlagen zu finden, Charles zu entlarven und mit deinem Leben endlich weiterzumachen.

Gott, ich bin so müde.

Trotz meiner Nervosität werden meine Lider schwer, und schließlich schlafe ich doch noch ein.

„Wir sind im Paradies!“, ruft Samera eineinhalb Stunden später aus, als das Taxi vor dem piekfeinen Hotel hält. Es ist in lebhaftem Orange gestrichen, die vielen Torbögen erinnern an eine prächtige mediterrane Villa. Sofort wünschte ich, länger bleiben zu können. Am liebsten mit einem Mann, der mich so begehrt, dass er die Finger nicht von mir lassen kann.

„Ich checke ein“, verkündet Samera. „Und du kümmerst dich um unser Gepäck.“ Ein Hotelpage eilt breit lächelnd auf uns zu, Samera pfeift leise durch die Zähne. „Andererseits, warum checkst *du* nicht ein und *ich* bleibe hier."

Ich krame ein paar Scheine aus meiner Geldbörse. „Frag den Taxifahrer, wie viel wir ihm schulden. Du bist diejenige, die Spanisch spricht, schon vergessen?"

„Oh. Stimmt."

„Kann ich Ihnen mit dem Gepäck helfen, Ma'am?"

„Ich bin keine Ma'am", entgegnet Samera lächelnd. Ich drücke ihr hundert Dollar in die Hand. „Der Fahrer."

Samera trippelt davon, und ich wende mich an den Hotelpagen: „Wir haben nicht viel. Nur diese beiden kleinen Koffer."

„Ich helfe Ihnen."

„Danke."

„Sind Sie zum ersten Mal in Costa Rica?"

„Ja."

„*Bienvenido.*" Er grinst.

„*Bienvenido*", antwortet Samera, die wieder neben mir aufgetaucht ist, mit theatralischem spanischen Akzent. „Das bedeutet willkommen."

„Das weiß selbst ich."

Wir folgen dem Pagen ins Hotel, vorher erhasche ich einen Blick auf das Meer, das im Sonnenlicht glitzert. Eigentlich erwarte ich, dass der Page uns durch die Lobby direkt zur Rezeption führt, doch wir bleiben vor einer Sitzecke bei den Aufzügen stehen.

„Name und Reservierung?", fragt er.

„Peyton, Samera. *Miss.*"

Kurz darauf reicht uns der Page einen Umschlag, in dem

sich zwei Schlüssel für unser Zimmer befinden. Das nenne ich zügiges Einchecken. Unser Zimmer ist im dritten Stock und hat Meerblick.

„Hier würde ich gerne leben“, behauptet Samera, als wir zum Aufzug gehen.

„Woher willst du das wissen? Du hast doch noch kaum etwas gesehen.“

„Machst du Witze? Sieh dir mal diese Berge an. Und riech den Duft des Meeres. Außerdem habe ich gelesen, dass es hier Wasserfälle gibt. Das klingt doch um einiges aufregender als das langweilige Atlanta. Und es ist ein Surferparadies. Ich kann mir die ganzen heißen Typen, die mit den Wellen kämpfen, nur zu gut vorstellen …“

Mein erster Gedanke ist wie immer, dass Samera wirklich nur auf das Eine aus ist. Und dann denke ich, na und? Vielleicht könnte ich mir eine Scheibe von ihrer Spontaneität abschneiden.

„Nun, wir können ja irgendwann mal wiederkommen“, sage ich. „Schließlich scheint mein Mann hier eine Immobilie zu besitzen. Vielleicht gehört sie nach der Scheidung ja mir.“ Ich lächle süß.

Die Aufzugtür öffnet sich. Samera gähnt. „Ich könnte eine Runde Schlaf gebrauchen.“

„Ich auch. Was für ein langer Flug.“

„Aber jetzt sind wir hier, und bald wissen wir genug, um Charles festnageln zu können.“

Ich lächle ihr zu. „Danke, dass du mitgekommen bist. Das bedeutet mir viel.“

Sie drückt meine Hand. „Ich weiß.“

Der Duft von Eiern und Schinken weckt mich.

„Aufstehen, Süße“, zwitschert Samera.

Ich öffne die Augen. Sie trägt den weißen Morgenmantel des Hotels, ihr Haar fällt feucht auf ihre Schultern.

„Träume ich, oder ist das wirklich ein Frühstück?“

„Frühstück. Und es schmeckt herrlich.“

Obwohl mein Hirn sich weich wie Watte anfühlt, zwinge ich mich, mich aufzusetzen. „Ich bin so hungrig, ich könnte einen ganzen Gaul verspeisen.“

Ich gähne, strecke mich, klettere aus dem Bett und flitze schnell wie der Blitz zum Tisch.

„Ich war schon unten“, sagte Samera, während sie auf einem knusprigen Stück Speck kaut. „Wirklich, es ist einfach unglaublich hier. Du solltest mal den Pool sehen! Man kann unter kleinen Brücken durchschwimmen, es gibt einen Wasserfall …“

„Du warst schon schwimmen?“

Sie schüttelt den Kopf. „Nein, ich bin nur etwas herumgelaufen, während du geschlafen hast.“

„Du warst wohl nicht so fertig wie ich. Wie kannst du nur so gut in einem Flugzeug schlafen?“

Sie antwortet nicht. Sie isst. Ich schnappe mir eine Gabel und schlinge die Eier herunter. Keine Zeit zu verlieren, ich verhungere fast.

„Ich kann es nicht erwarten, in den Pool zu springen“, sage ich nach einer Weile. „Aber erst, nachdem ich mir die Apartments angesehen habe. Aber wie soll ich herausfinden, welches davon Charles gehört?“

„Ich hab’ noch mehr gute Nachrichten. Direkt gegenüber vom Hotel gibt es ein paar Geschäfte. Und auch ein hübsches kleines Café – offenbar trinkt man hier am liebsten Café Britt."

„Und?", hake ich nach.

„Und daneben gibt es eine Immobilienagentur, speziell für Los Suenos. Ich könnte wetten, dass die Leute dort dir weiterhelfen können."

„Sam!" Ich werfe ihr die Arme um den Hals.

„Ist ein ziemlich kleines Büro. Als ich hineinging, war nur ein Makler da, und ich kann mir nicht vorstellen, dass es dort mehr als drei Makler gibt. Die werden also wissen, wer Charles ist, oder zumindest in ihren Unterlagen nachsehen können."

„Ich kann es kaum glauben. Wir sind so nah dran."

„Auf jeden Fall."

Wir essen eine Weile schweigend. Ich schwöre, ich habe noch nie in meinem Leben bessere Bratkartoffeln gegessen. Ich spüle sie mit frisch gepresstem Orangensaft langsam herunter.

„Hoffentlich geht es schnell, dann können wir uns hier noch etwas umsehen. Zum Beispiel zum Playa Jaco gehen", meint Samera.

„Wo ist das?"

„Nur die Straße runter. Der Concierge hat gesagt, dass es dort jede Menge gute Restaurants gibt und tolle Läden zum Einkaufen. Und heiße Männer."

„Der Concierge hat dir von heißen Männern erzählt?"

„Nein", entgegnet Samera langsam. „Aber so muss es sein. Wir sind schließlich in Costa Rica, Baby."

Ich verdrehe scherzhaft die Augen. „Bei dir geht's einfach immer um Männer, oder?"

„Worum denn sonst?"

„Du solltest das mit der Perücke lassen", fordert mich Samera eine Stunde später auf.

„Ich mag die Perücke."

„Sie ist geschmacklos."

„Aber ich fühle mich sicherer damit."

„Für den Fall, dass du zufällig über Charles stolperst? Wenn, dann erkennt er dich sowieso. Und ansonsten kennt dich hier niemand."

Ich seufze müde. „Warum trägst du auf der Bühne Domina-Klamotten, statt gleich nackt aufzutreten? Weil du eine Rolle spielst. Und das tue ich auch – ich spiele eine Rolle. In Ordnung?"

„Ach so. In Ordnung."

Vor dem Immobilienbüro will ich erst noch all meinen Mut sammeln, doch Samera reißt schon die Tür auf, und als ich ihr schließlich folge, hat sie den Mann hinter dem Schreibtisch bereits begrüßt.

„Noch mal hallo", sagt er und küsst ihre Hand.

„Das ist die Frau, von der ich erzählt habe", erklärt ihm Samera. „Meine Schwester."

Wie bitte? Sie hat diesem Mann von mir erzählt?

„Oh, hallo." Breit lächelnd reicht er mir die Hand. „Schön, Sie kennenzulernen, Mrs. Crawford."

„Ebenso." Samera, was soll das?

„Mein Name ist Miguel Santos, ich habe bereits schon

auf Sie gewartet."

„H-haben Sie?"

„Ja. Ihr Mann hat angerufen."

Ich schlucke. „H-hat er?"

„Natürlich genau in dem Moment, als ich einen Kaffee trinken war. Als ich zurückkam, fand ich seine Nachricht vor. Er sagte, Sie würden vorbeikommen und ich solle Ihnen den Schlüssel geben, für den Fall, dass er gerade golfen wäre oder beim Angeln. Ich muss schon sagen, er scheint seine Zeit hier sehr zu genießen."

„Darauf wette ich", murmle ich.

„Es klang aber eher so, als würden Sie morgen erst ankommen."

„Ach so, ja. Also ..."

„Wir haben beschlossen, einen Tag früher zu kommen", mischt Samera sich ein. „Meine Schwester und ihr Mann sind richtige Turteltäubchen, sie können kaum eine Sekunde ohne einander auskommen."

„So, verstehe."

Ich lache innerlich.

Samera reißt mir die Tasche aus der Hand, und ich werfe ihr einen missbilligenden Blick zu.

„Ihr Mann hat nicht erwähnt, wie schön Sie sind", meldet sich Miguel wieder zu Wort.

„Oh, vielen Dank." Ich erröte unter seinem Blick. „Sie sind zu freundlich."

„Das sind die beiden", säuselt Samera und hält Miguel mein Hochzeitsfoto unter die Nase. „Da war sie noch blond", fügt sie kichernd hinzu, und ich fasse mir nervös an die Perücke. „So verliebt. Und hier ist es so romantisch. Ich kann mir nur zu genau vorstellen, was die beiden später tun werden.“

Ich räuspere mich.

Miguel durchquert den Raum und verschwindet hinter einem großen Tisch. Samera wirft mir ein triumphierendes Lächeln zu, ich strecke beide Daumen nach oben.

Miguel dreht sich rum, und schnell lasse ich die Hände hinter meinem Rücken verschwinden.

„Das Apartment wird Ihnen gefallen. Drei Schlafzimmer, zwei Badezimmer. Whirlpool. Ein Jacuzzi auf dem Balkon. Herrlicher Blick aufs Meer. Und natürlich direkt am Hafen, wo Sie Ihr Boot festmachen können.“

„Ich bin so aufgeregt.“ Ich tue ganz munter, obwohl mir übel wird, aber er soll mir diese Farce abkaufen. „Also, haben Sie den Schlüssel?“

Er hält einen Anhänger mit einem einzigen daran baumelnden Schlüssel in die Höhe. „Hier. Kennen Sie sich aus?“

„Eigentlich nicht“, gestehe ich und kann nur hoffen, dass er nicht misstrauisch wird.

„Ich würde Sie ja hinbringen, aber ich muss leider im Büro bleiben. Ich gebe Ihnen eine Karte.“

„Ist es weit von hier?“

„Mit dem Auto gerade mal eine Minute. Vielleicht fünf Minuten, wenn Sie laufen.“

„Wunderbar.“

„Aber Ihr Mann ist im Augenblick nicht da. Er hat hinterlassen, dass er mit einem Freund zu Mittag isst.“

„Oh, bestens!“ Ich klatsche in die Hände. „Dann kann

ich ihn überraschen! Ich liebe es, ihn zu überraschen."

„Ich hab's Ihnen doch gesagt, die beiden sind ja so verliebt."

Eine Minute später halte ich den Schlüssel und die Wegbeschreibung zu Charles' Apartment in Händen.

War ein Kinderspiel.

„Du hast mir nicht gesagt, dass du mit Miguel über mich gesprochen hast!", beschwere ich mich bei Samera.

„Ich wollte dich überraschen."

„Du hättest mich wenigstens darauf vorbereiten können."

„Beruhige dich. Ist doch wunderbar gelaufen. Du hast den Schlüssel."

Ich atme durch. „Du hast recht. Vollkommen recht." Ich mache eine Pause. „Wie hast du das gemacht?"

„Miguel ist ein Mann. Also musste ich nur ein bisschen meinen Charme spielen lassen. Übrigens bin ich später mit ihm verabredet."

„Wie bitte?"

„Schau mich nicht so an. Er ist klasse."

Ich schüttle den Kopf. „Ich dachte, wir würden den Tag miteinander verbringen."

„Werden wir auch. Wir gehen alle zusammen im Jaco tanzen. Er will mir Salsa beibringen. Ich habe behauptet, Charles würde auch mitkommen, aber das wird er wohl offensichtlich nicht."

„Toll, fünftes Rad am Wagen."

Samera blickt sich plötzlich um. „Da hat doch jemand

deinen Namen gerufen!"

„Charles?" Panik erfasst mich.

Und dann höre ich es auch. Meinen Namen. Aber es klingt nicht nach Charles' Stimme.

Miguel?

Ich drehe mich um. Oh mein Gott. Mein Herz setzt einen Moment aus.

Dominic!

Er rennt auf mich zu.

„Dominic?", frage ich lahm.

„Hallo." Er atmet heftig. „Ich habe Sie von der Hotelhalle aus gesehen, ich war mir zumindest ziemlich sicher." Er betrachtet mich von Kopf bis Fuß. „Die Perücke sieht hübsch aus."

Verlegen fahre ich mir mit den Fingern durch das unechte schwarze Haar. Dominic scheint leicht amüsiert zu sein – oder entdecke ich etwa Begehren in seinem Blick? Nun, vielleicht bin ich ja diejenige, die lüstern schaut.

Jedenfalls mustere ich ihn auch von oben bis unten. Er trägt ein weißes Hemd und Khakishorts, die muskulöse Beine erkennen lassen. Und meine Herren, er sieht wirklich sexy aus!

Lass dich nicht ablenken! Schnell sehe ich ihm wieder in die Augen. „Was tun Sie hier?", will ich wissen.

„Ihren Hintern retten."

„Meine Güte, Sie sind ja ziemlich wild entschlossen. Sie sind mir wirklich hierher gefolgt? Nach Costa Rica?"

„Hallo, ich bin Samera." Samera streckt ihm lächelnd eine Hand hin.

„Ich bin nicht Ihretwegen hier“, behauptet er, während er Sameras Hand schüttelt.

„Das glaube ich nicht. Das wäre ein zu großer Zufall.“

„Ich habe durch meine Quellen erfahren, dass Charles die Stadt verlassen hat. Und von seiner Sekretärin erfuhr ich, dass er einen Flug nach Costa Rica gebucht hat. Dann fand ich heraus, dass Marsha ebenfalls hier das Wochenende verbringen will. Da war mir alles klar. Ich musste hierherkommen, bevor ich seine Spur für immer verliere.“

„Wann sind Sie angekommen?“

„Gestern.“

„Woher kennst du den Kerl?“, fragt Samera.

„Er ist der Wirtschaftsprüfer, von dem ich dir erzählt habe.“

„Ah. Du hattest recht. Er ist zum Anbeißen.“

Eine von Dominics Augenbrauen schießt in die Höhe.

„Ja, allerdings. Sie sagte, Sie wären der heißeste Typ, den sie seit langer Zeit kennengelernt hat. Dass sie …“

„Sam, halt die Klappe!“

„Interessant“, kommentiert Dominic.

„Warum ist das interessant? Ganz offenbar interessieren Sie sich doch ausschließlich für meinen Ehemann.“

„Glauben Sie das?“

„Ähm, ja.“

„Nun, dann irren Sie sich. Ich will ihn selbstverständlich finden, aber das ist nicht alles.“

„Soll ich euch beide einen Augenblick allein lassen?“, fragt Samera.

„Nein.“

„Ja."

Dominic hält meinen Blick fest. Wir starren uns ziemlich lange an.

„Ist das der Schlüssel?", fragt er dann. „Der Schlüssel zur Eigentumswohnung?"

Ich stopfe ihn in meine Handtasche. „Das geht Sie nichts an."

„Sei nicht unhöflich, Ally. Der Typ ist doch nett. Und süß."

Ich werfe Samera einen bösen Blick zu, um sie zum Schweigen zu bringen.

„Also, von wegen Ihren Hintern retten", beginnt Dominic. „Das war kein Scherz. Charles ist im Hotel."

Ich flitze hinter eine Palme. „Was?"

„Zum Mittagessen. Mit einer Frau."

„Einer Frau?"

„Jung. Hübsch. Ich denke, er wird eine Weile beschäftigt sein."

„Eine Prostituierte", vermutet Samera. „Ich habe mal eine Dokumentation im Fernsehen gesehen, darüber, dass reiche Amerikaner hierherkommen, um sich mit minderjährigen Prostituierten zu vergnügen."

Noch letzte Woche hätte mich allein die Vorstellung, Charles könnte so etwas tun, zum Heulen gebracht. Jetzt kann ich nur lachen. „Nicht länger mein Problem. Sondern Marshas." Und Junge, die Hexe hat's verdient.

Mein Magen krampft sich plötzlich nervös zusammen. „Wir müssen uns beeilen, solange er beschäftigt ist. Bevor er beschließt, in seiner neuen Eigentumswohnung beschäftigt zu sein."

„Da gehen Sie aber nicht ohne mich hin", verkündet Dominic.

„Ach nein?"

„Erstens könnte ich Ihnen helfen, falls die Situation kritisch wird. Zweitens habe ich ein Auto. Und drittens schulden Sie mir was."

„Ach, ich schulde Ihnen was? Wie denn das?"

„Weil die Frau, die bei ihrem Mann sitzt, tatsächlich eine Prostituierte ist. Und zwar eine, die ich engagiert habe. Sie jubelt Charles genau in diesem Moment Schlaftabletten unter."

Samera prustet vor Lachen. „Dieser Typ ist unbezahlbar."

Dominic sieht mich erwartungsvoll an.

Ich runzle die Stirn, obwohl ich, ehrlich gesagt, erleichtert bin und mich sogar freue, ihn hier zu sehen. „Gut", sage ich. „Lasst uns gehen."

33. KAPITEL

Lishelle

Ich habe beschlossen, dass es nur einen einzigen Weg gibt, mit Glenn zu verfahren, ich muss ihn an seinem wunden Punkt treffen. Am besten um fünf Uhr morgens, wenn er mit seiner Frau im Bett liegt. Mit feuchten Händen lausche ich dem Freizeichen am anderen Ende der Leitung. Beim dritten Klingeln wird abgenommen.

„Hallo?“, höre ich eine verschlafene Frauenstimme.

„Sie müssen Tess sein.“

Kurze Pause. „Wer spricht da?“

„Oh, mein Name ist Lishelle. Ich bin eine Freundin von Glenn. Genauer gesagt seine Exfreundin. Das ist sehr lange her. Aber vor Kurzem haben wir uns wiedergetroffen, weil er mich hier in Atlanta angerufen hat. Ist er da?“, ende ich in zuckersüßem Ton.

Ich höre, wie das Telefon mit einer Hand abgedeckt wird. „Für dich … Lishelle … um diese Uhrzeit?“

Glenn nimmt den Hörer. „Lishelle, hi.“ Dann, wohl an seine Frau gewandt: „Sie ist aus dem Büro in Atlanta.“

„… sie sagte, sie wäre deine Exfreundin.“

Glenn räuspert sich. „Gab es eine Änderung im Dienstplan? Ich habe nämlich eigentlich die Woche freigenommen.“

„Ja, ich weiß. Deswegen rufe ich dich ja auch zu Hause an.“

„Mhm.“

„Bestimmt fragst du dich, wie ich dich gefunden habe. Aber vergiss nicht, ich arbeite für einen der größten Fernsehsender des Landes. Unsere Leute können jeden finden."

„Aha."

„Ich will es dir leicht machen. Mein Geld – du musst es mir zurücküberweisen. Und zwar sofort. Denn wenn nicht, dann wird am Wochenende eine Geschichte in den Nachrichten laufen wegen der Spendenaffäre der Stiftung „Wünsche werden wahr". Und dank etwas kreativer Buchführung sieht es so aus, als hättest du das Geld, das du mir abgeknöpft hast, in Wirklichkeit der Stiftung gestohlen."

„Oh."

„Ja." Ich kann nicht verhindern, dass meine Stimme so selbstgefällig klingt. „Wenn allerdings noch heute das Geld wieder auf meinem Konto ist, werde ich deinen Namen aus der Story raushalten. Wenn nicht …"

„Ich komme erst nächste Woche wieder zurück."

„Nicht mein Problem. Beweg deinen Hintern aus deinem Ehebett und geh zur Bank. Umgehend. Weil, weißt du was, Glenn? Ich habe nicht nur deine Telefonnummer. Sondern auch deine Adresse. Und deine Handynummer. Und die von deiner Frau." Ich schweige einen Moment, um meine Worte wirken zu lassen. Er muss sich so schrecklich fühlen wie ich, als ich das Fehlen meines Scheckheftes entdeckte. „Natürlich weiß ich, dass du versuchen könntest, zu verschwinden, aber du würdest nicht weit kommen. Du müsstest deiner Frau erklären, wer ich bin. Und du willst doch deine Kinder bestimmt nicht aus ihrem Heim herausreißen."

Ich höre so etwas wie ein Keuchen.

„Ja, ich weiß auch von deinen Söhnen. Ich kann mir nur zu gut vorstellen, was für eine wunderbare Familie du hast. Wenn du deinen Teil beiträgst, kann es auch dabei bleiben." Ich seufze glücklich. „So, soll ich mich jetzt noch von Tess verabschieden?"

„Ich kümmere mich sofort darum", antwortet Glenn eilig und legt auf.

Ach je, wie gerne würde ich Mäuschen spielen, wenn er seiner Frau erklärt, wer ich bin.

Lächelnd hänge ich den Hörer ein, verschränke die Arme hinter dem Kopf und lasse mich rückwärts aufs Bett fallen.

Selbst wenn Glenn mir noch nicht heute das Geld überweist – was ihm vermutlich gar nicht gelingen wird –, wird sein Name in dem Skandal auftauchen. Das hat er nach allem, was er mir angetan hat, verdient. Diese Ich-liebe-dich-so-sehr-Lüge. Diese Ich-will-den-Rest-meines-Lebens-mit-dir-verbringen-Lüge. Dieser raffinierte Heiratsantrag in einem Haus, von dem er wusste, das wir nie darin leben würden.

Oh ja. Ich zahle es diesem Mistkerl heim, und zwar richtig.

„Ja!" Ich recke eine Faust in die Luft. Und dann lache ich mich schlapp.

34. KAPITEL

Claudia

Als ich das ungeduldige Klopfen an meiner Tür höre, breitet sich ein Lächeln auf meinem Gesicht aus. Ich bin mir verflixt sicher, wer es ist.

Und schaue auf die Uhr. Fast sechzehn Uhr …

Hat doch etwas länger gedauert, als ich erwartet hatte, nach all den Gerüchten, die bereits im Fitnessclub herumerzählt werden.

Ich war dort, und an allen Ecken und Enden wurde über Adam und seinen unstillbaren Hunger nach Sex gesprochen. Darüber und über die Tatsache, dass Arlene die Verlobung bereits gelöst hat.

Ah, Rache ist doch etwas Wunderbares, nicht wahr?

Ich stelle die Schüssel Popcorn auf den Couchtisch, drücke die Pausetaste in dem Moment, in dem Will Smith in „I, Robot" gerade nackt unter der Dusche steht.

Heftigeres Klopfen. Gemächlich spaziere ich zur Tür, streiche dabei meinen Rock glatt – den, der meine Beine und meinen Hintern so herrlich zur Geltung bringt – und reiße die Tür auf.

„Oh", sage ich mit gespielter Überraschung. „Hallo."

Adam stürmt herein. „Was zum Teufel hast du getan?"

„Wie bitte?"

„Ich bekomme Anrufe. Von allen möglichen Leuten, die behaupten, sie hätten mich mit einer Stripperin gesehen. Und dann diese Gerüchte, dass ich in Swingerclubs gehen würde …“

„Dann muss dich jemand dort gesehen haben. Du solltest wirklich vorsichtiger sein.“

„Du warst nicht in der Lage, mich einfach gehen zu lassen, nicht wahr? Nein, du musstest dich rächen.“

„Dich gehen lassen ist eine Sache. Mich demütigen zu lassen eine andere …“ Ich fuchtle mit einem Finger vor seiner Nase herum.

Adam sinkt stöhnend auf mein Sofa. „Scheiße. Jetzt wird sogar gemunkelt, dass die Stiftung korrupt wäre. Dass Geld fehlt. Und ich habe keine Ahnung, wo verflucht noch mal Charles abgeblieben ist. Marsha ruft mich nicht zurück. Mein Leben ist ein Scherbenhaufen. Jetzt kann ich auf keinen Fall mehr als Bürgermeister kandidieren.“

„Und warum erzählst du mir das?“

Adam erhebt sich wieder und kommt auf mich zu. „Weil du dafür sorgen musst, dass sich das alles aufklärt. Du musst es wieder in Ordnung bringen.“

„Ich dachte, deswegen hast du dich mit Arlene eingelassen. Damit sie dein angekratztes Image wieder aufpoliert.“

Adam schweigt.

„Wie hast du mir das antun können, wo ich dich doch so geliebt habe?“ Ich spüre die Trauer, aber das ist auch das einzige Gefühl der Schwäche, das ich zulasse. Denn ich will Adam nicht zurück, egal, wie sehr ich ihn geliebt habe. „Und jetzt besitzt du die Frechheit, mich für deine Probleme verantwortlich zu machen?“

„Ich weiß, dass du hinter alldem steckst! Du hast den Leuten diese Lügen erzählt.“

„Adam, das hast du dir ganz allein eingebrockt. Manche Dinge kann man einfach nicht verheimlichen, sosehr man es auch versucht."

Er packt mich hart an den Schultern.

„Du tust mir weh, Adam", sage ich kalt. „Du willst doch nicht, dass ich schreie? Meine Eltern würden mich hören. Und die Polizei rufen. Wie wird das wohl aussehen, wenn man dich jetzt auch noch verhaftet?"

Adam versucht, mich in Grund und Boden zu starren. Er atmet schwer. Wütend. Dann lässt er mich ganz plötzlich los, als hätte er einen Schlag bekommen.

„Leck mich, Claudia."

„Wie bitte?" Ich schaue ihn wütend an. „Oh nein, Adam. Leck du mich! Das hast du dir alles selbst zuzuschreiben. Und ich werde mit Vergnügen verfolgen, wie du untergehst. Und jetzt verschwinde verdammt noch mal aus meiner Wohnung."

35. KAPITEL

Alisha

Kaum haben Dominic, Samera und ich die Wohnung betreten, da machen wir uns auch schon an die Arbeit. Samera eilt ins Wohnzimmer und reißt die Kissen vom Sofa. Ich gehe ins Schlafzimmer und durchwühle die Schubladen. Dominic nimmt sich die andere Seite des Zimmers vor.

Zehn Minuten später haben wir noch immer nichts gefunden. Auch nicht unter dem Bett oder der Matratze.

„Vielleicht im Badezimmer?“, fragt Samera.

„Warum nicht?“

„Ich sehe nichts“, meint Samera.

„Es muss aber hier irgendwo sein.“ Ich verlasse das Badezimmer.

„Ich habe in der Küche nachgesehen. Auf dem Kühlschrank. Nichts.“

Ich schüttle den Kopf. „Verdammt.“

„Vielleicht hat er die Unterlagen vernichtet“, sagt Dominic. „Wenn er nicht vorhat, in die Vereinigten Staaten zurückzukehren, dann braucht er sie ja nicht mehr.“

„Charles schmeißt nie etwas weg. Nein, er muss sie gut versteckt haben.“ Ich öffne den Kühlschrank. Weißwein, Orangensaft, sonst nichts.

„Du glaubst doch nicht, dass Charles sie in den Kühlschrank stecken würde?“, will Samera wissen.

Ich ignoriere sie und öffne den Backofen. Und voilà – darin befindet sich ein Aktenordner. Ich ziehe ihn heraus.

Öffne ihn. „Ja, ja, das ist es!“

„Wirklich?“, ruft Samera aufgeregt.

Ich überfliege den Inhalt, sehe Zahlen und den Namen: „Wünsche werden wahr“. Und dann finde ich den Kaufvertrag für diese Eigentumswohnung.

Fünfhundertzwanzigtausend Dollar! Sieh an. Charles hat vielleicht Nerven, nicht zu fassen.

Als ich wieder zurückblättere, stockt mir der Atem. Die Fotokopie des Schecks, mit dem Adam bezahlt hat, es handelt sich um einen Scheck der Stiftung.

„Oh, du verfluchter Hurensohn! Wie mies!“

Dominic greift nach dem Ordner. „Lassen Sie mich mal sehen.“

„Nicht so schnell.“

„Na gut.“ Dominic macht einen Schritt zurück. „Aber Sie wissen, dass ich die Unterlagen brauche. Weil er sich im Ausland befindet, muss ich mit den Behörden hier zusammenarbeiten, und dafür brauche ich Beweise …“

„Alles, was Sie brauchen, ist hier – jeder einzelne belastende Beweis. Und ich werde es Ihnen geben. Später. Jetzt müssen wir erst mal verschwinden. Auch wenn Charles bewusstlos sein sollte, er kann jederzeit wieder aufwachen.“

Ich stopfe den Ordner in die riesige Einkaufstasche, die ich mitgebracht habe. Kurz noch lasse ich meinen Blick durch die Wohnung schweifen, um zu sehen, ob alles an seinem Platz ist. Nein, Charles wird nichts bemerken, wenn er zurückkommt.

Zufrieden strecke ich die Hand nach dem Türgriff aus. Doch bevor ich sie noch berühre, öffnet sich die Tür bereits.

Es ist zu spät, um sich zu verstecken.

Die Tür geht ganz auf, ich schnappe nach Luft.

Es ist Charles.

Mein Magen krampft sich zusammen. Oh mein Gott.

Hinter mir höre ich Samera rufen: „Ach du Scheiße." Von Dominic höre ich keinen Piep, aber ich wage es nicht, mich zu ihm umzudrehen.

„Ally?", fragt Charles.

Was soll ich tun, was soll ich tun?

Ich richte mich auf. Vor diesem Idioten habe ich keine Angst mehr. Davon abgesehen bin ich nicht allein.

Doch bevor ich noch etwas antworten kann, fährt Charles fort: „Was machst du hier?"

Er klingt merkwürdig. Seine Stimme ist verwaschen, und er kneift die Augen zusammen, als hätte er Mühe, sich zu konzentrieren.

„Ich gehe gerade, Charles. Und du wirst mich nicht aufhalten. Du nicht ..."

Charles bewegt sich auf mich zu, ich schreie auf und springe zurück. Er stolpert, hält sich an einer Säule neben der Tür fest.

„Mir geht es nicht besonders gut", nuschelt er.

„Er ist am Ende", sagt Samera. „Lasst uns schnell verschwinden."

Ich zögere keine Sekunde, flitze nach draußen. Samera und Dominic folgen mir dicht auf den Fersen. Wir hören erst auf zu rennen, als wir das Auto erreichen. Dort blicke ich mich um, erwarte fast, dass Charles uns folgt, aber von ihm ist nichts zu sehen.

Dominic springt hinters Steuer, Samera und ich werfen uns auf die Rückbank. Der Jeep macht einen Satz nach vorne, dann rasen wir Richtung Marriott Hotel.

„Mann, das war knapp“, stöhne ich.

Samera lächelt. „Heilige Scheiße, knapper geht's gar nicht.“

„Bei den Schlaftabletten, die die Prostituierte ihm untergejubelt hat, wundert es mich, dass er überhaupt noch auf den Beinen ist“, bemerkt Dominic.

„Ist doch völlig egal jetzt.“ Ich erlaube mir ein triumphierendes Grinsen. „Es ist vorbei. Wir haben, was wir wollten. Ja!“

„Charles wird sich wünschen, sich niemals mit einer Peyton angelegt zu haben“, trällert Samera.

„Ich habe die ganze Zeit gebetet, dass wir die Unterlagen finden“, gestehe ich. „Auf dem Flug hierher. Und vorhin in der Wohnung, als es so aussah, als müssten wir mit leeren Händen gehen. Hoffentlich findest du das nicht lächerlich. Alte Gewohnheit.“

„Ich finde das nicht lächerlich. Ich bin zwar nicht sonderlich religiös, aber an Gott glaube ich trotzdem.“

„Ich bin katholisch“, verkündet Dominic, der ganz offensichtlich irgendetwas zu der Unterhaltung beitragen will.

Ich strahle Samera an und hebe einen Arm. Kichernd schlagen wir die Handflächen gegeneinander.

„Ich möchte von allen Papieren eine Kopie haben, wegen der Scheidung, dann können Sie die Originale haben.“

Dominic blättert eine Seite nach der anderen durch, während er an seinen lauwarmen Pommes Frites knabbert. Wir sitzen in unserem Hotelzimmer. „Genau danach habe ich gesucht."

„Wir könnten die Geschichte an Hollywood verkaufen, so abgefahren ist sie", behauptet Samera.

Dominic klappt den Ordner mit einem Seufzen zu. „Ich werde mal nachsehen, ob ich im Hotel kopieren kann. Wenn nicht, werde ich einen Laden in der Stadt finden."

„Sicher", stimme ich ihm zu, ziehe die Perücke vom Kopf, blicke durchs Fenster nach unten und betrachte die Leute, die ihre Zeit in dem wunderschönen Pool genießen. Sie haben keine Ahnung, dass wir gerade einen Skandal aufgedeckt haben.

„Was wollen Sie als Nächstes tun?", fragt Dominic.

Ich zucke mit den Schultern. „Nachdem wir den Ordner gefunden haben, gibt es wohl keinen Grund, länger zu bleiben. Ich möchte eigentlich so schnell wie möglich verschwinden, weil Charles sicherlich bald herausfindet, was wir getan haben."

„Und wenn", sagt Dominic, „wird er nicht besonders erfreut sein. Vermutlich wird er selbst versuchen, zu verschwinden. Deswegen muss ich bleiben und ein Auge auf ihn haben. Bis ich die Behörden hier dazu bringe, ihn zu verhaften."

Ich erschauere. „Ich kann es noch immer nicht fassen!"

„Was für ein Drama! Aber aufregend, oder nicht? Auf jeden Fall besser, als in Atlanta rumzuhängen." Samera, die im Schneidersitz auf dem Bett hockte, springt auf, spaziert zum Tisch und schnappt sich ein paar Pommes Frites. „Ich gehe aus."

Ich starre sie an. „Wie bitte? Du lässt mich allein?"

„Ich habe dir doch gesagt, dass ich noch verabredet bin."

„Ja, aber …"

„Bleib mit ihm hier", flüstert sie mir zu.

„Du hast gesagt …"

„Ich habe gelogen. Miguel will mit mir allein sein. Dominic, wir sehen uns später. *Viel* später."

Jetzt schubse ich sie zur Tür. „Bring ihn nicht auf komische Ideen", wispere ich.

„Oh, ich glaube, in dieser Hinsicht braucht er keine Hilfe. Was ist denn mit dir los? Du wirst dich von deinem miesen Mann scheiden lassen, und Dominic ist wirklich eine heiße Nummer! Genieße es!"

Mein Herz pocht heftig bei der Vorstellung, mit ihm allein im Zimmer zu sein.

„Wann kommst du zurück?", frage ich.

„Keine Sorge – du hast jede Menge Zeit." Sie zwinkert mir zu und geht.

Nachdem ich die Tür hinter ihr geschlossen habe, drehe ich mich langsam um und lächle Dominic dümmlich zu, der es sich in dem Sessel viel zu bequem gemacht hat.

„Meine Schwester. Sie weiß, wie man sich amüsiert."

„Kommt mir so vor, als wollte sie uns allein lassen."

Ich werde knallrot. „Das tut mir leid. Manchmal verstehe ich sie einfach nicht."

„Ich mag sie."

Ich reiße alarmiert die Augen auf.

„Ich meine, sie ist nett. Witzig. Aber ich mag sie nicht so sehr wie Sie."

Sofort bleibt mir die Luft weg. „Oh, ich glaube, so etwas sollten Sie nicht sagen."

Dominic steht langsam auf. „Wieso nicht?"

„Weil … weil …" Er kommt direkt auf mich zu, deswegen gelingt es mir nicht, klar zu denken.

Als er einen Arm um meine Taille legt, kann ich ein entzücktes Stöhnen nicht unterdrücken. Mein Gott, es ist so lange her, dass ein Mann mich so berührt hat. Ernsthaft berührt hat. Er presst die Lippen auf meine Stirn.

„Ich muss wissen", sage ich leise, „ob das hier …" Er küsst mein Kinn. „*Das.* Ob das echt ist oder nur wegen Charles passiert."

„Willst du mich auf den Arm nehmen?"

„Ich muss es einfach wissen." Wenn ich tue, was ich vermutlich tun werde, dann will ich sicher sein, dass er *mich* begehrt. „Würdest du dich auch für mich interessieren, wenn ich nicht diejenige wäre, die deinen Fall lösen kann?"

Er starrt mich an. Sein Gesichtsausdruck scheint zu sagen: „Was glaubst du denn, Doofi?" Stattdessen aber sagt er: „Ich würde mich auch wahnsinnig für dich interessieren, wenn ich dich im Supermarkt oder bei der Post treffen würde, oder in einem Restaurant oder in einer Autowaschanlage oder …"

„Ich glaube, ich habe es begriffen."

„… bei einem Spaziergang im Park, oder …"

„Ich habe es verstanden."

„… in einem Sexshop."

Mein Mund klappt auf. „Ich kann nicht glauben, dass du das gerade gesagt hast."

Er küsst erneut meine Stirn. „Ist nur ein Scherz. Aber dein Gesichtsaudruck war so niedlich, als du gemerkt hast, wie ich dich beobachte."

Dominic lacht. Mein Gott, ist das ein erotisches Lachen. So ein männliches Lachen.

„Ooooh", seufze ich, als seine Lippen meinen Hals berühren. Ich vergrabe die Fingernägel in seinen Schultern. „Du machst mich ganz schwach."

„Und du machst mich ganz hart."

Kichernd verstecke ich mein Gesicht an seiner Brust. Er riecht unglaublich gut.

„Was denkst du?", fragt er.

„Ehrlich? Einerseits denke ich, dass ich das hier nicht tun sollte. Ich bin verheiratet. Offiziell, wenn auch nicht mehr richtig. Wir lassen uns scheiden, daran besteht kein Zweifel. Und doch kann ich geradezu die Stimme meiner Mutter hören, die mir sagt, dass ich dafür ewig in der Hölle schmoren werde."

„Aber?"

„Aber ich hatte schon sehr lange keinen Sex mehr."

Dominic lächelt. „Nun, das ist eine Schande. Ich denke, daran sollten wir etwas ändern."

Ich atme zitternd aus. „Oh ja, bitte!"

Seine Lippen nähern sich, ich erwarte, dass er mich um den Verstand küsst, aber er berührt mich kaum. Dann küsst er einen Mundwinkel, dann den anderen. Eine Hand streichelt über meinen Po. Gott sei Dank trage ich einen Tanga! Und dann endlich küsst er mich voller Gier. Unsere Zungen umkreisen sich, eine Welle der Lust schlägt über uns zusammen. Er umfasst meinen Hintern mit beiden Händen und drückt mich an seine harte, pulsierende Erektion.

„Oh Gott." Ich grabe die Finger in sein Hemd, zerre es aus der Hose. „Lass mich nicht warten, Dominic." Ich knabbere an seinem Kinn. „Bitte, lass mich nicht …"

Er öffnet meine Bluse, legt die Hände auf meine Brüste und streichelt sie durch den Stoff. Sofort richten sich meine Brustspitzen auf.

Eilig hake ich den BH auf. „Fass sie an, küsse sie, schmecke sie. *Bitte.*"

Er nimmt eine Brustwarze zwischen die Lippen und beginnt, daran zu saugen. Ich schreie auf vor Entzücken.

„Oh, Baby, du bist …" Er macht weiter, bis ich laut stöhne. „Perfekt."

Dann lässt er sich vor mir auf die Knie fallen.

„Wie du mich berührst … oh, Dominic … Oh mein Gott."

Dominics Lippen streifen über meinen Bauchnabel, seine Hand wandert an die Innenseite meines Schenkels. Als sie meinen Schoß erreicht, schließe ich die Augen. Er streichelt mich einen Moment lang, schiebt dann einen Finger in mich. Ich umklammere seinen Kopf, drücke ihn fest an meinen Bauch, meine Beine zittern.

„Dominic, Baby …"

Seine Finger bewegen sich jetzt schneller, ich beginne zu keuchen. Er schiebt meinen Rock nach oben. „Ich will dich hier küssen. Will dich schmecken.“

„Ich will, dass du mit mir schläfst.“

Ich packe ihn am Hemd und ziehe ihn nach oben. Dominic schnuppert an seinem Finger und nimmt ihn dann in den Mund. Saugt daran. Langsam. Dabei sieht er mich ununterbrochen an, und, mein Gott, noch nie habe ich etwas Erotischeres erlebt.

Ich schlinge die Arme um seinen Hals und küsse ihn leidenschaftlich. Er ist steinhart. Kurz meldet sich mein Verstand, ich halte inne. „Hast du ein Kondom dabei?“

„Nein.“

Enttäuscht stöhne ich auf. Aber dann fällt mir meine Schwester ein, sie *muss* irgendwo in ihrem Gepäck Kondome haben. „Meine Schwester“, erkläre ich. „Ich wette, sie hat eines im Koffer. Oder eher zwanzig, wie ich sie kenne.“

Dominic hält mich an der Hand, will mich nicht loslassen, und so laufen wir gemeinsam zu ihrem kleinen burgunderfarbenen Koffer. Die Packung finde ich innerhalb von Sekunden.

Mit einem Siegeslächeln drehe ich mich um. Dominic hat sein Hemd ausgezogen und schlüpft aus der Hose. Himmel, was für eine Brust. Was für Beine. Was für ein Körper. Hastig lasse ich meine eigene Bluse und den BH zu Boden fallen.

Dominic setzt sich aufs Bett und streckt die Arme nach mir aus. Ich lasse mich auf seinem Schoß nieder. „Ist aber nur eine Dreierpackung“, verkünde ich und ziehe dabei ein Kondom heraus.

„Genug für den Anfang.“

„Aber nicht annähernd genug für alles, was wir nun vorhaben.“

„Nein?“ Die Frage klingt hoffnungsvoll. Er beginnt, mit meinen Brustwarzen zu spielen.

Ich fühle mich wie neugeboren. „Auf gar keinen Fall.“ Vorsichtig greife ich nach seinem Ständer. Heftige Begierde schießt durch meinen Körper. Er ist so groß und dick – und ich werde es genießen.

An seinem Ohr flüstere ich wie im Rausch. „Ich will, dass du deinen Schwanz so hart in mich stößt, dass ich aufschreie wie eine Jungfrau. Es ist mir egal, wer uns hören kann.“

„Himmel, Baby ...“

Ich bringe ihn mit einem wilden Kuss zum Schweigen, mein ganzer Körper prickelt. Stöhnend greift er nach dem Kondom.

„Nein.“ Ich nehme es ihm aus der Hand. „Lass mich das machen.“

Ich gleite an seinem Körper herab, küsse seinen Bauch. Als ich seinen Schoß erreiche, atme ich tief ein, ich liebe seinen moschusartigen Duft. Dann reiße ich das Päckchen auf, blicke Dominic tief in die Augen, und rolle das Kondom dabei über seinen pochenden Schwanz. Dann setze ich mich eilig mit gespreizten Beinen wieder auf ihn und lenke ihn zu meiner Öffnung. Als ich seine Spitze spüre, keuche ich auf. Ich bin so nass.

Dominic legt seine Hände um meine Hüften und drückt mich nach unten, während er zugleich nach oben stößt.

Lust und Schmerz lassen mich ekstatisch aufschreien.

„Himmel, du bist wirklich so eng wie eine Jungfrau. Verflucht, Ally …"

„Du bist unglaublich, Dom", stoße ich hervor. „Verdammt … unglau…" Meine Worte brechen ab. Nichts hat sich jemals besser angefühlt als Dominic in mir. Er füllt mich ganz und gar aus, er scheint mein gebrochenes Herz erreichen zu können. Mit jedem Stoß heilt er mich, macht er mich wieder ganz.

Er spielt mit meinen Brüsten, ich wölbe mich wimmernd nach hinten. Mein Kopf ist ganz leer.

Gemeinsam bewegen wir uns schneller. Dominics Stöße werden heftiger und tiefer und tiefer, und mein Gott, er trifft meinen Punkt. Ich könnte sterben, so unglaublich schön ist es. Mein Körper spannt sich mehr und mehr … und dann erschüttert der Orgasmus mich wie ein Vulkanausbruch. Ich schreie laut und lang, schamlos, während ich zittere und bebe. Aus dem Schrei wird ein lautes Schluchzen, Tränen füllen meine Augen. Ich kann nichts dagegen tun. Ich habe mich so verdammt lange danach gesehnt.

Dominic zieht mein Gesicht zu sich herab, küsst mich intensiv, seine Zunge bewegt sich genauso eifrig in mir wie sein Schwanz.

„Hör nicht auf", murmle ich. Ich will, dass er kommt. Ich will ihn zum Höhepunkt bringen.

Ich lehne mich zurück und bewege mich wieder schneller, nehme dabei seinen Finger tief in den Mund und sauge daran. „Das werde ich als Nächstes mit dir tun", sage ich ihm. „Ich will, dass du in meinem Mund kommst."

Und da umklammert er meine Hüften und schreit auf. Sein Körper bebt, er stößt noch immer tief in mich. Und ich komme wieder, zusammen mit ihm.

Dann sinke ich an seine Brust. Heftiges Atmen erfüllt den Raum.

„Baby“, keucht er. „Ich schwöre …“

„Ich weiß“, sage ich. „Oh, Dom, ich weiß.“

Mehr sage ich nicht, ich will mich nicht zu sehr in meinen Gefühlen verlieren. Aber ich denke: Danke, danke, Dom, dass du mich wieder ganz gemacht hast.

36. KAPITEL

Lishelle

„Und nun die neuesten schockierenden Entwicklungen im Skandal um die Stiftung ‚Wünsche werden wahr', eine Stiftung, die es sich zur Aufgabe macht, todkranken Kindern in Atlanta ihren größten Wunsch erfüllen. Charles Crawford, der Buchhalter der Stiftung, und Marsha Hindenberg, die Schatzmeisterin, sollen 1,8 Millionen Dollar unterschlagen haben. Welche Rolle der Geschäftsführer Adam Hart in dem Fall spielt, wird derzeit noch untersucht, wobei sich inzwischen herausstellte, dass er regelmäßig Marihuana und Kokain konsumiert. Gegen Glenn Baxter, Pilot bei All-American Air, wird ermittelt, weil auf sein Konto in Arizona ein Betrag von achthunderttausend Dollar unklarer Herkunft überwiesen wurde. Inzwischen muss also die Rechtmäßigkeit der kompletten Stiftung in Zweifel gezogen werden." Ich mache eine lange, effektvolle Pause und blicke in die Kamera. „Ich persönlich bin sehr traurig über diese Ereignisse. Die Stiftung ‚Wünsche werden wahr' lag mir immer sehr am Herzen, wie vielen von Ihnen auch. Ich war selbst bei vielen Wohltätigkeitsveranstaltungen dabei und kann nur hoffen, dass die Stiftung insgesamt nicht zu sehr unter diesen Vorkommnissen zu leiden hat, denn es handelt sich um eine gute Sache."

Ich schaue mir den ganzen Beitrag mit in die Hände gestütztem Kopf auf Claudias Sofa an. Zum Schluss drückt Claudia auf Pause, und weder sie noch Alisha sagen einen Ton.

Alisha ist die Erste, die das Schweigen bricht. „Meine Herren."

Mein Herz klopft laut. „Ich weiß."

„Wir haben es wirklich getan", murmelt Claudia.

Mehr Schweigen. Ich bin mir nicht sicher, was meine Freundinnen jetzt denken.

Tut es ihnen am Ende leid?

Alisha beginnt laut zu lachen. „Habt ihr Charles' Gesicht gesehen? Oh mein Gott, ich dachte schon, er würde ohnmächtig werden, als sie ihn in den Streifenwagen setzten. Und Marsha – sie sieht um zehn Jahre gealtert aus!"

„Und Adam." Claudia unterdrückt ein Kichern. „Wie der Feigling versucht hat, vor den Reportern davonzulaufen. Unbezahlbar."

„Und das blanke Entsetzen auf Glenns Gesicht, als er aus dem Flugzeug steigt und die ganzen Kameras entdeckt." Ich halte mir den Mund zu, um nicht in hysterisches Gelächter auszubrechen. „Was er wohl seiner Frau erzählen wird?"

„Ich fühle mich total erleichtert", verkündet Alisha. „Mir könnte es wirklich nicht besser gehen, auch wenn ich pleite bin."

Ich schaue sie an. „Danke, dass du Dominic auf die Idee gebracht hast, Glenn hätte etwas mit dem Betrug zu tun. Bestimmt wird er bald herausfinden, dass das nicht stimmt, aber zumindest wurde so Glenns Name mit dem Skandal in Verbindung gebracht, und dass er im Fernsehen gezeigt wurde, ist doch die beste Rache. Gott, wie geschockt er gewesen sein muss. Aber ich hatte ihm schließlich gesagt, dass er das Geld bis Freitag auf mein Konto überweisen soll, und Samstag war's noch immer nicht da."

„Tja", bemerkt Claudia lässig. „Das sollte ihm eine Warnung sein."

„Ich kann mir gar nicht vorstellen, dass ich erst vor ein paar Tagen in Costa Rica war. Heute ist Dienstag, und schon ist die ganze Geschichte rausgekommen. Charles ist wieder in Amerika, und er wird ins Gefängnis wandern."

„Süße, ich bringe dich mit meinem Onkel zusammen, er ist ein fantastischer Scheidungsanwalt. Ganz bestimmt wirst du zumindest *etwas* von dem Haus bekommen, auch wenn es wegen dem ganzen Fiasko verkauft werden sollte. Vielleicht ja auch nicht, schließlich habt ihr das Haus gekauft, bevor Charles der Stiftung auch nur einen Cent geklaut hat."

„Wird schon alles gut werden", versichere ich Alisha. „Ganz bestimmt."

Sie lächelt milde. „Das denke ich auch."

„Oooh, ich glaube nicht, dass sie jetzt von dem Haus spricht – was meinst du, Lishelle?"

„Bei dem Lächeln könnte ich wetten, dass sie gerade an Dominic denkt." Ich singe seinen Namen wie ein Schulmädchen.

„Er hat mich heute angerufen. Und gestern auch. Jeden Tag, seit wir aus Costa Rica zurück sind. Ich glaube, er mag mich wirklich."

„Hm, ja." Claudia verdreht ironisch die Augen.

„Ich hätte nie geglaubt, dass ich jemals so etwas fühlen würde. So …"

„Sexuell erfüllt zu sein?“, schlage ich vor.

Alishas Grinsen wird breiter. „Das auch, aber ich wollte sagen: glücklich. Erst seit ich Dominic kenne, ist mir klar, wie unglücklich ich mit Charles seit Jahren war.“

„Das heißt also, Dominic ist gut bestückt.“

„Claudia!“

„Willst du das vielleicht abstreiten?“, fragt Claudia.

Alisha kichert. „Ich kann mich über Dominics Anatomie wahrlich nicht beklagen. Er ist …“

„Gut bestückt“, sage ich.

„Ja, das auch“, gibt Alisha zu. „Und einfach überhaupt unglaublich. Selbst wenn es mit uns nicht klappt, bin ich einfach unglaublich dankbar für diese Nacht in Costa Rica.“

„Du hast wieder Spaß am Leben“, fällt Claudia ein.

„Das kannst du laut sagen!“

„Und deine Schwester?“, frage ich. „Hast du von ihr was gehört?“

Alisha schüttelt den Kopf, grinst aber. „Ich kann es nicht glauben. Sie sagt, sie hat sich in Miguel verliebt. Dass sie jetzt endlich kapiert, was für ein Wirbel immer um die Liebe gemacht wird.“ Sie zuckt die Achseln. „Ich gebe ihr sieben bis zehn Tage, bevor sie wieder in Atlanta ist. Aber man weiß ja nie.“

„Ja, man weiß nie“, stimme ich zu. „Es gibt auf jeden Fall auch gute Männer da draußen. Und das sage ich, nach allem, was Glenn mir, Charles dir und Adam dir angetan hat.“

„Weil du nicht zulassen willst, dass Glenn oder sonst wer dir die Hoffnung raubt“, sagt Claudia. „Das wäre das Schlimmste.“

Ich lange nach meinem Apfelmartini. Claudia hat recht. Kein Mensch weiß, ob ich jemals den richtigen Mann finden werde, aber ich darf die Hoffnung nicht aufgeben.

„Wir müssen einfach immer hoffen“, sagt Alisha. „Schaut euch doch an, wie sich die Beziehung zu meiner Schwester in nur zwei Tagen verbessert hat. Wir stehen uns näher, als ich mir jemals hätte träumen lassen. Und wer hätte gedacht, dass ich so schnell einen so tollen Mann wie Dominic finden würde?“

„Ja, reib’s uns nur unter die Nase“, jammert Claudia. „Nur zu.“

„Ich gönne es dir“, sage ich. „Du hast es wirklich verdient, glücklich zu sein.“

Schweigend nippen wir an unseren Gläsern.

„Wisst ihr, was komisch ist?“, fragt Claudia nach einem Moment.

„Was?“, frage ich.

„Ich habe meine Rache bekommen, und ich war sicher, dass ich mich danach viel besser fühlen würde. Stattdessen aber fühle ich mich irgendwie ganz leer. Ja, ich habe Adam bloßgestellt, und ich bin froh, dass er mir nicht mehr wehtun kann, aber trotzdem fehlt etwas. Versteht ihr?“

Alisha sieht sie aufmerksam an. „Was, willst du jetzt zu Oprah in die Sendung gehen?“

„Nein, nicht so was.“ Ihre Augen leuchten auf. „Oh, jetzt weiß ich. Wir müssen etwas für diese Kinder tun!“

Ein warmes Gefühl breitet sich in mir aus. „Du kannst Gedanken lesen. Dasselbe habe ich mir gerade auch überlegt.“

„Es sollte etwas Gutes bei alldem herauskommen“, fügt

Claudia hinzu. „Rache ist süß, aber …"

„Kindern zu helfen, die Hilfe wirklich brauchen können, ist noch viel besser." Alishas Gesicht glüht vor Begeisterung. „Ach, Mädels. Das ist eine fantastische Idee."

„Wie sollen wir es anstellen?", fragt Claudia.

„Irgendeine Art Sammelaktion", schlage ich vor. „Und mein Sender könnte uns unterstützen. Vielleicht berichten wir sogar landesweit darüber."

„Ja, ja!" Alisha wirft begeistert die Arme in die Luft. „Wir könnten all diesen Kindern helfen … und das, weil wir so furchtbar verletzt wurden. Das muss man sich mal vorstellen."

„Ich weiß", sage ich wehmütig. Die Vorstellung, dass wir unseren schlechten Erfahrungen so eine positive Bedeutung geben, ist jedenfalls den ganzen Schmerz wert.

„Das ist einfach perfekt", ruft Claudia. „Ich könnte heulen bei der Idee, wie vielen Kindern wir helfen werden."

Ich erhebe mein Glas. „Ein Toast. Auf uns. Auf unsere Freundschaft, die ewig halten wird. Eine Freundschaft, die uns aufrecht hält, wenn wir es am nötigsten haben. Auf Freundinnen, auf die man hundertprozentig zählen kann. Freundinnen, die wissen, dass es noch etwas Schöneres als Rache gibt. Nämlich zu helfen." Ich halte inne, mit Tränen in den Augen. „Und darauf, dass wir uns von den Idioten in unserem Leben verabschieden. Dass wir unseren Weg weiterverfolgen, und zwar nach oben. Und darauf, dass wir niemals den Glauben daran verlieren, dass wir die wahre Liebe verdienen und finden." Ich hole tief Luft. „So. Ich glaube, das war's."

„Ich hätte es nicht besser sagen können", ruft Claudia.

„Nein", stimmt Alisha zu. „Perfekt."

„Finde ich auch."

Und dann stoßen wir miteinander an, auf die Freundschaft und eine fantastische Zukunft.

– ENDE –

nur 6,00 €

Cherry Adair

Nimm mich!

Joshua Falcon ist gewohnt, seinen Willen zu bekommen. Im Job – und im Bett. Und als er die hinreißend unschuldige Innenarchitektin Jessie Adams auf einer Party trifft, will er sie. JETZT. NACKT. In seinem Bett. Für eine heiße Sexaffäre ohne Verpflichtungen. Kaltblütig macht er Jessie ein Angebot, von dem er weiß, dass sie es nicht ablehnen kann …

Band-Nr. 35053
6,00 € (D)
ISBN: 978-3-86278-805-7
304 Seiten

Jina Bacarr

Das Aktmodell

Paris 1889: Als Modell des charismatischen Malers Paul Borquet eröffnet sich Autumn eine faszinierende Welt der Sinnlichkeit. Unbeschwert genießt sie die Zeit der Leidenschaft in den tabulosen Pariser Ateliers. Bis ein Konkurrent von Paul plötzlich darauf besteht, ältere Rechte an ihr zu haben …

Band-Nr. 35051
6,00 € (D)
ISBN: 978-3-86278-803-3
432 Seiten

nur 6,00 €

nur 6,00 €

Sharon Page

Blutrot – Die Farbe der Lust

Träume voller Wolllust erfüllen die Nächte der Vampirjägerin Althea Yates. Träume, in denen sie von zwei Männern gleichzeitig geliebt wird. Träume, die plötzlich wahr zu werden scheinen, als Althea den faszinierenden Zwillingen Bastien und Yannick de Wynter begegnet. Doch ihre Liebhaber sind keine Menschen, sie sind Vampire …

Band-Nr. 35054

6,00 € (D)

ISBN: 978-3-86278-806-4

416 Seiten

Alison Kent

Gewagte Spiele

Erin fasst einen Entschluss: Ihr geheimnisvoller Nachbar Sebastian Gallo war lange genug Hauptakteur ihrer nächtlichen Fantasien. Jetzt ist die Zeit reif für ein reales erotisches Abenteuer – ganz ohne lästige Verpflichtungen und genau deswegen so herrlich hemmungslos. Sie nimmt all ihren Mut zusammen, spricht Sebastian an …

Band-Nr. 35055

6,00 € (D)

ISBN: 978-3-86278-808-8

304 Seiten

nur 6,00 €

nur 6,00 €

Julie Gordon
Die Lilie von Florenz

Band-Nr. 35052
6,00 € (D)
ISBN: 978-3-86278-804-0
352 Seiten

Italien im 18. Jahrhundert:

Die blutjunge Allegra ist dem Conte del Pirandelli versprochen. Einem Mann, dem selbst die eigene Verlobungsfeier nicht tabu ist für seine sexuellen Ausschweifungen. Heimlich wird Allegra Zeugin eines frivolen Liebesspiels zwischen dem Conte und seiner Mätresse Cristina. Sie ist schockiert – und gleichzeitig berauscht: Völlig unerwartet durchströmt sie ein verstörend heißes Prickeln. Aber so sehr der Conte sie erregt, kann sie ihn jetzt unmöglich noch heiraten! Sie ist sich zu schade für jemanden, der sie nur als vorzeigbare Gattin braucht, während er sich weiterhin schamlos mit anderen Frauen vergnügt. Verkleidet als Junge flieht Allegra zu ihrem Bruder nach Florenz. Doch schon bald spürt der wollüstige Conte sie in ihrem Versteck auf …